民国『妖怪』志系列②

山都·幽怨之铃

张云 著

沈阳出版发行集团
沈阳出版社

图书在版编目（CIP）数据

山都·幽怨之铃 / 张云著 . -- 沈阳 : 沈阳出版社，2018.7

ISBN 978-7-5441-9346-7

Ⅰ.①山… Ⅱ.①张… Ⅲ.①推理小说 – 中国 – 当代 Ⅳ.① I247.5

中国版本图书馆 CIP 数据核字 (2018) 第 124002 号

出版发行：沈阳出版发行集团 | 沈阳出版社
（地址：沈阳市沈河区南翰林路 10 号 邮编：110011）
网　　址：http://www.sycbs.com
印　　刷：北京盛通印刷股份有限公司
幅面尺寸：160 mm × 235 mm
印　　张：21
字　　数：350 千字
出版时间：2018 年 9 月第 1 版
印刷时间：2018 年 9 月第 1 次印刷
选题策划：肖　博
责任编辑：高玉君
装帧设计：粉粉猫
责任校对：萧大勇
责任监印：杨　旭
书　　号：ISBN 978-7-5441-9346-7
定　　价：39.80 元

联系电话：024-24112447
E – mail：sy24112447@163.com

本书若有印装质量问题，影响阅读，请与出版社联系调换。

目　　录

序　章		1
第一章	蝼蛄山	9
第二章	山神隐	28
第三章	山都祠	46
第四章	琉璃房	63
第五章	无头人	79
第六章	木下柏	99
第七章	木场客	119
第八章	幽怨铃	137
第九章	索命歌	161

第十章　夜半灯	180
第十一章　羽衣杀	197
第十二章　丧魂雨	216
第十三章　血罗刹	235
第十四章　连环案	251
第十五章　镜面阁	268
第十六章　双生人	285
第十七章　修罗场	301
尾　声	322

庐江大山之间,有山都,似人,裸身,见人便走。有男女,可长四五丈,……常在幽昧之中,似魑魅鬼物。

——晋·干宝《搜神记》

序　章

再过十天，就是八月了，蝉还在叫。

蝼蛄山的蝉，分不清白天还是黑夜。这种脆弱的小东西，要在地下的黑暗里潜伏三年，蜕皮五次，才能爬上来迎接属于它的、仅有的、两个月的一生。

真是短暂的一生哦！

其实人和蝉没什么不同，更有甚者，连蝉都不如。在蝼蛄山，蝉可以在满月之下沐浴雨露，或者迎着阳光在松涛声里歌唱，而人呢？

我们就是这样一群生活在这贫瘠、偏远深山中的人。男人们日复一日地砍伐林木，抛入河流，辗转卖于木商，所得寥寥却经常死于非命，女人们于干瘪的角落种植番薯，采集山产，收集着可怜的粮食，还要提防着豺狼虎豹，辛苦守护着自己的家。即便如此辛苦，依旧衣衫褴褛，食不果腹。

年轻时辛勤劳作，狗一样残喘，即便是幸运地存活下来，日子一到，就要上山了。年过七十，便被视为无用之物，活着也只不过是浪费得来不易的宝贵口粮，不管身体是否硬朗，都由子女背着上山，走入禁地。

两人进山，一人归来。

山上的那人，就在聒噪的蝉鸣声中，静静地等待那位大人，然后由它之手，进入另一个世界。

我们称之为山隐，这是不容打破的规矩。

这大山，绵延千里，我们栖身其中，世世代代便如此活着。

深远森然的大山，养育了我们，我们也以自己的血肉偿还。这就是约定的宿命，每个人都不例外。

对我来说，今天很特别。

母亲的山隐之日，终于还是来了。

在蝼蛄山，木下家的地位举足轻重，因为我们是唯一的祭司。

山里的那位大人，是这方天地的主宰，我们尊敬它，敬畏它，向它祈祷，向它供奉，而联接它与凡人的纽带，就是被称之为"山巫"的祭司。

说不清从什么时候起木下家开始担任山巫，历史悠远的年代，我的先人们兢兢业业地侍奉着那位大人，极尽虔诚。到了山隐之日，便会穿上雪白的巫袍，手持青铜法铃，早早于那神殿中等候背着父母上山的人。

殿门一关，子女下山，老人进殿，幽怨的铃声中，借由祭司之手，召唤那位大人，老人便诡异地消失在神祠之内。其中缘由，只有历代祭司才知晓。

可即便是祭司，也从未见过那位大人的真容。

它是神。神总是不会向凡人示现的。

我两岁时，父亲就死了，二叔是继任者。然后，二叔也死了。在他的尸体前，我穿上又肥又大的巫袍，成为木下家这一代硕果仅存的祭司。那年我十五岁。

近二十年来，我已经记不清送走了多少山隐之人，记不清看了多少场形形色色的生死离别。送亲人上山的子女，转身的那一刻，有的失声痛哭，撕心裂肺；有的面露喜色，迫不及待；更多的是表情呆滞，茫然叹息。而老人们，都会依靠着高大的木门，冲着那背影，千叮咛万嘱咐，然后抹着眼泪走向自己人生的终点。

所有的父母，即便到了最后一刻，记挂的依然是子女。这记挂，和子女的好坏无关。

我从来不敢想象自己和母亲分别时的画面，总是刻意地排斥它，自欺欺人地遗忘它。

但，这一日还是来了。

父亲死后，母亲就变得不正常了，精神时好时坏，六十岁之后便忘记了很多人、很多事，但始终记着我这个儿子。

这一夜，好长。

雨，淅淅沥沥地下着，到半夜时忽然停了，就听见了山音。

水滴从枝叶上滴落的声音，山风吹动松涛的声音，不知名的鸟儿兀自叫的声音，蝉鸣，溪响……

然后便是寂静，死一般的寂静。

坐在这寂静里，我突然感到无比地恐惧。

透过窗户，可以看到低坠的月亮，苍白的满月。远处是山，黝黑苍茫的山，轮廓朦胧。

天还没亮，可时候快到了。

母亲一夜没睡，她知道自己的日子。

她最后一次收拾这个家，小小的贫穷的家。最后一次缝补衣物，打扫庭院，拾掇柴火，喂养鸡仔，烧火做饭。

她做这些时，我静静地坐在旁边看着她，看着那个羸弱的、驼背的身影，突然意识到，过了今天，以后我就没有娘了。

她将我带到这世上，生我养我，父亲死后，一个人把我抚养长大，没来得及享过一天福，就要上山了。

泪水落下来，怕她看见，悄悄抹掉。

起床，早饭已做好，依旧是一筐番薯。

两个人面对着面。

"溪后的三块田，过几天要浇水，干了番薯长不好。"她说。

"嗯。"

"给你做了十几件衣服，放在箱子里。"

"嗯。"

"伐木的时候眼睛要利索，树倒了离得远点儿。"

"嗯。"

"我上山之后，你尽快找个女人，家里没女人不行。可惜我看不到你生仔。"

"嗯。"

"东房上那片茅草要换，老漏雨。"

"嗯。"

…………

她把事情一件一件交代完，想了想，终于再想不出，扭头看了看窗外，沉默了一会儿，说："时候到了，走吧。"

言罢，转身，从床铺上摸索出外衣，窸窸窣窣穿在身上。

满是补丁的麻布,洗得发白,但干干净净。即便是贫穷至极,她也始终将自己收拾得利利索索。

我偷偷拿过她的包裹,往小小的、只装了一条薄被的包裹里塞了几个番薯。

"要命嘞!"她发现了,走过来,气冲冲地将番薯掏出来,放在桌上,"我一个上山的人,带这个干什么!浪费口粮!走嘞,走嘞!"

"又不缺这个!"我执拗地夺过包裹,把番薯塞进去。

她笑,露出空荡荡的牙床:"还是我仔疼娘嘞。"

下木阶,我弯腰,她上来。

母亲好轻。皮包着骨头的身躯,如同一片羽毛。

"走嘞,走嘞!再不走,迟了,山都大人要生气嘞。"她催促着我,目光却恋恋不舍地看着家里的每一个角落。

出门,上山。

陡峭的山路被林莽吞没,雾气涌动,母亲举着灯笼,照亮我脚下的路。

无话,我却尽可能慢慢地走,稳稳地走。

背上,是我的全部世界,而这世界也快要崩塌了。

蝼蛄山迎接我们。阔大、深幽的山,生长了几百年、上千年的参天大树,藤蔓缠绕着,却能开出雪白的花来。

母亲如果是树就好了,永远不会老,就永远不会上山。我想。

"仔好像还没背过娘嘞。"娘忽然说。

"小时候都是娘背我。"

"娘背过你吗?"

"怎么没背过?爹也背过。"

"你还有爹?"

我笑:"没有爹,只有娘,哪来的我?"

她也笑。

"娘,你一点儿都记不得爹了?"

"记不得嘞。"

"他……我是说我爹,我爹是怎么死的,你还记得吗?"我问出了一个一直埋在心底的问题。

她想了半天,摇头:"记不得嘞。"

"哦。"

沉默了一会儿,她突然说:"你爹……好像是被山都大人带走了。"

"但很多人说好像不是。爹的死,不是那么简单。"

"记不得嘞。"

…………

我们就这么有一搭没一搭地聊着,不知道走了多久,眼前开始出现条石垒成的台阶。

禁地快到了。

树木越发高大粗壮,头上枝干交织,看不见天空,巨大的阴影形成了一张黑黝黝的巨口,一直向里延伸。

两旁草丛中,或屹立或倒伏着石俑,高大的、奇异的、表情不一的石俑,或哭或笑,或须发奋张,或愁眉苦脸,身上生长着厚厚的苔藓,有鸟兽停留其上。

"娘,唱个歌呗。"

"唱什么?"

"小时候你每晚都要唱给我听的。"

"记不得嘞。"

"山都大人的那首。"

"哦。"母亲终于想起来,清了清嗓子。

歌声回荡在山间——

山间长着九棵树

一棵柏树一棵桐

一棵柳树一棵松

一棵桂树一棵枫

一棵槐树一山红

还有一棵在哪里?

大人种在你背后

树上挂着招魂铃

丁零零
响一声
响一声
阿仔背娘上山去
下得山来莫回头
丁零零
丁零零
…………

歌声息了,一抬头,神祠便在眼前。

放下母亲,推开沉重的木门,东方泛起鱼肚白。

换上雪白的巫袍,向那披着血红色羽衣的神像叩拜,祈祷,取下青铜法铃,这一刻,我是祭司。

丁零零,丁零零……

铃声清脆,满是幽怨。吟诵古老的招引谣,跳起大开大合的迎神舞,我为母亲恭请那位大人的到来。

呜!

山风骤起,松涛阵阵。

那是山之音。

时候到了。

还铃,脱衣,我最后看了一眼跪在神像之下的母亲,捂着脸跑出去。

"仔,莫回头呀!莫回头!"

母亲的声音从身后传来。

我发疯一般地跑,泪水大颗大颗落下来。

"莫回头!莫回头!"母亲的声音,带着颤抖。

莫回头……莫回头……

可那是我的母亲,我的娘呀!

我以后,再也看不到她了吗?

生我、养我的娘!

那个背着我上山、下河,哄着我入睡,带给我欢笑的娘呀!

"娘!"

我停下脚步,转过身!
我要看娘一眼,最后一眼!
大风呼啸,浓雾涌动!
晨曦的光线被浓密的云层吞没,在那神殿上投下一片巨大的阴影。
大殿之中,神像之下,母亲消失不在。
在那浓雾里,在那台阶上,在那大门口,屹立着一个人!
不,一个身影。
一个披着血红羽衣、手持法铃、颈上无头的身影!
丁零零……
恍惚中,铃声传来。
我的心脏,仿佛被一记拳头重重击中,骤然收缩!
那,是传说中的山都大人吗?!
丁零零……

第一章　蝼蛄山

万籁俱寂。

道路变得曲曲折折，拐个弯，就被丛林吞没了。

太阳还没落山，星斗就从天幕上浮出来，密密麻麻，多得让人难以置信。山峦参差不齐、黑黢黢地裹挟在四周。

一丝风都没有。

路旁的小小神祠，用几块巨石垒砌，供奉着面容模糊的神像，神像对面的山崖，刀砍斧劈一般，雪白色的岩石峭壁上，蜂窝一般凿出的百余个石洞，距离地面足有十几丈高，每一个里面都放置着一口棺材。

或许是因为年月久了，日晒雨淋，大多数的棺木都已破损，隐约可以看到白森森的骸骨。

路边站着两个人，仰着脖子。

"妖怪……小的是说，这世间真的有妖怪吗？"

说话的是一个四十多岁的男人，肤色极黑，毛发浓重，浓密的短须钢针一般直立着，四肢粗壮，一身黑色的麻布警服满是油渍，几乎看不出原来的质地，脚上穿着草鞋，眼睛圆睁着，看着另外一个人。

那双眼睛，黑眼珠多，白眼珠少，充满疑虑。

"说不清呢。或许有，或许，没有。"另一个人将目光从山崖上收回来，转过脸，微微一笑。

与草鞋男相比，眼下的这个男人，不管谁见了恐怕都会不由自主地发出一声感叹。

二十出头的年纪，身体如同青松一样挺拔，天生的栗色头发，微微卷起，皮肤白皙，鼻梁高挺，极大的双目水晶般镶嵌在脸上，眸色发灰，呈现极罕见的颜色，唇角上扬，竟然还生有唇珠，配上一身考究的黑色警服……

世间，竟然还能有如此英俊的男子呀！

"但小的听说蒋长官见过妖怪，而且还除去了它！"草鞋男迟疑了一下，"只是小的想不到蒋长官竟然如此……"

"竟然如此年轻？"

"是嘞。"

"藤六呀，别一口一个小的，现在是民国了，你我是同志，再说你年长，叫我南羽就行。"

"那万万使不得，长官总是长官！"叫藤六的男子摆摆手。

蒋南羽见勉强他不得，只得由他，昂头看那山崖："这里就是蝼蛄山了吧？"

"是嘞。"

蒋南羽点了点头，微微眯起眼睛。

黑压压的山峦，此刻只有山巅还留有余晖，混沌一片，好像飘在虚无中。

蝼蛄山，蒋南羽之前从未听过有这么一个地方存在，也从未想过自己会来到这里。

在此之前，他不过是个出身富贵之家的叛逆青年，出国留洋回来，因不甘心待在父亲身边过着受人庇护的日子，便出来做了巡警，没想到一出手就侦破了"中条山三目怪婴连环杀人案"，成为警界的新星。

那起怪案，极为诡异，案情也很复杂，所以被传得神乎其神。这次之所以被派到蝼蛄山，也多多少少因为自己由此被视为此类案件的行家了吧。

蒋南羽暗自苦笑，离开崖壁，回到主路。

藤六紧紧跟上，二人一前一后，中间隔着一段距离。

这山，真是大呀。

置身其中，蒋南羽心底不由地发出一声感叹。

绵延不绝的山，高耸，横亘，不知度过了多少年的时光，一草一木都散发着古老悠远的气息，置身其中，会觉得人是那么渺小。

从省城到这里，蒋南羽花了将近七日的时间，火车换警车，警车换马车，马车换牛车，最后干脆步行了半日，才找到山口。

这里太偏僻，偏僻得与世隔绝，如果不是因为发生这桩怪案，恐怕没多少人知道这里竟然还生活着一群人。

案子的确够蹊跷：入赘的新郎，乘坐着富丽堂皇的厢式马车，欢天喜地上山，半路上于车厢里凭空消失，在阴森恐怖的神祠里找到时，成了脑袋被砍掉的无头尸体，真是令人匪夷所思。

更蹊跷的是，当省城的那些老警官听到蝼蛄山时，脸上皆露出恐惧的神色，纷纷寻找各种让人啼笑皆非的借口推辞，最终让这个案子落到了自己的头上。

这山，真的像传说中的那么诡异吗？

"山里……山里有妖怪。"蒋南羽想起自己出门时，一位前辈幸灾乐祸的提醒。

为此，蒋南羽在来之前，详细地翻阅了所有关于蝼蛄山的记载，算是了解了一鳞半爪。

蝼蛄山历史悠久，自古以来栖身其中的山民就被视为不可思议的古怪群体，没人能够说得清他们的历史，只知道这些人从不轻易和外面的世界打交道，他们隐藏在群山之中，靠着贫瘠的土地和山林艰难繁衍，有着与外界截然不同的生活、习俗，也有着种种难以理解的诡异传说。

但妖怪，应该是不存在的吧。

这一点，蒋南羽十分坚信。

所谓的妖怪，不过是人内心的显现和演绎，就像这山风，终究虚无缥缈。

"藤六，人活到了七十岁，就要由子女背上山丢弃，死去，是真的吗？"蒋南羽回过头问。

"我们称之为山隐。"

"这样做，仅仅是为了节约口粮？"蒋南羽觉得不可思议。

"山里太穷了。"藤六停下来，点亮灯笼。

白花花的灯笼，在幽暗的丛林中，透出白花花的一团朦胧光芒。

"种下去能活的，不过是番薯，即便是好年景，也总有半年的时间要靠采集山果、打猎为生，除此之外就是伐木了，一棵棵大树倒下，顺着溪流漂到山外渡口，也换不了多少钱，人过了七十就是无用之物，活着也只能浪费口粮。"藤六的言语，十分平淡，没有任何感情。

蒋南羽喘了口气："即便如此，送上山的老人，会甘心吗？"

藤六苦笑："那些老人，年轻时也背自己的父母上山嘞，一代一代的人，都是这么过，早晚都会轮到自己，有什么甘心不甘心的，这是规矩，谁能破坏规矩呢？再说，这也是约定，是我们和山里那位大人的约定。"

"山里的那位大人，是个怎样的……"蒋南羽斟酌着字句。

"当然是神了。"藤六不假思索地回道。

"可你刚才说是妖怪……"

"这个……"藤六眼神闪烁，"那位大人会引领山隐之人进入另一个世界，不过……"

"不过什么？"

"不过……唉，还是不说了吧。"

"不过也会让一个新郎在马车里凭空蒸发，接着在另一个地方砍掉他的脑袋？"蒋南羽笑。

"也不是你想的那么简单……"藤六重重点头，"反正大家都这么说。不然，一个活生生的人，怎么会在众目睽睽之下从马车里凭空消失呢？"

"山里有妖怪吗？"

藤六被蒋南羽问得发愣，垂头走了一阵路，道："山里……山里只有那位大人……"

两个人走得汗流浃背，寻一块石头歇息。

阳光终于被黑暗吞没，幽深的林子里一片漆黑，浓雾翻滚，茂密的枝叶层层交织，抬头也看不到星空。

蝉，叫了起来。

"刚才那片山崖，是怎么回事？"蒋南羽掏出白毛巾擦拭汗水，道，"既然人被送山上交给那位大人，为何……"

藤六从腰间掏出竹筒，递给蒋南羽。

里面装着水，甘甜凉爽的山泉水。

"能活着被送上山的人，终究是有福气的。"藤六看着那盏灯笼，"大多数的，没到那年纪就被山上的滚石砸死、被倒下的树压死、被豺狼虎豹咬死或者干脆就是病死、累死，这样的人我们叫'横死'，是没有资格上山进入神祠的。"

藤六看着林莽："他们一辈子无比辛苦，狗一样活着，却死于非命，肯定是有怨气的。死了有怨气，就容易生出古怪，所以横死的人，都要被吊上山崖，棺材置身于峭壁之上，那样他们就永远不会下来，也就不会作祟了。"

"那么高的山崖，你们是怎么把棺材弄上去的？"蒋南羽好奇。

藤六神秘一笑："这是秘密嘞。"

他不说，蒋南羽不好意思再问，起身，二人继续行路。

"胡巡长没问题吧？"行走了半日的山路，蒋南羽觉得自己的骨头都要散架了。

胡巡长是他的顶头上司，一个让人无法忍受却不得不与之共事的男人，有着个花哨无比的名字：胡淑芬。

"这个长官请放心，原先打算让白皮接胡巡长的，但他脱不开身，我找了别人在山口等着，胡巡长一到，就接他上来。"藤六回答。

白皮是藤六的手下。偌大的蝼蛄山，只有两名巡警。

不知走了多久，蒋南羽的步子越来越沉重，忍不住问："还有多久到镇上？"

"翻过前面的山头就是了。"藤六走得十分轻松，蒋南羽那沉重的行囊堆在他的竹筐上，几乎超过了他的脑袋。

艰难地走过一段陡峭的山路，就到了一座山头。

大风忽起，山林涌动，松涛阵阵。

眼前豁然开朗。

在白月光之下，在满天的星斗之下，群山环绕出一处小小的盆地，一栋栋或大或小的白色房子三三两两分布于林木中，若隐若现。

石头垒砌的房子，屋顶上也铺着白色的页岩，漏出点点昏黄的灯火，终于看到了人烟。

这很难称之为一个镇子，松散，寥落，毫无生气。

盆地的外延，于起伏的群山和丘陵中，能够看到一条弯曲延伸的、细小的线条小路，像是人工所为，但不知为何在距离镇子几十里外的地方戛然而止。

"那是铁路嘞。"藤六指了指，道，"蝼蛄山只有木材，前些年听说上头要修一条铁路进来，我们高兴坏了。有了铁路，木材就能源源不断地运

出山外,日子也就会好过很多,不过后来没修成。"

"这是好事呀,为什么……"

藤六摇头:"有的人认为是好事,有的人则不。我们世世代代都不和外面打交道,火车进来,山里那位大人不满意呢。"

"它出来说不满意了?"

"那位大人怎么可能下山!山巫说的。"

"山巫?"

"就是……就是祭司。那位大人通过他向我们传话。"

"哦。后来呢?"

"闹得很凶呀当时,同意通火车的和反对的两帮人甚至动起了手,闹得不可开交的时候,倒是上头说不修了,说是修路时接连发生很多事故,死了不少人。我们都说定然是惹怒了山里那位大人,嘿嘿,这可不是什么好事。"藤六笑道。

"或许是因为上头没钱了吧。"蒋南羽乐道。

藤六仰头看了看星斗:"那我就不知道了,不过蒋长官……"

"怎么了?"蒋南羽问道。

他在犹豫,没有说下去,只是低着头,背着行囊,呼哧呼哧下山了。

蒋南羽也没再问,只是跟在后面。

二人走了很远,藤六的声音从前面传来:"蒋长官,你是个不错的人,至少和我见过的外面来的那些人不一样,所以……"

他沉默了一会儿,似乎顾虑重重,但最终还是开了口:"所以我提醒你,蝼蛄山不是别的地方,在这里,山里那位大人掌管一切,千万别得罪他,尤其是禁地,不要私自乱闯,否则……"

"否则什么?"

藤六停了下来,背对着蒋南羽。

"之前外面来的那些人,有的就……结果……"

"结果怎样?"

"结果就再也没有见到过。"

蒋南羽的心,不由地一紧。

藤六转过身,笑笑道:"山里那位大人脾气怪,不轻易接纳外面来的人,所以你们不能惹怒它。"

蒋南羽点点头,快步来到藤六身边。

两人并肩而行。

"藤六,有个问题我一直想问。"

"请讲。"

"真的没有人看到过那位大人的真容吗?"

藤六脸上的肌肉剧烈地跳动了一下,他躲开蒋南羽的目光,快速走了几步,随即笑了起来。

"到了!蒋长官,蝼蛄镇,到了!"

"活生生的一个人,怎么能凭空蒸发呢?总觉得有点儿不可思议。"蒋南羽自言自语道。

"蒋长官,请进来休息吧!"藤六推开一扇屋门说道。

房间里铺着一层蒲草编织的厚席,使用得多了,蒲草已经发黄,但很干净,发出一种特殊的草本植物的清香。

虽然是夏天,山中的夜晚还是多了一丝寒气。

蒋南羽觉得自己的双脚冰凉,忍不住打了个喷嚏。

房间很大,摆设简单,家具都是木头打造的,极为低矮,没有板凳,进来只能席地而坐。两扇推拉门敞开着,一直延伸到外面的平台,对着大大的庭院。

院中一棵古树参天而立,枝叶繁茂,如同一把大伞,将房屋遮盖得严严实实。

应该是槐树吧。

蝼蛄镇唯一的旅馆。

在此之前,蒋南羽从未住过这样的旅馆,也未见到过。古旧,简陋,坐落于一片凸起的巨大山崖之下,紧挨在一起的两个大院子,房舍皆是木质结构,年代久了,外表灰突突的一层油光,连梁柱上都生出了木耳之类的东西。厅堂倒是宽敞,打扫得也干净,不管是格局还是房舍的风格,都不是传统的中国样式,总觉得有点儿怪怪的,怎么说呢,好像有那么一点点日本的风格呢。

尤其是那庭院,不是四四方方的,而是随着山势而建,铺满了白色的

碎石,没有假山、水池、亭台楼阁,而是引一山泉蜿蜒而过,泉边种植着兰草,月光下开出洁白的花朵,花香沁人心脾。

最重要的是有那古树!

好大的一棵树呀,需四五个人才能合抱,粗粗的枝干虬枝伸展,老龙一般,树的一半已经枯死,另一半却绿意盎然。树根处,生出一个巨大的孔洞,足够容纳一张桌子,里面供奉着黑色的石雕,因为夜色的原因,看不清容貌,越发衬托出这树的古老。

偏僻的深山中,竟有这样的一个旅馆,倒也有趣。何况,还有温泉呢,天然的温泉。

在这房间的后面,长满青苔的岩石中,一个个或大或小的石穴浸在温热的泉水中,大的能够容纳十余人,小的一人足矣,泉水滑腻清爽,泡上个把钟头,全身的疲惫一扫而空,穿上厚厚的袍子,吹着微风,再来一盏山果酿造的薄酒,别有风味。

"刚开始,我也觉得不可思议,可的确发生了。"

藤六接过蒋南羽的话,不好意思地挠了挠湿漉漉的头发。

他二人都穿着一样的袍子,刚从温泉里出来。

除此之外,房间里还有一个人。

昏黄的烛光下,映出那人一张清瘦的脸。

不光是脸,身体也很瘦,坐在那里,完全就是一截枯木。

四十出头的年纪,头发稀疏,皮肤白净,脑袋浑圆,两眼眯成一条线,鼻头肥大,嘴唇厚实,五官集中,不管何时脸上都堆着笑,看起来人很和气、醇厚。

"我走南闯北许多年,这般的事情,头一回碰到。"那人长叹了一声,显得很无奈。

"那么,还请林先生详细地将这件事情说明白,拜托了。"蒋南羽拿出了笔记本。

被称为林先生的瘦子,名叫林中君,是那位从马车里凭空蒸发的死者的堂哥。

林中君点了点头,目光落在院中的那棵古树上,陷入了回忆。

"我们林家,曾经也是风光无限的名门望族呢。"林中君笑笑,"前清时光举人就出了十几个,家大业大,商铺、田产众多,后来闹长毛太平军,家道中落,等到了我们这一代,虽然有着望族的名头,但实际上已经穷得叮当响了。"

"我父亲兄弟二人,各有一子,便是在下和堂弟。父亲经商,我自小就跟着他游走四方,虽然辛苦,却也能混个温饱。二叔是个读书人,虽然无有功名,可做过幕僚,后来脱身而出,回家守着十几亩薄田过日子,除此之外经营着一个小小当铺。堂弟林长生,性格内向,是学堂的教师。"

"大概是七八年前吧,家父过世,产业就交给了我,一年三百六十五天,几乎都奔波在外,很少回来。三个月前,二叔病危,我急忙赶回来,见他老人家最后一面。"

"也不知得的什么病,一直躺在床上,靠药物维系,人终究是死了,但原本就清贫的家也被拖垮了。田地早就卖光了,为了送葬,连当铺也转了手,所以堂弟长生孑然一人,又无财产,十分可怜。"

"半个月前,我接到长生的信,说他要结婚,无论如何要让我出席。这让我十分欢喜,他若成家生子,想来二叔泉下有知,也能瞑目吧,但没想到他竟然是入赘。"

说到这里,林中君苦笑了一声。

一阵山风刮过,院里的古树枝叶晃动,发出哗哗的响声。

"如果能成家立业,即便是入赘,也没什么关系吧。"蒋南羽笑道。

林中君也笑:"说的也是,我当时虽有些意见,但看到长生极为欢喜,也就随他了,何况亲家出手阔绰,给了不少钱。"

"哦,这位亲家,是什么来头?"蒋南羽来了兴趣。

"我不甚清楚,只听长生说姓金,全名嘛……"林中君为难地挠了挠头。

"金青成。"藤六在旁边接道。

蒋南羽将这个名字记在了笔记本上,示意林中君继续说下去。

林中君点了一支烟,抽了一口,道:"这场婚事,委屈了长生。他孤身一人,又是入赘,所以我们那边不打算办婚礼,简单办完了该做之事后,我俩就如约来到这里。"

"如约?"蒋南羽抬起头。

"嗯。说是金家已经算好了日子。"林中君道。

这也正常,大户人家婚娶,分外讲究良辰吉日。

"先前的三四天,我们都住在这旅馆里,金家很重视婚事,精心筹划。到了婚礼这一天,半夜里,我们就开始忙活了。"

"半夜里?"蒋南羽沉吟了一声,"婚礼难道不是在白天举行吗?"

藤六笑道:"你说的是山外。我们蝼蛄山,婚礼都是从半夜开始的,要在日出之前把新娘子接入家门,入赘也是一样。"

真是奇怪的风俗。蒋南羽如是想。

林中君也是露出一种难以言说的神情,道:"先是沐浴,洗净了身体,又跪拜祈祷祖先,接着梳妆打扮……"

"梳妆打扮?男人吗?"蒋南羽越听越觉得不可思议。

"嗯。男人,也是到了那时候我才知道长生为何千里迢迢让我回来陪他上山。"林中君摇头道,"不光是他,连我也是,穿上鲜红的锦缎袍子,用白粉搽了脸,画得像鬼一样……"

蒋南羽转脸看着藤六,目瞪口呆。

藤六解释道:"的确如此。结婚迎娶,除了新娘盛装之外,还需要一个陪嫁之人,陪嫁不是说跟着嫁过来,而是家中至亲,一般是姐妹,贴身跟随,不管是着装上还是打扮上,都和新娘一样,叫作婚替,哈哈哈哈,等到婚礼开始时,这个婚替就被看成新娘的替身,备受捉弄啊。这是婚礼中必不可少的乐事。"

"入赘也是这样?"蒋南羽问道。

"那是自然!"藤六忍俊不禁。

林中君显然没有藤六这般的好心情,苦着脸道:"是呀是呀,光是当时的梳妆打扮,就让我难受得要死。蒋长官不知,那衣服虽然华丽,却是宽大繁复无比,里外好多层,加上那胭脂香粉……"

蒋南羽虽然没看见,却也能想象出当时滑稽的情形。

"然后我们就上山了。"林中君叹了一口气。

"等一下。"蒋南羽摆了摆手,"当时,林长生是坐着马车上山的,对吧?"

"是。"林中君和藤六异口同声地回答。

"你看到林长生上马车了吗？"蒋南羽凝声问道。

"没有。"林中君摇了摇头，"我们梳妆打扮的时候，是分开的。我在后院旅馆的房间，就是旁边的那间……"

林长生指了指门外，院落里有房，一个挺大的房舍。

"长生之前和我住在一起，但他当时梳妆打扮的地方是在外面的神庙。"

"菩萨庙？"蒋南羽愕然。

藤六提着一壶热水过来，一边泡茶一边说道："就在旅馆前院，很小的一间，供着那位大人的神像。我们蝼蛄山，有两座神祠，一座在山上，那是那位大人的栖身之所，另外一座就在这里了，凡是外来者，都要潜心在此跪拜，只有拜完了那位大人，才能上山。"

蒋南羽点了点头。

"我出来时，众人已经等待多时了，车夫甩响鞭子，我在马车旁边，就上山了。"

"你是说，你既没有看到林长生上车，也没有和他坐在一起？"蒋南羽盯着林中君。

"是的。"

蒋南羽"嗯"了一声，脸上露出一丝疑问之色："当时和你一同上山的，还有谁？"

"这个我清楚。"藤六接话。

"你当时也在现场？"

"当然啦！不光是我，蝼蛄山很多人都在。"藤六的语气有些阴阳怪气："金家迎亲呀，呵呵，呵呵，怎能不看？"

蒋南羽觉得他话中有话。

藤六收敛怪笑，正色道："当时陪同林先生上山的，一共有四个人。"

他一边说，一边数指头："车夫叫野叉，咱们蝼蛄山的人，山上的木客。除此之外，就是金家的人了——金家的管家石公，他儿子石二槐，还有就是新娘的妹妹阿柳。"

蒋南羽一一将名字记上，道："上山时的情况，说得详细点儿。"

林中君想了想，道："倒也没什么特别之处，离开了旅馆，沿着山路一直往上走，山路是土路，曲曲折折，走起来十分费劲，尤其是对我这样

的外来者而言。"

"当时我怕得很,天还没亮,三更半夜地走在深山老林里,两旁黑乎乎的,又起着浓雾,尽管马车周围都挂着灯笼,可那灯光也照不了多远,好几次我都差点儿摔倒。"

"大概走了两个多小时吧,忽然听到了铃声。"

蒋南羽不得不再次打断林中君:"铃声?你的意思是马脖子上挂的铃铛吗?"

"不是!"林中君使劲儿摇了摇头道:"肯定不是!马铃的声音不是那样的!"

他痛苦地摸了摸脑袋:"怎么说呢,那铃声十分清脆、诡异,三更半夜的,幽幽地在林子中响起,在我们周围响起,把我吓了一跳。不光是我,那几个人听了,也是脸色大变,纷纷跪拜,车夫也吓坏了,走到我跟前,示意我站在马车边不要说话,也不要乱动。"

"是有点儿诡异,但不过是一声铃响,不至于吧?"蒋南羽道。

藤六脸色凝重:"蒋长官,你有所不知,这样的铃声,可不是一般的铃声……"

"那是什么?"蒋南羽问。

"那是……那是幽怨之铃!"

"幽怨之铃?"蒋南羽疑惑不已。

藤六双手合十,嘴里嘀嘀咕咕了几声,似乎不愿意多说。

蒋南羽点头,转脸看着林中君。

此时的林中君,脸色苍白,嘴角微微颤抖。

"然后我们就一路到了金家,在大门口,我打开车厢的门时,里头空空荡荡,长生消失了。当时在场的所有人都目瞪口呆,那个管家吓坏了,把那铃声的事说出来之后,全场哗然,随后这位警官就闻讯赶来,领着我们上山……"

"等等!"蒋南羽冷喝一声,"从旅馆出发,一直到金家,一路上,你都始终跟着马车,是吧?"

"是的。"

"林长生中途也没有下过车?"

"没有。马车车厢只有一侧有门,我就在那一边,没看到他下过车,马车其他三面是密封的,顶上也是密封的,说得难听点儿,跟个棺材差不多,除了从一侧的车门,其他地方不管是出来还是进去都是不可能的,长生根本就是凭空蒸发呀!"林中君沉声道。

蒋南羽摸着下巴,然后摇了摇头:"人不是水滴,不是空气,有骨有肉的一个大活人,是不可能蒸发的。有没有可能,林长生根本就不在马车上呢?毕竟你出来时,并没有看到他上车。"

"不可能!绝对不可能!"林中君断然否决了蒋南羽的这个推断,"中途我看到他在车里。"

"此话怎讲?"

林中君使劲儿抽了一口烟:"就是在铃响之后,车夫打开了车厢上的小窗——"

林中君比划了一下:"车门上的车窗,圆形的,大概有碗口大吧,车夫往里看了看,应该是查看长生有没有事。我也上前看了一眼,我看到长生就在里面。"

"你确定他在里面?"蒋南羽问道。

"确定!"林中君挠了挠头,"车窗很小,我只看到了他的后脑勺儿。"

"你没看到他的脸?"蒋南羽问得很细。

"马车里面的座位是侧坐的,我只能看到他的后脑勺,不过衣服领子我也看到了,红色的绸缎,错不了,肯定是他。"林中君大声道。

蒋南羽不由自主地皱起了眉头,好像又有些不甘心地道:"从头到尾你都没有听到他说话?"

"没有。"林中君苦笑,"他本来就性格内向,不喜欢说话,而且那天是入赘之日,又被梳妆打扮成那样,心情肯定很差。"

"如此说来……还真的有点儿蹊跷了。"蒋南羽深吸了一口气,"然后呢?"

"这位警官带人来到金家,听完情况之后,带着我们上山,一直走到一个……一个古怪的地方……"林中君望向了藤六。

藤六放下手中的茶盏,道:"接到金家的消息,我就立刻和白皮上山,弄清楚事情之后,我赶紧带人去神祠,在那里,我们碰到了神色慌张的木

下三郎，林长生的尸体就在神祠台阶上，脑袋被砍掉了，死得很惨，我们随即把木下三郎捉拿了……"

"且慢。"蒋南羽觉得藤六的所作所为有疑点，"藤六，你弄清楚事情之后，为什么别的地方不去，偏偏去神祠？而且就在那里找到了林长生的尸体？你怎么知道他的尸体就在那里？"

蒋南羽面带冷笑，看着藤六，目光冰冷而锐利。

藤六面不改色："因为这种事情，凡人做不来。"

"凡人做不来？"

"嗯。只有山里那位大人才能做得来！而且当时，是木下三郎将那位大人放出来的。"

藤六的话，让蒋南羽听得云里雾里。

这到底是怎么一回事？！

"当然是神隐了。"就在蒋南羽困惑的时候，一个清脆而灵动的声音传入耳畔。

这声音真好听，悦耳婉转，仿佛黄鹂鸟一般。

哗啦啦，哗啦啦，紧接着是一串碎铃声，听之同样地让人心生欢喜。

"哦，老板娘呀。"林中君抬头看了看，笑道。

一只脚出现在蒋南羽的视野里，雪白可爱的足腕上，戴着红线串着的一串小小铜铃铛。

"你们谈了这么久，我想也该饿了吧。请吧！"老板娘双膝跪在地板上，麻布做的贴身小袄勾勒出迷人的曲线，雪白的颜色若云上落雪，乌黑浓密的头发海藻一般披下来，一张月华一样的粉脸，正笑眯眯地看着蒋南羽。

杏眼荡漾，柳眉含笑，尽管看起来已经年过三十，但气息依然宛若少女，这般的女人，任何一个男人见了，恐怕都难免心动吧。

"那就不客气了。"藤六眉飞色舞，捏起木盘上的一块柿饼狼吞虎咽地吃起来。

"小女山桃，见过蒋长官。"老板娘跪在地上弯腰施礼，烛火之下，脖颈之下露出雪白一片。

蒋南羽顿时臊了个大红脸，忙道："客气……客气了。"

"哟，大男人一个，还会害羞呢，咯咯咯，藤六，你看看，你看看，这么俊的男人红了脸还真是好看呢！"山桃捂着嘴，盯着蒋南羽咯咯直笑。

山里的女人，直接而火辣，没有拖泥带水，脾气也就格外可爱。

蒋南羽尴尬不已，清了清嗓子，道："老板娘，尊夫为何不得一见呀？"

山桃闻言，又是咯咯一笑："哟哟哟，这外面来的人就是不一样，说话都文绉绉的，还尊夫，你问的是我男人吧？"

"嗯。"蒋南羽低头看着自己的脚。

"死了。藤六，那个混蛋死了有十年了吧？"山桃的声音带着无比的怨气，却也看得很开。

"这个……对不起……"蒋南羽冷汗直冒。

"有什么对不起的，没什么大不了的事。我定然是上辈子做了坏事，欠了那混蛋的，嫁过来几个月他就被树砸死了，留下这个院子给我，一个女人苦苦支撑，无亲无故，改成了个小小酒馆，卖些酒水给木客们，也不至于饿死。"山桃倒了一杯酒，放在蒋南羽面前。

山里烧的土陶，虽粗糙但实用，酒色赤红，不知用什么酿造，蒋南羽饮了一口，无比的酸涩滚辣，顿时咳嗽连连，又惹得一屋子的笑声。

"果然是个雏儿。"山桃双目荡漾，咯咯笑道。

"既然尊夫都去世十年了，为何不再……"蒋南羽不知道怎么说下去。

"再找个男人是吧？咯咯，我也想找呢，但哪个娶呀？"山桃噘起嘴。

蒋南羽看了看山桃，又看了看藤六，满脸的不相信。

如山桃这般的女子，山里恐怕是极少的吧，怎么可能没人娶？

藤六自然知道蒋南羽心中所想，吃完了柿饼，唆着手指，道："蒋长官不知道我们山里的习俗，寡妇改嫁倒是没有人会说三道四，只是有个规矩：娶寡妇的男人，家业一定要超过先前的男人才有资格，否则是会被笑话的。"

"为何？"蒋南羽觉得匪夷所思。

"为何？因为那样会被人家认为是看中了先前男人的钱财才娶寡妇的，这样的男人，是没本事的男人，遭人耻笑。"

"哦。"蒋南羽点头。

藤六又道:"山桃先前那男人,是木场的工头,算是见过世面的人,在山外也有自己的生意,所以是蝼蛄镇的大户之一,家业能超过他的,寥寥无几,故而山桃……"

藤六瘪了瘪嘴,没有再说下去。

"这种事,就不说了吧。来来来,再喝一杯,蒋长官,这酒是用我们山里的野果所酿,第一杯觉得难喝,越喝越觉得有滋味,你再尝一尝!"山桃极为好客,倒了满满一盏,双手捧着递到蒋南羽面前。

蒋南羽推辞不过,接过来喝了,果然,慢慢咂品之后,那原先的酸涩中多了一丝甘甜,回味无穷。

"没骗你吧,咯咯咯。"山桃捂着嘴笑。

蒋南羽端着酒盏,道:"老板娘……"

"哎哟哟,人家很老吗?叫得这么难听,你就不能叫声山桃姐?"

"这个……山桃姐,我有件事情问你。"蒋南羽哭笑不得。

一声山桃姐叫得山桃花枝乱颤,这女人乐道:"问问问,尽管问。"

"你刚才说的神隐,是怎么回事?"蒋南羽将话题重新拉回正轨。

山桃的笑容顿时收拢了,正襟跪坐,道:"蒋长官对山里那位大人,一无所知?"

"倒是……倒是在来的路上听到了一点儿。"

山桃看了看藤六,藤六摇头,当下明白了,道:"蝼蛄山这里,贫瘠得很,一年里有半年吃不饱肚子,饿死人也是常事,所以人到了七十岁就被看成无用之物,由子女背着送上山,称之为山隐。"

蒋南羽点头,这事儿已经听藤六说过了。

"送入神祠之后,子女要马上离开,祭司从那位大人神像手里取下法铃,招引那位大人现身,带走老人……"

"真是那位大人带走的吗?"蒋南羽睁大眼睛问。

"除了祭司,恐怕谁也不知道吧,我想就是祭司也没见过那位大人的真容。反正送入神祠的老人,会在那无门无窗的密闭神祠中凭空消失,这是确定无疑的事。"

"凭空消失?"蒋南羽声音不由得颤抖起来。

"是的,要不怎么叫山隐呢?"山桃又给蒋南羽倒了一盏酒,道,"据说那位大人住在幽冥之中，听到祭司的铃声就会来到尘世。铃声，是联系那位大人的唯一途径。"

"那么神隐呢？"蒋南羽问道。

山桃又看了看藤六，藤六面无表情。

"这种事情说给你听应该也没关系，那位大人一般都是听到祭司招引才会出来，但也有在极少的情况下，它自己现身于密林黑暗之中，估计就像人一样，觉得闷得慌，出来闲逛吧。"

"闲逛？"蒋南羽闻言苦笑，用这么一个词来形容，真是……真是诡异得很。

"我们山里人，除非有急事，一般晚上都不会出门的，就是怕遇到那位大人。哎哟哟，那位大人呀，脾气很怪的，看上不顺眼的人，或者觉得有意思的人，就会将其带走，称之为神隐。"

山桃这么一解释，蒋南羽算是明白了。

"山桃姐……"蒋南羽想了想，道，"这种神隐的事，经常发生吗？"

"哎哟哟，经常发生那还得了呀！"山桃直摆手，"我也是听老人说的，反正嫁到山里这么多年，我是一次都没听说过。"

藤六给自己倒了一杯酒，道："的确是传说，我听我娘也讲过。不过山里头也发生过几次，多半是在木场，木客半夜出门，或者一起喝酒出去撒尿，就没了踪影，再也没有出现，都说是神隐了。"

山桃道："一个大活人，活不见人死不见尸，可不是神隐了嘛。"

"那也有可能是被野兽吃了呢。"蒋南羽还是觉得将这种事情归于神隐，有点儿玄乎。

"但发生这种事情的时候，往往能够听到铃声。"山桃摊了摊手，"我们山里人家里是绝对不会有那种铃铛的，整个蟛蚝山只有神祠有一个，所以……"

说到这里，山桃自己也满饮了一盏酒，原本白皙的脸上泛出一片红晕，越发显得妩媚起来："对了，听说那可怜的新郎消失的时候，就有铃声呢。"

"嗯。"藤六点点头，对蒋南羽道，"所以我和白皮接到报案赶到金家门口了解情况之后，就直接去神祠找了。"

绕了这么一圈，蒋南羽终于打消了将藤六定为嫌疑人的疑虑。

"你赶到那里，看到了神色慌张的木下三郎，然后看到了林长生的无头尸体，是吗？"蒋南羽拿起笔。

"是。"

"木下三郎为什么会出现在那里？"

"那一天是木下三郎的老娘，哦，我们都叫她木姥姥，是她的山隐之日。"

"木下三郎那天背着她的母亲上山？祭司的父母到了七十岁，也必须上山吗？"

"当然了！这件事情上，山里人没有例外！"

"也就是说，当天木下三郎既是背着母亲上山的送葬人，又是招引那位大人从幽冥之中现身的祭司，是吧？"

"是。"

蒋南羽沉吟了一下："你们认为，是木下三郎召唤出了那位大人，那位大人在带走了他母亲之后，又出来……闲逛，然后碰到了马车，带走了林长生，是吧？"

蒋南羽觉得这简直无法理解。

但这句话让藤六和山桃的表情变得极为怪异。

藤六摇头道："我们觉得木下三郎就是凶手。"

蒋南羽有些愕然："你们觉得木下三郎是有意为之？"

藤六和山桃都不说话。

蒋南羽又道："的确，从案发现场来看，除了死去的林长生之外，只有木下三郎和他的老母亲，老人恐怕是没有能力去杀死林长生的……"

"案发现场根本就不可能有木姥姥，我们打开神祠大门的时候，她已经像其他被送上山的老人一样凭空消失了。"藤六打断了蒋南羽的话。

蒋南羽目瞪口呆："真的凭空消失了？"

"当然了！"藤六一副见怪不怪的样子。

蒋南羽暂时不能在这件事情上纠缠，道："好吧，就算木姥姥真的凭空消失了，那么现场除了死者外，只有神色慌张的木下三郎一人，所以你们认为木下三郎就是凶手？"

"不是！"藤六立刻摇头。

"不是？"蒋南羽不明白他的意思。

藤六解释道："我们之所以觉得木下三郎是凶手，可不是你说的这样。"

"那是什么？"

藤六叹了一口气，道："那是因为木下三郎有足够的理由召唤出那位大人帮助自己杀了那可怜的新郎。"

"他为什么要杀林长生？林长生之前从未上过山，也不认识他。"蒋南羽听得云里雾里。

"很简单呀，林长生是木下三郎的情敌。"藤六回答得言简意赅。

"情敌？"蒋南羽觉得原本清晰的条理开始乱了。

藤六四仰八叉地坐在地上，道："是这么一回事，林长生要娶的姑娘，就是金青成的女儿阿枫，和木下三郎情投意合，相爱至深，简直到了一个非他不嫁一个非她不娶的地步了，这是蟋蛄山众所周知的事。"

"金青成也知道？"蒋南羽在笔记本上奋笔疾书。

"当然知道！"山桃看上去很生气，鼓着嘴道，"三郎那人呀，真是好得很！虽然话少了点儿，但为人正直，干起活来也尽心尽力，他是木场的头儿，对手下很好，很讲义气，蟋蛄山很多人都受过他的照顾。别的不说，就我这个小店，有喝醉了酒欺负我的或者欠钱不还的，他一出面问题就解决了。人长得也俊，这一点蟋蛄山没哪个男人能比得上他，虽然是穷了点儿，但也不至于穷得叮当响，起码在蟋蛄镇算是中等。"

蒋南羽放下笔，道："既然木下三郎这么优秀，他和阿枫又彼此相爱，金青成为什么不成全他们，反而要另招个女婿上山呢？"

"这就是问题的关键了。"藤六摇了摇头，"也是作孽，金青成和木下三郎两个，偏偏不对活。"

蒋南羽一愣："不对活？"

山桃在旁边接了一句："嗯，杀父仇人！"

藤六摆了摆手："别瞎说，又没有证据。"

"还要什么证据？蟋蛄山人人都这么说！"山桃睁大眼睛道。

蒋南羽挠了挠头："这到底是怎么一回事？"

第二章　山神隐

房间外的光线逐渐黯淡下去。

浓云遮盖住月亮，不多一会儿，开始淅淅沥沥下起了雨。

山里的雨，和外面是不同的，雨点落在树林中，发出"唰唰"的声响，极其悦耳。

"这事，也是听来的，因为年头太久，真正目睹的人大多都已经不在人世了。"藤六转脸看雨。

蒋南羽起身关了窗户，房间里依然有些冷。

"金青成并不是蝼蛄山的人。"藤六想了想，道，"大概是三十年前吧，他雇着一队马帮，带着大大小小的车辆，浩浩荡荡开进了蝼蛄镇。"

"他来蝼蛄镇干吗？"蒋南羽好奇。

"说是烧琉璃。"

"烧琉璃？"蒋南羽觉得难以置信，烧琉璃一般选择的都是交通便利之地，货物、原料好运输，这偏僻深山，道路不通，怎么想也不适合。

藤六呵呵一笑，道："反正当年是蝼蛄镇的一件破天荒的新鲜事，那时候还不像现在，蝼蛄镇从来没有外人进入，何况还是那么大一家子，那么有钱的一个财主。"

"安顿下来之后，金青成在半山腰修建了一所大宅，大得很，建起了工房，然后又是勘探矿点，又是放炮开矿，四处乱挖。整个蝼蛄山被搞得天摇地动。也就是在那个时候，金青成认识了木下柏。"

"木下柏？"

面对蒋南羽的疑问，藤六解释道："就是木下三郎的父亲。蝼蛄山里的人，男孩儿一般以树为名，女孩儿呢以花为名的多。木下家是世代沿袭的祭司，地位在蝼蛄山举足轻重，木下柏不但在蝼蛄镇德高望重，而且还是木场的头头，大家对他言听计从，金青成要开矿烧琉璃，需要支持和人手，所以就和木下柏成了商业伙伴，据说两个人交情似乎还不错。"

"哪里是什么开矿烧琉璃！"山桃在旁边翻了个白眼，"那都是金青成对外打的幌子，实际上，他是想得到我们的宝藏。"

"宝藏？"蒋南羽哑然失笑，这深山中有矿，倒是说得过去，说有宝藏，那简直就是天方夜谭。

山桃被蒋南羽的样子搞得火大，道："哎哟哟！你还不相信是吧？这是千真万确的事！我们蝼蛄山里的人，也不是从一开始就在这里生活的，之前我们的先人也显赫得很，进蝼蛄山时带进来一笔富可敌国的宝藏！"

山桃张开手臂比画着，双目放光。

"那你们的先人什么来头？所谓的宝藏又是什么宝藏？"蒋南羽问道。

山桃一脸神秘状："这可是秘密！不过，说实话，我们哪里知道。但金青成开矿烧琉璃肯定是借口，真正的目的还是为了窃取我们的宝藏，否则怎么可能来到这荒山野岭。"

蒋南羽将这些记在笔记本上，转脸对藤六道："后来呢？"

"好像是第二年吧，金青成和木下柏两个人进入了蝼蛄山的禁地，山崩了，被砸得面目全非的金青成被人发现，抬了出来，捡回了一条小命。"

"木下柏呢？"蒋南羽问道。

"当然是死了，尸体埋在山石之下，都没扒拉出来，那一年木下三郎才两岁。"藤六叹气道。

"挺惨的。"蒋南羽感慨道，"但山崩是谁也预料不到的，木下三郎不会因为这个就怪罪金青成吧？"

山桃摇头："蝼蛄镇的人都说木下柏是被金青成杀死的。"

"为什么？"

山桃说："传言蝼蛄山的宝藏，只有历代祭司知道具体的下落，金青成从木下柏那里得知了宝藏的下落之后，两个人去了埋藏之所，否则他们两个也不会进入禁地。得到了宝藏之后，金青成为了独吞，不惜演了一场苦肉计，杀了木下柏。"

蒋南羽陷入了沉思。

"这只是传言，没人知道具体的真相。"藤六接过话，道，"不过接下来发生的事，的确有些蹊跷。"

蒋南羽抬起头。

藤六倒了一盏酒，干了，道："金青成被抬回来的当晚，金家突然起了大火，那把火几乎将金宅烧成了白地，金青成自此失踪。"

蒋南羽点头道："是有些蹊跷。"

藤六又道："金青成失踪之后，只留下他的岳母金婆、老婆花娘子、管家石公和女儿阿松，当时阿松才两岁。对了，金青成本人也是入赘到金家的。"

房间里极为安静，只听到藤六一声叹息："可怜的一家人哦，一夜之间家破人亡，订了货付了钱的买家成群结队找上门讨债，拿走了剩下来的所有值钱的东西，他们住在窝棚里，花娘子靠为人洗衣、缝补赚些零花钱，管家石公去木场伐木，金婆和阿松捡拾山果，一家人凄苦度日，惨得很。"

"十年之后，也就是二十年前，金青成突然出现在蝼蛄镇。"藤六说出这句话的时候，蒋南羽忍不住眉头一挑。

失踪的男人，十年后又回来了，这里头似乎隐藏着什么事情。

"当时整个蝼蛄镇都炸锅了，金青成不但回来了，还成了暴发户，比第一次进山的时候更阔绰，光运送东西的马车就有四五十辆，有人说其中一辆装着满满的一车金银！"藤六兴奋得额头青筋根根绽出，"他在原先的宅基上，重新建了一座更豪华的大宅，建起了大工房，招揽人手，重新开矿烧琉璃，竖立起来的大烟囱每天都往外冒着黑烟！据说连山外的大官都亲自登门拜访呢！"

蒋南羽听得入神，兀自摸着下巴喃喃道："不惜抛弃妻子失踪了十年，一回来就车载金银，确实有意思。藤六，你知道这其中的缘由吗？"

山桃在旁边插话，气鼓鼓道："还能有什么缘由！肯定是当初杀死木下柏之后，连夜回去盗走了宝藏远走高飞，等十年之后，风平浪静了，再回来呗。"

蒋南羽沉默了。

"金青成回来的第二年吧，花娘子生下了一对双胞胎女儿，就是阿柳和阿枫，接着祸事就来了。"藤六的声音变得异常低沉，"生产一个月后，花娘子突然失踪，自此下落不明，当时年仅十二岁的大女儿阿松也疯了。"

"又一个突然失踪？"蒋南羽目瞪口呆。

这一家人身上的故事，还真是曲折离奇。

山桃咯咯一笑："与其说是失踪，倒不如说是跑掉了。"

"跑掉了？"

山桃点头："听说金青成不在的这十年，花娘子和管家石公勾搭到了一起，也不能说是勾搭，他失踪了，活不见人死不见尸，一家老小全靠石公当顶梁柱，一个无依无靠的女人，自然要找个依靠，两个人不但成了暗地里的夫妻，而且还生下了个孩子，就是石公现在的儿子石二槐。金青成回来，刚开始被蒙在鼓里，但随后就知道了，花娘子害怕，只能跑掉。"

"这是真的？"蒋南羽问。

山桃直点头，藤六摊了摊手，没发表意见。

"但石公为什么不和花娘子一起跑呢？"蒋南羽又问。

"石公那个人呀，怎么说呢，对金青成忠心耿耿，我想他很有可能苦苦哀求，得到了金青成的原谅吧，再说，石二槐当时还小，带着那么小的孩子是不可能逃脱金青成的手心的。"藤六解释道。

"不过这姓金的也真是想得开，花娘子失踪后不久，他就另娶了一个女人，这女人叫一串红，光听名字就风骚得很，据说是窑姐出身，操的是皮肉生意，被金青成看上了，替她赎了身，娶进了门，很快二人生下了个女儿，叫阿桂。"山桃看来对这些事情知之甚详。

女人嘛，总是天生的爱凑热闹爱打听。

酒已经凉了，藤六将酒壶放入吊炉里加热，转过身坐下，道："这些年，金家也算是安宁，日子过得安稳富足，或许是因为逐渐上了年纪的原因，金青成很少出门，平时就窝在那个大宅子里。金家的工房虽然还在烧琉璃，但产量越来越少，原木开的矿洞大多也都废弃了，即便是封了工房，凭借他的钱财，也足够后半辈子花天酒地的了。"

听完了金家的故事，蒋南羽觉得话题开始走偏了。

"那这些年，木下三郎又过得怎样？"蒋南羽问道。

"惨呗，比金家惨多了。"藤六直摇头，"木下柏死的时候，三郎只有两岁。别看木下家是蜻蛄山世代沿袭的祭司，地位高，但那也不过是个名分，生活和寻常人没啥两样。木下柏一死，只留下三郎和他老娘，他老娘受了刺激,精神不正常,时好时坏,家里本来就穷,顶梁柱一倒就更艰难了,要不是他二叔和蝼蛄镇的人帮衬着,这娘俩早饿死了。"

"三郎五六岁就上山了,十几岁时他二叔死了,他成了祭司,很快进了木场,跟在一帮大男人后面帮忙,出的是苦力,早早顶起了一个家,苦得很。这些年,风里来雨里去,不知道受了多少罪,因为为人仗义、正直,所以逐渐成了木场的工头,也算是一呼百应,可日子嘛,照样是穷。三十好几的人了,嫌贫爱富的姑娘看不上他,喜欢他的呢,他又看不上,光棍一个……"

"不是他看不上,是他心里只有阿枫一个人。"山桃挺了挺胸脯,"老娘当初就跟他表达过一起过的心意,咯咯,人家根本就不搭理我。"

众人都笑。

蒋南羽道:"阿枫和木下三郎,两个人是怎么走到一起的?"

山桃眉毛上挑:"这个哪里知道!反正不知什么时候两个人就在一起了。要论三郎呀,那真是没的说,蝼蛄山的男人没有比他强的,至于阿枫……"

山桃嘟囔了一下嘴,十分不服气地道:"蝼蛄山女人不少,能长得比老娘还好看还有味道的,也只有她了。那模样,啧啧,男人看上一眼就走不动路,性子也好,山歌唱得也好……唉,比不上,老娘是比不上。"

蒋南羽忍俊不禁,对藤六道:"木下三郎对当初的事……我的意思是,他对金青成是什么态度?"

"当然是恨了。"藤六侧着眼看着蒋南羽,"蝼蛄山人人都认为当年就是金青成杀死了木下柏,三郎也是这么认为的,所以把金青成看成杀父仇人,两个人极其不对付,碰到一起,肯定会起冲突,有一次金青成带人去木场招工,三郎拿着刀差点儿杀了金青成。"

山桃十分可惜地道:"也是作孽,偏偏喜欢上了仇人家的女儿,要是喜欢上我,哪来现在的祸事?"

听到这里,蒋南羽算是基本上明白了事情的前因后果,道:"从这些情况来看,木下三郎的确有因为爱人被夺去而杀死林长生的作案动机。"

"不可能,三郎不可能杀人。"在这件事情上,山桃坚持自己的看法,"我对三郎太了解了,他可能会因为爱人被夺去而痛心,但绝不会杀人。

他为人正直，心肠好得很，平时猎杀一只山兔都要回来祈祷半天。肯定是神隐！是山里那位大人觉得三郎可怜，所以带走了那位新郎，不过，那位新郎也可怜哩，不明事理就送了性命。"

神隐这般的推断，蒋南羽是接受不了的。

"藤六，木下三郎现在在哪里？"蒋南羽问道。

"关押在金家的工房里。"

"为何关在那里？"

藤六露出了为难的神色："蟋蛄镇虽然名义上有我们两个巡警，但是没有警局，连我和白皮平时都住在自己的家里，哪有地方关他？三郎在蟋蛄镇人缘极好，没有一家愿意腾出地方去关他，所以只能把他关在金家的工房。再说，那地方在半山腰，离神祠也比蟋蛄镇近得多，关押方便，加上死者是金青成未过门的女婿……"

蒋南羽不打算在这件事情上追究下去，摆摆手，道："木下三郎本人怎么说？"

"他说人不是他杀的。"藤六挠着头，"他说那天是他娘的山隐之日，他背着他娘一路上山，然后就按照以往的仪式召唤山里那位大人，接着就离开了神祠。"

"那为何你们碰到他的时候，他的神色慌慌张张？"

"他说离开神祠后，他想看老娘最后一眼，就回了头，按照我们蟋蛄山的规矩，子女将父母送入神祠离开时是不能回头的，那样会惹怒山里那位大人。"藤六不疾不徐地停顿了一下，继续道，"结果他回头，就看到了一个身穿红袍的无头身影屹立在浓雾之中，他以为那是山里那位大人，吓坏了。"

"而实际上，那个无头身影，是死去的林长生？"

"是的。"

"林先生，从你们的马车在山路上听到铃声，到你们抵达金宅发现林长生不见了，中间有多长时间？"蒋南羽将目光投向了一直不说话的林中君。

"两个多小时吧。"

"从那时候，到藤六他们抵达，一直到藤六带人赶到神祠，用了多长

时间?"蒋南羽又问道。

藤六想了想,道:"差不多四个小时。"

"那就是六小时左右。如果木下三郎是凶手,这个时间足够作案了。"蒋南羽一边记一边说道。

山桃道:"长官,三郎不可能是凶手,就算是时间上足够,将一个大活人从密封的马车车厢中带走,而且是在周围都是人的情况下,谁能办到呀?再说,就算是三郎杀人,他完全可以将林长生拖到一个谁也找不到的隐蔽角落杀了,没必要带到神祠里给自己添麻烦吧?"

不得不说,山桃说得十分有道理。

案件陷入了谜团之中。

"娘!娘!"就在这时,房门口传来几声童音,一个睡眼惺忪的孩童跑了进来。

年纪大概在八九岁,山里的孩子,长得壮实,虎头虎脑,倒是可爱。

"不老老实实睡觉,怎么跑到这里来了?"山桃将那孩子搂入怀里,虽然虎着脸,但能看出浓浓的爱意。

"我饿了!"

"饿死鬼托生的呀?晚饭不是吃了好几个番薯吗?"

"那我也饿!"八九岁正是孩子发育长身体的时候,晚餐不过是几个番薯,的确是苦了他。

这孩子也不怕人,目不转睛地盯着蒋南羽看,很快被蒋南羽脚下盘子里的柿饼吸引了全部注意力。

"我要吃柿饼!我要吃柿饼!"孩子指着盘子,大叫道。

"胡扯八道!那是招待客人的!"山桃很尴尬,给了孩子一巴掌,那孩子顿时哇哇大哭起来。

"这何必呢!孩子要吃,就吃嘛!来来来!"蒋南羽大笑,拉过孩子,将盘子递过去,"都是你的。"

哭声顿时停止,小家伙捏着柿饼,狼吞虎咽。

山桃红着脸:"蒋长官,让你看笑话了。"

"你的孩子?"蒋南羽摸着小家伙溜光的脑袋问。

"嗯,叫游光。"

"几岁了。"

"九岁了。"

"不对吧。"蒋南羽眯起眼睛,"你不是说你丈夫十年前去世的嘛,这孩子九岁……"

"哎哟哟,你这位长官心思可真是灵巧得很,什么事情都瞒不过你!不要问啦!人家不好意思!"山桃捂着脸,房间里众人哈哈大笑。

"妈的!南羽,你也太不厚道了!一个人在这里又是喝酒又是聊天,还有这么如花似玉的姑娘陪着!享受得很呀!却把本大巡长三更半夜丢在外面吹风淋雨,差点儿还他娘的死于非命,你居心何在?信不信本大巡长撤了你的职,让你光腚溜溜撒丫子滚蛋!"众人笑声未落,一个公鸭般的嗓音传了进来,接着一个全身淋得落汤鸡一般的家伙噔噔噔地走了进来,一屁股坐在了山桃跟前。

"这位妹妹,怎么称呼?"那人狗皮膏药般贴着山桃,眯着眼睛,挤了挤眉,色眯眯的不正经的模样令人发指!

恶心!简直是恶心呀!因为,这人长得简直……简直太猥琐了!

这人,年纪在五十岁左右,身材矮小,尖脑袋,龅门牙,罗圈腿,酒糟鼻,可又偏偏长了一张关公一般的赤红面皮,滑稽不堪,身上那警服倒是不错,可穿在他身上,怎么看怎么别扭。

这家伙贴在山桃旁边,简直就是一只仰面朝天盯着天鹅、流着口水的超级大蛤蟆。

"巡……"蒋南羽赶紧站起来。

这家伙手儿一摆,目光根本就没离开山桃的脸:"本大巡长在跟这位妹妹说话呢!一点儿眼力见儿都没有。敢问妹妹芳名?"

山桃冷哼了一声,兰花指一翘,做出妖娆无比、倾国倾城的模样来,迷得胡淑芬昏天黑地,恨不得马上扑上去。

"小女子呀……小女子……"山桃目光突变,手儿一伸,一道黑影呜的一声,砸向这个猥琐的家伙。

咣当!

摆在地上的一个铁壶,不偏不正地砸在对方脸上。

"我亲娘……"猥琐男惨叫一声,两手捂脸,躺倒在地,满地打滚。

"不长眼的混账东西，也不看看自己那德行，长得癞蛤蟆一样，还敢吃老娘的豆腐！"山桃两手叉腰，气冲冲地说。

"巡长！"蒋南羽见状，真是快要晕厥，赶紧将猥琐男拉起来，对山桃道，"山桃姐，你手太快了，这位不是别人，正是胡淑芬胡巡长，我的顶头上司，此次案件的负责人。"

"哎呀呀！你怎么不早说呀，你不说我哪里知道？胡巡长是吧，罪过罪过，小女子对不住了。"山桃嘴上虽然示弱，可一看就知道她肯定是故意的。

"不碍事，不碍事……"胡淑芬疼得五官狰狞，爬起来对蒋南羽道："镜子！拿镜子来！"

山桃一愣："要镜子干吗？"

"大名鼎鼎、风流倜傥、智勇双全、玉树临风、视金钱如粪土的本大巡长，全靠这张脸混饭吃呢，我看看有没有毁容！"胡淑芬昂着脸对蒋南羽道："南羽呀，快看看，本大巡长的绝美容貌有没有受到损伤？"

"没有，依然是那么玉树临风！"蒋南羽觉得自己说这句话真是昧着良心了。

"那就好。"胡淑芬放心了，咣当一声坐下来，"老板娘，有吃的没有，赶紧端上来，本大巡长饿得前心贴后背了！"

山桃也不怠慢，急忙出去，时候不大，端上来一盘番薯另加几个窝窝头。

"就这么多？没有肉？也没有酒？"胡淑芬目瞪口呆。

"没有。"山桃摇头。

胡淑芬一拍大腿："太过分了吧！为了给你们破案，本大巡长千里迢迢，不辞劳苦，鞠躬尽瘁，死而后已……那个，一心为公，福泽后人，你们就给本大巡长吃这个呀！这是人吃的吗？"

"当然是人吃的！有这个吃就不错了！"山桃没好气道。

蒋南羽赶紧道："巡长，委屈你了，蝼蛄山人穷，这些东西，的确已经很难得了。"

"好吧，本大巡长就体恤一下你们的辛苦，与民同乐吧。"胡淑芬叹了一口气，双手抓着番薯和窝窝头，狼吞虎咽起来。

看得出来，这位长官还真是饿了。

"巡长，你方才说上山时差点儿丢了性命，怎么回事？"蒋南羽问道。

"别提了！他娘的！"胡淑芬双目一瞪，"早跟你说了，蟪蛄山闹妖怪，让你把这案子让给王大楞，你非要来，来就来吧，还拖着本大巡长！这也就算了，你先到，竟然不等我就跑上来，丢下我一个人，三更半夜上山，又是风又是雨的，到处黑乎乎，树林又密又深，鬼哭狼嚎，老子裤裆里两颗卵子都要缩回去了！"

"不对呀，藤六不是说派人在山口等你了吗？"蒋南羽望向藤六，藤六使劲点头，证实的确如此。

"派个鸟！本大巡长毛都没看到一根！"胡淑芬气得喷饭，"我一个人上山呀！一路双手合十祈祷菩萨保佑，结果还是他妈的碰到妖怪了！"

"碰到妖怪了？！"这话让屋里所有人都不约而同叫了起来。

"可不是嘛！"胡淑芬眼泪都要掉下来了，"上了一个山头，雨太大，本大巡长迷路了，忽然看到前面晃晃悠悠来了个灯笼，我心里高兴呀，急忙跑上去问。结果到了跟前，一抬头，他娘的呀！"

胡淑芬嘴角颤抖："那一张脸，根本就不是人的脸，五官模糊，满是脓疮，而且全身爬满了蛇！吓得本大巡长大叫一声，一溜烟跑了过来，路上都没敢歇一口气！老子不干这破事，老子明天就下山！他娘的！"

蒋南羽和林中君目瞪口呆。

藤六和山桃听了这话，却在旁边大笑。

"怎么，你们不信呀？"胡淑芬看着笑得花枝乱颤的山桃，十分愤怒。

"信，自然是信！"山桃捂着嘴。

"那笑什么？"

"他们笑你把一个人认成了妖怪。"一个带着笑音的洪亮声音传了过来。

一个男人，脱掉身上滴着水的蓑衣，走进屋内。

这男人，年纪在三十五六，身材魁梧高大，方脸短须，目似铜铃，穿了件带着补丁的青布短褂，一看就是山里人。

"野叉，我让你在山下等巡长，你怎么让他自己跑上来了，还把巡长吓成这样？"藤六没好气地对这个叫野叉的男人道。

野叉来到山桃旁边，坐下，山桃给野叉倒了一杯山酒，递过去。

野叉点了点头，满饮一杯，斜着眼看着胡淑芬，道："我一直在山下等着呢，谁知道他怎么自己跑上来了？不过，我上来的时候，听山下的锅叔说有个家伙翻到他家院子里，爬树上偷柿子，被两条狗撵得鞋都跑掉了一只。"

众人不约而同看向胡淑芬，看向那只光光的脚。

"巡长，你偷人家柿子了？"蒋南羽恨不得找个地缝钻进去。

"胡说！本大巡长是什么身份的人？稀罕他两个柿子吗？本大巡长那是看得起他！"胡淑芬翻了个白眼。

简直是奇葩呀！

"野叉，你刚才说巡长碰到的是人，不是妖怪？"蒋南羽赶紧转移话题，再这么说下去，脸都要掉裤裆里了。

"当然是人。那家伙叫独脚阿通，是我们木场的人，我让他下山查看木材的。他脸就是那个烂样，至于蛇嘛，呵呵，是他自己养的玩意儿。"

"你们蝼蛄山的人真是岂有此理！长那么难看就算了，三更半夜还他娘的出来吓人！而且还全身挂着蛇，太过分了！"胡淑芬表示严重抗议。

"算了算了，总算是有惊无险，平安抵达。"蒋南羽安慰道。

胡淑芬吃饱了，四仰八叉斜瘫在地上，看着屋子里的几个人，道："你们方才谈了什么？我好像听到什么妖怪乱七八糟的。对了，南羽，案情你了解清楚了吗？"

蒋南羽将房间里的人一一介绍了，然后将听到的事情一五一十地说了一遍。

胡淑芬听得面色苍白，一声不吭。

"巡长，你有什么看法？"

"看法呀……"胡淑芬低着头，声音低沉，突然尖叫了一声，"还能有什么看法！事情不是秃子头上的虱子，明摆着的嘛！妖怪呀！肯定是妖怪干的呀！本大巡长明天就要下山！蒋南羽，老子自打和你在一块儿，就没遇到什么好事，光碰妖怪了！上一次在中条山就是！老子不管，老子明天就要下山！"

言罢，这货站起来，冲山桃道："老板娘，带本大巡长去洗个澡，老子要睡觉，明天天一亮老子就走！"

山桃捂着嘴笑，引着胡淑芬走了。

藤六等人忍俊不禁。

"这位长官，看样子不咋地呀。"野叉喝着酒，冷笑道。

山里人性格直爽，有什么说什么。

"他也就是说说，关键时刻，还是靠得住的。"蒋南羽又觉得自己说了句违心话。

"是吗？"野叉摇头。

"野叉，林长生上山，是你赶着马车，对吧？"蒋南羽摊开笔记本。

野叉点了点头。

"请把当时的情况说说。"

野叉笑："也没啥好说的，这事原本我不想干，我们蟋蟀山的人夜里一般不出门的。要不是看在两块大洋的面子上，我才不赶马车呢。"

野叉叹了一声气，道："一开始都正常，从这里载上新郎，就上山了。"

"你看到林长生上了马车？"蒋南羽凝声问道。

"当然了，他化好妆之后，是我和石公扶他上车的。"

蒋南羽皱着眉头，示意野叉继续说下去。

"上了山，一路都没事，然后就听到铃声。我当时吓坏了，大家都吓坏了，赶紧跪拜祈祷，完了之后，我生怕会发生那种事，还特意走到车厢跟前，打开了小窗看了看。"

"你看到林长生在里面？"

"嗯。在里面。"野叉再次点头，"然后到了金宅，打开马车，发现人没了。长官，那马车四面密封，周围又都是人，活生生的一个新郎，就这么消失了，肯定是碰到神隐了。"

"然后呢？"

"然后？然后就不关我的事了，藤六他们赶到的时候，我就回木场了。"野叉打了个酒嗝。

"关于那辆马车……"蒋南羽想了想，"你确定是完全密封的？"

"确定！上好的杉木打造的，车辆又厚又沉，前后左右上下都跟铁板一样，除了一侧的车门能够开合之外，连苍蝇都飞不进去。"

"马车有没有能够藏下人的空间？我是说有没有什么隔层之类的东西？"蒋南羽语速很快。

"没有！我们山里人讲究实用，不搞那些花里胡哨的东西。"

不得不说，野叉的回答让蒋南羽的希望彻底破灭。

马车没有问题，活生生的一个人却在里面凭空蒸发了，这根本无法用正常的逻辑去解释。

野叉的证词，和林中君的一模一样，看来当时发生的事情的确如此。

这时，藤六道："蒋长官，夜深了，事情也急不来，奔波了一天，不如早点儿歇息，养精蓄锐才有力气办案。"

蒋南羽称是。

众人纷纷起身，各自回房。

蒋南羽回到自己的房间，是间老旧宽敞的屋子，躺在床上翻来覆去睡不着，这时门响，却见刚刚泡完温泉的胡淑芬裹着袍子，全身冒着腾腾的热气走了进来。

"舒坦呀，没想到这鬼地方还有温泉，不错！"胡淑芬躺到对面的床上，身体摆成了一个"大"字，见蒋南羽没反应，翻了个身，道："还在想案情呢？"

"嗯。"

"那你想吧，不关本大巡长的事儿，我先睡了。"

"你真打算明天下山呀？"

"当然了！不然待在这里被妖怪砍了脑袋呀！"

"哪里有什么妖怪！"蒋南羽走到胡淑芬床边，把胡淑芬拽了起来，"早跟你说了，妖怪之类的事，只是虚无缥缈的传说而已，上一次在中条山，你难道没见识到？"

"一码事归一码事，不代表这里就没有妖怪。"胡淑芬哼哼道。

"这件事呀，明显就是人干的。"蒋南羽点了一根烟，"你要下山就下山吧，不过咱把丑话说在前头，等我破了案升了职，你可不要抢功。"

"笑话！高风亮节的本大巡长会抢你的功？"胡淑芬嘴上死硬，却麻利地坐起来，扯了扯蒋南羽的袖子，"你发现线索了？"

看着他那副鸡贼样，蒋南羽忍住笑，道："世间根本就不存在什么妖怪，虽然现在不能断定林长生的死是木下三郎所为，但可以确定和木下三郎有关。"

"但一个大活人，从马车里面凭空消失了，这根本说不通呀！"胡淑芬道。

"的确，这很匪夷所思，我也承认解释不了，但只要我们追查下去，肯定会发现线索。"蒋南羽转脸看着窗外。

雨还在下，虽然小了些，但越发显得这深山之中幽昧无比。

"不知道为什么，我总觉得，这地方隐藏着一些不为人知的秘密。"蒋南羽喃喃道。

"妖怪！"胡淑芬叫了一声，扯着被子翻了过去，"本大巡长坚持认为，肯定藏着妖怪！"

蒋南羽哭笑不得，一根烟抽完，想要跟胡淑芬说话，见这货早已经流着口水睡得死猪一般了。

做人像这般没心没肺的，倒也是简单。

转辗反侧睡不着，蒋南羽索性披上衣服推门出去。

房舍都在院子周围，由木头搭建的回廊连接起来，走在光滑的木板上，听着雨打丛林，心情竟然慢慢平静下来。

旁边的几个房间都漆黑一片，看来都睡了。蒋南羽来到先前谈话的大厅前，见有个老头在屋檐下劈柴。

老人年岁苍老，瘦削无比，如此寒凉的天气只穿了件看不出颜色的单衣，佝偻着身子，双手握着一把重斧，费力地砍着柴火，花白的头发早已经湿透。

那么重的斧头，那么粗的树干，对蒋南羽这般的年轻人来说，也是一件辛苦的活儿吧。

"老人家，这么晚了，还干活呀。"蒋南羽走到跟前，停下来。

老头转过身，昂起脸，见蒋南羽的打扮，急忙鞠了个躬："长官！"

"哪里是什么长官，老人家不要客气。这样的活，还是我来吧。"蒋南羽下了台阶，拎起斧头。

"使不得，使不得！"老头急了起来，"长官怎么能干这种活呢！"

"没事，我也干过。"蒋南羽夺过斧头，呵呵一笑。

木屑纷飞，忙活了差不多二十分钟，总算是将剩下的柴火劈完了，累得蒋南羽腰酸背痛，双手虎口发麻。

这是货真价实的体力活，对于如此年纪的老人来说，实在是有些过分了。

"长官金贵，干不了这活。辛苦啦，来，喝口水吧。"老头见蒋南羽累得满头大汗，十分过意不去，取来旁边的瓦罐，倒了一碗水，递给蒋南羽。

山泉水，冰凉甘甜，喝下去，倒是爽快无比。

两人坐下来，一时无言，都看着院中那棵大树。

"好大的树呀。"蒋南羽道。

"是，就是在蝼蛄山，这么大的树，也不常见了。"老头眯着眼睛，喃喃道。

"老人家怎么称呼？"

"贱名鬓三，镇里人都叫我鬓三爷爷。"老头笑，嘴里只剩下了一颗牙，"长官是来查案的吧？"

"嗯。蹊跷呀。"蒋南羽长叹一声。

"一个大活人，就那么在马车里没了，的确够蹊跷的。"鬓三爷爷话语却是平淡，看着那树，沉默了一会儿，又道，"不过也没什么。"

"老人家什么意思？"蒋南羽觉得老头好像话中有话。

"神隐，正常。"鬓三爷爷转过头，那一张满是皱纹的脸，看不出任何的情感。

"神隐的事情，藤六他们跟我说了，但……"蒋南羽摇了摇头。

"长官不相信？"

"呵呵。"蒋南羽又是一笑。

"是呀，你们这些山外的人，尤其是你这样的年轻人，听起来是会觉得不可能。可是呀，蝼蛄山里头神奇的事情太多了。"鬓三爷爷笑道。

"难道老人家你看到过神隐之事？"

鬓三爷爷摸出随身的烟锅，窸窸窣窣填满烟叶，点上了火，抽了一口，烟雾弥漫，遮盖了他的脸。

"如今，在这蝼蛄镇，我算是年纪最大的一个了。"

"老人家高寿？"

鬈三爷爷吧嗒吧嗒抽了几口，转过脸，对蒋南羽微微一笑："再过几天，就是我的山隐之日了。"

看着那慈祥的笑容，蒋南羽内心一震。

"山隐之日？那岂不是说……"蒋南羽惊道。

鬈三爷爷点头："还有几日，我就七十了，就要去见那位大人了。呵呵，一辈子辛勤劳作，吃的苦受的罪，自己都忘记有多少了，总算可以解脱了。"

再过几日，就到了自己生命的尽头，可这位老人不但没有任何的惧怕，反而十分期待。

什么样的生活，能够让一个人对自己的死亡竟然如此期待呀？！

很多人说，人生下来就是为了受苦，说这些话的人，其实没多少真正经历过生活的艰辛，或许只有鬈三爷爷这样一生在饥饿、贫穷、操劳中煎熬的人，才能体会吧。

"我们蝼蛄山的人对那位大人的感情，你们是体会不到的。是的，我们敬畏他，怕他，呵呵，可等到了我这般年纪，却极为欢喜他了。如果没有他，我们还要受苦受累，还要受这人世的煎熬呀。"鬈三爷爷极为平静，"所以，我们感激那位大人，每一个到了我这把年纪的人，都怀着这样的心情。"

"到了这把岁数，活着除了受罪就是浪费口粮了。"鬈三爷爷指了指面前的那堆柴火，"这堆柴，我年轻的时候在木场，一袋烟的功夫就能完事，可现在，呵呵，如果不是长官帮我，恐怕要劈到天亮。"

"老人家在木场干过，木下柏的事……"

"他是个好人，可惜了……"鬈三爷爷似乎不愿意多谈，磕了磕烟锅，道，"长官问我神隐的事，其实，神隐也不是经常发生的。"

"什么意思？"

"我活了七十岁，这种事情，还是在孩子的时候，木场发生过一次，不过我也没有亲眼见到。那位大人在山中显现，带走人，是有规矩的。"

"规矩？"

"是的，规矩。一个甲子，也就是六十年，神隐才会发生一次。而每次神隐发生之前，传说深山里的那座神祠，半夜就会亮起灯。"

"亮灯?"

"嗯。那是禁地,除了蟪蛄镇的人到了山隐之日送老人上去之外,根本不会有人去,更不会在半夜闯入。所以……"鬈三爷爷笑笑,"所以那灯,是那位大人自己点亮的。灯一亮,那位大人就要来收人了。"

蒋南羽默然无语,虽然他有些不相信,但眼前的这个老人是不可能说谎的。

"今年呀,距离上一次神隐,正好是六十年。"鬈三爷爷接下来的一句话,让蒋南羽的心骤然一紧。

"而且……"鬈三爷爷看着蒋南羽,面色变得凝重,"发生这件案子之前,大概是两三天之前吧,半夜神祠里亮起了灯。"

"真的亮起了灯?!"蒋南羽的呼吸变得急促起来。

鬈三爷爷指了指自己:"我亲眼看到的,那晚我去木场给野叉送饭看到的。这事儿,我没跟任何人说,怕他们害怕。结果,神隐之事还是发生了。"

看得出来,鬈三爷爷绝对没有说谎。

"野叉是你的……"

"哦,我儿子,就这么一个儿子。"提起野叉,鬈三爷爷似乎很高兴,"他娘走得早,我一把屎一把尿把他养大,这孩子挺好,孝顺得很……"

正说着呢,院子对面传来人语,蒋南羽抬头看了看,发现山桃挑着灯笼站在长廊的拐角处,野叉在旁边,两个人说话声虽然不大,但听得清清楚楚。

"哎呀呀,我不过是下山喝个酒……"野叉笑道。

"酒老娘这里难道没有吗?我看你肯定是去找那个狐狸精的!"

"狐狸精也比不上你呀!歇吧,咱们赶紧歇了吧,这一天累得死狗一样。"野叉从后面抱住山桃的后腰,山桃笑骂着,两个人嘀嘀咕咕转过拐角,消失了。

直到这时,蒋南羽才恍然大悟:"原来山桃的那个姘头……不,山桃的男人是野叉呀。"

鬈三爷爷点点头:"他俩倒是很般配,只是我没本事,一辈子也没挣下家业,要不然野叉明媒正娶了山桃,我那孙子现在也能名正言顺地跟着我拜祖宗了。"

鬓三爷爷说的孙子，定然是先前见到的那个孩子游光了。

"不过，还是山里那位大人眷顾，虽然是这样，我这个老头子也算是有儿有孙，也能心满意足地上山了。"鬓三爷爷说着哈哈大笑起来。

蒋南羽却笑不起来。

在山外，像他这样的老人，只要子女孝顺，正是颐养天年子孙满堂的好时光，而他呢，不仅半夜要在这劈柴，而且再过几天还要由自己的儿子背上山，在黑暗、饥饿和孤独中迎来自己的终结。

一辈子辛劳，从没有享过什么福，却要面对那样的死亡，这就是蟋蛄山人的一生呀。

"哎呀呀，你看看我这个老不死的，年纪大了就喜欢说废话，长官，很晚了，早点儿歇了吧。"鬓三爷爷哈哈大笑，站起身对蒋南羽鞠了个躬，飞快地走开了。

看着那背影，蒋南羽心情沉重。

"这么晚了，蒋长官也睡不着？"就在蒋南羽打算回房的时候，从身后的大厅里，走出了一个人。

第三章　山都祠

起雾了。

山里的雾，和平原的雾、城市的雾截然不同，几乎是喷涌而来，流水一般漾动着。

"林先生也没睡？"蒋南羽看着面前穿着一身睡衣的林中君。

那袍子明显大了一圈，越发显出林中君的瘦削。

"哪能睡得着呀。讨根烟抽。"林中君苦笑了一下，伸出两根指头。

蒋南羽给了林中君一支烟，两人立在檐下，看着庭院中的雾，静默无声。

"挺古老的东西。"林中君喃喃道。

"是呀，这么大的树，应该有好几百年了吧。"

"呵呵，我说的不是树。"林中君指了指树洞下的那尊小小的石雕。

"哦，林先生对那东西感兴趣？"

"习惯。职业习惯而已。从造型上来看，典型的隋唐时候的东西。"

蒋南羽转过脸，好奇地瞥了林中君一眼："林先生，有件事情我很好奇。"

"请讲。"

"你说是生意人，具体是做什么生意？"

"哈哈哈，与其说是生意人，倒不如说是搜货商。"

"搜货商？林先生经营的是什么东西？"

"老东西，有年代的东西，佛像、古玉、瓷器、书画等等，只要是老的，能赚钱的，我都搜刮一番。"

"原来是古董商呀！"

"担不起这个名头，真正的古董商哪个混得像我这样惨淡？我不过是个铲地皮的。"

"铲地皮？"

"就是游走各地，专门到穷乡僻壤，以极低的价格购买老东西，再到城市转手卖了。"

"铲地皮，呵呵，这个形容倒是恰当。"蒋南羽大笑。

"是呀，干的是最低等的活儿，赚的钱也甚少，大部分的利润都被上家拿去了。一年到头四海为家，呵呵，苦呀。不过，时间长了见闻多了，走过很多地方，见识过很多人，也就越发觉得人这一辈子，也就这么回事。"

"我倒是很羡慕你这样的闲云野鹤。"

"丧家之犬更合适，哈哈哈。"

蒋南羽笑了笑，突然脸上一凛，盯着林中君，沉声道："我想，林先生这次上山来，不单单是陪着堂弟举办婚礼，而是另有目的吧。"

林中君面不改色，微微一笑："蒋长官目光如炬，被你看出来了。"

他摁灭烟头，道："的确，陪长生来这里，除了当娘家人，最主要的目的，是想来这里看能不能收几件好东西转手卖了。"

"林先生怎么就确定这里有好东西呢？"蒋南羽忽然想起一件事，"难道林先生看中了蝼蛄山人祖先留下来的宝藏？"

"哈哈哈。"林中君闷笑了几声，"宝藏我的确是上山之后才听说的，促使我来这里的原因，是我了解到蝼蛄山里这些人的一些情况。"

"什么意思？"

"他们的所作所为，他们的生活方式，让我断定这里的人，是一群年代久远的遁世者的后代。他们的祖先，出于某种原因来到这里隐居下来，所以，肯定是有老东西、好东西的。"

蒋南羽突然觉得林中君有点儿深不可测，不免用怀疑的目光看着林中君。

林中君急忙摆手道："蒋长官不必这么看我，我之所以这么想，完全是因为知道一些常人不知道的知识罢了。"

"愿闻其详。"

林中君停顿了一下，道："蒋长官知道蝼蛄山里的人，以什么为主业吗？"

"伐木。"

"不错。伐木，他们有木场，而且自称木客。这个称呼，就足以说明问题了。"

"说明什么？"

"他们的祖先,历史悠久。因为这个称呼,在山外的世界,已经很少有人知道了。"

"哦,难道木客这个称呼,有什么特别之处吗?"

"蒋长官没有读过《太平御览》?"

"没有。"

"那自然是不知了。"林中君叉着手,道,"《太平御览》里面有一篇《南康记》,将其描述得颇为神秘。"

"神秘?"蒋南羽吃了一惊。

"里头是这么说的:木客,头面语声,亦不全异人,但手脚爪如钩利。高岩拘掊,然后居之。能斫榜,索著树上聚之。"

"斫榜?"蒋南羽有点儿听不懂。

"斫,是砍的意思,斫榜就是伐木。"林中君笑道,"好玩儿的还在后头——'昔有人欲就其买榜,先置物树下,随量多少取之。不合其意,便将去,亦不横犯也。但终不与人面对交语作市井。'"

蒋南羽乐了。这木客好像生性很害羞怕人,做生意都不露面。

"重点是这一段:'死皆知殡殓之,不令人见其形也。葬棺法,每在高岸树杪,或藏石巢中。'"

听到这里,蒋南羽的脑袋轰的一声响——来时,自己不是在那山崖上看到了累累的悬棺吗?!

林中君当然知道蒋南羽看到过什么,低声道:"蟓蛄山的人,和《太平御览》里的记载,完全符合。"

"的确。"蒋南羽同意,"不过,他们是活生生的人,哪里是什么山怪。"

"古代交通不方便,大山隔绝,外面的人看到了世代居住在深山中的人,加上习俗什么的都不一样,便将其视为山怪记录下来,不足为奇。历史典籍中,关于木客的记载十分多,很多大诗人都专门写过诗。"

"我倒是没读过。"蒋南羽尴尬道。

"唐代的皮日休有首《寄琼州杨舍人》诗:'行遇竹王因设奠,居逢木客又迁家。'宋代苏轼的《次韵定慧钦长老见寄》中有'松花酿仙酒,木客馈山殽。'金代的元好问的《送诗人李正甫》也有'朝从木客游,暮将山鬼邻'之句。"

"林先生真是博学多才！"蒋南羽对林中君真是刮目相看。

林中君面带惭愧之色："哪里，不过是杂书读得多罢了，干我们这一行，三教九流什么东西都得知道一点儿。"

言罢，顿了顿，又道："其实，说白了，木客就是野人罢了，所谓的野人，就是我说过的历史上遁入大山之中的先民的后代罢了。"

蒋南羽连连点头。

林中君看着庭院中的那棵大树，道："其他地方的木客我不清楚，但蟛蛄山木客的来历，我是知道的。"

"什么来历？"蒋南羽好奇道。

"明代朱震孟曾经有篇文章，写的就是这里的木客：'山中有木客，秦时因造阿房宫入山，食木实，不得死，时下山就民间取酒。'"

"秦时，造阿房宫入山？！"蒋南羽听了，全身乱抖。

林中君笑道："所以我说蟛蛄山人的祖先历史悠久呀，当时秦始皇为造阿房宫，几乎是倾国之力，入山的这些人，有奴隶，也有监工的贵族高官，持续了很多年，后来秦灭亡了，这群人就留在山中，躲避战乱遁世，与世隔绝。所以他们的习俗、文化皆和外界不同，而当时他们肯定带着不少财富进来……"

"也就是说，蟛蛄山人说山里有祖宗留下来的宝藏，是真的？"蒋南羽惊道。

"说不准。"林中君摸了摸下巴，"但即便是没有宝藏，若是能够得到一尊秦代的青铜器，那也发财了。"

"果然是无商不奸呀。"蒋南羽道。

林中君也笑，笑着笑着脸就重新变得沉郁起来："我本打算进来发财的，想不到宝贝没找到，长生却丢了性命。"

看得出来，林中君很伤心。

"这案子的确蹊跷。而且，这山，这里的人，还有山里那位大人的种种说法，令人……令人费解。"蒋南羽愁眉不展。

"关于那位大人，蒋长官怎么想？"林中君的语气有些奇怪。

"不过是传说，或者说是古老的祭祀风俗罢了。"

"蒋长官不认为它是妖怪？"

"我没见到过妖怪。"蒋南羽笑笑，"我只知道，杀人的，只会是人。难道林先生认为它是妖怪？"

林中君沉默不言。

他那认真的表情，让蒋南羽觉得似乎他有什么事情埋在心底。

"我想，我大概知道那位大人的来历。"好一会儿，林中君才道。

蒋南羽不禁大喜。

自从进入蝼蛄山，听得全是山里那位大人的传说，而且蝼蛄镇的人对它十分尊敬，连名字都不说，神秘得很。

"深山之中，总是有神怪的。历史上的典籍，关于山怪山神的记载，多不胜数，光是山怪，名字就多得很。"林中君竖着手指，"山浑、山魈、山和尚、山精、山臊等等，不一而足。"

"难道这些都不一样吗？"

"当然不一样！"林中君摇了摇头，道，"最早记载山怪的，应该是《山海经》，里头记载：狱法之山，有兽如犬而人面，善投，见人则笑，名曰山浑，其行如风，见则天下大风。这里头的山浑，说白了就是一种怪兽。"

"山魈，又叫山鬼，《楚辞·九歌》里头有"山鬼"一章，说的就是它。《太平御览》里记载，这种东西形体如人而一脚，长一寸许。"

"山和尚这种东西，主要出现在浙江一带群山中，青面獠牙，缁衣露顶，喜食生人脑。"

"山精，葛洪《抱朴子》记载：如小儿而独足，足向后，喜来犯人，人入山谷，闻其音笑语，呼之，则不敢害人。"

"至于山臊，人面猴身，能言，喜捕食鱼虾，亦喜害人。"

林中君侃侃而谈，如数家珍，听得蒋南羽不停咂舌。

"林先生，此地的那位大人，又是这其中的哪一种呢？"

林中君抬起头，面色凝重："蝼蛄山的那位大人，不属于其中的任何一种！"

"不属于任何一种？"

"然也！"林中君情绪激动，话语带着颤音："与我提到的这些山怪比起来，那位大人，应该是最不好对付也是最神秘的山怪了。"

"那是什么？"

"山都！"林中君压低声音。

"山都？山都是什么？"

林中君深吸一口气："这种山怪，不，应该说是山神，晋代干宝的《搜神记》里有记载：'大山之间，有山都，似人，裸身，见人便走。有男女，可长四五丈，常在幽昧之中，似魑魅鬼物；《太平广记》里也有记载：'有神，名曰山都，形如人，黑色赤目，发黄披身，此神能变化隐形。'"

"变化隐形？！"蒋南羽闻言，如同被一道闪电击中，目瞪口呆。

林中君扫了他一眼，道："蒋长官注意到没有，对于其他山怪的记载，大多写得十分详实具体，如兽、如小儿、如怪物、如猴子，称呼上大都说是怪，只有这山都，'常在幽昧之中，似魑魅鬼物。'并称之为神！"

林中君神情严肃："据我所知，这山都，应该是所有山怪中，最神秘莫测的了。"

蒋南羽头脑有些乱，道："不管是什么，我依然不相信这种东西的存在。"

"世界上我们不知道的东西太多了，对于自然，还是保持敬畏的好。说不定……真的存在呢？"林中君苦笑道。

蒋南羽不知说什么，点了一杆烟，猛抽了几口，总算是平静了下来。

"林先生，你是如何肯定，那位大人是山都的呢？"蒋南羽突然想到了一个问题。

"蒋长官想知道？"

"有兴趣。"

"那随我来，我带你去个地方，你自然就明白了。"林中君神秘一笑。

…………

殿堂已经很旧了。

后面是山坡，高低起伏的巨石上，长满松树，棵棵粗大，枝叶在夜风中张牙舞爪地扭动着。

神祠并不宏伟，恰恰相反，散发着落寞和寒酸。

石头垒砌的墙壁，点缀着青苔，粗粗的原木梁柱开裂漏缝，山风吹灌，低低呜咽。

两扇门虚掩着，门上用鲜红色的朱砂画着两具舞蹈的骷髅。

天幕上，一朵浮云遮盖月华，投下阴影，笼罩着一方所在。

"看这建筑风格，应该很久了。"林中君叉着胳膊，淡淡道："肯定超过千年。"

蒋南羽对建筑的年代不感兴趣，上前推开门。

木门沉重，吱嘎嘎地响了一声。

光线昏暗，只隐隐约约地看到正中有一尊神像，隐匿在幽昧里。

林中君点了灯笼，微微举起。

抬头的瞬间，蒋南羽吓了一跳。

原先他以为，这位神秘的大人，定然是一副獠牙突出、血盆大口、面目狰狞的怪相，想不到……

想不到竟然是个丑陋的老妇。

天然的黑石雕刻而成，其墨如玉，灯光之下散发着微微绿色的光芒。

穿着一身由羽毛和树叶编制而成的长衣，披头散发，干瘦佝偻，一张脸满是皱纹，用红色朱砂浸涂，双目极大，几乎占据了面容的一半，嘴微微张开，嘴角咧到耳际，口中空空荡荡，没有牙齿，瘪翻着，似乎在笑。双手和双脚上长满毛发，指甲锐利奇长，右手挂着一根枯枝做成的拐杖，杖头挂着一颗血淋淋的人头，左手持着一个铃铛，应该就是那个传说中的幽怨之铃吧。

果真和林中君所描述的山都极为契合。

这尊神像，真人一般大小，用料上乘，雕工大开大合，虽不精细，但将这位大人的诡异、神秘的形态雕刻得栩栩如生，站在它面前，仿佛能感觉到它在呼吸，在凝视，好像下一秒它就能走下神坛，摇响手中的铃铛。

"这尊墨石雕，堪称鬼斧神工。"林中君伸出手抚摸着，赞叹着，"宝贝呀。"

"怎么，动了心思？"蒋南羽转过脸打量神祠格局。

前面是神像，后面的空间空空荡荡，地上放着些蒲团、器皿，左右各有一道暗门通向殿外。

"不敢，不敢。"林中君双掌合十，冲神像拜了拜，"我铲地皮从来不动神像，会有报应的。"

"婚礼当天，林长生就在这里……梳妆打扮的？"梳妆打扮这个词，用在一个男人身上，蒋南羽觉得十分别扭。

林中君"嗯"了一声，走到蒋南羽身边，指着左边的暗门道："从这里被接进来，应该在这神像后打扮一番，然后出去。"

"从右边的这道暗门？"

"是。马车就停在门外，往前走，就是山道了。"

蒋南羽仔细观察了两道暗门，没有发现什么异常，道："给林长生梳妆打扮的人，有谁？"

林中君沉吟了一下："这个记不清了，好像有野叉、石公吧，对了，老板娘也在，梳妆打扮的肯定是女人了。"

蒋南羽点了点头，没有再问，走出神祠。

"变天了，恐怕要下雨。"林中君站在台阶上，眯着眼睛抬头看着夜空。

月华不再，浓云滚滚，光线暗淡。

"很晚了，回吧。"蒋南羽笑笑。

二人离开神祠，摇摇晃晃往回走，刚到院里，就听见扭打谩骂之声。

"打死你个老不正经！娘的，一把年纪做出这么不要脸的事！"

野叉的声音，带着无比的愤怒。

"哎呀呀！别打脸！别打脸呀！你误会了，本大巡长不过想谈谈心嘛……"

"谈心？半夜三更翻窗户进来，进来一双爪子伸进被窝乱摸，你这是谈心？！"

"哎呀呀，那肯定是本大巡长梦游了，梦游……哎！别打脸！本大巡长全靠脸混呢！"

…………

听到那公鸭嗓音，蒋南羽五官扭曲。

"蒋长官，你的这位上司，还真是……有趣呢。"林中君强忍着笑。

哪里是有趣，简直是……丢人呀！

飞快转过走廊，只见走廊灯光之下，只穿着兜裆裤的野叉，骑在一个人的身上，乱拳如雨。

底下那人，鬼哭狼嚎，被揍得鼻青脸肿。

山桃站在旁边，穿着件麻布薄衫，酥胸半露："野叉，别打了！"

"打死这个老色棍!"野叉暴怒。

"怎么回事?"蒋南羽三两步冲过去,拽开野叉。

"蒋长官,你给评评理,这个老色棍……"野叉指着地上那人,双拳紧握。

"南羽呀!你可算来了……咳咳咳……你再不来本大巡长就要被打死了……呜呜……"猪头一般的胡淑芬,抱着蒋南羽的大腿,一把鼻涕一把泪地哭诉起来。

蒋南羽仔细一看,胡巡长的帽子早飞了,衣领也被撕烂了,口鼻出血,两只眼睛乌青肿胀,嘴巴像两根香肠一样……这副尊容,让蒋南羽哭笑不得。

"巡长,你干什么了都?"其实不用问,蒋南羽也知道发生了什么。

胡淑芬抹了一把鼻涕:"哎呀呀,本大巡长能干什么呀!你一声不吭就出门,我醒来吓坏了,以为妖怪把你抓走了,就跑出来想找人。这地方我又不熟,想一想,还是找老板娘吧……"

"胡扯!找人你不敲门翻窗户干吗?"野叉双目喷火。

胡淑芬哑巴了一下嘴:"天太黑,我哪里分得清窗户门的,只要进去,不都一样嘛……"

蒋南羽无语,双手捂脸。

丢不起这人呀!

"进来你他娘的就往被窝里乱摸!嘴里还叫着:小心肝,小宝贝!一把年纪了,你恶不恶心?!"野叉骂道。

胡淑芬脸都不红一下(他原本就长了个关公脸,红了也看不出来),昂起头看着野叉,振振有词:"哎呀呀,就算是乱摸,不也摸的是你吗?本大巡长还吃亏了呢!"

"我揍死你个老不正经的!"野叉暴叫着冲过来,被蒋南羽死死抱住。

"冷静!冷静。"蒋南羽摁住野叉,道,"误会,纯属误会,野叉,看在我的面子上,饶过巡长一回,巡长……也不是故意的。"

这话说出口,蒋南羽自己都觉得假。

"巡长,你认个错呗。"蒋南羽回头看着胡淑芬。

胡淑芬爬起来,拍了拍身上的尘土,从兜里摸出个小镜子,照了照:

"哎呀呀！我的脸呀！我的风流倜傥、玉树临风的一张脸呀！"

"巡长！"蒋南羽暴怒。

"干吗？！让本大巡长认错？！本大巡长有什么错？他袭击本大巡长，我没追究他已经是宽恕了。"

"你个老东西！"要不是蒋南羽抱着，野叉肯定要捶死他。

正闹腾得不可开交，就听见院子外面一阵匆忙的脚步声，一个人影闪了进来。

"藤六哥！藤六哥！"那人跑得上气不接下气，一直跑到走廊下面，看到众人，大声道，"野叉，藤六哥呢？"

这人二十六七岁，肤色白皙，身材粗短壮实，穿着一身旧警服，脚上一双草鞋破烂不堪，因为焦急，满是汗水的脸扭结变形。

"白皮？你不是在山上吗？"野叉吃了一惊。

蒋南羽也一惊。白皮？不就是蟪蛄镇除了藤六的另外一名巡警吗？先前藤六说白皮在金宅看押木下三郎，怎么会三更半夜跑到这里？

"藤六哥呢？"

"睡了。什么事？"

"哎呀呀，出大事了！赶紧叫他出来！"白皮一屁股坐在走廊上，带着哭腔。

"白皮是吧，不要急，慢慢说。"蒋南羽蹲下来，沉声道。

白皮打量了一下，道："你是省城来的那位破案无数、鬼神不侵、智勇双全的长官？！"

"那是本大巡长！"胡淑芬一屁股挤走蒋南羽，拍了拍白皮的肩膀，牛叉轰轰地道，"说，发生什么事情了，有本大巡长在，莫怕！"

白皮眼泪差点儿掉下来："死人了！死人了！"

"谁死了？"胡淑芬一愣。

白皮昂着脸："木下三郎！死了！没有头！谁也没看到凶手，就那么死了，头没了……妖怪……妖怪来了……"

胡淑芬脸色苍白。

"长官，你赶紧上山，上山去捉妖怪呀！"白皮死死扯住胡淑芬。

胡淑芬看着外面的黑暗，嘟囔了一下嘴："这个……其实呀……捉妖这事情，另外一位长官很在行的……"

....

大厅里面灯火通明，一帮人神情沉重。

死寂，坟场一般死寂。

"收拾一下，立刻上山！"蒋南羽沉声道。

门外，暴雨如注。雨点狠狠地敲击树木、房舍，发出啪啪的响声，山风呼啸，裹着水气灌进来，分外寒冷。

"现在就上山？你疯了？"胡淑芬指着门外，"又是风又是雨的！三更半夜深山里赶路，万一碰到那个妖怪，妈的……"

"必须立刻上山，这样才能第一时间了解案情！"

"本大巡长不同意！明天一早再说！"胡淑芬站起来，"本大巡长困了，先睡去了。"

藤六转脸看着蒋南羽。

"巡长，嫌疑人在我们上山的第一天就死掉了，太过蹊跷……"蒋南羽道。

胡淑芬脑袋摇得拨浪鼓一般："反正本大巡长不去！本大巡长怕怕！"

蒋南羽长叹一声，道："藤六，你们收拾一下，我去拿行李。"

看着蒋南羽站起来，胡淑芬愣住了，道："你真要现在就上山呀？"

"嗯。"

"明天一早真不行吗？"

"不行！"

"好好好，你去吧，本大巡长打死也不去！妈的，上一次在中条山，就跟着你半夜摸上去，差点儿丢了性命……"

"你以为在这里就安全吗？"蒋南羽微微一笑。

"什么意思？"胡淑芬的脸抽搐了一下，"我告诉你，别恐吓我！你的那点儿鬼把戏，逃不过本大巡长一双锐利而风情无限的眼睛！"

蒋南羽微微一笑："你愿意留在这里就留吧，不过我提醒你，巡长，我们走了之后，偌大的旅馆，就只有你一个外来人，嘿嘿，又是风又是雨的，漆黑一片，说不定那位大人心血来潮闲逛下来，翻窗而入，和你聊聊天也说不定……"

"恐吓！你这是恐吓！本大巡长智勇双全，妖怪来了一枪崩了便可！"胡淑芬抽出枪，神气地比画了一下，大摇大摆地回房了。

院子里一番忙活。

藤六牵出了一匹骡子，将蒋南羽的行李全都放上，又带上了不少其他的东西，林中君、白皮跟在后面，四个人披着蓑衣，走入雨里。

轰隆隆，咔嚓嚓！

一声闷雷炸裂，闪电如同一把锐利的长剑，劈开夜幕！雨，越发大了。

"长官，真的不等胡巡长吗？"藤六看着蒋南羽道。

"走吧！不等他！他非得一个人留在这里等那位大人，我也没办法！对了，藤六，要是发生什么事，你要作证，我可是劝阻过他一起上山的，他不听！"蒋南羽故意大声道。

咣当一声，房舍的门被推开，披着蓑衣的胡淑芬贼兮兮地走了出来。

"巡长，你这是干吗？"

"废话！和你们一块儿上山呀！"胡淑芬翻了个白眼。

"你不是说风大雨大、三更半夜还有妖怪的吗？"

胡淑芬昂起头："本大巡长想了想，这么复杂的案情，如果没有大名鼎鼎、风流倜傥、智勇双全、玉树临风、视金钱如粪土的本大巡长坐镇，你们根本应付不了，所以，本着为民请命、保一方平安的职责，即便是有危险，本大巡长责无旁贷！"

蒋南羽忍住笑，一拉缰绳："巡长威武！那咱们就上路吧。"

暴雨之中，一行人沿着曲折的山道，走入幽暗的林莽之中。

大雨淹没了一切声音。

即使有厚实的蓑衣，亦全身湿透，雨水顺着脖子灌进去，冰冷刺骨，行走于森林之内，看不见树木，看不见道路，甚至看不见自己！蒋南羽觉得自己被这黑暗吞噬，被这雨水吞噬，被这大山吞噬。

那股苍老而阔大的气息，神秘诡异的气息，或许只有这蝼蛄山才有吧。

一行人跌跌撞撞，不知摔了多少跤，越往上，道路越发陡峭难行。

"不行了！不行了！休息一会儿！"胡淑芬哭爹喊娘，"南羽，老子自打认识你，就没碰到过什么好事！担惊受怕、提心吊胆也就算了，每

次都半夜雨里赶路，本大巡长命苦呀！不让你来，你非得来，还得扯上我……"

望着一身泥水的胡淑芬，蒋南羽笑，对藤六道："找个能避雨的地方，休息一下吧。"

又走了约莫半个小时，藤六停了下来。

这里是一个壶形的山谷，空气里散发着一种腐烂的气味，周围皆是参天古树，地上铺满枯枝落叶，浸透了雨水，走上去软绵绵的，如地毯一般。

山道的旁边，是一个小小的用原木搭起来的木棚，顶上铺了树皮，可以躲雨。

五个人气喘吁吁地坐下来，胡淑芬痛苦地捶打着腰，点了一根烟。

"竟然在这里歇息了。"林中君看着周围，苦笑了下。

"怎么了？"蒋南羽问道。

"林长生的马车上山，听到铃响的地方，就是这里。"藤六望了望周围。

"我警告你们，别吓唬本大巡长！后果很严重！"胡淑芬脸色苍白，哆哆嗦嗦道。

蒋南羽站起身，仔仔细细看了看，道："这样的地形，很适合作案。"

藤六听了一愣。

蒋南羽指着山谷："山谷出口细小，里头宽大，就是一个壶，所以即便是听到铃音，也确定不了铃响的方位，周围全是树和灌木，藏匿起来也十分方便，而且很难被发现，看样子，凶手对这里很熟悉。"

"拉倒吧，我看就是妖怪。"胡淑芬摊了摊手，"各位，此地不可久留，喘匀了气，赶紧走！"

和胡淑芬共事这么长时间，蒋南羽还是第一次碰到他歇息时主动提出要赶路的。

抽完了一根烟，雨终于变小了，五个人继续上路。

"白皮，木下三郎是怎么死的？"蒋南羽一边走一边问道。

"死得很奇怪。"白皮背着包裹，头也不抬。

"到底怎么回事？"胡淑芬也来了兴趣。

白皮叹了一口气，道："在神祠抓到木下三郎之后，他就被关押在金家烧琉璃的工房里，我和藤六哥轮流看守，然后等着你们来，一直很正常。今天藤六哥下山接你们，让我一个人好好看着……"

前头牵着骡子的藤六怒道："不是让你寸步不离看着的嘛！怎么会出事？肯定是你偷懒！"

"我没偷懒！"白皮大声道，"我吃喝拉撒都没离开过！"

蒋南羽摆摆手，示意藤六闭嘴。

"长官，我真的没偷懒。"白皮觉得自己十分冤枉，道，"藤六哥走后，我就待在门口寸步不离，天黑了没多久，就出事了。"

众人屏声静气。

"我听到里头发出'嗡'的一声响，那声音很低，低得如果不注意根本听不到，我就敲了敲门，喊木下三郎的名字，没人答应。我掏出钥匙，打开门，发现他死在了里面。"

白皮摇了摇头，做出不敢相信的表情："他倒在锅炉旁边，死了，脑袋没了。"

"脑袋没了？"蒋南羽愣住了。

"对！房间里我都仔仔细细找了，脑袋不翼而飞！"

"那肯定是凶手从某个地方钻进去，砍了他的脑袋，然后拎着逃掉了。"胡淑芬道。

"不可能！"藤六和白皮异口同声地说。

蒋南羽和胡淑芬疑惑地相互看了一眼。

"巡长，你说的这种情况，是绝对不可能发生的。"藤六道。

"为什么？"

"因为，那工房就是一间密室！"白皮咬了咬牙。

藤六解释道："那是烧琉璃的地方，对环境要求很高，密不透风。墙壁用石头垒成，足有两三米厚，没有任何的窗户，只有前门一个出口。"

"会不会有地道，或者凶手从房顶上进去的呢？"胡淑芬问道。

白皮摇头："不可能有地道，房子建在一块黑岩上，地下全是厚厚的石头，绝难挖出地道来。金家重建工房的时候，我爹是监工，这一点我十分清楚。"

"房顶也不可能。"藤六道，"房顶用的不是瓦也不是茅草，而是用片

状的石头垒成,每一块石头都有锅盖那么大,层层叠叠几十层,一根针都插不进去,人根本就不可能从上面进去,再说,即便是扒开那些石头也会发出极大的声响,白皮的耳朵在蝼蛄山是出了名的好使,他会听到的。"

胡淑芬瘪了,看着蒋南羽:"没有任何出口的密室,木下三郎不仅被杀死了,而且脑袋也没了,这不可思议呀!"

一直没说话的林中君声音颤抖:"虽然和长生的事有些不一样,但同样的凭空蒸发呀!"

"凭空蒸发?"胡淑芬不明白林中君的意思。

"长生的马车,密不透风,就是个小密室,整个人凭空蒸发。木下三郎虽然身体还在,但他的头颅……"林中君比画了一下,没有说下去。

"妖怪!肯定是妖怪!"胡淑芬两股颤颤,"常人干不出这种蹊跷事。"

"密室杀人呀……"蒋南羽喃喃道。

众人面面相觑。

"白皮,事发前后,有没有谁进过工房?"蒋南羽一边走,一边道。

"有!"白皮想了想,异常肯定地回答。

蒋南羽大喜:"谁?"

"金青成。"

"金青成?"众人全都停下了脚步。

"是的。案发之前,只有他进去过。"

"他进去干什么?"蒋南羽沉声道。

白皮摇头:"我也不清楚。他来到门前,让我打开门,说是想和木下三郎谈谈。"

"你就放他进去了?"藤六很生气。

白皮耷拉着脑袋:"我当时又想不到木下三郎会死,再说,金青成表现得很正常。"

"然后呢?"蒋南羽问道。

"他进去的时间不长,也就二十分钟吧。后来听到木下三郎低低吼了一声,然后金青成就出来了,他脸色很不好。"

"木下三郎说了什么?"

"听不清楚。"白皮再一次摇头。

"哎呀呀，事情清楚了！"胡淑芬得意地晃着脑袋，"肯定是金青成杀了木下三郎，杀死后大摇大摆地出来。"

"不可能！"白皮看着蒋南羽，"金青成出来后，我进了工房，当时木下三郎还活得好好的。"

蒋南羽皱起眉头："你看清楚了？确定那是木下三郎？"

"错不了！我走到他跟前，和他说了几句话，他很激动。我问金青成和他说了什么，他不愿意告诉我，还说他没有杀人。然后我就出来了，锁上门，一直到案发。"

"这就蹊跷了……"蒋南羽揉着太阳穴，"越来越蹊跷了。"

"不管怎么说，木下三郎的死，金青成嫌疑最大！"藤六怒"哼"了一声，"他一直不同意阿枫和三郎的婚事，三郎是他的眼中钉，杀了他，正好。"

白皮等人都点头。

蒋南羽抹了一下脸上的雨水："白皮，案发的时候，你有没有听到铃声？"

"没有！"白皮很确定。

"没有铃声，那就不是妖怪，肯定是金青成耍了什么诡计！"胡淑芬大声道。

蒋南羽沉默不语，低头赶路，谁都看得出来，他在沉思。

走了十几步之后，他忽然停住。

众人好奇地看着他。

蒋南羽转过身，那双澄澈的眸子里，闪过一丝光芒："我在想，有没有这种可能……"

众人昂着脸，等待。

"如藤六所说，金青成绝不同意阿枫和木下三郎的婚事，二人的关系也因此极为不和……"

"还有当年木下三郎的阿爹死于金青成之手的传闻……"藤六补充道。

"不管木下柏的死到底是不是金青成所为，金青成和木下三郎之间，势同水火。"蒋南羽的声音很低沉，"阿枫和木下三郎两个人深深相爱不可能分开，金青成又绝对不可能同意，所以他只有一个选择……"

"杀了木下三郎！"藤六道。

蒋南羽点了点头，又摇了摇头："直接杀一个人，尤其是所有人都知

道与自己关系不和的木下三郎，金青成暴露的目标太大，所以……"

他转过身，看着众人："所以，他招林长生上山入赘，然后杀了林长生，这样一来……"

"嫁祸！"藤六击掌道，"蟋蟀镇的人都知道三郎和阿枫的关系，都会认为是三郎杀了林长生！"

"林长生死了之后，木下三郎被抓，但事情没有像金青成想象的那样往下发展，木下三郎并没有被押下山按照杀人犯处决，而是因为案情太过奇特，上头派我们来……"

"这家伙怕我们审问木下三郎，发现线索，揭了他的老底，所以就在我们上山之前杀了木下三郎！"胡淑芬双目放光，"哈哈哈，本大巡长早就这么想了！"

余下诸人同时给了胡淑芬一记白眼。

"不愧是蒋长官呀！分析得有理有据！"藤六佩服得五体投地。

"这么说，木下三郎没有杀人？"白皮道。

蒋南羽摇头："这只是我个人的推断而已。在事情没搞清楚之前，任何事都有可能。"

"是呀，是呀。"胡淑芬晃着脑袋，"不管谁杀的，凭空蒸发这无法解释。我认为呀，这里头肯定有妖怪的一份，说不定是人和妖怪合伙干的呢！"

一句话说得众人默默无语。

"蹊跷呀。"蒋南羽长叹一声，"这是我遇到过的最蹊跷的案件了。"

胡淑芬冷哼一声："妈的，说得跟你破过多少案子一样，这不就是第二回嘛！"

蒋南羽呵呵一笑："很有挑战呢。"

"哎呀呀，别啰嗦，又下雨了，赶紧上山，到金家再说！"胡淑芬叫苦连天，转身看着白皮，"喂，听说金家几个姑娘挺漂亮的，有没结婚的吗？"

…………

第四章　琉璃房

雨中在山里行走，是件极其辛苦的事。

林莽终年昏暗，雨夜之下，如同行走在深深的海底，前方的路仿佛永远没有尽头。

好在还能看到花。硕大的花朵，在雨水中绽放，洁白如雪，片片簇拥。

但这个时候，没有多少人有欣赏的心情。

走在最前方的藤六忽然停了下来。

"到了？"蒋南羽喘着气，走上台阶，发现山道在脚下一分为三。

中间的一条，石阶十分古老，长满青苔，窄窄的，如同鸡肠一般通向山的深处。左右各有一条，却很宽阔，一看就是经常被使用的。

"往左边走两里地就是金宅，右边三里是林场，中间的这条是通往神祠的。"藤六介绍道。

"总算是他娘的快到了。"胡淑芬一屁股坐下，脱掉鞋，痛苦地看着脚上的血泡。

雨终于停了下来，原本阴云密布的夜空，突然变得澄澈无比，星大如豆，点缀得绵延起伏。

"这里距离神祠有多远？"蒋南羽问藤六道。

"约莫二十里山路。"

"加把劲儿，到金家还有活儿。"蒋南羽抱歉地对胡淑芬笑笑。

胡淑芬哼哼唧唧地从地上爬起来，极不情愿。

接下来的路，倒是平坦，走了将近四十分钟，一片建筑突然闯入眼帘。

"妈的，真会选地方呀！"胡淑芬骂了一句。

这里是山间很难得的一块平坦地，背后是高耸的山体，左边是悬崖峭

壁,右边是绵延的林海,一条溪流从前方绕过,冲向悬崖,形成颇有规模的瀑布,水声隆隆。

山石垒成的院子,白墙黑瓦,占地十几亩,两扇朱红大门微微闭着,遮挡住里面的风景,一栋三层的楼宇巍然而立,肃穆大气,高居崖上,甚是精巧。

"真是个好地方呀。"蒋南羽轻叹道。

藤六领着众人来到宅前,指了指右边:"蒋长官,那里就是工房。"

宅子的右边,五六百米的地方,是另外一片巨大的黑色建筑,建在一块巨大的岩石之上,模样怪异,连着高耸的烟囱,门口堆满了矿石和木材,它的后方就是悬崖。

白皮来到门前,咣咣咣砸了几下门,从里头走出来个年轻人。

约二十五六岁,个头极高,皮肤白皙,眼睛细长,眼角长着颗小痣,模样清秀。

他的目光扫了扫白皮和藤六,然后落在了蒋南羽和胡淑芬的身上。

"蒋长官,这位是管家石公的儿子石二槐。"藤六笑了笑,转脸对石二槐道,"你们家老爷呢?"

"已经睡了。长官们请。"石二槐面无表情,转身前头领路。

蒋南羽在前,一帮人缓步走入这所大宅。

宅子前后两进院落,设计得错落有致,极为宽敞,别说在这蝼蛄山,就是在山外,也算是一座豪宅。

前院左侧的一排是牲口棚和车马房,十几匹膘肥体壮的骡马在夜色中打着响鼻,右侧是两间下人房,旁边挨着伙房。

后院是主宅,进了门是一棵巨大的桐树,枝繁叶茂,覆盖着整个院子。大门左侧,是三间客房,西边是接连在一起的两间静室,阳台上摆着鲜花,大门右侧,同样是三间客房,接着的亦是两间静室,在拐角处,好像特意修建了一座石头垒的房子,与周边的建筑显得格格不入,上有铁锁。

正对着后院大门的,就是那三层主楼了,砖瓦用料讲究,雕梁画栋,格外气派。

"几位先歇息,我去禀告老爷。"石二槐行了一礼,往主楼去了。

藤六、白皮和林中君住在东面的客房，蒋南羽和胡淑芬住进西面的客房，各自收拾。

"妈的，累死本大巡长了！"脱掉湿透的衣服，换上了干衣，胡淑芬躺在床上，累得直哼哼。

门吱嘎响了一声，一个仆人打扮的女子端着铜盆走了进来。

"两位长官，洗洗脸吧。"

说话的女子二十出头，穿着一身麻布碎花小褂，虽说是山里姑娘，模样倒不赖，两只大眼睛忽闪忽闪的。

"我先来！满脸黏糊糊的。"胡淑芬接过去，胡乱洗了把脸，对那姑娘笑眯眯地道："妹妹怎么称呼？"

"合欢。"

"合欢呀，这名字好，本大巡长喜欢！合欢合欢，合而喜欢，不错不错！"胡淑芬摇头晃脑，分明是在调戏，"多大了？"

"二十二。"

"年纪也好！有人家了吗？"

"没。"

"哎呀呀，那太可惜了！合欢呀，你想找个什么样的男人呀？"

"这个……"

蒋南羽一见这状况，赶紧走过去转移话题："合欢姑娘，有些事情我问问你。"

合欢低着头，不敢正眼看蒋南羽："长官请问。"

"这宅子里都住着哪些人？"蒋南羽掏出笔记本。

"哎呀呀，你这家伙怎么这么不解风情呀！"胡淑芬给了蒋南羽一个白眼，从旁边搬了把椅子，揉着合欢的手，"合欢呀，你坐，站着挺累的。"

蒋南羽这叫一个无语。

合欢轻轻坐下，擦了擦头发，胡淑芬看得呆了。

"也没多少人。"合欢笑笑，"我和二槐住在前院，家里的琐事基本上都是我俩做，我内他外。其他人都住在后院。"

合欢看了看窗外："西边那两间房子里，住着大小姐和四小姐，东边

的两间房子里，住着二小姐和三小姐。"

合欢所谓的大小姐，是阿松，就是那个后来疯掉了的女儿。二小姐和三小姐是阿枫和阿柳，双胞胎。这三个女儿都是金青成的第一任妻子花娘子所生。至于四小姐阿桂，是金青成和现在的妻子一串红的女儿。

"主楼一楼左边住的是管家，右边住的是夫人，老爷在二楼西间住着，家里就这些人。"合欢的声音很好听，宛若黄鹂。

"二楼的东边，不是有房间吗？"蒋南羽飞快地记着，头也不抬。

合欢莞尔一笑："那是琉璃阁，里头放着的都是老爷心爱的东西，还有很多烧制出来的琉璃珍品，金贵着呢。"

"三楼呢？"

"三楼是祠堂，供奉着金家的列祖列宗，只有逢年过节的大日子才开，我们仆人是上不去的。"

蒋南羽点了点头，笑道："如此看来，宅子里还真没多少人。"

胡淑芬在旁边扯着公鸭嗓子道："这就不对了，合欢呀，这深山老林你们独门独院的，又都是女人家，家大业大，这么点儿人，就不怕有歹人上门呀？"

合欢捂着嘴笑："不可能。山里人本来就不多，山上就我们一家，哪个上来？再说了，宅子里也有长枪短枪一二十支，老爷虽然上了年纪，但枪法准得很，二槐哥也百发百中。即便是有什么事，林场就在旁边，打声招呼他们的人就来了，安全得很。"

"哦。"胡淑芬没话了。

正聊着呢，藤六、白皮和林中君进来，身后跟着一个老头。

老头六十出头，身形魁梧，头发已经花白了，但精神很好。国字脸，鼻梁高挺，双目炯炯有神，穿着一件黑色绸缎长褂，浑身干净利索，让人顿生好感。

"给两位长官问安！"见了胡淑芬和蒋南羽，老头十分客气地鞠躬施礼。

"这位是管家石公。"藤六介绍道。

"石公不必如此客气，我们这次来，多有打扰。"蒋南羽忙起身道。

"不敢不敢，两位长官舟车劳顿来到我们这穷乡僻壤，辛苦啦。"石公微微一笑，随即表情凝滞，叹了一口气，"家里发生这样的事，还得麻烦二位。"

"本大巡长为民请命，那是当仁不让的，放心吧，有本大巡长在，定然能够抓住凶手，顺利破案。"胡淑芬坐在椅子上，目光依然离不开合欢。

"我家老爷本来是应该出来见二位长官的，但这祸事接二连三的，刺激太大，吐了不少血，晕厥过去了几回，刚睡下，所以我想等老爷醒了再……"石公越说脸上越悲伤。

"没事，倒也无碍。"蒋南羽摆了摆手。

"事情也不急，我们也劳累一天了，早点儿歇着也好……"胡淑芬哼哼道。

"哎呀呀，我还专门让二槐弄了一桌子酒菜，这个……"

"有酒菜呀！不早说！赶紧走！"胡淑芬闻听此言，当即蹦了起来，"在山下就吃了几个烂番薯，本大巡长肚子早饿得咕咕叫了，石公，你不错，相当不错！"

言罢，这货流着口水，搂着石公，急不可耐地踏出房门。

丢人现眼呀！

蒋南羽、林中君等人只得尾随其后。

金家一楼大厅。

典型的寻常富贵人家的摆设，正中挂着一幅巨大的中堂，挂着一幅松鹤延年图，层层白云之下，遒劲老松，苍翠伸展，一群白鹤落于其上，或引颈向天高歌，或低头顾盼有情，倒是一幅好画。两旁的对联是：海是龙世界，云是鹤家乡。

相比于什么"勤能补拙，俭可养廉""事理通达，心平气和"之类的俗气东西，这幅中堂倒是不失雅致。

桌椅皆是木质，上好的紫檀、花梨，博古架上摆着瓷器，养着兰草，竟还有一张古琴在侧，越发清雅，看得出来主人很有品位。

大厅正中央，摆着一张圆桌，桌上鸡鸭鱼肉搭配山产林产，丰盛得很，酒是陈年佳酿，解开封泥醇香诱人，惹得胡淑芬哈喇子直流，扑通一声坐下，二话不说就伸筷子。

"巡长！"蒋南羽脸上火辣辣的。

"哎呀呀！都不是外人，讲究什么礼数！本大巡长饿死了！"胡淑芬一口酒一口菜，大快朵颐。

"胡巡长说得对，饭菜虽然简陋，但还算可口，二位不必客气！"石公起身，亲自为二人倒了满满一盏酒。

席间觥筹交错，气氛也就和缓起来。

"呦，石公，怎么家里来客人了，也不跟我通报一声呀，咯咯咯，这就是你的不对了，两位长官还以为家里的人都不懂事呢。"众人正喝着，忽听得外面响起一串银铃般的笑声。

这笑声，说不出的甜，说不出的腻，说不出的嗲，传进耳朵里，顿时觉得心中有无数虫儿在挠！

清风吹来，夹带着浓浓的香水味，在高跟鞋咯噔咯噔的声响里，一个穿着旗袍的迷人身段，徐徐扭了进来。

这个女人，不一般呀！

虽未见其人，蒋南羽的心先是咯噔跳了一下。

视线微微抬起，自下而上，这女子也就映入眼帘了。

顶多四十岁的年纪，双眉如黛，朱唇似丹，一双秋水美目顾盼生情，头发高高盘起，露出雪白的脖颈，那滚花的红色旗袍极其合身，越发衬出曼妙身形，真是半老徐娘，风韵犹存啊，仿若盛放的一朵硕大的牡丹。

女人，蒋南羽见过不少，可这般风情的女子，真没碰到过，何况是在这贫瘠的蟒蚰山。

"小女子一串红，见过两位长官。"女子微微施了一礼，莞尔一笑。

房间里霎时寂静无声。

蒋南羽转脸看了看胡淑芬，但见这货一手拿着个猪蹄，一手拎着酒壶，双目呆滞，嘴角哈喇子挂得老长，壶中酒顺着壶嘴儿汩汩往下淌，早已注满了酒杯，又淌在桌子上。

"巡长！"蒋南羽在桌子底下踢了胡淑芬一脚。

"真他娘的够味儿！"胡淑芬喃喃道。

声音虽不大，但一屋子的人听得清清楚楚。

管家石公赶紧站起来，道："两位长官，这是我们家夫人。"

蒋南羽羞愧得满脸通红，忙道："见过夫人。"

女子咯咯一笑:"什么夫人不夫人的,不过是个妇道人家罢了,长官们叫我一串红罢了。"

一边说,一边轻移莲步走到胡淑芬旁边的椅子上坐下,自斟了一杯,款款举起:"家中事发突然,老爷也躺倒了,招待不周,还请海涵。这杯酒,我自罚,算是给二位长官赔罪。"

言罢,纤手一抬,饮下一杯酒。

这番举动有礼有节,滴水不漏,肯定是见过世面的人。

"好说,好说。"胡淑芬哈哈一笑,伸出咸猪手,紧紧握住一串红的手,两只眼睛眯成了月牙儿,"妹妹何方人士?"

"小女子老家扬州。"

"怪不得!"胡淑芬一拍大腿,"本大巡长一眼就看出来了!除了苏杭一带,天底下怎么会有妹妹这般美貌的女子!本大巡长和你们扬州人有缘分!扬州好呀,扬州瘦马,天下闻名。"

这话说出口,一串红脸色微变,便是管家石公,也是一脸尴尬。

"瘦马是什么马?"蒋南羽转脸低声问林中君。

林中君忍俊不禁:"你这位长官还真是口无遮拦。所谓的瘦马,并不是马。苏杭历来出美女,也出名妓,那地方的老妈子往往花钱到穷苦人家买来幼龄的貌美女童,回去悉心调教,琴棋书画样样精通,待女子到了十五六岁,就卖于有钱人家做妾,或者直接卖给青楼,这种女子,便称为瘦马。"

"哦!"蒋南羽恍然大悟。

在山下蒋南羽就听藤六说一串红青楼出身,胡淑芬在她面前说什么扬州瘦马,这不直接打人家脸嘛。

不过这一串红倒是有肚量,不羞不怒,轻轻将手儿从胡淑芬的魔爪里抽出来,微微叹了一口气:"唉,巡长说的是,扬州出美人,可都是苦命人呀。像我等女子,出身贫寒,被父母卖了,跳入火坑,终日强颜欢笑,对着那些臭男人,也是每每有想死的心儿。我运气好,碰到了老爷,可怜那些姐妹们,很多年纪轻轻的就香消玉殒……"

说着说着,双目噙泪,楚楚可怜。

"哎哟哟,是我不好,惹着妹妹的伤心事了,自罚三杯!"胡淑芬手

忙脚乱，灌了三杯。

"巡长有什么错，不过是小女子想起伤心事罢了。来到这蟆蛄山，虽说寂寞清苦，但也算是安然自得，本想着一辈子就这么自在过下去了，哪料到这凶案……"一串红掏出手帕，抹去眼角两行泪。

"妹妹不必苦恼，这事儿交给我。本大巡长定然抓住真凶，保你金家平安！"胡淑芬胸脯拍得啪啪响。

"多谢巡长。"一串红破涕为笑，又敬了一杯酒，目光落到蒋南羽身上，"这位长官，模样俊得很嘞，倒和我娘家弟弟长得有几分形似，小女子冒昧攀个高枝，叫一声弟弟，怎样？"

蒋南羽羞得满脸通红。

"哎呀呀，怎能说攀高枝呢，这是他的福气！"胡淑芬白了蒋南羽一眼，对一串红道，"我这个手下，可不简单，留洋的高才生，家世也好，虽然人笨了点儿，办案子老拖本大巡长后腿，但还算是有点儿用。南羽呀，别愣着了，敬你红姐姐一杯酒呀！"

蒋南羽忍气吞声站起来，敬了一杯酒。

一串红倒是高兴得很，道："哎呀呀，喝了羽弟弟这杯酒，小女子可算是有福气了！"

有了一串红，这酒桌上的气氛顿时变得热闹起来，胡淑芬拉着她的手，嘴巴就没停下来，吹嘘着他的光辉事迹，唾沫横飞，不亦乐乎。

聊了半天，酒菜也吃得差不多了，蒋南羽看了看表，已经半夜了，便推了推胡淑芬："巡长，我们该办正事儿了。"

"没看见我跟你红姐姐说话呢嘛！什么正事儿？"胡淑芬打了个酒嗝，没好气道。

蒋南羽哭笑不得："自然是查看凶案现场了。"

今天晚上木下三郎突然死在工房，凶案现场自然要第一时间侦看。

"好吧。"胡淑芬不情愿地站起来，脚步摇晃，估计喝得差不多了。

"白皮，带我们去。"蒋南羽沉声道。

一行人出了大厅，蒋南羽回房取来自己的箱子，众人直奔工房。

夜色中，那屹立在悬崖边上的庞大建筑，只看得见黝黑的轮廓，没有灯光，仿佛一头匍匐的巨兽。

石公和白皮挑着灯笼在前引路，众人来到工房门口，推开铁门，一个阔大的院子展现在眼前。

院子两面都是房间，摆满了各种各样的器具、原料、矿石、木材，墙上、地下，管道纵横。

"一共有十一个锅炉，不过都停烧了，只剩下最大的那个没关。"石公指了指正后方。

那是最大的一个房间，石头垒成，巨大的烟囱就立在后方。

"怎么，生意不好吗？"胡淑芬醉醺醺道。

石公叹了叹气："蝼蛄山矿石好，所以出产的琉璃质量上乘，以前我们家的东西供不应求，生意好得很，但时代变了，现在洋人的东西源源不断涌进来，价廉物美，我们自然就比不上了。"

蒋南羽看了看周围，见走廊上摆着不少成品，里头各种各样的东西都有，既有瓶瓶罐罐，也有琉璃玩具，还有一叠叠大小不一、形状各异的镜子，林林总总不胜枚举。

"石公，你们的东西挺丰富啊。"蒋南羽笑笑。

石公摇了摇头："也是没办法的事。以前我们只生产摆件，比如赏瓶、灯盏、琉璃这类东西，后来生意每况愈下，越来越卖不出去，为了生存下去，只能什么都做了。简单地说，以前生产的都是给有钱人家的精品，现在大部分的东西是卖给寻常老百姓的，利润很少。"

看来，不管什么样的人，现在日子都不好过呀。蒋南羽苦笑。

一帮人来到最大的那个锅炉间，见门上横着铁锁。

"为了保护现场，出事后我就把门锁上了，钥匙就一把，在我身上。"白皮低声对蒋南羽道。

这小子办事，倒是严谨得很。

蒋南羽点了点头，白皮掏出钥匙把门开了，众人抬脚进屋。

只有那一串红，站在门口步子不动，妇道人家，总归是胆子小了点儿。

"南羽呀，你进去看看吧，我就不进去了。"胡淑芬一脸坏笑留在了外面。

蒋南羽哪顾得了这二货，自己进屋，让石公和白皮把屋子里的汽灯打开，顿时一间屋子亮如白昼。

待看清楚了情况，眼前的景象不禁让蒋南羽目瞪口呆。

这工房空间很大，没有窗户，四四方方，约莫有上百平方米，房高三四米，摆设却十分简单。左边是一排排木架，放置着烧制好的各种琉璃器皿、镜子之类的东西，除此之外就是吹筒、坩埚钳之类的工具，右边堆满了层层叠叠的木柴，正中间，是个巨大的琉璃锅。

锅底座和外层用坚硬的花岗岩垒成，裹着钢铁铸造的内胆，里头盛放着赤红色的琉璃液体，岩浆一般散发着炙热的气息。与琉璃锅连着的是个圆筒状的巨大装置，不知道有何功用，圆筒通过密封管道和烟囱相连，烟囱下方是投柴口，里头烈火熊熊，火焰曼舞。

就在那琉璃锅旁边，倒伏着一具尸体。

尸体脚朝着门口，半身斜靠在琉璃锅的花岗岩外壁上，摆出了个半跪的姿势，脖颈上空空荡荡，鲜血喷得到处都是，身上的白衣更是殷红一片，死相极惨。

"房间里没动过？"蒋南羽戴上了手套和口罩。

"没动过！"白皮确定无比。

蒋南羽点了点头，缓步来到木下三郎的尸体跟前，剥去衣物，仔仔细细地对尸体做了检查，花费了一个多小时，才直起身。

"把尸体穿戴好，抬出去吧。"蒋南羽低声道。

看得出来，他的表情有些失望。

白皮和藤六带着狐疑，收拾一番，将木下三郎的尸体抬了出去。

蒋南羽弓着身子，又仔仔细细地将房间搜查了一遍。

房间里的东西并不多，所以没花费多久。但架子上的那些琉璃器皿数量极多，挺费神的。

"这些东西，什么时候烧好的？"蒋南羽背着手，看着那些瓶瓶罐罐和镜子。

"前天。"石公走到跟前，"这一批货，买家催得很急，所以我和二槐一直忙活，今天是最后一批了。"

不得不承认，金家的琉璃制品的确很好。

眼前的这些产品，虽然都是普通人用的东西，但颜色艳丽，或艳红如朝霞，或洁白如水晶，在灯光的照射下发出迷人的光彩。

"烧制起来很复杂吧？"蒋南羽一边仔细检查那些器皿，一边问道。

"对一般人来说，的确很难，别的不说，用吹管把琉璃挑出来，趁着热吹成需要的形状，再修胎、打磨，一连串的工序不容有任何差错，否则就只能打碎成废品。"石公指着堆在门边的一堆琉璃碎片苦笑道。

蒋南羽没说话，点了点头。

"而且不同的东西，制作起来工序也不一样，这些琉璃瓶，不仅要吹成形，还要加入不同的材料呈现出不同的颜色和花纹，都是手艺。还有这镜子，看起来简单吧，其实最复杂。"谈起烧造，石公很是兴奋，滔滔不绝。

蒋南羽在货架中转了一圈，没有发现任何异常，道："这些天，木下三郎一直关在这里？"

"嗯。从未离开。"

"你们在这里烧琉璃，他怎么待呀？"

石公微微一笑："蒋长官不太熟悉这工房。烧琉璃嘛，并不是每天都需要有人的。"

"怎么讲？"

"先要将挑选好的优质矿石放入大炉中加热融化、提纯，接着就会形成液体流入那大锅之中，然后就可用吹筒提起琉璃凝液吹制成品，也可以将凝液引入模具，压制成一般的瓶罐碗盘。光加热提纯，就需要好几天时间，期间我们只需要分几次加入木柴罢了，并不是一直在这里。十天前我们出了第一锅，前天出了第二锅，基本上完成了大半，今天的第三锅是最小的一锅，再烧一百多个罐子，就能交货了。"石公指着烟囱下方的巨大投柴口，"正常情况下，加一次柴能烧好几天，所以我们几天才进来一回，最忙活的主要是在制作上，而且我们制作的时候，木下三郎在也不耽误事，两位警官也在现场。"

蒋南羽回头看了看白皮和藤六，俩人都点头，证明石公所言非虚。

蒋南羽没再说话，从左边转到右边，最后来到了那个投柴口。

里头烈焰熊熊，热浪逼人。

这个房间没有任何窗户，除了门之外，联系外界的只有烟囱，但必须经过这个投火口。

"这里面的火,有没有熄灭过?"蒋南羽问。

藤六自然明白蒋南羽的意思,笑道:"长官是怀疑有人从这烟囱上爬进来杀了木下三郎,再从烟囱里爬出去?"

"嗯。房间里除了这个烟囱,没有任何与外界的通道了。"蒋南羽点头。

"不可能。"藤六笑笑,"烧琉璃绝对不能断火,这投火口从十天前就一直这么烧着,别说人爬进来,就是块石头都经受不了那样的火。"

"有问题。"蒋南羽转脸看着石公,"你们这么一直烧,这么大的火不间断,就不怕烧坏了锅炉?"

石公走过来,指着那圆筒道:"这东西,是冷凝装置,里头盛满了水,大炉的温度过高时,热量就会被它吸收,化为水蒸气从气嘴喷出来,而里头的水一旦减少,阀门就会被打开,自动引入补充的凉水,所以不用担心烧爆锅炉。"

"挺先进。"蒋南羽十分佩服。

不过,当蒋南羽看那琉璃锅的时候,忽然见地下石台的缝隙里,有个东西,弯下腰扯出来,发现竟然是一块手帕。

一看就是女人的手帕,上面绣着一片枫树叶。

"阿枫的手帕。"石公走过来看了看,疑惑道:"怎么会在这里?"

藤六看了木下三郎的尸体一眼,道:"一看就知道是定情之物,想必是阿枫送给三郎的。"

这时候,林中君走过来,指了指,道:"这上面绣着字呢。"

果然,手帕一角用金线绣着两行字:两情若是久长时,又岂在朝朝暮暮。

众人见了,也是惋惜。

"这炉子,应该是我见过最大的了。"胡淑芬昂头看着。

石公道:"这套装置可是老爷当年从洋人手里买的,花了不少银子。"

说完这些,石公走到锅炉旁边,掰了一下把手,一个巨大的连体模具缓缓移动到琉璃锅跟前,模具打开,里头是一个个深深的凹槽,整齐排列。

石公转到琉璃锅跟前,费力地转动滑轮,琉璃锅缓缓倾斜,里头炙热的琉璃凝液缓缓流出,顺着引嘴淌进模具,注入那一个个凹槽内,炙热的凝液碰到冰凉的钢铁模具，冒出股股白烟，众人被逼得连连后退。

石公手脚麻利，戴上厚厚的手套，不停地查看、拍打、旋转、晃动，忙活了将近半个小时，昂起满是汗水的脸，道："成了。"

言罢，手儿一摇，模具分离，百十个琉璃瓶在灯光下晶莹剔透。

"好东西！"一直没说话的林中君见了，露出震惊的模样，顾不得琉璃的余热，拿起一个，对着灯光看了又看，"真是好东西！"

琉璃瓶并不大，一只手就能握住，平底、细颈、喇叭口，样式古朴，十分好看！这种东西，一看就不是实用器皿，应该是摆件。

石公也拿起一个，点了点头："这批东西，的确……不错！"

蒋南羽被这两个人搞得有点儿好奇，也拿了一个看了看，并没发现有什么特别之处。

林中君显然看出了蒋南羽的心思，道："蒋长官，这种东西，我们行里叫赏瓶，当然了这是缩小版。"

"赏瓶？"对于古董文玩，蒋南羽一窍不通。

林中君解释道："赏瓶是雍正朝出现的一种造型，作赏赐之用，其器型来源于玉壶春瓶，传世品形制基本相同，撇口，细长颈，肩部装饰凸弦纹，圆腹，圈足。赏瓶一般采用固定模式的纹饰，颈部装饰青花蕉叶纹，腹部装饰缠枝莲纹。这玩意喻意深刻，'青'代表'清'，'莲'代表'廉'，'青''莲'合在一起，为希望时政'清廉'之意。"

林中君双目放光，道："赏瓶都是瓷制，琉璃的我倒是头一回见。蒋长官，你看这琉璃上的纹饰，线条灵动，惟妙惟肖，很是精彩。"

石公在旁边道："那是，这套模具的图案，乃是按照当时宫廷的纹路设计的，费了不少心思。"

林中君摇头道："最精彩的还不是这纹饰，而是这颜色！"

石公对林中君不由得刮目相看。

"颜色？"蒋南羽一愣。

林中君将手中的赏瓶放在蒋南羽眼前，对着灯光微微晃动了一下："蒋长官，看到了吗？"

蒋南羽屏声静气，仔细看了看，果然发现这琉璃赏瓶通体显现出一种美妙的颜色来。

这颜色，和蒋南羽见过的任何一种颜色都不同，说蓝吧，比蓝色要浅，说绿吧，比绿色要柔，介乎于蓝绿之间，薄薄的、淡淡的，若隐若现，和一般的颜色不同，不但呈现出层次感，而且一点儿都不呆板，灵动飘逸。最奇妙的是，角度不同，这颜色就会有变化，盯着时间长了，你就完全看不见瓶子，只觉得眼前全是颜色的流转，如同云烟一般。

　　"这种颜色，应该是青色吧。"蒋南羽道。

　　"天青色！"林中君兴奋道。

　　"天青色？"蒋南羽觉得差不多的颜色自己也见过，只不过……

　　"这是极为难得的天青色！"林中君的话打断了蒋南羽的思绪，激动地道，"蒋长官知不知道汝窑？"

　　"好像是宋代五大名窑之一吧。"

　　"然也！"林中君大声道，"五大名窑，汝、官、哥、钧、定，以汝窑为首，所有窑中，又以汝窑珍品最为难得，有道是'纵有家财万贯，不及汝窑一片'，说的就是它的珍贵！"

　　蒋南羽更加困惑了："但这是琉璃呀，不是瓷器。"

　　"非也！非也！"林中君摇了摇头，"汝窑最大的美，在于它的色，天青色！蒋长官知道汝窑是怎么来的吗？"

　　"不知。"

　　"传说宋徽宗曾经做过一个梦，梦到大雨过后，远处天空云层散开的地方，有一抹神秘的天青色，格外令人着迷。醒来后，他就写下一句诗：'雨过天青云破处'，下令让工匠烧制出这种颜色，一时之间不知难倒了多少能工巧匠，后来还是汝州的工匠技高一筹，烧出了让宋徽宗满意的天青色，自此汝窑名冠天下！汝窑只兴盛了短短20年，留下的真品极少，后来烧造工艺也失传了，这种神秘的天青色，也自此成为传说。"

　　林中君越说越激动，道，"我曾经在一位大官的家里看到过真品，只是一个残器，但那神来一般的天青色，让我一直痴迷到现在！这么多年，我看过无数的古物，再也没有看到过这种颜色！想不到呀，今日竟然在这么个琉璃小瓶上看到了！实在是……实在是老天有眼！"

　　尽管对古物不懂，但蒋南羽觉得林中君的兴奋有他的道理，别的不说，手中的琉璃瓶上，那颜色的确是美艳绝伦，世间难有。

"石公，这批货卖给我吧！"林中君忽然已经忘了身处何地。

石公苦笑道："不行，这货已经有买家了。"

"我出双倍，不，五倍的价钱！"林中君双目放光。

"十倍也不行。"石公摇头，"做生意最重要的是诚信，这批货已经订下来了。"

"哎呀呀，那太可惜了！"林中君极为惋惜。

石公笑："我刚才数了一下，多了五六个，林先生若是喜欢，多下来的就送给你吧。"

"好极！好极！"林中君捧着那瓶，简直如同拿着稀世珍宝。

蒋南羽忍不住道："这事情不很简单嘛，等案子办完了，你让石公再给你烧一锅就是了。"

"不可能！"石公和林中君异口同声道。

蒋南羽愕然。

林中君解释道："这种颜色被称为神来之色，是因为成功率极小，即便是在宋代，汝窑的工匠烧一万件瓷器能出来一件成品就谢天谢地了！也正因为这样，它才变得如此珍贵！这种东西，只能说是老天保佑，可不是随便烧就能烧出来的。即便是琉璃，我想也是如此吧。"

石公点头："林先生所言甚是。我们金家烧了二三十年琉璃，青色的烧过很多，但这种天青色，除此之外，我也仅见过一回。"

蒋南羽张大了嘴巴：二三十年，烧出来的琉璃何止万千？！竟然连石公也只见过两回？！

"罢了，罢了，能见到这种神来之色，已经心满意足，而且还能得个五六件，已是走了大运！"林中君很满意，又道，"等那货主来了，我再从他手里买了就是。嘿嘿嘿，这批货要是拿出去，能赚不少！"

看着他兴奋的样子，蒋南羽直摇头："林先生，我们这儿在办案呢。"

林中君恍然大悟，一张脸通红："惭愧惭愧，蒋长官，我一时兴起，耽误你办正事了。"

"还好，已经查看完了。"蒋南羽摘下手套，对藤六点了点头。

一帮人鱼贯而出，蒋南羽迈出门槛，就见胡淑芬靠着柱子，拉着一串红的手，用色眯眯的眼神看着一串红——

"妹妹，你这手相不错哎！看见这条线了没有，又细又长，看来你一生有福有财，长命百岁哦！而且双手丰腴，柔若无骨，这更是一等一的好命……对了，除了会看手相，本大巡长对麻衣神相也深有研究，要不今晚你到我房间来，我们仔细探讨探讨？"

蒋南羽走到跟前，咳嗽了一声，胡淑芬立刻松开一串红的手，转过身来，一本正经地问："怎么样，什么结果？"

"有点儿麻烦。"蒋南羽的眉头皱了起来。

"对于你来说，肯定有点儿麻烦，但对于大名鼎鼎、风流倜傥、智勇双全、玉树临风、视金钱如粪土的本大巡长来说，却小菜一碟，把具体情况说一说。"胡淑芬一副牛叉哄哄的样子。

"情况已经很明了了，这工房，的确如藤六和白皮所说，墙壁用厚厚的石头垒成，没有窗户，没有缝隙，顶上也是严丝合缝，苍蝇都进不来，地下也没有任何地道什么的，完全就是个密室，除了大门，唯一的通道就是锅炉的烟囱，但烟囱连着下方的火炉，里头的烈火从未熄灭过，人不可能从里面爬进来。但木下三郎就那么离奇地死了，在密室之中被砍下了脑袋，脑袋不但消失了，连凶手都凭空蒸发了！"蒋南羽沉声道。

胡淑芬挠了挠头，张了张嘴，但终究什么也没说。

"巡长，这个案子，和林长生在马车中的不翼而飞，同样令人觉得不可思议！蹊跷！太蹊跷了！"

胡淑芬背着双手，昂头向天，嘴里嘀嘀咕咕："妈的！我就说过，跟你在一起准没好事，这里肯定有妖怪！"

第五章　无头人

房间里开着窗，门一打开，带着寒意的山风将纸窗棂吹得呼啦啦地响。

与此同时，涌过来的是一股恶臭——尸体腐烂的气味。

身边的人都下意识地捂住口鼻。

"我天！比他妈烂咸鱼还臭！"胡淑芬伸了伸头，叫了一声，缩了回去，"红妹妹，我们还是在外面谈谈心吧。"

只有蒋南羽面色如常。

这样的场面，他已经麻木了。

工房的另外一个小小房间，放置着林长生的无头尸体。

虽然到了八月，但山上并不是十分炎热，所以即便是过了七八天，林长生的尸体还没有高度腐烂。不过，那模样也惨不忍睹。

房间打扫得十分干净，堆满了烧造琉璃的原材料，尸体被放置在一张平板木床上，肿胀发黑，留着黄黑色的黏液，皮肉已经开始腐烂。

林长生的打扮颇为奇怪。他披着一身用羽毛做成的长衣，赤红色的羽毛，无比鲜艳，此时沾染上了尸液，污浊不堪。

蒋南羽戴上手套，取来刀子，小心翼翼地拨开了那层羽毛，开始仔细检查尸体的每一个细节。

藤六和白皮脸色苍白地站在旁边，十几分钟后，两人陆续跑了出去，抱着柱子吐得昏天黑地。

林中君没有进去，他蹲在台阶上，一个劲儿地抽烟，神情落寞。

"你们两个猴子，全然没有巡警的样子，不过一具尸体嘛！"胡淑芬骂道。

藤六苦笑道："巡长，你怎么不进去？"

"尸检这种小事，用得着本大巡长亲自出马吗？唉，现在的巡警真是一代不如一代了，我年轻的时候，三更半夜一个人到坟地里挖开棺材背回死者尸体，眉头都不眨一下！你看看你们！"胡淑芬叼着烟，笑道。

"巡长，这事儿我怎么没听说过呀。"蒋南羽从屋子里走出来，咧着嘴笑。

胡淑芬急忙后退几步："离我远点儿！他娘的这味道太恶心了！"

言罢，胡淑芬捏着鼻子，又道："结果怎样？"

蒋南羽点了根烟，使劲抽了几口，道："回去再说。"

…………

金宅后院客房。

洗漱一番的蒋南羽坐在椅子上，抬头看着对面的石公："石管家，接下来麻烦你了，我们要开始调查了。"

"调查？现在吗？"一串红低声道。

"是呀，都三更半夜了，明天不行吗？"胡淑芬打着哈欠道。

"人命关天，还是抓紧时间吧，明天还有明天的事，再说，我们也只是了解一下情况。"蒋南羽态度坚决。

石公点了点头，道："好，我这就去通知老爷和几位小姐过来。"

"那倒不必，让他们在自己的房间里等着便是，我们一一问话便可。"蒋南羽目光如炬。

石公答应一声，出去了。

"说说尸检的情况。"胡淑芬往前凑了凑。

白皮、藤六和林中君都不由自主地坐直了身体。

"先说木下三郎的。"蒋南羽眉头微微皱起，"死者全身没有任何伤口，也没有伤痕，没有击打的痕迹，尸体完好。让他致命的，是脖子上的伤。"

"废话，妈的，脑袋都没了！"胡淑芬翻了个白眼。

"伤口很奇怪。"蒋南羽深深吸了一口气，"第一，速度非常之快，而且凶手力气异常大，只一下，就将皮肉、血管、筋骨彻底斩断，骨头切口平整光滑，那么大的力气，即便是青壮年恐怕也很难达到。"

"第二，从伤口来判断，凶器定然是无比坚硬锐利之物，普通的刀剑是无法达成那般效果的，我找遍了房间，也没有发现凶器，显然也消失了。"

众人听得木然无语。

"现场十分整齐，没有破损物品，也没有打斗的痕迹，可以推断木下三郎在死的时候根本没有任何的防备，这有两种可能。"蒋南羽伸出两个手指，晃了晃，"第一，凶手是突然出现袭击的，木下三郎没有发现对方；第二，凶手和木下三郎很熟悉，木下三郎对其没有任何防备。"

"这等于白说。"胡淑芬似乎觉得这些线索根本没有用，不甘心地道，"那林长生的呢？"

"尸体停放的时间太长，很多有价值的线索都没有了，无法找到我需要的东西，我们来得太晚了。"蒋南羽很失望。

"一点儿线索都没有发现？"胡淑芬道。

"倒是有。"蒋南羽捋了捋头发，"伤口。"

"伤口？"

"嗯。林长生脖颈的伤口和木下三郎的有些不同，尽管一样的平整光滑，一下就斩断了脖子，但凶器不同，似乎是一种很奇怪的锐器。"

"如何奇怪？"藤六忍不住问道。

蒋南羽比画了一下："从伤口判断，这种凶器的刃部似乎极为薄削锋利，但后背十分宽厚，和一般的刀完全不同。"

藤六和白皮相互看了一眼，同时点了点头。

"怎么，你们知道这种凶器？"蒋南羽喜道。

"如果我的判断没错，蒋长官所说的凶器，就是开山刀了。"藤六道。

"开山刀？"

藤六没说话，从身上的那个大大的鹿皮袋子里取出了个东西。那袋子他一直斜跨在身上，鼓鼓囊囊，不曾离身。

藤六拿出的东西不长，约莫有三十公分，看得出来是一把刀。

刀把用一整根鹿角做成，粗犷朴素，因为使用得久了，油光锃亮，刀鞘也是用鹿皮制成的，上面用红线绣着桐叶子的图案。

蒋南羽接过来，觉得刀很沉，缓缓抽出刀，一抹寒光闪现，冰冷的气息扑面而至。

刀身很宽，有十几公分，精铁锤炼打造，上面有云朵一般的美丽纹路，刀刃极为锋利、薄削，但刀背足有两指厚，这样的比例严重不对称，但蒋南羽毫不怀疑这玩意的锋利程度。

"这种刀是我们蝼蛄山的特产,锋利得很,碗口粗的树,一刀就断!"藤六拿过刀,挥舞了一下,刀发出嗡鸣之声,仿佛老龙在低吟。

"好刀!"林中君忍不住赞叹。

"白皮,把这狗日的捆上!"胡淑芬站起来,掏出枪对准藤六。

藤六一愣:"为什么捆我?"

胡淑芬冷冷一笑:"屁话!这玩意在你身上,林长生的伤口就是你这开山刀所致,你说我为什么捆你?"

藤六大呼冤枉:"巡长,就凭一把开山刀,你就断定我是凶手?"

"当然了!本大巡长明察秋毫从不会犯错!你个泼才,监守自盗呀这是!"

藤六道:"巡长冤枉我了,这种开山刀并不仅仅是我有。"

"哦?"胡淑芬一愣。

白皮赶紧解释道:"巡长,蒋长官,这种开山刀,蝼蛄山的男人几乎人手一把。我们有个风俗,男孩十五岁之后,就被认定成年了。成年仪式上,都会得到这样一把刀。这种刀,锻造起来十分不容易,也很难得,一个人一生只有机会得到一把,所以很珍贵,平时带在身上形影不离,山里野兽多,用这东西防身最好了。"

胡淑芬发愣。

白皮转身出门,时候不大也拿过来一把,制式几乎和藤六的那把一模一样。

"两位长官,这是我的,不信的话你可以问问别人。"白皮苦笑道。

胡淑芬望了望一串红,一串红点了点头。

看来的确是冤枉藤六了。

胡淑芬收起枪,哈哈一笑:"本大巡长见气氛太压抑了,开个玩笑,哈哈哈,藤六,你别介意。"

"不会,不会。"藤六长出了一口气。

不过胡淑芬很快收敛了笑容:"南羽呀,我想明天就能破案了。"

"巡长这么快就知道凶手是谁了?"蒋南羽大吃一惊。

胡淑芬插着腰,牛叉哄哄道:"很简单嘛,既然杀死林长生的开山刀蝼蛄山的男人一人一把,而且只有一把,明天就寻找手头没有开山刀的男人便可，那肯定是凶手！凶手杀完人，肯定要把凶器丢了。"

众人你看看我，我看看你。

"怎么样，本大巡长英明吧！"胡淑芬陶醉道。

"巡长，这个恐怕行不通。"藤六真不忍心打击他，"从道理上来说，的确如此，但也不能判定没有开山刀的男人就是凶手。"

"为何？"

"很简单，丢失的、损坏的，或者因为穷而卖掉的，都可能发生。蝼蛄山不少男人身上都没有这东西。"

"这样呀……"胡淑芬彻底瘪了。

蒋南羽笑道："巡长，你能想到这一点，已经很英明了。"

众人都笑。

胡淑芬倒是没笑，捏着下巴若有所思道："如此看来，凶手真的不是妖怪了？"

蒋南羽刚要说话，却见藤六和白皮几乎同时摇头。

藤六道："这么判断，似乎早了点儿哦。"

"怎么讲？"胡淑芬挠了挠头。

藤六："蝼蛄山的男人，到了七十岁，也就是到了山隐之日上山的时候，如果开山刀还在身上的话，就会放置于神祠之中，献给那位大人，所以神祠里面，开山刀有的是，这东西传说就是那位大人的法器之一。"

胡淑芬伸着下巴，张大嘴巴，发出了长长的错愕之声——哦。

蒋南羽咳嗽了一声，将众人的议论扯回来，掏出笔记本，盯着一串红。

他的目光冰冷沉凝，看得一串红微微一愣。

"羽弟弟怎么这么看我，怪吓人的。"一串红道。

"夫人，有些问题要问你，希望你如实回答。"蒋南羽认真道。

"这就开始审问了？好，你问吧。"一串红直起身子，正襟危坐。

"木下三郎死的时候，你在干什么？"

"你怀疑是我杀了木下三郎？"一串红吃了一惊。

胡淑芬笑道："南羽呀，你个混账！刚才你自己说的，杀死木下三郎的凶手，定然力气极大，红妹妹柔弱女子一个……"

蒋南羽摆摆手:"这个我知道,但事情还是得问清楚的。"

一串红倒也大度,道:"是是是,问清楚最好。当时呀……当时我就在工房附近。"

"你在工房附近?在干什么?"

一串红笑笑:"这些日子,我们在赶一批货,买家催得紧,人手特别紧张,我也得出来帮忙。烧制琉璃,需要大量的木材,而且必须是上好的杉木,这种东西比起一般的木材价格要高不少,所以我得看着那帮家伙,检验是否够数。"

"那帮家伙?"蒋南羽沉吟了一下。

"哦,是木场里的那伙人。"一串红环抱双臂,"杉木都是木场送来的,他们劈好了,拉来卸货,我们核对完数量,他们将木柴搬运进工房,我们才付的钱。"

"木场的那伙人,进过工房?"

白皮接过话:"进过,搬运木柴。当时我开的门,而且一直站在里面等待他们卸完货出去之后,我才出了房间,重新锁门,那时候木下三郎好好的。"

"他们一共多少人?"蒋南羽问道。

白皮挠了挠头:"大概,十二三个吧。"

"十二个还是十三个?"蒋南羽逼问。

"记不清了。长官为什么问得这么仔细?"白皮为难道。

"你确定他们进去之后,没有人藏在工房里?"蒋南羽眯着眼睛。

"确定!"白皮言语确切,"从头到尾我可是看着他们的,一直等他们走完了才锁上门,再说,工房你也看了,就那么大空间,藏不了人。而且我打开房间的铁锁进去,发现木下三郎死的时候,房间里的确也没有人。"

蒋南羽点了点头。白皮说的没错,眼皮子底下,那工房里面的确藏不了人。

"夫人从头到尾有没有进工房?"蒋南羽问白皮道。

"没有。夫人一直在院子外面。"

话问到这里,蒋南羽检查了一下笔记本,合了起来。

第一个审问,就结束了。

金青成的大女儿阿松，是第二个审问对象。

"她是最不可能的。"走到阿松门口的时候，藤六低声道。

"也不一定，不能因为她是一个疯子，就轻易下这般结论，我只相信我的眼睛和证据。"蒋南羽笑道。

藤六无意反驳，轻轻拉开门，笑道："你看了就知道了，蒋长官。"

房间很宽敞，但隐隐散发着一股尿臊味，虽然房间里点了熏香一类的东西，但依然遮盖不住。

屋里没有任何的桌椅板凳，外间的地上堆满了各种各样的玩具，大部分都是布偶、木偶一类的东西，模样怪异。

里面相对较小，地上铺着一层厚厚的毛毡，毛毡上面放着被子，一个女人坐在上面。

说她是女人，有点儿不确切。

她穿着一身鲜艳的花长褂，上面零零碎碎地系着各种各样的小布偶，完全就是孩子的打扮。身材很小、很瘦，却有一个大脑袋。头发又黄又枯，稀稀拉拉地披散着，能清楚地看见头皮，骷髅一样的脸上，两只眼睛深深凹陷，眸子里没有任何光彩，呆呆地看着房梁。

蒋南羽等人进去的时候，阿松一点儿反应都没有，她静静地坐在那里，昂着头，怀里紧紧抱着一个娃娃。

一个琉璃做成的娃娃，眉目分明，栩栩如生，穿着花衣服，嘴角挂着一抹微笑，远远看上去，仿佛活的一般，十分诡异。

"阿松小姐吧？"蒋南羽在阿松面前坐下，低低地叫了一声。

阿松充耳未闻，依然保持着昂头向上的姿态。

"长官，阿松从二十年前就如此了，疯了，很少说话，吃喝拉撒也不能自理，你问她等于白问。"藤六道。

蒋南羽伸出手，在阿松的面前晃了晃，阿松的注意力似乎被那只手所吸引，缓缓地低下头，目光跟着手指移动，终于看到了蒋南羽的脸。

"嘿，嘿嘿……"她笑了一下，目光呆滞，张着大嘴，口水从嘴角流出。

看着那张脸，蒋南羽心里咯噔一下——毫无生气、痴傻的一张脸，骷髅一般的一张脸。

几乎是一瞬间，便是这般难看的笑容也从阿松脸上消失了，取而代之的是无比的恐惧。

她死死抱着自己手里的娃娃，扭动着身子疯狂地往后退，一边退一边发出嘶哑、尖利、令人不忍听闻的恐怖叫声："啊！啊！啊！"

她那么用力地喊，单薄的身体剧烈地颤抖，整个房间都回荡着这撕心裂肺的声音。

"怎么了？怎么了？"就在蒋南羽手足无措的时候，房门口冲进来一个人，快步来到阿松跟前，将阿松搂入怀里，转脸愤怒地盯着众人，双目喷火，"她都这般模样了，你们还要干什么?!"

十七八岁的少女，正值人生最好的时光，穿着一袭红色绣花长裙，唇红齿白，标准的鹅蛋脸，五官均匀而清秀，有朝气，生机勃勃，尤其是两颗小虎牙，即便是带着怒气，也觉得可爱无比。

"这是阿桂小姐。"藤六赶紧介绍。

阿桂，金青成最小的一个女儿，一串红所生。

"阿桂呀，这位是胡巡长和蒋警官。"一串红轻声对女儿道。

阿桂搂着阿松，轻轻拍着她，小声哄着，很快阿松就冷静下来，头埋进她的怀里，停止了尖叫。

"我才不管什么巡长什么警官呢，谁欺负阿松，我就对他不客气！"阿桂冲着胡淑芬和蒋南羽瞪了瞪眼，然后挥舞了一下自己的粉拳。

一串红很不好意思，道："小女顽劣，让二位长官见笑了。"

"没事，没事。"胡淑芬摆了摆手，看了看一串红又看了看阿桂，笑道："都说有其女必有其母，我看此言非虚，红妹妹天生丽质，生下的女儿也不同凡响呀。"

一串红捂着嘴："巡长说笑了，这孩子性格大大咧咧，男孩子一个，我看将来找个婆家难得很。"

"我才不找男人呢！我要照顾阿松姐姐！"阿桂毫不客气地顶撞了一串红，搂着阿松，如同母亲对待自己的孩子一般，温柔备至。

看着这姐妹两个，一串红叹了口气，道："阿松这孩子，倒是命苦。我嫁到这里的时候，她就疯了，那时也不过是个小姑娘，比阿桂还小，长得也好看，后来就……"

一串红倒是个心软的人，摇了摇头，道："阿桂这孩子心地善良，虽然和阿松同父异母，但两人感情很好，阿松也只对她亲近，这么多年来，都是她照顾阿松。"

蒋南羽和胡淑芬同时点了点头，看着阿桂的目光，也变得柔和起来。

这个十七八岁的女孩，虽然脾气不太好，但的确心地纯善。

"阿桂，木下三郎死的时候，你在干什么？"蒋南羽觉得自己的这个问题，似乎有点儿残忍。

但巡警就是这样，不能放过任何一个人。

"我在照顾阿松姐姐。"阿桂声音冰冷，"和她一起在门外的走廊上做游戏。"

"做游戏？"

"过家家呀！"阿桂指着外间地上的那些玩具，"阿松姐姐最喜欢的游戏了。"

这时候，阿松从阿桂的怀里抬起头，看到蒋南羽等人，又大叫起来，手脚乱舞。

"两位长官，没事的话你们赶紧出去吧！阿松姐姐最怕生人，尤其是男人！"阿桂虎着脸。

蒋南羽和胡淑芬对望了一下，赶紧退出房间。

一串红跟着出来，带着歉意："不好意思，这两个孩子就是这样。"

蒋南羽看了看房间，里头阿松的叫声依然没有停歇。

"我去照顾他们两个，就不陪你们了。"一串红很是担心，施了一礼，进去了。

"挺可怜的。"胡淑芬咂巴了一下嘴。

"是呀。"藤六连连点头，"说实话，这些年要不是阿桂，阿松估计早就不在人世了。阿桂这孩子，也不是对谁都那么凶，善良得很，蟋蟀山的人都喜欢她，是个好姑娘。"

蒋南羽没说话，看着对面的房间。

东厢房，亮着灯。金青成的另外两个女儿住在那里。

阿柳和阿枫，一对双胞胎姐妹。

尤其是这个阿枫，身为木下三郎的爱人，又是金青成选定的入赘女婿

林长生的妻子,无疑是个关键人物。

"走吧,去看看。"蒋南羽挠了挠头,下了台阶,径直而去。

夜已经深了,山风吹过,院中的大树摇摇晃晃,茂密的枝叶发出哗啦啦的响声,好像是有人在鼓掌一般。

············

房间里有两个女人。阿枫的房间,收拾得清清爽爽,书架上摆满了书,很多都是关于琉璃烧造的技术书籍。

墙上挂着一幅画,上面群山连绵,云雾缭绕的密林间,曲折陡峭的山道绵延向上,一个男人背着白发苍苍的老母亲低头赶路。空白处题着一行娟秀的小楷:这就是人生呀。

蒋南羽的目光从那幅画上收回来,移到了它主人的脸上。

雕花木床上,躺着一个女人。

二十岁左右的年纪,面容姣好,如同一朵洁白的山茶,双目紧闭,眉头微微皱起,看来即便是在昏睡中也似乎做了什么可怕的梦。

虽然之前从山桃的口中得知阿枫是蟋蛄山一等一漂亮的女子,蒋南羽还是没想到这深山之中竟然会有如此动人的姑娘。

就如同那琉璃,晶莹剔透,散发着一股迷人的气息。这种气息,和个人的涵养有关,和心性有关,所以,即便床边坐着那个叫阿柳的姑娘,尽管眉目和阿枫十分相似,但那种气质是完全比不上的。

"姐姐听到三郎哥遇害的消息,就昏厥了,一直到现在都没醒来。"阿柳用湿毛巾擦拭着阿枫的脸,低声道。

这很正常。心爱的恋人死去,世间恐怕没有什么事比这个更令人难过的了。

"还请节哀。"蒋南羽不知道该说什么了。

阿柳叹了一口气,神情哀怨:"我倒是没什么,可怜姐姐了,警官,你说这世道为什么好人多磨难呢?"

胡淑芬扯把椅子坐下,道:"小妹妹,人世间烦恼的事儿多着呢,不是有句诗嘛,写得挺好的:遥想公瑾当年,小乔初嫁了,使我不得开心颜!"

"巡长!"蒋南羽恨不得掐死这货,冷喝一声,胡淑芬乖乖闭嘴。

蒋南羽摊开笔记本，道："阿柳姑娘，有些事情，我得问问你。"

阿柳点点头："我知道，这叫审问。"

"审问谈不上，就是了解一下情况。"

阿柳十分善解人意："只要能找到杀死三郎哥的凶手，姐姐或许也能开心点儿，你问吧警官，我一定配合。"

蒋南羽开了口："事情发生的时候，你知道阿枫在干什么吗？"

"她和我在一起。"阿柳的脸上带着一副万分歉意的表情，"要是我们早些行动的话，说不定三郎哥就不会死了。"

蒋南羽和胡淑芬面面相觑。

"三郎哥被关进工房的这几天，我和姐姐一直在寻找机会。"

"什么机会？"

"当然是偷偷放了他的机会。"

"偷放？你们是要私放嫌犯吗？"胡淑芬大声道。

阿柳咬着嘴唇："他不可能杀人！"

"在事情没调查清楚之前，你这个判断为时过早，小妹妹。"胡淑芬冷笑了一声。

"反正他不可能杀人！他是蝼蛄山我见过的最好的男人了。"阿柳低着头，双手摆弄着自己的一只脚，叹了口气，"我挺羡慕姐姐的，要是我喜欢的男人这么对我，让我死都乐意。"

"当时你们在干什么？"蒋南羽打断她。

阿柳重新抬起头："当时我们决定要救他，潜伏在工房里。"

胡淑芬露出奇怪的表情："就凭你们俩？"

"我们做了周密的计划！"阿柳对胡淑芬的轻视表达了不满，"只有白皮一个人看守，只需要把他调开，就能得手，我们毕竟有两个人。"

"你们的计划是……"蒋南羽十分好奇。

"我走到白皮跟前装病，他肯定会送我到宅子里，姐姐就能趁机救出三郎哥，两个人远走高飞。"阿柳直言不讳。

"这个计划，还真是……'高明'。"蒋南羽苦笑一下道。

"但运气很不好。"阿柳的神情黯淡了下去，"那天工房里人很多，木场的人搬运木材进进出出，好不容易等到他们走了，父亲又来了，他出来之后没多久，三郎哥就死了，我们根本就没有下手的机会。"

"然后你们就悄悄离开了工房？"

"嗯。"阿柳点了点头，"我们回来不久，那事情就发生了，姐姐……"

"当时没有人发现你们？"

"没有。工房的院子里有个小小的后门，我们是从那里离开的。"

阿柳说的后门，蒋南羽看到过，就在院子大门旁边的拐角，距离木下三郎死的那个房间并不远。

话问到这里，蒋南羽觉得差不多了。阿柳的供词，没有任何疑点。

"蒋警官，有件事情，我想应该告诉你。"就在蒋南羽准备离开的时候，阿柳低低说了一句。

她的声音很小，皱着眉头，似乎很为难，略带犹豫。

"请说。"

"当时，我和姐姐藏身的地方，是在三郎哥隔壁的房间。"阿柳的声音微微颤抖，"父亲进去之后，我和姐姐似乎听到了一些……一些不寻常的事情。"

"哦？"蒋南羽手里的笔，停顿了一下。

"你是说，你听到了你父亲和木下三郎的谈话？"胡淑芬急道。

阿柳撩了撩头发："工房的墙壁太厚，听得并不是十分清楚。父亲进去后，肯定是和三郎哥说了些什么，开始时他们的声音很小，后来两个人似乎都很激动，尤其是三郎哥，好像在和父亲争吵。"

"吵什么？"

"根本听不清，但最后三郎哥好像十分生气，他喊了一句，那句话我听得清清楚楚。"

"他喊了什么？"

"他说：你杀了我吧！"

"然后呢？"

"没有然后了。"阿柳摇头，"接着父亲就出来了。"

这是一个重要的线索！蒋南羽内心激动起来。

阿柳清楚地看到了蒋南羽表情的变化，急忙道："蒋警官，我父亲出来的时候，三郎哥当时还是活着的。"

"这我知道。"

"所以,杀死三郎的凶手应该不是我父亲。"阿柳有些慌张,"我说这件事情,只是……只是把当时的情况告诉你,并不是说父亲有嫌疑,尽管他和三郎哥的关系……并不好。"

"这个我明白。"蒋南羽笑笑,"放心吧,我会调查清楚的。"

金家四个女儿的审问,就这样结束了。

从阿枫的房间里出来,蒋南羽径直走向前院。

从木下三郎脖颈上的伤口可以初步判断,凶手极有可能是力气很大的男人,金家男人只有三个:金长青、石公和石公的儿子石二槐。金长青和石公都已经年过六十,相比之下,二十多岁的石二槐相当扎眼。

不过,石二槐的房门紧闭,人似乎不在。

"问问合欢吧,或许她知道。"藤六指了指亮着灯的隔壁。

胡淑芬抢先一步,咣咣砸响房门。

"谁……谁呀?"里头传来合欢的声音,有些慌里慌张。

"本大巡长!"胡淑芬嘿嘿一笑。

"胡巡长呀……这么晚了,什么事?"

"公事!"

"稍等。"

里头传来窸窸窣窣的声音,众人等了好一会儿,房门才吱嘎一声打开。

合欢穿了件单衣,头发凌乱,面色潮红,见到一帮人站在门前,她有些吃惊。

"合欢姑娘,按照程序,有些事情要问问你。"蒋南羽点了点头,抬脚进屋。

众人鱼贯而入,来到里面,走在前头的蒋南羽不由得愣了一下。

房间里,还有一个人。

石二槐坐在凳子上,见众人进来,弯腰施礼,就要出去。

"哪儿去呀?他娘的找你半天了!"胡淑芬没好气地训了石二槐一句,然后神秘兮兮地走到蒋南羽跟前,扯了扯蒋南羽的袖子,朝里间努了努嘴。

蒋南羽转过脸，顺着胡淑芬示意的方向，看见里头有一张大床，上面被褥凌乱。

"这俩人，他娘的有一腿。"胡淑芬气愤不平，"好好的一个姑娘，妈的，被这小子给祸祸了。"

"哦！"蒋南羽张大了嘴巴。

"别哦了，这种事情本大巡长最拿手，错不了！"胡淑芬哼道。

蒋南羽看了看石二槐，这家伙似乎知道众人发现了他和合欢的事情，面露尴尬之色，坐在凳子上，头也不敢抬。

蒋南羽笑笑，坐了下来，面对着二人："没什么大事，就是问问木下三郎死的前后，你们都干了什么？"

"长官，我们可没杀人！"合欢大声道。

"没说你们杀人！就是问问！"胡淑芬对合欢的态度明显不如之前那么温和，叉着手大声道。

合欢看了看石二槐。

这个年轻人，坐在凳子上，旁边的烛光映出了侧脸的轮廓，从蒋南羽的角度看上去，的确很英俊。

石二槐点了一根烟道："当时呀，当时我在伺候牲口。"

"一直在伺候牲口？"胡淑芬逼问道。

"嗯。家里大部分的事情都是我打理，车马房里的骡子马呀你们都看到了，那时我正在铡草准备草料，里头有匹马病了，喂完之后我忙活着给那匹马塞药，一直都没有离开，这一点家里人都可以作证。"

"合欢姑娘你呢？"蒋南羽道。

"我一直在做饭。"合欢十分老实地回答蒋南羽的问题，"一大家子的吃喝，全部要我负责，每天都围着灶台转。"

"一直在厨房？"

"不是。"合欢摇头，"中间我去了一趟工房。"

蒋南羽看着她的脸："你去工房干什么？"

"送饭呀。"合欢摊了摊手，"木下三郎的饭也是我负责。"

"你去的时候，木下三郎有没有死？"

"没有。我到那里，白皮站在院子里，我要进去，他拦住我，说老爷在里头谈事情。我在门口等了一会儿，老爷出来后，我和白皮一块儿进去的，木下三郎当时好好的。"合欢道。

"然后呢？"

"我把饭端过去，木下三郎的心情似乎很不好，不想吃。我就把饭端了回来，回来不久就听说出事了。"

蒋南羽看着白皮，白皮点头，证明合欢所说确凿无误。

"多谢。"蒋南羽合上笔记本，站起身。

出了门，胡淑芬回头看了看房间，酸溜溜地道："妈的，合欢也算是瞎眼了，竟然看上那么个绣花枕头！"

"正常。"藤六笑道，"二槐在蝼蛄山也算得上个美男子，不像我们，皮糙肉厚。"

"这个孬货，对着一院子的鲜花朵朵，妈的，可惜了，真是可惜了……"胡淑芬吸溜着嘴，唉声叹气。

典型的吃不到葡萄说葡萄酸。

"没办法，金家宅子里就他一个年轻男人……"藤六耸了耸肩。

"艳福不浅呀！这种好事本大巡长怎么就摊不上呢！"胡淑芬仰天长叹。

"蒋长官，还要继续吗？"藤六看了看天，已经是后半夜了。

蒋南羽的目光，锁定在面前的那三层主楼上。

高大的建筑，被天空的浓云笼罩，乌黑一片，只有二楼西间，亮着灯光。

"当然要继续。"蒋南羽深吸一口气，喃喃道，"一个人都不能漏掉，何况，还是最重要的一个！"

木质的楼梯，发出吱嘎吱嘎的响声，在黑暗中感觉摇摇欲坠。

不知为何，这个庞大的建筑内部，散发着一股腐朽的气息。

房屋和人一样，年轻的时候器宇轩昂，意气风发，老了，就储藏记忆，空落而安静。

这栋大宅是有故事的。蒋南羽这般觉得。

上楼的只有他和胡淑芬。一方面固然是因为听石公说金青成病倒了，人多了打扰到他不好，另外一方面，蒋南羽认为一帮人涌进去，有点儿兴师问罪的意思,并不妥。

木质的楼梯,散发着一丝柏木的味道,不是那种清香,而是另外一种熟透了的味道。

胡淑芬挑着灯笼走在前面,人影晃荡,摇曳的光芒中,有东西闪闪发亮。

那是镶嵌在扶手上的一块块镜子。准确地说,是一些碎片,应该是烧坏了的次品,打碎了做了装饰。

五颜六色的碎片,反而显示出别致的味道来。

上了二楼,穿过摆满盆景的走道,向西,就是金青成的房间。

看得出来主人是个爱花的人,月桂、蔷薇、栀子、落地松,都是从山中采来的,种在盆中,设计出各种造型,精心修剪、培养,就成了一道风景。

金青成的房间占据了整个二楼的西侧,朱红色的大门前,摆放着两个沧桑的石狮,龇牙咧嘴,姿势雄健。

或许听到了脚步声,蒋南羽和胡淑芬刚走到跟前,门就开了。

"二位请进。"石公轻声道。

屋子里散发着一股浓浓的中药味儿,布置得很简单,家具都很宽大、结实,堆满了心爱的收集之物:一片形状怪异的山石,一尊五彩琉璃菩萨,养在清水中的兰草,挂在墙上的长剑……

正对面的长桌上,放置着一格神龛,里头供奉着一尊木质的雕像,香炉中三炷香青烟袅袅。

那雕像蒋南羽很熟悉,俨然是山里的那位大人。

跟着石公,进了卧室,透过薄薄的床帘,蒋南羽看到床上半躺着一个人。

卧室并不大,甚至显得有些局促。窗户半开着,能看到外面树影晃动,听到阵阵松涛。

"老爷,两位长官来了。"石公走到床前,轻轻撩起帘子,拿过一个靠枕,服侍那人坐了起来。

这是蒋南羽第一次看到金青成。

应该快七十岁了吧,但看起来更为苍老。须发已经斑白,身材高大,四肢粗壮,并不像想象中的那么温文尔雅,穿着一件白色麻布褂子,坐在阴影里，发出粗重的喘息声。

最引人瞩目的是那张脸。那已经不能称之为一张完整的脸了。脸上带着巨大的伤疤和凹陷，只有一双眼睛锐利而深沉，宛若月下的深潭。

"两位长官，抱歉，青成不能……"他剧烈地咳嗽着，话语中带着无比的歉意。

"无妨。"蒋南羽摆了摆手。

石公垂着手站在旁边，道："这些日子发生的事情太多，老爷受不了接连的刺激，旧疾复发。"

"老毛病了，无妨。"金青成调匀了呼吸，转过脸，看着胡淑芬和蒋南羽，道，"两位长官，可以开始审讯了。"

性格直爽得让蒋南羽有点儿意外。

"不是什么审讯，就是了解一下情况，金老爷不要紧张。哈哈，我看你这房子造得好呀，住在这地方，青山绿水，雅致得很。"胡淑芬打起了哈哈。

金青成呵呵一笑："雅致？巡长真是说笑，不过是一个苦地方罢了，本想安度残年，也不能如愿。"

"工房里的事……"蒋南羽摊开笔记本。

"两位长官恐怕认为人是老朽杀的吧？"金青成目光直视着窗外。

"这是我们的事。"蒋南羽沉声道，"还请金老爷配合。"

金青成微微点了点头："当时老朽的确到了工房。"

"你到工房干什么？"蒋南羽看着金青成的脸。

那张脸根本看不出任何的喜怒哀乐。

"老朽想当面问问他情况。"

"所谓的情况，指的是……"

"当然是林长生的了。"金青成叹了一口气，"那件事情发生后，藤六他们在神祠前抓住了他，现场还有林长生的尸体，很多人都认为是他杀的。"

"你的意见呢？"

"我的意见……"金青成摇摇头，"他不太可能杀人。"

"哦？"金青成的话，倒是让蒋南羽吃了一惊。

没想到这老头,竟然不认为木下三郎是凶手。

"现场除了林长生的尸体,就只有木下三郎一个人,所以他嫌疑最大。"胡淑芬在旁边道。

"但老朽认为,木下三郎不太可能杀人。"金青成语气坚定。

"何以见得?"

"两位警官听说了那马车的事情了吧?"

蒋南羽和胡淑芬点了点头。

"活生生的一个人,在马车里面就那么突然没了,若不是亲眼所见,老朽也不敢相信。"金青成咳嗽了一下。

"当时你……"

"当时打开马车的车门,老朽就在旁边,密封的马车里头空空荡荡。"金青成摇了摇头道,"这种事情,凡人是干不出来的。"

"你的意思是……妖怪干的?"胡淑芬道。

金青成笑笑:"两位警官从外头来,不知晓这蝼蛄山的底细,山里的那位大人,千年来一直都在,并不只是虚无缥缈的传说。"

"但世间并不存在什么妖怪吧?"蒋南羽道。

金青成并没有马上回答,而是笑笑,沉默了一会儿,仿佛是喃喃自语:"这世界太大,很多事情我们根本无法了解,我们见到的,不过是九牛一毛。"

然后,老头转过脸,看着蒋南羽道:"蒋长官,除此之外,老朽认为木下三郎不可能杀人,还有另外一个原因。"

"请说。"

"那就是时间。"

"时间?你是说作案时间?"蒋南羽翻了翻笔记本道,"蝼蛄山的人背着父母上山,一般都是半夜,如果是木下三郎作案的话,他有足够的时间。"

"非也。"金青成摇了摇头,"你调查得很清楚,蝼蛄山一般人的确是半夜上山的,但木下家不是。"

"为什么?"

"木下家的身份和一般人不同,他们是祭司,山里唯一的祭司。自己家人要山隐的时候,他们要起得很早,要在家中完成很复杂的仪式,那个仪式……花费的时间很长,所以……"金青成咳嗽着,"所以当石公他们听到铃声的时候,木下三郎可能还未出门。"

这是一个重大线索!

蒋南羽变得激动起来,快速记下之后,道:"这个,你是怎么知道的?"

"这件事情的确很少有人知道,我想,它应该是木下家的一个秘密吧。"金青成呆呆地看着窗外的林莽,"我之所以清楚,也是从一个……一个老朋友那里得知的。"

所谓的老朋友,应该是木下三郎的父亲木下柏吧。

"即便如此,也只不过是推论。"蒋南羽挠挠头,"木下三郎也有可能早上山。"

"有这个可能,但老朽认为可能性不大。"金青成淡淡地说道。

"还是先说工房的事吧,你当时和木下三郎谈了什么?"蒋南羽眯起眼睛。

"老朽之所以找他,也是想搞清楚到底发生了什么事。可惜,他一直对老朽很有意见,并不想说太多。"金青成苦笑了一下,"他只说他背着他母亲到了神祠,举行了法事之后,便跑了出来。蒋警官应该知道蝼蛄山的风俗,背着父母上山的子女,离开神祠的时候,是不能回头的,一定要尽快离开。他当时很伤心,拼命往山下跑,但还是忍不住……忍不住回了一下头,然后就看到了……看到台阶上站着一个无头……"

"实际上那是已经死掉的林长生吧?"

"是。"金青成道,"老朽相信他不可能说谎。"

"为什么?"

"木下三郎自小丧父,是他母亲养大的,可以说,母亲是他在这世界上唯一的亲人。背着自己母亲上山去……去送死,当时他是多么悲痛你们应该能体会,一个如此状况下的人,哪还有心情去杀人呢?"

蒋南羽沉默了一会儿,道:"你们只谈了这些?"

金青成摇摇头:"老朽之所以要找他问清楚情况,其实原因有二:其一,林长生是老朽招上来的,他的死,老朽要弄清楚,要给林家人一个交代；其二，他和小女阿枫的事情你们也知道，如果他的确是清白的，老朽想替他洗脱冤屈，然后……"

"然后什么？"胡淑芬好奇道。

金青成艰难地张了张嘴："然后以此为条件，让他答应自此离开阿枫，离开蝼蛄山。"

闻听此言，蒋南羽和胡淑芬面面相觑。

"阿枫对他，死心塌地，只要他在蝼蛄山，阿枫就不可能答应另嫁他人，所以只有他走！"金青成语气强硬，然后停顿了一下，摇了摇头，"但老朽说出这些之后，木下三郎勃然大怒，说杀了他他也不会离开蝼蛄山……"

"当然了，要是本大巡长，本大巡长得揍你一顿！"胡淑芬冷笑道。

蒋南羽深吸了一口气。金青成的说辞，和阿柳所说，对得上，当时他的确和木下三郎发生了争执。

这也说明金青成在此事上没有说谎。

"金老爷，有件事情我很纳闷。"蒋南羽直起身子，缓缓道，"你为什么坚决不同意阿枫和木下三郎的婚事呢？"

"老朽是为他们俩好！"金青成忽然愤怒起来，发觉自己态度有些激动，他微微闭上眼，沉默了一会儿，才缓缓道，"唉，一切都是因为当年那件事。"

"你和木下柏？"胡淑芬点了一根烟。

金青成艰难地点了点头："当年，老朽就不应该来这蝼蛄山……"

第六章　木下柏

房间里寂静一片，只能听到金青成粗重的呼吸声。

"老朽也算出身富贵之家，年少时家父被诬告下狱，死于牢中，母亲忧愤而死，家产充公，余我一人，流浪漂泊。后来到了金家铺子里做了个伙计，金公招我为婿，方才有家。"

金青成的叙述中，充满了感慨。

"婚后三年，金公去世。生意虽交给了我，但当时已经千疮百孔，债台高筑，我想方设法，也始终无能为力。绝境之中，忽然打探到了一个秘密，便毅然带着一家老小来到这蝼蛄山。"

胡淑芬在旁边冷哼了一声，道："想必是听到了传闻中的宝藏，想盗了去，不但能还债，下半辈子的荣华富贵也不愁了，是吧？"

金青成哈哈大笑。

这笑声来得突然，吓了胡淑芬一跳。

"宝藏？呵呵，的确有人说这里有宝藏，但不过是传言罢了。"金青成摇了摇头，沉吟了一下，又道："不过，如果说是宝藏，也不为过。"

蒋南羽和胡淑芬被他说得有点儿糊涂。

金青成压低声音，道："这蝼蛄山，穷乡僻壤，与世隔绝，但实际上……"

他的声音越来越低，引得胡淑芬和蒋南羽不由自主地将身体探了过去。

"实际上，这里有一条金脉。"金青成道。

"金脉？"胡淑芬叫了一声，随即捂住嘴，"你的意思是，当初你来到这地方，是为了挖金子？！"

金青成点头："这消息是我从一个从事矿探的朋友那里得知的，他来过这里，不过那人是个书生，搞研究的，对挖矿没啥兴趣。但对处于绝境

之中的我来说，这无疑是个巨大的希望！"

"只要能找到金矿，开采，不仅能还债，以后的日子的确也就不愁了。"

金青成费力地坐直了身体，道："进山之前，我花了两个月的时间将蝼蛄山的情况摸清楚，知道这里的人和外面的不同，如果我堂而皇之地进来采金，不但山里人反对，恐怕也会招来外面的同行，所以进山后说是烧琉璃，在山上修了宅子，然后招工在山上开挖，以开采原料为借口，事情做得天衣无缝。"

"那木下柏……"蒋南羽沉吟了一下。

金青成垂下了头："他是蝼蛄山唯一的祭司，也是蝼蛄山人的领袖，我挖矿招的工人，几乎全都是木场的人，而且他是头头，我瞒过所有人，但瞒不过他……这个人，怎么说呢，应该是蝼蛄山最聪明而且最有见识的一个人了，而且他对蝼蛄山的一草一木极为熟悉，很快他就发现了我的真实意图。"

"然后呢？"

"我和他相处得很好，脾气对路，志趣相投，好得像亲兄弟一样，所以他发现之后，我也没瞒他，将事情一五一十跟他说了，他同意和我合作。"

"合作？"

"对。我提出采出金矿平分，木下柏说他不独吞，他的那一半，公平分给蝼蛄山的人。这是一件双赢的事，我可以还上债，蝼蛄山里的人也可以过上好日子。"

"这的确是对双方都有利的事情。"

"但事情进展得很不顺利。"金青成扭动了一下身子，"我们放了很多炮，开了很多矿口，但根本找不到金脉。买炸药、人工、吃喝拉撒，都是我的钱，那可不是一笔小花销，但事情到了那地步，我已经没有退路，所以不断借钱，债也就滚雪球一样越来越多。"

"或许，金矿不过是传言。"蒋南羽道。

金青成苦笑："是呀，当时木下柏也这么说。可那时候我已经急红了眼，如果找不到金矿，我根本还不起债，只能上吊了。我死了没什么，一家老小……"

"后来呢？"

"蝼蛄山一带，所有的山头我们都找了，但只有一个地方没有去过。"

"什么地方？"

"禁地。"

"禁地？"

"嗯。就是神祠后面的那座山，那座最高的山。它是蝼蛄山的主峰，被认为是那位大人的栖身之地，千百年来就被列为禁地，蝼蛄山里的人从来不进去。"

"你要在那里开矿？"

"对绝境中的我来说，没得选择。"

"木下柏呢？"

"他当然不同意。事实上，当我把这个想法跟他说了之后，他差点儿当场翻脸。他说对于蝼蛄山的人来说，那地方就是圣地。那位大人居住在那里，千百年来山里人采伐、打猎都不会进去，别说在里面开山放炮了，他说那样做会激怒那位大人，会有报应的。"

"但是你依然决定要去？"

"嗯。我跟木下柏谈了一整晚。当时，我对那位大人的传说，嗤之以鼻，认为不过是无稽之谈罢了，蒋长官，和你一样，我是不信鬼神的。我告诉木下柏，这么多年，谁都没见过那位大人，也没见过它怎么庇护山里人，反而是他们的生活越来越艰难，一年到头连吃饱饭都成问题。我说如果找不到金矿，我只有死路一条，蝼蛄山里的人依然每年都要把自己的父母背上去送死，只不过是为了节省下一点儿可怜的口粮。但如果禁地真的有金矿，那就不一样了……"

"木下柏最后同意了？"

"同意了。"金青成沉默了一会儿，"即便是同意了，他也很痛苦。身为祭司，他对那位大人的传说坚定不移，而且无比崇敬。但如我所说，倘若真的找到了金矿，那么蝼蛄山人的生活将发生彻底的变化，最起码他们再也不用把年迈的父母背上山去送死了。"

"你们就上山了？"蒋南羽声音微微颤抖。

"嗯。结果，就出事了。"金青成痛苦地闭上了眼睛。

房间窗边，可以看到两只鸟，不知什么时候落在松枝条上，羽毛洁白,勾着头看着房内。山里的鸟都不怕人,兀自叫了几声,鸣音清脆。

"为了防止山里人发现,我们半夜上了山。那几天,雨水特别多,瓢泼大雨,几天几夜都不停息。我们沿着山路上去,在神祠里木下柏郑重地拜祭了一番,表情忐忑。"金青成微微闭上了眼睛。

"只是勘查,应该不成问题吧。"蒋南羽道。

"蒋长官不是山里人,不懂得'禁地'意味着什么,那是那位大人的居所,神圣不可侵犯,一旦私自进入,那就是最大的亵渎。"金青成言语变得深沉起来,道,"何况,我们带了炸药。"

"炸药?"

"嗯。我带的。勘查金矿必须要在锁定的目标上炸出深层的岩石才能最终确定,炸药是必需的。"

在禁地里放炮,这听起来,似乎的确是……

"那是赤裸裸的挑衅了。"金青成的嘴唇,微微颤抖起来。

众人沉默。

"我们往深处走了很久,那地方常年无人进入,没有道路,树木、荆棘、藤蔓遮天蔽日,行走很艰难,但我越走越兴奋,因为在一条小溪中,我发现了闪闪发光的东西。"

"金砂?难道真的有金矿?"胡淑芬双目放光。

金青成冷冷一笑,道:"我当时也那么想,所以兴奋地沿溪而上,找到了溪流的源头。那是一座通体黝黑的山体,没有草木,没有鸟兽,完全就是一整块巨石,下方便是深深的裂谷。到了那地方,木下柏跪倒在地,虔诚敬拜。"

"一块大石头而已吧。"胡淑芬道。

"老朽当时也这么想,但木下柏却说,那不是一块普通的石头,而是神石!严格地说,是那位大人的化身。"

"然后呢?"蒋南羽聚精会神地问。

"我当时顾不得那么多,在那块巨石上开眼准备填火药,木下柏坚决不同意,我们俩发生了争执……"

金青成坐了起来,继续道:"我推开木下柏,强行点燃了炸药的引线,他冲过去,被我拦住,在我们俩推搡时,炸药……"

"炸了？"胡淑芬目瞪口呆。

金青成点头："炸了。冲天巨响，碎石翻飞，接着整个山体发出巨大的轰鸣声，摇晃着，怒吼着，高处，一股摧枯拉朽的洪流咆哮着席卷而下！"

"啊？"胡淑芬发出了低低的惊呼。

"我感觉被什么东西击中，双眼一黑就昏倒了，在倒下的那一瞬间，无比的剧痛从全身各处传来，好像一双巨手将我捏在掌心，用力地捏，痛苦不堪。"

金青成那张面目全非的脸，抽搐着："等我醒来后，发现眼前完全变了个样子，巨大的山体完全坍塌，泥石堆积，我半身被埋住，木下柏全身是血，被一块巨石压住，而那大山，还在摇晃。"

"应该是泥石流吧。"蒋南羽补充道。

"老朽更愿意相信是那位大人的愤怒。尽管雨水下得大，但那泥石流来得太蹊跷了。"金青成摇了摇头，道，"当时我已是重伤，脸上剧痛无比，伸出手可以摸到骨头，但仍强忍着去救木下柏。但木下柏叫住了我。"

在发出一声长叹之后，金青成低低地道："他被石头压住，让我赶紧离开，因为泥石流马上就会再来，他说这是闯入禁地的报应，那位大人的惩罚。他希望用自己的死去弥补过错，让我赶紧走，并拜托我照顾他的妻儿，尤其是他唯一的儿子，一定要让他健康长大，成为祭司，娶妻生子，让木下家的祭司使命绵延下去。"

"你离开了？"蒋南羽道。

金青成没有马上回答，他的身体在微微颤抖。

"我走了过去，但没走几步就停下来了。"他双手捂住那张怪脸，"昏暗的光线下，那山体之上，我看到了一个身影，一个黑黑的披头散发的身影，巍然屹立在山顶上，屹立在幽昧之中！"

"就在那一瞬间，轰鸣声再次响起，泥石再次……"

金青成的脸在痉挛："我转过身，没命地奔跑，发疯一般地奔跑，一边跑一边听到那山崩地陷的咆哮声……然后就昏了过去。"

"等我醒来，已经是在宅子里了，被木场的人救了出来，他们在远处伐木，听到禁地山崩，极为惧怕，跑过去祭祀，发现了我。我面目全非受了重伤但终究还是捡回一条命，而木下柏就……"

金青成讲述完当年那件事之后，仿佛很是疲惫，闭上嘴，摇了摇头。

"老爷，喝杯茶吧。"石公送上了一盏茶。

"接着那场大火……"蒋南羽低低问道。

"应该也是报应吧，毫无预兆就冲天而起，我全部的心血，就那么化为灰烬。"金青成将茶盏放下，"当时我已经欠下巨债，又遭此横祸，根本无力偿还，所以……"

"所以你就连夜逃走了。"蒋南羽替他说出了答案。

金青成痛苦地点了点头。

"你考虑到你逃走之后，家里人的处境吗？"

"我没得选择！"金青成双目圆睁，"我只能那么办！如果留下来，那帮讨债的人……我想，一家人都没有好下场。"

房间里再次沉默。

"我连夜逃窜下山，自此隐姓埋名四处流浪，什么苦都吃过，什么事都干过，好在老天保佑，总算有了翻身的机会，得到了一笔钱财，生意越做越大，最终还清了债务，回到了蝼蛄山。那是十年之后的事情了。"

"回到蝼蛄山后，我放弃了寻找金矿的想法，老老实实烧琉璃，过安安静静的生活。"金青成抬头看了看窗外，"我从来没有忘记木下柏，没有忘记他临死的嘱托，我曾经不止一次去过他家，但他的儿子，就是木下三郎……"

金青成脸上露出了苦笑。

"他将你看成了杀父仇人？"蒋南羽道。

"不光是他，几乎所有蝼蛄山的人都认为是我杀了木下柏，说我俩合伙找宝藏，找到了我就杀人灭口，然后畏罪潜逃。那孩子自小就没了爹，受了很多苦，所以他对我的仇恨，根本无法化解。"

"你应该解释。"蒋南羽道。

金青成笑道："你觉得他会信吗？"

蒋南羽无言。

"我找过他不少次，他和我之间势同水火。"金青成仰头看着上方，"后来因为阿枫的事，我们就更无法调和了。"

"我一直想不明白，为什么你坚决不同意阿枫和他的婚事？据我所知，他们两个人的确是真心相爱的。"

"绝对不行！"金青成激动无比，"他们不可以结婚！"

"为什么？"

金青成盯着蒋南羽的脸，双目如刀，但很快就露出了颓然的表情。

"蒋长官，木下柏死的时候，我答应他要照顾木下三郎，照顾他长大，娶妻生子，绵延木下家的香火。"老头有些自责，"前面他拜托的事，我一件都没做到，这些年一直很愧疚，所以，我就更不能让最后一件事情也泡汤了。"

"你的意思是……"

"千百年来，木下家都是蝼蛄山的祭司，是唯一服侍那位大人的家族，使命崇高，无可取代，这个家族的重要性，祭司的重要性，我不说，你也应该清楚，蒋长官。"

蒋南羽点点头。

"到了木下三郎这一代，这个家族人丁稀少，只有他一个男人了。"

"若是他和阿枫结婚，生下孩子，那就有了延续，一方面你做到了当年对木下柏的承诺，另外一方面借着这个机会，你们两家的怨恨不也能缓解了吗？为何……"

"蒋长官！原因就在这里！"金青成张了张嘴，十分不情愿地道，"阿枫……阿枫根本就没法生育孩子！"

"啊？！"房间里，胡淑芬和蒋南羽几乎同时发出了一声惊叹。

"她生下来时，身体天生就有毛病，长大后一直吃药调理，我找过不少医生……"金青成望着蒋南羽，"所以，你明白我的苦衷了吧？"

"老爷，歇会儿吧。"石公过来，看着喘着粗气的金青成，表情有些担忧。

金青成摆了摆手，看着胡淑芬、蒋南羽二人道："你们能过来，我十分感激。我知道，出了这档子事，很多人都认为凶手是我。该说的，我都说了……"

话说到一半，他慢慢地平躺下去，喃喃道："报应，这终究是报应。三十年了，那位大人依然不会放过我。"

"两位长官，老爷累了，要不今晚就到这里？"石公低声道。

蒋南羽和胡淑芬起身告辞。

石公把两人送下了楼，又说了会儿话，返身上去服侍金青成去了。

奔波了一整夜，蒋南羽和胡淑芬也精疲力尽，下了台阶往回走，忽然，一声尖叫从旁边传来。

"死！你们都要死！都要死了！"

那声音，嘶哑，刺耳，在黑夜里，令人毛骨悚然。

"谁？"胡淑芬吓得差点儿跌倒，快速抽出枪。

"婆婆！哎呀呀，你怎么跑出来了？"

"死！都要死啦！呵呵呵呵，都要死了！那位大人来了！都要死啦！"

黑暗中，传来扭打之声。

后院彻底乱了，各个房间都亮起了灯。

蒋南羽和胡淑芬顺着声音狂跑过去，在院子的某个角落陡然停住。

先前那个奇怪的小屋跟前，铁门大开，合欢和一个黑影在撕扯。

"合欢，这是……"蒋南羽看着，目瞪口呆。

"哎呀呀，婆婆跑出来了！"合欢气喘吁吁。

她死死抱住一个人，那人在她的怀里死命挣扎，又哭又笑。

"这是……"蒋南羽过去帮忙，抓住那人的一瞬间，人影猛地扑上来，长长的、锐利的指甲一把掐住蒋南羽的脖子，差点儿让他窒息。

借着灯光，蒋南羽看到了那人的脸，吓了一跳。

很难说，那是一个人了！

那人身上穿着一件看不出底纹的黑色衣服，肮脏，油腻，带着屎尿的味道，花白干枯的头发一直垂到腰间，凌乱凝结。

最恐怖的是那张脸，那张苍老得满是皱纹的脸上，一双眼睛赤红充血，发出仇恨、恐怖的光芒。牙齿全部掉光，口唇干瘪，此刻却愤然张开，露出血红的舌头！

鬼魅一样的老妇人！

"合欢，你怎么把她放出来了！"藤六这时候跑过来，将蒋南羽救下。

蒋南羽跪在地上，两手捂着脖子。老妇人指甲锋利如刀，已经将脖子掐出了血。

"这，这是谁呀？"蒋南羽咳嗽道。

"金婆。"白皮赶紧掏出手帕递给蒋南羽。

"金婆？"蒋南羽陡然想起来，金家的确有这么一个人，是金青成的丈母娘，后来疯了的那位。

"吓本大巡长一跳，还以为是鬼呢！"胡淑芬躲在后面，道，"看样子，应该有七八十了吧？"

"八十三了。"白皮回答。

胡淑芬有点儿纳闷："八十三了？按照蝼蛄山的规矩，不应该早送上山……"

白皮摇头："七十山隐，那是对我们山里人而言的。金家不是蝼蛄山的人，所以不必遵守。不过呀，唉，金婆这么活着，还不如送上山呢？"

"为何？"胡淑芬问道。

白皮朝对面努了努嘴，藤六和合欢合力终于制服了那老婆婆。

"巡长，你也看到了。这金婆早就疯了，本来呢，人疯了就疯了，只要安安静静也没事，但她不一样，要杀人呢！"

"杀人？"

"嗯！你刚才不也看到她对蒋长官做了什么了？别看她年纪大，力气可不小，放她出去……"白皮皱了皱眉头，"所以这么多年来，她都被关在这间房子里。"

"原来如此。"胡淑芬点了点头，又看了金婆一眼，"唉，这么说，还真不如死了呢。"

"死！你们都要死！哈哈哈哈，那位大人要来了！你们都得死！呜呜呜呜。"在被关进屋子里之后，金婆扑在门上，一双血红的眸子死死盯着众人，幽幽地叫道。

"婆婆，别闹了，该睡觉了！"合欢大声道。

"你们都要死啦，那位大人要来了。你们都要死，都要死……"金婆慢慢退回黑暗中，那双眼睛依然散发着诡异的光芒。

"两位长官，对不住，让你们受惊了。"合欢走过来，十分抱歉地道。

"无事。"蒋南羽站起来，看了那铁门一眼。

"你们都要死啦……"金婆的声音，在里面响起。

"时候不早了，两位长官还是休息吧。"藤六满头是汗，走过来道。

蒋南羽点了点头，一帮人转身离开。

刚走了几步,身后忽然传来幽幽的歌声——

山间长着九棵树

一棵柏树一棵桐

一棵柳树一棵松

一棵桂树一棵枫

一棵槐树一山红

还有一棵在哪里?

大人种在你背后

树上挂着招魂铃

丁零零

响一声

响一声

阿仔背娘上山去

下得山来莫回头

丁零零

丁零零

…………

唱歌的人,是金婆。

那声音,已经没有了愤怒,而是夹杂着一股令人无法言说的诡异!

不知为何,蒋南羽后背发凉,鸡皮疙瘩起了一身。

"这是……什么歌?"蒋南羽问藤六道。

"山谣。我们蝼蛄山最有名的一首山谣,每个人都会唱。哈哈。"藤六笑笑,道,"两位早点儿休息吧。"

一帮人回到客房,开门进屋的时候,蒋南羽忍不住回头看了一眼金婆的方向。

歌谣已经停歇了,那间小屋子笼罩在一片黑暗中,隐约地,传来了一阵阵低低的抽咽之声。

那声音,如诉如泣,直至听不见。

轰隆隆,阴云密布的天空,响起一串闷雷,仿佛有巨大的未知存在于上方游走,在这群山之间回荡。

一场风雨，似乎马上就要到来。

"案子……你怎么看？"房间里只剩下两个人，胡淑芬四仰八叉躺在床上，看着整理笔记的蒋南羽问。

蒋南羽的目光从记载的文字上收回来。

"巡长怎么看？"

"蝼蛄山的女人，真他娘的挺不错的。"

"啊？"

"哦。案子呀，本大巡长……本大巡长还是坚持之前的观点。"

"你依然认为是妖怪干的？"蒋南羽冷笑道。

胡淑芬从床上骨碌一下爬起来："没法解释呀！对不对，两起案子，根本无法用常理去解释。"

"所谓的妖怪，不过是藏在人内心之中而已吧……"

"你有线索了？"

"暂时没有，但我觉得凶手……非常不一般。"蒋南羽咬着嘴唇，那双灰色的眸子在烛火下闪烁，"你还记得我在上山时做的推论吗？"

"你怀疑林长生的死是金青成所为，他招这个倒霉蛋上来，杀了，嫁祸给木下三郎，然后怕暴露，在我们赶来调查清楚之前，再杀了木下三郎灭口？"

胡淑芬的记性还不算坏，但他很快反驳："本大巡长认为你的这个推论不成立。首先，金青成对木下三郎根本没有作案动机，恰恰相反，他对木下三郎还有着深深的愧疚，不可能杀他；其次，不管是林长生还是木下三郎，他二人的死，金青成有不在场的证明。"

"的确如你所说。"蒋南羽皱着眉头，"案情太复杂，别的不说，木下三郎的死，金家这些人几乎都有不在场的证明。"

"所以呀，我相信是妖怪干的。那位大人真的存在呢。"胡淑芬重新躺下。

"但现在，依然不能排除金青成的嫌疑，起码他嫌疑最大。"蒋南羽道。

胡淑芬没搭理蒋南羽，又躺在床上抽烟。

"我怎么觉得，我们似乎漏掉了一个重要的线索。"蒋南羽道。

"漏掉了线索？有吗？"

"肯定有，但我……"蒋南羽突然拍了一下大腿，"哎呀，怎么把那件

事忘了！"

"什么事呀？一惊一乍的。"

"马车呀！"

"马车？马车怎么了？"

"林长生上山时乘坐的马车！仔细勘查那辆马车，说不定能发现什么线索！"

"是这个道理，不过已经很晚了，又是风又是雨的，明天再说吧。睡觉！本大巡长他娘的累成狗了！"胡淑芬哼哼唧唧地在床上打了个滚儿，双腿夹着被子，"唉，良夜漫漫，寂寞空虚，要是山桃那娘们儿在就好了……嗯，合欢也不错……不错……"

吹灭烛火，世界沉浸在黑暗里。

听到外面山林的声响，苍茫混沌，闷雷于群山中回荡，大雨终于落下来。

蒋南羽很困，但依然在第二天清早醒来。门外骚动异常，应该是被那声响吵醒的。

推开门，就看见胡淑芬手里提着几只血淋淋的鸟站在台阶上，周边围了一圈人。

又黑又大的鸟，即便是死了，也圆睁着双眼。

"哎呀呀，胡巡长，这种鸟，你怎么能打呢？"周围的人群情激昂，连藤六都十分恼火。

"怎么就不能打了？"胡淑芬歪着头，"本大巡长见它们不顺眼，顺手撂了下来，不行吗？"

看见蒋南羽，这货像见了救星一般："南羽，你过来评评理！"

"巡长，这是乌鸦吧。你打乌鸦干吗？"

"真是好心当作驴肝肺，本大巡长昨晚见桌子上没啥荤腥，早晨起来进山想打点儿猎物，兔子啦，山鸡啦，对吧，改善改善口味，结果转了一圈，毛都没碰到一根，一抬头，好家伙，这几只黑货蹲在树枝上朝我呱呱叫，我就几枪撂倒，拎了回来……"

"巡长，从来没听说过有人吃乌鸦的吧？"蒋南羽哭笑不得。

"它难道不是鸟吗？"

"当然是鸟。"

"是鸟,就能吃。"

藤六在旁边都要哭了:"胡巡长,你打什么都行,这鸟不能打呀!"

"怎么就不能打?"胡淑芬叉着腰。

"这是……那位大人的化身,在蟛蛄山,是神鸟。你这是……犯了忌讳呀,要是那位大人怪罪下来……"

"不……不会吧。"胡淑芬面如土色。

周围一帮人悲哀地看着胡淑芬,像看着个死人。

"不就几只鸟吗……真是的……"胡淑芬哆嗦着,把鸟塞给蒋南羽,"南羽呀,你年轻,阳气旺,那位大人要是找过来算账,就说你打的哈。"

言罢,急忙往前院走,一边走,一边大声道:"开饭!开饭!"

早餐很简单。白粥加咸菜。

"真他娘的寒酸!这玩意能吃吗?"在连吃了五碗之后,胡淑芬拍着肚子抱怨。

蒋南羽懒得理他,对藤六道:"林长生乘坐的那辆马车,现在放在哪里?我想看看。"

"马车呀,不在这里。"

"不在这里?"

藤六放下碗筷:"那是木场的马车。"

"金家的婚礼,怎么会用木场的马车?"

"金家的马车,大多是用来载货的,平时用来乘坐的马车,都很小。那么大的马车,只有木场有。"

这倒是出乎蒋南羽的意料。

"这事情我问过石公,婚礼的前两天他从木场借了那马车,擦洗干净,精心装扮后,才下山接人的。事发后,马车就拉回木场了。"

"这么重要的证物,你怎么能不留在这里呢?"蒋南羽有点儿生气。

"蒋长官,你放心,当时我仔细检查了一番,那辆马车没有任何问题,里头没有任何破损,没有任何血迹之类的线索,干干净净。"

"马车谁拉走的?"

"野叉呀。他当时是车夫。"

"吃饱了吗？吃饱了跟我去一趟木场。"

"要查看马车？"

"嗯。"蒋南羽重重地点了点头。

吃完饭走出来，外面天气阴沉。

经过大雨洗涤的山林，吐纳着雾气，空气清新。

"南羽呀，我就不去了。"胡淑芬剔着牙，看着做好准备的蒋南羽和藤六。

"你得去呀。"蒋南羽昂着脸。

"哎呀呀，本大巡长身子不方便……头晕……哎哟哟，还有点儿恶心。"

"你是怕那位大人报复你吧？"

"胡扯！本大巡长何其威武！"

蒋南羽冷笑，对藤六挥了挥手，二人离开金家，沿着山道向木场行进。

天空逐渐放晴，几缕阳光穿过树林，斑驳闪亮。林木发出无边无际的摩擦声响，可以听到山泉传来的叮咚雀跃，雨后树木、花草、枝叶滴落的露水荡漾着微光，大朵大朵的花层层绽放，填充出这无比丰盛完整的世界。

走在山道之中，令人心情愉悦，不像是去侦探，反而像是旅行。

木场距离金宅并不远，几里地的山路，不知不觉就走完了。

拐过一个弯道，爬上山口，眼前豁然开朗。

一块宽阔的山间谷地，出现了一片连绵的建筑。

所有的房屋，皆是用巨大的原木建造的，三三两两散落着，冒着炊烟。

"到了。"藤六抹了把汗水。

从山口下来，是宽大的土路，一条大溪咆哮奔腾而下，水流急速，有刚采伐的原木漂流其上，随水而走。

跨过一座年代久远的巨大石桥，就到了林场的地盘。

入口处搭建了简易的营寨，斜斜地插着一面黑乎乎的旗子，上写"木场"二字。

路边是座小小的石头建筑，很像山外随处可见的土地庙。蒋南羽很感兴趣，停下来瞄了一眼，发现主位上空空荡荡的，倒是在周边，排列着九个小小侍俑。

每个侍俑都用黑石雕刻而成，穿着不一，约有一二十公分，奇怪的是都没有头，蒋南羽拿起一个看了看，发现并不是破损，更像是雕刻时刻意为之。

"这是供奉那位大人的。"藤六在旁边解释，"听说当年这个神龛里还有那位大人的神像，后来消失了，只留下这九个护法神。"

"护法神？有什么说法？为什么没有头呢？"

"具体原因搞不清楚，年代太久远了，老辈们的说法也不一样，一种说法是，这九位护法神是那位大人的手下，镇守蟪蛄山里的九座大山；有人说这九位不是护法神，很久很久以前，那位大人每六十年就要带走九个凡人，斩去其头颅，将其收为自己的奴仆；还有人说，当年祭祀时，祭司要杀死九个人，将九颗头颅放置在九个无头石俑上，祈求那位大人保佑风调雨顺，保佑蟪蛄山人免受灾难。"

"这么小的石俑，怎么放人头？"蒋南羽将石俑放回原位。

"这里是木场的专属小神庙，放置的不是真正的石俑。山上神祠中的石俑，你看了就明白了。"

蒋南羽笑笑，跟随藤六走进木场。

木场面积巨大，空地上堆满了原木。

"木倾，人离！下山啦！"隐约听见人的大喊声，远远看见对面的山梁上，一棵巨大的树木轰然倒下，扬起滚滚烟尘。

"那棵树，起码有四五百年了。"藤六道。

"木场一共有多少人？"

"一百来人吧。蟪蛄山的男人，绝大多数都在这里。原先木下三郎是头头，现在应该是群龙无首了。"

二人一边说一边往里走，见一个巨大的房屋门前，十几个人围着一根巨木忙活，铁锯抽动，木屑纷飞。

"蓬头！"藤六大喊了一声，从人群里跑来个年轻小伙。年纪在二十左右，个头不高，但很敦实，鸡窝一般的乱发盘在头上。

"藤六哥，你怎么来了？"蓬头笑笑，露出雪白的牙齿，目光落在了蒋南羽身上。

"这位是蒋警官，过来调查些事情。"藤六介绍了一下，道，"野叉呢？"

"野叉哥呀？没上山呀。"蓬头搓着手。

"还在山下？"

"应该是。"蓬头挠了挠头，道，"要不，到里面说吧。"

言罢，前面带路，将蒋南羽和藤六带进了一间大屋。

这屋子，应该是木场的主房，面积巨大，容纳百十来人不成问题，里头桌椅板凳一应俱全，桌子上散落着木头制成的麻将、骰子等物，凌乱不堪，散发出一股汗馊味儿。

蒋南羽和藤六坐下，蓬头拎过铁壶，给二人倒了一碗白水。

看得出来，木场生活清苦，茶叶对这里来说完全是奢侈品。

"野叉下山几天了？"藤六喝着水，问道。

"好几天了吧。"

"一直没上山？"

"反正木场没看到他。"蓬头很爱笑，道，"这也正常，过几天就是他家甏三爷爷的山隐之日，我想野叉哥应该是想陪他爹最后几天吧。"

"也是。"藤六点点头，随后想起了什么，道："那辆马车，现在在什么地方？"

"马车？"蓬头一愣，马上反应过来，"那辆出事的马车？"

"废话！"

蓬头的脸色立刻变得苍白起来，吞吞吐吐道："没了。"

"没了？"藤六一愣，"没了是什么意思？"

"烧了。"

"烧了？！"这回轮到蒋南羽吃惊了，"怎么会烧掉？"

蓬头正色道："那东西，是不祥之物，当然要烧了！"

蒋南羽转脸看着藤六，藤六面色复杂地点了点头，似乎觉得正常。

蓬头道："蒋长官恐怕不知道山里的规矩，尤其是木场的规矩。干我们这活，危险着哩，说不定哪天一棵树倒下来或者飞来块石头，就死了，所以忌讳很多。比如吧，这木场，女人是不能进来的，女人进来就坏事，连说话都要小心，不能说'倒'，得说'倾'，不能说'死'，得说'没了'，反正忌讳多着呢。那车……那位大人……你说，怎么可能留在木场里头。"

"怎么烧的？"蒋南羽问道。

"那天野叉哥回来,大伙听完事情后,就炸锅了,当即就把车丢到外面沟里,第二天就烧了。"

"谁烧的?"

"不知道。这个重要吗?估计是谁顺手烧了吧,不祥之物,都这样。"

"在什么地方,领我去看。"蒋南羽站起身。

藤六昂头道:"烧都烧了,还有必要……"

"当然有必要了!"

藤六见蒋南羽面色凝重,不好说什么,赶紧催促蓬头出门。

三人来到木场外的一个山沟里,走了一段路,果然见到一堆灰烬。

看样子应该是在马车底下、周围架上了柴火,浇上了油,再点上一把火。

巨大的马车,烧得就剩下铁制的框架,还有四个轱辘。

蒋南羽找来一根树枝,蹲在旁边,挑着灰烬,仔细查看。

"蒋长官,马车真没什么,很普通,完全密封,而且任何一个地方都藏不了人。这一点,我保证。"藤六认真道。

蒋南羽没有答话,费力翻挑着,阳光直射下来,灰烬中有东西反射出刺眼的光芒。

蒋南羽扒拉开灰烬,发现是一片片被烧得炸裂的细小镜片,还有一些琉璃的残渣。

"怎么会有这种东西?"蒋南羽捡起一枚,放在手中观察。

"装饰。"藤六道,"既然是迎亲的马车,肯定要装扮一番。车厢里面要放上棉被、白果,挂上红绸,外面有各种琉璃挂坠、驱邪牌、灯笼等,不足为奇。"

"哦。"蒋南羽站起身,摇头道,"可惜了,马车不应该烧的,毕竟是重要的证物。"

"是我的疏忽。"藤六抱歉道。

"没事,回吧,我还有些事问蓬头。"蒋南羽叹了口气。

喝了一口水,听到院子里雨水滴滴答答落下来。外头还有灿烂的阳光,但就这样下起了雨。

"日照雨哩。"藤六站在窗户旁边低声道。

"木下三郎这个人,怎样?"面朝坐在对面的蓬头,蒋南羽翻开了笔记本。

"这个呀,挺好的。"蓬头挠了挠乱糟糟的脑袋,"三郎哥自小由他娘拉扯大,别看平时少言寡语,但讲义气,对我们这些人也分外照顾,每次分工钱从来都不会克扣,如果哪家有困难,他往往还会把自己的拿出一点儿来贴补别人,所以我们很多人都铁了心跟着他干。"

"这么说,他在这木场里威望很高?"

"何止在木场里呀!在整个蟋蟀镇,三郎哥也是第一条汉子。"蓬头激动道,"他不仅是木场的头头儿,还是祭司,哪个不尊敬他,佩服他?就是命苦。"

蓬头叹气道:"我们这穷乡僻壤,一年忙到头,也吃不饱饭。长官,你也看到了,除了伐木,我们没有别的收入,伐木是顶危险的活,说不准哪一天就死了,而且辛辛苦苦,得来的钱也很少。"

"这样的木材,运出去,应该能卖个好价钱吧。"蒋南羽道。

"木材是好,都是几百年的大树,但卖不了多少钱。"

"为什么?"

"两个原因。第一,运输太困难了,我们都是将木头抛入大溪里,顺水而下,再在山外的渡口处拦截。山里水流复杂,岔道太多,能到渡口的木材,往往只剩下十之六七。第二嘛,就是渡口的那帮人了,他们有车有卖货的渠道,完全把持了行情,把价格压得很低很低,所以这些年他们一个个富得流油,我们依然活得像狗一样。"

蓬头越说越气愤,道:"时间长了,大家都有怨气,后来木场里就分成了两派。"

"两派?"

"嗯!野叉哥他们觉得这样不合理,木材是我们的,伐木也是我们来做,吃苦受累也是我们的,渡口的那帮人简直是恶霸。他说我们受欺负,是因为看不到外面的世界,应该想个办法走出去。"

"走出去?"

"当然了。"蓬头道,"野叉哥有能力,也出过山,脑袋灵光,说不能再将伐倒的木材抛进大溪里了,应该重新找一条往山外运送木头的路,我们直接到外面卖去。"

"这样你们的收益的确会增加很多,但这路……"蒋南羽沉吟起来。

"野叉哥这主意,很多人都觉得好,可就是想不出怎么找到这条发财之路。后来也不知道怎么回事,野叉哥和金青成突然出现了。"

"他们俩?"

"是的。其实,我们和金家都很熟,野叉哥也和金青成打过交道,毕竟离得不远嘛。金青成说,他可以帮助我们联系外面,向政府请命,请求政府修建一条铁路到蝼蛄镇,这样一来木材的运输问题就解决了。"

"然后呢?"

"整个木场立刻就分成两派。拥护野叉哥的人觉得这样一来,咱们山里人的日子可就彻底好过了,但三郎哥坚决反对。"

"反对?为什么?"

"三郎哥说火车一开进来,蝼蛄山的平静就会被打破,千百年来祖宗留下来的传统就要被打破,火车进来了,那就会进来更多外面的人,他们会浩浩荡荡开进山林,一片片放倒林木,用不了多少年,我们就无木可伐了,蝼蛄山也会变成另外一个模样,更重要的是,山上那位大人肯定会报复的。"

"木场的人,对木下三郎这个说法有什么意见?"

"有很多人拥护三郎哥。"

"也就是说,野叉和木下三郎之间有矛盾了?"

"他们之间的确为这件事情关系搞得很僵,吵过很多次,但是呀,矛盾谈不上。"蓬头摇头道,"我们山里人有什么不快活的就当面说,争吵打架是常有的事,但过后依然是兄弟。"

"结果呢?"

"金青成和野叉哥带着几个人到了政府那里,也不知道搞了什么,反正一年之后就开始修铁路了,当时蝼蛄镇轰动一时。三郎哥召集所有人商议,说金青成肯定是给了政府什么好处,不然政府不可能这么痛快修铁路,还说铁路一进来,山里的那位大人就要报复,很多人随即就没了热情。为这事情,三郎哥还带人去金家闹过,也亲自到政府那里反映过情况。到后来,铁路修了一半,就停了,也不知道怎么回事。"

蒋南羽仔仔细细将这些情况记下来,皱了皱眉头,问道:"木下三郎

和阿枫……"

"那两个人,简直是天造地设的一双!太般配了!"蓬头唾沫飞扬,"在蟪蛄山,也只有三郎哥能配得上阿枫姐。他们是真的相互喜欢。不过,金青成一直反对,谁让他们两家是世仇呢。"

蓬头喝了一口水,放低声音:"实际上,马车那件事发生之前,金青成来木场单独找过三郎哥一次。"

"哦?具体什么时间?"

"大概那件事三四天之前吧。"

"他为什么找木下三郎?"

"当时我跟着三郎哥正算账呢,金青成就来了,他们两个人在屋子里谈话,把我赶了出去。我没有听到多少,但差不多是因为阿枫的事,金青成让三郎哥放弃阿枫,两人吵得很凶。"

蒋南羽沉思不语。

"长官,三郎哥是不会杀人的,他为人那么好,这种事情干不出来,你们还是把他放了吧,别冤枉了好人。木场的事情千头万绪的,离开他不行。"蓬头诚恳地说道。

"这我无能为力,木下三郎已经死了。"

"什么?!"蓬头噌地一下站起来,因为巨大的震惊,双目圆睁:"三郎哥,死了?!"

"嗯。死在金家的工房里,脑袋没了。"蒋南羽简单地把事情说了一遍。

蓬头呆呆地坐下,接受不了这个事实,喃喃道:"果真是……死了?"

"什么意思?"蒋南羽觉得蓬头话中有话。

"死了……果真死了……"蓬头失了魂一样。

藤六一巴掌扇了过去:"蒋长官问你话呢!"

蓬头这才反应过来,看着蒋南羽道:"长官,三郎哥跟我说过,有人要杀他。"

第七章　木场客

蓬头交代的线索，如同一记迅雷，在蒋南羽头顶轰然炸响。

"此事当真？！"蒋南羽大为震惊，"谁要杀他？"

蓬头摇着脑袋："这我也不知道。"

藤六和蒋南羽面面相觑。

蓬头接着道："一两个月之前吧，木场连续出现几次事故，死了好几个人，很蹊跷。"

"怎么蹊跷了？"

"捆树桩的绳子突然就断了，那么粗的绳子，是不可能轻易断的，山一般的木材呼啦啦滚下来，当场轧死四五个人。还有，放木的时候，明明已经在树干下砍好了倾口……"

"什么叫倾口？"

"哦，就是在树根的地方掏挖，树往什么方向倒，就在相反的方向砍出口子，叫倾口，到时候只需要拉一下，树就会像事先规定好的方向倾。"

"明白了。倾口怎么了？"

"树倾了，但不是原先的方向，砸死了好几个人，我去看了看那倾口，被人动了手脚。"蓬头皱着眉头，"类似这种事情，好几次了。"

房间里安静下来。

"三郎哥那段时间情绪很不好，一个人喝闷酒，当时我在，陪他喝，他说有人要杀他。说这些都是冲着他来的，谁都知道他要去清点木材，知道树倾的时候他在最跟前，结果，他命大，别人当了他的替死鬼。"

"他当时没有说谁要杀他？"

"他也不知道。"蓬头很痛苦，"蟪蛄山人异常团结，绝对不可能发生这样的事情，所以……"

"所以？"

"所以，我觉得有可能是金家人干的。"蓬头咬牙切齿，"三郎哥绝对不能出事，当时我就抱着这样的想法，谁死了他也不能死！从那之后，我一直跟在他左右，不管他去哪里，结果还是出事了，好几次。"

"什么事？"

"去伐木的路上，有人布置机关，就是猎杀山熊的机关；在他经过的路上，插上抹有剧毒的竹刺；夜半他睡觉的屋子突然失火……反正好几次。"

"这个的确很明显了。"蒋南羽道。

"是呀。后来我觉得不能这样下去了，就跟野叉哥说了。"蓬头吐了口唾沫，"野叉哥当场就火了，召集大家开会，整个木场严防死守，出去干活都是成群结队的，自那之后，才好很多，渐渐平息下去。但不知为什么，三郎哥情绪一天比一天坏，当时我以为是阿枫要嫁人的事情影响了他的心情吧，但他有次喝醉酒，却说自己可能还是逃不过一劫。"

说到这里，蓬头潸然泪下："果然，果然还是死了！蒋长官，你可要抓住杀死三郎哥的凶手呀！"

"你不认为是妖怪……不，山里的那位大人干的？"

"应该不可能吧。山里的那位大人怎么可能带走自己的祭司呢，而且是唯一的祭司。"蓬头晃着脑袋道。

蒋南羽深吸一口气："那么，木下三郎在木场里或者在蟪蛄镇，有没有仇人？"

"有呀！金青成呀！"

"除了金青成，木场里……"

"没有！"蓬头回答得异常干脆，"我们蟪蛄山人肯定不会干这种偷鸡摸狗的事，即便是俩人有过节，闹到你死我活的地步，当面抽刀子公平决斗就是了，不管谁死谁活，都不追究，犯不着这么费事。"

看来，山里人做事情还真是直截了当。

"那木场里，有没有不是你们蟪蛄山的人呢？"

蓬头认真想了想，道："还真有一个。"

"哦。谁？"蒋南羽扬起眉毛。

藤六这时在旁边突然笑了起来："那个人，蒋长官你没见过，但胡巡长跟他打过交道。"

"哪个？"

"胡巡长上山的时候被吓得大惊失色，你不记得了？"

"哦！"蒋南羽顿时想了起来。

胡淑芬一个人冒雨上山，曾经碰到个长相怪异全身挂着蛇的人，以为见到了妖怪，吓得鬼哭狼嚎。

"那个人，叫独脚阿通。"蓬头道，"他不可能杀人。"

说这话的时候，蓬头都忍不住笑了。

"到底怎么回事呀？"蒋南羽懵道。

"那人是个傻子，脑袋不好。"藤六指了指自己脑门。

蒋南羽转脸望着蓬头。

蓬头开口道："这个人呀，的确不是我们蟛蜞山的人。十年前吧，他出现在山下，当时下着大雪，谁也不知道他是从哪里来的，破衣烂衫，倒在山桃姐的旅店门口，如果不是被发现，肯定冻死了。"

"是个苦命人。"藤六接话道，"肯定是四处流浪跑过来的，吃了不少苦，脑袋不灵光，半个傻子，一条腿瘸了，年纪也不小了，所以镇里人就收留了他。但后来，又不得不想办法打发他走。"

"为什么？"蒋南羽问道。

"他那张脸呀。"藤六笑道，"不知道什么原因，生满脓疮，丑陋无比，加上脑袋又不好，镇子里的小孩整天吓得鬼哭狼嚎，所以当时都来找我，要求把这家伙送走。"

蓬头道："藤六哥心肠软，真要把他赶走了，估计那家伙也是死路一条，所以就找到了野叉哥，把他送来了木场。因为瘸着条腿，长得恶鬼一样，我们都叫他独脚阿通，阿通就是鬼怪的意思。"

藤六道："进了木场之后，这家伙倒也还不错。"

蓬头使劲点头："嗯，人虽然傻，但干活卖力气，脏活苦活累活，他都干，而且从来不抱怨，更不知道讨要工钱，干完了活，就傻傻地一个人待着，不怎么跟人说话，倒是和花花草草、小动物亲密得很，捉了不少带回他那屋子里养着。说来也怪了，不管是什么动物，到他手里都温温顺顺，听话得很呢，连蛇都是如此。木场生活枯燥，有了他，倒是变得有趣

不少。"

"一个傻子,不可能要杀木下三郎。"藤六坐下来道,"他和木下三郎无冤无仇,而且独角阿通十年前就进木场了,即便是要杀木下三郎,早就动手了,用不着拖到今天。"

蒋南羽微微点头,又道:"这个人的底细,你们清楚吗?"

蓬头笑道:"这个大家也懒得问,不过我和他关系还不错,偶尔逗他聊天,他说话颠三倒四的,前前后后也知道一点儿。"

"哦?"蒋南羽摊开笔记本。

"独脚阿通这个人,记不得自己先前的出身,只记得四处流浪,好像在马戏团干过,训练动物这本领估计就是那时候学会的,后来被抓了壮丁去当兵,是骑兵队里的马夫,再后来打仗,打得很惨,他那样的人都被派了上去,结果大败,几乎全军覆灭。他被炮弹炸昏了,对方把尸体堆起来浇上汽油放了一把火,他就在里面。从血海尸山里捡回了一条命,精神自此不正常。"蓬头叹气道,"估计就是这事儿,受到了刺激。每次谈到这里,他就会发作,鬼哭狼嚎的,可怜人呢。"

这个木场,看起来还真是乱七八糟的。

"独角阿通现在在木场吗?"蒋南羽收起笔记本,站起来。

"在,一直都在。"

"我去看看。"

蓬头领着蒋南羽和藤六出来,旁边有人冲蓬头挥手。

"蓬头,他娘的你跑哪里去了?赶紧干活!"

"知道啦!"蓬头对蒋南羽歉意地一笑,"蒋长官,我……"

"你忙你的去吧。对了,木下三郎的事,你不要跟别人说。"

"明白了。"蓬头面带悲伤,指着后面道,"独脚阿通就住在最角落的那个小屋子里,你们直接过去就行。"

言罢,这家伙一溜烟儿往工友那边跑过去,跑了一段路,好像想起了什么,转过身对蒋南羽喊道:"蒋长官,进独脚阿通的屋子,你可要小心!"

"小心什么?"蒋南羽想再问,蓬头已经跑开了。

树木一旦过于苍老、巨大,就会显现出格外的活性,仿佛人一般,能够感觉到它的呼吸。

一棵巨大的树,几人方能合抱,主干分为九枝,如同手掌一般叉开,伸展出来的浓绿遮天蔽日,树下好大一片暗沉的阴影。

独脚阿通的房子,就在那棵树下。

孤零零的一座房子,周围皆是荆棘、灌木,挨着一条宽阔的溪流,可以看到溪流两边的野树上,长出一串串红色的果实来。

木门紧闭,檐角落了一只白鸟,叽叽喳喳地叫着。

蒋南羽上前,敲了敲门,无人应答。

"出去了。"藤六指了指门。

门上无锁,用一根木片插着。

"等会儿?"蒋南羽道。

藤六呵呵一笑,一脚踹开门,粗暴而直接。

蒋南羽摇着头,进屋。迈进脚的瞬间,突然觉得脑后一股冷风袭来,慌忙低头躲过,转过身时,却见门梁上,吊着一只全身碧绿色的小蛇。

筷子粗细,小小的身体上长着一颗大大的三角形的脑袋,吐着长长的信子,发出咝咝的声响。

"小心!"藤六吓了一跳,拉住蒋南羽,"这是蝼蛄山的绿头青,剧毒无比,咬上一口顷刻毙命!"

蒋南羽脊梁骨冒凉气,正要说话,忽然听得耳边咝咝之声不绝于耳,回过身,顿时目瞪口呆。

但见房屋之内,地板、房梁、桌椅上,到处都盘踞着蛇。

赤练、银环、花蝰、圆斑、林蟒……各种各样的蛇,有几百之多!

这些令人毛骨悚然的东西,纷纷做出进攻的姿势,移动着逼过来,咝咝的声响此起彼伏!

"怎么会有这么多蛇?"蒋南羽面如土色。

"独脚阿通养的。"藤六皱着眉头,"他这屋子,根本没人敢来,只有他本人,蝼蛄山也很少有人和他打交道。"

说话间,那些蛇从四面八方聚集而来,将二人团团围住,身体高高抬起,微微摇晃着,如同拉伸之弓,随时准备展开攻击。

"大意了!"藤六直冒冷汗,低声道,"千万别动!"

蒋南羽心中大声叫苦，只得屏声静气，提心吊胆地注意着周围的动向。

哦！哦！

就在此时，响起两声呵斥，一个人影进来，满屋子的蛇顿时发出沙沙的响声，纷纷散开，乖乖地回到原来的位置。

"你这个混账东西，差点儿搞出大事！"藤六大骂道。

"嘿嘿，嘿嘿。"那人傻笑了一下。

蒋南羽此时才看清楚这人，不过依然露出了吃惊的神态。

这人身材高大，披头散发，身上穿着一件鼓鼓囊囊破烂不堪的麻布衣服，一张脸被无数大大小小的脓疮覆盖，狰狞扭曲，面目不清。

在他的手上、脖子上、头发里甚至是衣服的破洞之中，全是一条条游走的小蛇！

"你跑哪里去了？差点儿闹出人命！"藤六骂道。

"鸟！鸟哩！"独脚阿通傻笑着，手里捏着一只麻雀，扔了出去。

麻雀离手，扑闪着翅膀在屋子里翻飞，瞬间被屋梁上的一道黑影吞没。

蒋南羽吓得瞠目结舌：原先以为那是一道房梁，现在才发现，那竟然是一只大腿粗细的巨蟒！

"赶紧把你的蛇赶走，有事问你！"藤六叉着手，大声道。

独脚阿通嘿嘿笑，吹了个口哨，满屋子的蛇如同得到了指令一般，顷刻之内，全都消失。

藤六这才放心，拖过一条板凳给蒋南羽。

蒋南羽坐下，环顾周围，细细打量起了这个木屋。

木屋并不宽敞，布置简单，但收拾得格外干净，窗口的瓦罐里竟然还养着野花，开得姹紫嫣红，引来一只蜜蜂盘旋其上。

"这位长官要问你话，老实回答！"藤六大声道。

独脚阿通来到蒋南羽跟前，一屁股坐在地上，昂着脸看着蒋南羽傻笑，口水从嘴角流出，手里头握着一条小蛇，使劲点头。

"你是独脚阿通？"

"阿通，阿通。"他使劲点着头。

"老家哪里的？"

"老家……家……家……"独脚阿通摇着头，眼神茫然。

蒋南羽叹了口气，道："听说你在马戏团和军队待过？"

"马戏团……嘿嘿……有老虎、狗熊，好玩儿，好玩儿……"

"从马戏团出来，你参加了哪个军队？"

"军队？呜呜呜……"独脚阿通露出惧怕的神情，摇着头，"火！大火！死人啦！死人啦！"

藤六给了他一巴掌："死了个屁的人！长官，他一听到这个就犯浑，当初受刺激了，你别问这些……"

蒋南羽摇了摇头，又道："木下三郎，你认识吗？"

"三郎……嗯……认识哩……认识哩……"

"他在木场，有仇人吗？"

"仇人？仇人？"独脚阿通似乎不知道这个词的意思。

"就是问你，有没有人想杀他？"藤六费劲道。

"杀他！杀他！……我……看见哩！"独脚阿通无比激动，跳起来，手舞足蹈。

蒋南羽大喜："谁？谁要杀他？"

"坏人！黑天……看不见……黑衣服……拿着铁棍……铁棍冒火哩……砰！"独脚阿通呜呜叫着，比画着。

蒋南羽明白了。独脚阿通说的是枪。

"铁棍朝着木下三郎……冒火了？"蒋南羽比画道。

独脚阿通摇头："没……我看见哩……我一个人跟着他……那人……砰……妖怪！妖怪！"

"你当真没看清那人？"

"看不见……黑天……黑……"独脚阿通缩着身子，直摇头。

跟他沟通，很难。

藤六早就失去了耐心，趁着蒋南羽和独脚阿通说话的空当，起身在房间里溜达，这里摸摸，那里看看。

"你知道那人住哪里吗？"蒋南羽比画道。

独脚阿通一边摇头一边看着藤六，突然噌地一下站起来，走到藤六跟前,发疯一样从藤六手里夺过一件东西。

"哎呀呀,我就看看嘛!小气鬼!"藤六大声骂道。

床头旁边是个小小的木龛,放着杂物,藤六肯定是拿了独脚阿通什么东西。

蒋南羽见独脚阿通死死护着那东西,又见藤六一副龇牙咧嘴的样子,不由得笑了起来。

"你拿人家东西干吗?"蒋南羽大声道。

"又不是什么好东西!"藤六指了指独脚阿通。

独脚阿通的手里,抓着一个小玩意。用一整块墨鱼一般的黑石雕刻而成,巴掌大的一个圆滚滚的东西,看起来像是猪,但又不是,因为猪是不会长着两个脑袋的。

东西虽然小,但雕刻得十分精细、可爱,尤其是那两颗脑袋,皆是一目,张着大嘴,古灵精怪。

"这件东西,似乎很有年头。"蒋南羽忍不住道。

"是。看起来起码也得有个几百年,油光锃亮,挺好玩儿的,我一直问他要,这家伙死活不给,不就是一块破石头嘛。"藤六骂骂咧咧道。

"我的!我的!"独脚阿通大叫着。

"你的,你的!老子又不抢你的!"藤六铁青着脸,无奈摇头,又对蒋南羽道,"蒋长官,这家伙脑袋不好,恐怕问不出什么东西来。"

这么闹腾,独脚阿通似乎累了,打着哈欠咣当一声躺在床上,抱着那个黑石雕,很快就睡着了,打着呼噜,口水顺着嘴角流下来。

蒋南羽摇着头,跟藤六离开。

"木场就这些人,关系简单得很,白跑一趟。"站在阳光下,藤六叹了口气。

"也不白来,起码得到了几个有价值的线索。"蒋南羽点了一根烟,抽了一口,看着山林道:"那辆马车十分关键,竟然被烧了……"

"是属下失职!"

"我不是说这个。"蒋南羽摆了摆手,"藤六,你想过没有,这么关键的东西,竟然回到木场就被烧了……"

"蒋长官的意思是,是有人故意烧掉它?"藤六似乎明白了他的意思。

"很有可能。这事儿有点儿蹊跷，尽管表面看上去似乎是为了驱邪烧掉不祥之物，但烧的时机也未免……"

"但蝼蛄山里的确有烧掉不祥之物的传统。"

"虽然不排除这种可能，但我总觉得事情并没那么简单。"蒋南羽使劲抽了一口烟，淡淡地道，"如果是有人故意烧掉它，显然是在掩盖着什么……"

"掩盖什么？"

"我不知道，但可以肯定马车里面有古怪。"

"当初马车里面我是看过的，并没有什么异常……"

蒋南羽没有接话，而是继续道："其次，起码我们知道在案发前，有人要杀木下三郎。"

藤六沉吟着："的确如此。"

"藤六，蝼蛄山，金青成家里有枪我是知道的，除此之外……"

"有枪的人很多。"藤六打断了蒋南羽的话，"以前我们用的弓箭，后来时代变了，很多人都买枪，别的不说，我自己都有一长一短两把火枪呢，所以这并不能证明想杀木下三郎的人就是金青成。不过从金青成来木场找过几次木下三郎来看，他和木下三郎的关系，似乎并不像他说的那么简单。"

"这一点我同意。"蒋南羽点点头。

"回吧，我看马上要下雨了，这鬼天气，变幻莫测。"藤六抬头看了看天，吐了一口唾沫。

天空阴沉，浓云翻滚，一场大雨即将到来。

二人沿着山路往回走，一路默默无语。

到了三岔路口的时候，忽然听到说话声，抬起头，见胡淑芬、林中君、石二槐三个人从山上跑下来。

胡淑芬骂骂咧咧道："妈的！不应该听你们的鬼话，吓死本大巡长了！"

蒋南羽一愣，走上前，诧异道："巡长？你们这是……"

胡淑芬看见蒋南羽和藤六，呵呵一笑："没去哪儿，逛逛，逛逛……"

"不像吧，你平日里吃饱了就睡，睡醒了就吃，这样的天气还出来闲逛，不是你的风格。"蒋南羽一边说，一边看着林中君和石二槐。

林中君一副忍俊不禁的样子，转过脸不愿意说。

石二槐道："巡长一早打了乌鸦，心惊胆战，说怕那位大人惩罚他，要去神祠烧香，本来我是不想带他去的，那可是禁地，但胡巡长……"

"屁的禁地！妈的，那就是妖怪洞！"胡淑芬瞪着眼睛说。

"林先生也要去，说去看看有没有宝贝，有的话拿下山出手，好处分我一半。"石二槐嘟囔着嘴。

"原来如此呀。一个吓破了胆子的长官，一个刮地皮的奸商，你们……"蒋南羽直摇头。

"别提了！香也没烧成，肚皮也没刮，被吓得要死！"胡淑芬大声道。

"怎么了？"

"还怎么了！妈的，进去的时候，一股阴风吹得我毛骨悚然，还听到一声怪叫……"胡淑芬脸色苍白。

"神祠里有东西？"蒋南羽眯起眼睛。

"哪有什么东西，山猫！"石二槐鄙视地看着胡淑芬。

"山猫？你家猫那样叫呀！南羽呀，你不知道，那声音简直他娘的吓死人，肯定是妖怪！"

蒋南羽转脸看着强忍着笑的藤六，道："正好，我还没去过神祠呢，这回大伙同去，一来是侦查现场，二来看看里面到底是有妖怪还是山猫。"

"哎哎哎，我可不去！"胡淑芬直摆手。

蒋南羽懒得理他，抬脚上山。

藤六、林中君、石二槐跟着。

胡淑芬站在后面，本不想跟去，又见空荡荡的林子里只剩下自己一人，只得垂头丧气骂骂咧咧地跟上来。

沿着崎岖的山道，一路向上，不知道走了多长时间，经过两旁倒伏着各种古怪石雕的深林，终于来到神祠跟前。

"果然是……"第一次看到高高耸立于丛林之中的神祠，蒋南羽内心震颤。

巨大的石头建筑，苍老，颓败，被林莽和云层的阴影遮盖着，散发出无比诡异的气息。

"林长生的尸体被发现时，是在什么地方？"蒋南羽喘着气道。

"门口的台阶上。"藤六指了指。

众人上了台阶，蒋南羽来到藤六指定的地方查看，见地上有一片淡淡的血迹，又四处走了走，仔细查看了半天，才皱着眉头走回来。

"有什么发现？"胡淑芬问道。

蒋南羽摇头："没有。只有这里有血迹，周围根本找不到。"

蒋南羽还想说什么，但终究还是没说出来，看着藤六道："他的脑袋一直都没找到？"

"没有。神祠里里外外，都找遍了，没有发现。"藤六摊了摊手。

蒋南羽昂起头，看着神祠。

两扇大门虚掩着。

巨大的木门，用上好的极为稀少的金丝楠木造就，上面一左一右雕刻着两个舞蹈的骷髅，嬉笑着，白骨跳跃，双目骇人。

蒋南羽吃力地推开门，吱嘎嘎的响声回荡着。

神祠里面十分宽敞，但没有窗户，很是昏暗。

神祠的正中，巨大的石台之上，屹立着一座神像，黑石雕琢，神态和装束与蝼蛄镇那座小庙里所见的那位大人一模一样：面目丑陋的老妇，披头散发，全身披着血红色的羽毛神衣，指甲颀长锐利，手中捏着一个青铜法铃，幽幽地看着下方的人。

那双眼睛，尽管是雕刻而成的，但因为镶嵌着黑琉璃一般的东西，散发出无比诡异的光芒，仿佛有生命一般，让任何人见了，都不由得内心一颤，心生恐惧。

围绕着神像的，是九个真人一般大小的石俑，石俑们装束各异，双手合握于胸前，脖颈上方空空荡荡。

这些石俑，屹立于昏暗中，默默无言，却散发着一股说不出的震慑人心的威严气息，置身其中，你会觉得他们中的任何一尊都有可能随时走下来，来到你面前……

仅仅这么凝视，蒋南羽的冷汗就已经顺着脑门流了下来。

"这些神像，太……太古老了……"旁边的林中君发出一声沉沉的叹息。

那叹息声中，夹杂着无比的感慨、敬畏，唯独没有贪婪。

想想也是，这么大体积的神像，林中君是无法带走的，难怪他会空手而归。

"蒋长官，你知道吗，这里的神像，远比山下那座神祠里的要古老得多。"林中君道。

蒋南羽很吃惊："如果我没记错，你告诉过我山下那尊神像起码有千八百年了。"

"是的，但这里的神像，年代更加久远，久远得连我都无法做出确切的断代。"

林中君走南闯北，古董这行当，靠的就是眼里吃饭，连他都无法断定年代，那岂不是说这些神像……

"全部用整块的上好山石雕琢而成，这种山石极为罕见，属于一种特异的地方玉……"

"这么大的玉呀！"胡淑芬惊叫起来，"那岂不是很值钱？"

"值钱的不光是材质……"林中君摇摇头，他看着那尊山都神像，低声道："二位长官想必也看到了，这尊神像虽然没有繁复的雕工，但刀刀犀利，大开大合，看上去随心所欲简简单单，实际上……怎么说呢，我从来没有见过这么一尊有神意的雕像，堪称鬼斧神工！"

"神意？"

"嗯！"林中君喃喃道，"神像我见过何止万千，不管是铜铁铸就还是泥胎木偶，有的体量巨大气势威严，有的惟妙惟肖宛若真人，但唯独这一尊，看了之后……"

林中君的嘴唇明显颤抖了一下："你会觉得全身发冷，仿佛站在一片漆黑中，看着它在面前显现！你可以看到它幽幽的笑，听到它那低低的回荡在耳边的笑声，甚至，你能感觉到它的呼吸……"

林中君脸色越来越苍白："第一眼看到的时候，我心中大喜，这是一尊宝贝呀！价值连城！但当我凝视了一会儿之后，这种贪婪便立刻烟消云散，取而代之的，是……是恐惧和敬畏！无边的恐惧和敬畏！"

林中君指了指神像的面目："两位长官看到那双眼睛了没有，那里面镶嵌的黑色的东西，是宝石！"

"宝石？"胡淑芬惊呼。

"是的，价值连城的黑色宝石！我刚开始还在想要是撬下来一颗……"林中君随即摇了摇头，"但只要对视超过十秒钟，我想任何一个人的灵魂和心神都会沉浸其中！仿佛被它吞噬！两位长官，这尊神像，是有生命的！"

"我的亲娘哎！"胡淑芬吓得尖叫起来，"别他妈的吓唬我！"

"我没有吓唬你！"林中君双目圆睁地看着胡淑芬，"它的确是有生命的！在这深山之中，在这幽暗之中，它不知道屹立了多少年，不知接引过多少凄苦的灵魂，它吸收着这苍茫群山、丛林的气息，吐纳着日月精华，蒋长官，这神像真的有生命。"

蒋南羽明白林中君的意思，沉声道："我看过不少古文典籍，中国人相信不管是什么东西，只要年代久了，就会有灵魂寄居其中，大到山川河流、日月星辰，小到家中的一件旧物，都会……"

"是的！物老而成精。"林中君沉声道，"用典籍里的话来说，这叫付丧神。"

"付丧神？"其他人几乎同时惊呼起来。

"的确是一件难得的艺术品。"蒋南羽昂头看着那尊神像，随即一笑，"但说它杀了人，我是不信的。"

藤六忍不住道："蒋长官，还是不要在这里说如此的话吧。"

石二槐急忙点头，道："这是蟪蛄山人最尊崇的神灵！蒋长官，我们一代一代的人，到了七十岁山隐之日，就会被送到这里，祭司摇动法铃，接引大人，山隐之人就在这神祠之中消失……"

"消失？凭空消失？"胡淑芬张开嘴巴。

"是的。"石二槐郑重道，"大门关上，子女下山，法铃响后，祭祀离开，只剩下山隐之人在这里等待那位大人现身，然后就在这里消失了。两位长官，这是一代一代人确证无疑的事情！神祠你们也看到了，没有窗户，完全密封，山隐之人的确就那么消失了！"

"妖怪！他妈的，我要下山！南羽，本大巡长不想再待下去了！"胡淑芬大声道。

藤六来到蒋南羽跟前，道："蒋长官，有件事我原本不打算告诉你，

现在……唉，你知道不，有天晚上，这里的灯……"

"灯亮了。"蒋南羽淡淡地道。

藤六吃了一惊："你怎么知道？！"

"鬓三爷爷告诉我的。"蒋南羽看着那尊神像，"他告诉我，每六十年一个甲子，这位大人就会亲自现身一次，带走九个凡人的灵魂作为自己的奴仆，他现身的时候，这里就会亮起灯，在半夜。"

"是的！"藤六激动起来，"这是蝼蛄山人人都知道的传说。那晚，不少人都看到这里亮起了灯。这神祠，没人会在半夜来！"

蒋南羽想说什么，但最后沉默不语。

"这么说来，这些无头石俑，代表着这位大人现身时要带走的九个奴仆？"林中君像是发现了什么，指着周围的石俑道，"你们看，数量上不多不少，正好九个，而且从摆放的位置和装束来看，也完全是毕恭毕敬服侍的姿势，没有脑袋，也符合……天呀！"

林中君说着说着，发出一声惊叫。

"你娘的！再这么咋咋呼呼吓老子，本大巡长毙了你！"胡淑芬拔出了枪。

林中君呆呆地看着蒋南羽，声音颤抖道："蒋长官，我那可怜的堂弟，还有死掉的木下三郎，可都是丢掉了脑袋呢！"

闻听此言，蒋南羽脑袋"轰"的一声响。

其他人，更是面如土灰，愕然惊恐。

"我说吧！本大巡长早就告诉你们是妖怪干的！妖怪来了，要砍掉九个人的脑袋！收九个奴仆！"胡淑芬都快要哭了，"娘的！本大巡长要下山！这才死了两个，还有七个呢！万一本大巡长也被算进去……哎呀呀……我今早还打死了乌鸦，打死了这妖怪的化身，他肯定很生气，肯定会把我算进去！娘的！本大巡长要下山！"

在胡淑芬的鬼哭狼嚎中，一帮人狼狈地离开神祠，顺着山道飞奔而下。

轰隆隆，天空闷雷炸响，大雨瓢泼而下。

呜，呜呜，呜呜呜……

行走中的蒋南羽，忽然听到有声音从身后传来。

他不由自主地转过身,看见那虚掩的木门缝隙之后,那深邃的黑暗之中,赫然有一双幽幽的眼睛在盯着自己,仅仅是一个瞬间,一闪就消失了。

那!那是什么?!

山猫吗?!

蒋南羽的心,骤然收缩!

••••••••••••

蒋南羽把烟放在嘴里,擦了一根火柴点着,然后环视了一下四周。

"现在看来,有一个人的确有洗脱不掉的嫌疑。"他说。

听到这句话,对面坐着的藤六和白皮不由自主地坐直了身体。

胡淑芬完全没反应,他一边收拾准备下山的包裹,一边和林中君小声说着话。

"休息一晚,明天一早本大巡长就下山!林先生,我劝你和我一起走吧。"胡淑芬道。

林中君看了看蒋南羽,苦笑:"这样,不太好吧。"

"蒋长官说的嫌疑人,指的是金青成吧。"藤六道。

胡淑芬冷哼了一声:"没证据不要瞎讲,金青成的那些狗屁事,先前就说得明明白白的了,本大巡长有充足的理由认定凶手是妖怪。"

"但事实和金青成所说的,有很大的矛盾。"蒋南羽道。

藤六等人认真地盯着蒋南羽。

只有胡淑芬看着窗外:"娘的,本大巡长一走,可惜金家那么多漂亮姑娘了。"

"这座山里,有太多的事情搞不清楚,但我觉得,金青成似乎有所隐瞒。"蒋南羽咳嗽着,掐灭了烟,"且不论他之前说的和木下三郎的父亲木下柏之间的往事是真是假,起码他隐瞒了和木下三郎的一些事情。"

"蒋长官指的是,他私底下好几次去木场找过三郎?"藤六说。

"是的。如果像他所说,木下三郎对他的仇恨到了无法化解的地步,他应该明白,不管什么事情木下三郎都不可能搭理他,所以明知道不可能也要屡次三番去找木下三郎,或许不仅仅像金青成所说——为了阿枫和木下三郎的事情吧。"

蒋南羽靠在椅子上,继续道:"其次就是案发之前,木下三郎已经被人盯上了，多次遭遇暗算差点儿死掉，这本身就说明已经有人准备很长时间了，只不过未得手而已，独脚阿通看到过那个神秘人背着枪，尽管藤六告诉我蟋蛄山里很多人都有枪，但别忘了，和木下三郎有仇的人，似乎并没有几个，而枪嘛……金家有的是。"

房间里寂静一片，胡淑芬终于坐了过来。

"第三，就是马车了。拉林长生上山的那架马车，并不是金家的，而是木场所有。我和藤六去木场调查，发现马车已经被人焚烧，尽管蟋蛄山有焚烧不祥之物的传统，但我总觉得这一把火烧得有些蹊跷，就好像……好像有人要掩盖什么。"

"证据，掩盖证据。"胡淑芬接道。

蒋南羽点了点头："巡长睿智！可惜，这么重要的东西，化成一团灰后，我们丢掉了很多有用的线索。"

"除此之外……"蒋南羽意味深长地笑了一下，道，"就是火车了。"

"火车？"胡淑芬抬起头。

"为了摆脱那些木商盘剥木场，木场里很多人要修建铁道，想利用火车将木材直接运出山外，这件事情金青成是主要参与人之一，正是因为他的关系和能力，铁道才能修过来，但这个过程中，他的最大阻力依然是身为木场领袖的木下三郎。"

说到这里，蒋南羽看了看众人："只要火车修进来，那么成百上千根木材就会源源不断地运出去，那可是白花花的现大洋呀，其中的利润有多丰厚，我不说你们也明白，木下三郎的所作所为，简直是在断金青成的财路，加上……"

"加上之前的很多事，他有足够的动机杀掉木下三郎！"藤六拍着大腿，激动道。

"所以，我暂时维持原先的判断——金青成招来林长生作婿，杀了他，嫁祸木下三郎，听闻我们上山后，为了防止暴露，不得不杀木下三郎彻底消除所有隐患。当然，他的手段很高明，直到现在我也发现不了他是如何完成这两起凶案的。"蒋南羽总结道。

"如此说来，的确有道理。"藤六问道，"那么，接下来，蒋长官想……"

"明天我要好好和金青成谈谈，说不定能发现什么……"蒋南羽看着外面的暮色，喃喃道，"我总觉得这偌大的一个金宅里，似乎谜影重重呢。"

"你想怎样就怎样，反正本大巡长明天要下山。睡觉！"胡淑芬跳上床去，扯起被褥蒙住了自己的脑袋。

众人一哄而散。

蒋南羽送他们出去，藤六和白皮回房间，林中君站在台阶上看着天空发呆。

"这一次来，真的是血本无归呀。"林中君苦笑道。

"林先生，你走南闯北见识多，有个好玩的事情想问问你。"蒋南羽突然想到一件事情。

"哦，何事？"

"马戏你知道多少？"

"马戏呀……"林中君一愣，"蒋长官怎么突然问起这件事情？"

"在木场，我碰到了一个很好玩儿的人。"蒋南羽呵呵一笑，"人，真的可以训练动物吗？"

"这个倒是不难，只需要掌握一些窍门，很容易的。动物的思维和人不同，很多情况下都是条件反射。"

"条件反射？"

"嗯。无非是胡萝卜加大棒，做对了就给甜头，做错了就给惩罚，所以这般的训练，熊瞎子也能老老实实翻跟头。"

"蛇呢？"

"蛇？这个我倒是没见过，但想来原理应该是一样的。"林中君好奇道，"蒋长官看到木场里有人训练蛇？"

"叫独脚阿通。不过不知道那些蛇是不是他训练的。整个木场只有他一个外来人，所以我就格外注意了一下。"

"你觉得他有嫌疑？"

蒋南羽摇头："一个傻子，而且来到蟪蛄镇已经十年了，应该不会吧。"

林中君点了点头："是呀，十年，要杀人早杀了。"

"哦，对了，那个独脚阿通的家里，有个东西说不定你会很感兴趣呢。"

"何物？"

蒋南羽比画着，描述了一下。

"石头雕刻的？像猪？"林中君双目微闭想了想，道，"难道是石磆？"

"石磆？"

"不可能，不可能。"林中君使劲摇了摇头，"蟋蛄山这个地方，尤其是木场里面，绝对不可能有石磆这种东西的。"

"石磆是何物？"

"怎么说呢，解释起来很复杂，简单理解，就是一种招财的供奉。这东西很邪门，虔诚供奉的人，会家境富裕，但使人不宜妻。"

"不宜妻？"

"是呀，所谓的供奉之物就是这样，给你好处也是有代价的。家里有石磆，固然可以殷实富足，但往往人丁不旺，要打光棍的。"

"原来如此。"想到独脚阿通那可怜的样子，蒋南羽不由自主地点了点头。

"忙活了一天，蒋长官早点儿歇息吧。"林中君拱了拱手，告辞。

回到房间，胡淑芬早已睡着，呼噜震天响。

吹灭了灯，躺在黑暗里，听着外面的松涛阵阵，蒋南羽突然觉得自己被脑中各种各样的巨大信息困扰着，恍惚而混乱。

或许，这才是如此糟糕不堪的世间吧。

第八章　幽怨铃

雨水淅淅沥沥，落在瓦上，落在枝叶上，院中的那棵巨大树木，伫立于雨雾之中，朦胧高耸。

一朵盛极而衰的肥大树叶，从枝头坠落，发出"噗"的一声脆响，吓飞了地上蹦蹦跳跳寻食的一群麻雀。

蒋南羽抱着双手站在檐下，呵呵笑了一声。

"蒋长官早，昨晚睡得好不？"藤六过来打招呼。

蒋南羽苦笑着摇头。

昨晚噩梦连连，哪里睡得好。

藤六看了看房间："胡巡长……"

"还没起来，估计等会儿就要闹着下山呢。"蒋南羽笑道。

"你一点儿都不担心？"

"担心什么？担心他下山？呵呵，放心吧，他一个人，是不敢下山的。"

听到这话，藤六也笑了。

"两位早。"说话间，合欢从前院进来，拎着一个大大的饭盒。

"合欢姑娘这是……"蒋南羽指了指那饭盒。

"哦，给二小姐送早饭呢。"

"阿枫醒了？"蒋南羽一愣。

"昨晚就醒了，不过很伤心，很快就又睡着了，饭也没吃，我怕她饿着……"合欢看了看院子深处的那个房间。

蒋南羽点了点头，合欢过去了。

"阿枫没事就好，那么善良的一个姑娘，真是……"藤六叹气。

"等会儿问问她一些事情。"蒋南羽转过身，想进屋叫醒胡淑芬，忽然听到身后传来合欢的声音。

"二小姐！二小姐！"合欢梆梆捶着房门，叫了几声。

"怎么了，合欢？"藤六问道。

"不知道哩，门从里面反锁了。"合欢一边回答着，一边又叫了几句，"二小姐！二小姐！"

蒋南羽转过身，见藤六已经跑过去了。

藤六使劲推了推门，木门吱嘎响了几声，看来没有打开。

蒋南羽走到二人跟前，用劲摇了摇门，眉头皱起："从里面反锁了，而且很牢靠。"

"里面一点动静都没有，不会有事吧？"合欢担心道。

蒋南羽向藤六使了个眼色，藤六会意，后退了几步，冲过去，强壮的身体"砰"的一声撞开了房门。

"二小姐？"合欢拎着饭盒快步走进去，藤六跟上。

蒋南羽迈进了屋子，转身看了看门后。

断裂的木栓插得严严实实，果真是从里面反锁了。

"啊！"就在此时，里头传来合欢的一声惊叫，紧接着是饭盒掉落地上的声响。

合欢的声音原本就很清脆，这一声叫，回荡在整个院子里，格外有穿透力。

"怎么回事？"蒋南羽转过身，见合欢已经从里头出来，她的那张脸因为巨大的惊吓而面无血色。

"死了……二小姐……死了"

"死了？"蒋南羽骤然一惊，快速冲进里间。

藤六站在里间门口，呆若木鸡。

他的肩膀在抖。

血腥味，扑鼻的血腥味，浓重得令人窒息！

"藤六……"

"蒋长官，头，没了。"藤六转过脸，惊愕道。

蒋南羽推开藤六，眼前的一幕，让他张大了嘴巴。

雪白的墙上、帷幕上、被褥上，鲜血喷得到处都是，如同一朵一朵盛开的硕大牡丹，殷红无比。

床边，地板上，一具尸体倒伏在地，脖颈处空空荡荡，流淌出来的鲜血浸透了地板，汇聚成一摊，引来几只肥硕的苍蝇嗡嗡乱飞。

　　…………

　　"又死人了？！"胡淑芬站在台阶下，昂着脸看着蒋南羽。

　　蒋南羽捏着烟卷的手，微微颤抖。

　　身后的房间里，传来一阵阵痛哭之声，金家的人几乎都在里面。

　　"阿枫死了，头没了。"藤六蹲在地上，沉声道。

　　他的对面，胡淑芬、白皮、林中君，闻听此言，皆露出惊愕之色。

　　"是真的？"胡淑芬盯着蒋南羽。

　　蒋南羽极不情愿地点了点头。

　　"又一个……密室杀人。"蒋南羽的声音很低，但格外清楚。

　　"密室杀人？"胡淑芬哆嗦了一下。

　　藤六抬起头："房门反锁，我撞开的，进去发现人死了。阿枫的房间并不大，除了房门，只有后面一个窗户，那个窗户，早已经封死了。"

　　蒋南羽的声音毫无感情色彩："合欢说阿枫的身体一直不太好，尤其不能够吹凉风，所以那扇窗户早就被封死了，只留有拳头大小的一道空隙保证空气流通，我仔细检查了一下，的确如此，而且窗户没有任何外力破坏的痕迹。"

　　胡淑芬有些反应不过来，举起自己的拳头，比画了一下："拳头大小的空隙……那岂不是说……脑袋没了，对吧？"

　　"嗯，房间里搜了个底朝天，根本没有脑袋。"藤六道。

　　"不可能！"胡淑芬叫了一声，"脑袋不在房间里，那就是被带走了！房间里没有，窗户那么小的空隙是容纳不了人的脑袋穿过的，那岂不是说……岂不是说，凭空蒸发！"

　　凭空蒸发……这四个字，让所有人的心都猛地跳了一下。

　　何其熟悉！

　　"所以说又是一起密室杀人案。"蒋南羽摊了摊手，"和木下三郎的死，极为相似——同样的密室，同样的杀人后凶手离奇消失，同样的脑袋不符合常理地凭空蒸发……"

　　"狗屁的凶手！"胡淑芬战战兢兢，"我早就说了，是妖怪！"

藤六等人的脸色，全都极为难看。

马车里，林长生消失了，被发现时脑袋没了；工房中，木下三郎惨死，脑袋没了；闺房内，阿枫殒命，同样地，脑袋没了！

联想起神祠中那九具无头石俑，想起那位大人六十年现身砍去九个凡人头颅将其灵魂收为奴仆的古老传说……

即便是昨晚还对蒋南羽的推断信心满满的藤六等人，也不得不开始相信胡淑芬的话——或许，真的有妖怪！

因为，常人，是无法完成这种事情的！

太不可思议了。

"我要下山！本大巡长要下山！"胡淑芬叫道。

"巡长，现在不是胡闹的时候。"蒋南羽冷冷地道。

"谁他娘的有心思跟你胡闹！本大巡长都快吓尿了！已经死了三个了，肯定还要死人！你不走，我走！"胡淑芬转身就要走。

"你一个人下山，形单影只的，难道不怕在山道上碰到那位大人？"蒋南羽头疼无比，只好出损招。

"这个……"胡淑芬咽了一下口水，"藤六，陪本大巡长下山！"

藤六苦笑："巡长，我觉得待在这里，比下山要安全得多。"

"他妈的！你们这帮孙子呀！"胡淑芬哀号一声，一屁股坐在了地上。

一根烟抽完，蒋南羽踩灭烟头，转身看了看后院，对藤六道："让他们节哀吧，到了问话的时间了。"

藤六站起来，迈着沉重的步子进屋。

审讯就在庭院中进行。

坐在凳子上，蒋南羽看着摊开的笔记本发愣。

"南羽呀，不是本大巡长给你泼冷水，事实证明你先前的推断就是狗屁。"胡淑芬跷着二郎腿，道，"你说前面两起案子最大的嫌疑人就是金青成，不错，不管是倒霉蛋林长生还是木下三郎，他的确有足够的杀人动机，但阿枫可是他亲女儿，虎毒还不食子呢，他总不会连自己的亲生女儿都杀吧？"

胡淑芬的话，如同一记闷棍，敲得蒋南羽哑口无言。

看来，到了调整思维的时候了。蒋南羽深吸一口气。

首先接受审问的是合欢和阿柳。

两个人的说辞完全一致——昨晚，准确地说，是昨晚午夜时分，昏迷的阿枫醒来，木下三郎的死让阿枫悲痛欲绝，任何的安慰对她来说都无用，连阿柳让合欢准备的吃食，阿枫都没动一口。

阿枫说想一个人静静，打发了阿柳和合欢，两个人一起离开房间，那是她们见到阿枫的最后一面。

"你们离开的时候，房门有没有反锁？"当蒋南羽问出这个问题时，阿柳和合欢几乎同时点头。

"当时阿枫送我们出来，我们刚到台阶下，房门就关上了，能清楚地听到里头上门闩的声音，她不想别人打扰她。"阿柳道。

"之后你们都干了什么？"

"我回去就睡了。"合欢道。

蒋南羽看着阿柳。

"我也是。"阿柳点头，"昨天一天，实在是太累了，所以回到房间我倒头就睡，一直到天亮。"

"你的房间就在阿枫的隔壁，夜里你难道没听到一点儿动静？"蒋南羽问。

"我睡得很死，没听到什么大的声音，也没听到姐姐的叫喊声，不过……"

"不过什么？"

阿柳迟疑了一下："我好像隐隐约约听到一声铃响。"

"铃响？！"胡淑芬等人几乎同时大吃一惊。

"别好像！到底有没有听到？"蒋南羽都急了。

林长生乘坐马车上山时，也伴随着一声铃响……

铃声和那位大人有着密不可分的关系。

阿柳很痛苦："我……我无法确定，不知道那是梦还是真的听到了。"

"你仔细想想！"

"应该，应该是在迷迷糊糊中听到的。"阿柳咬了咬嘴唇。

胡淑芬等人面面相觑。

"妖怪！"胡淑芬哆哆嗦嗦，"我早说了！你们还不信！这就是证据！

那个妖怪来收人了!"

"叫其他人!"蒋南羽狠狠瞪了胡淑芬一眼,赶紧让阿柳和合欢离开。

现在已经人心惶惶了,妖怪这种事情绝对不能再提了,尤其不能在金家人面前提。

比起阿柳和合欢,石二槐倒是很平静,尽管他强忍着内心的震惊。

"昨夜我很晚才睡,我要守门的。"石二槐挠了挠头,"关上大门之后我给牛马喂了草料,又巡视了一下才睡觉。"

"整晚你都没离开前院?"蒋南羽问。

"是的。"

蒋南羽盯着石二槐,没有说话。

"长官,你不会怀疑凶手是我吧?"石二槐生气道。

蒋南羽摊了摊手,表示暂时不排除任何可能。

"我有人证的。"石二槐看了看远处的合欢,没有继续说下去。

大家都明白,昨晚这两个人在一起。

"昨天晚上,有没有其他闲杂的人进过宅子?"蒋南羽问道。

"没有!"石二槐摇头,"这是不可能的事!金家从来不会留外来人过夜,当然了,你们除外。"

接下来,是一串红。

这个女人如今吓得花容失色,一个劲地抽烟。

"我昨晚很早就睡了。"她指了指自己在一楼右侧的那个房间。

"没听到动静或者发现什么?"

一串红摇头:"我喝了酒,喝醉了,睡得很死。"

然后,她几乎用哀求的神色看着蒋南羽:"真的是那种事情吗?"

"哪种事情?"

"妖怪。"一串红艰难地说出这个词。

蒋南羽没有说话:"为什么这么问?"

"这不很明显嘛。"一串红回头看了一眼阿枫的房间,"已经死了三个人,都没了脑袋,接下来不知道是谁呢。长官,能求你一件事情吗?"

"怎么,你要离开?"蒋南羽冷冷道。

一串红看着蒋南羽的脸,叹了口气:"能不能特别照顾一下我女儿。"

"阿桂？"

"是的。我怕死，但这辈子也过得差不多了，阿桂还小，万一真的是……真的是妖怪，我希望……"

"这是我们的事，你不用担心。"

"那就好。"一串红摆弄着手中的打火机，转脸看着远处的群山，"当初，我就不应该来这里。"

"什么意思？"

"在山下，干那种事情，虽然不是什么光彩的事，但总归简简单单，来到这里……"

"来到这里怎么了？"

一串红沉默良久，摇了摇头，道："没什么，或许我真不应该来到这里。"

这个女人，明显已经吓破胆子了。

金青成坐在蒋南羽对面的时候，蒋南羽突然发现这个男人似乎一夜之间衰老了许多。

他形容枯槁，双目充满血丝，脸上泪痕未干，浑身上下散发出浓厚的悲痛和愤怒气息，他已经没心情说出任何话来了。

"昨晚我和老爷一直在楼上，从未离开。我服侍了老爷一整晚。"石公搀扶着金青成，生怕他从凳子上滑下来。

"楼下的事情，你们一无所知？"

石公点头。

"关于木下三郎……"蒋南羽看着金青成，他要问清楚一些疑问。

"我昨天已经全部告诉你了！"金青成突然暴怒，"噌"的一下站起来，"别再跟我提这些事情！"

金青成五官扭曲，额头上的青筋条条爆出："阿枫死了！我的女儿死了！就在这宅子里！你们的任务是尽快抓住凶手！你们抓不住，我自己来！我要把这东西碎尸万段！"

言罢，老头气冲冲地转身回楼。

他身形摇晃，脚步踉跄，双拳紧握。

天底下任何一个父亲，见到女儿那般的惨死状，恐怕都会如此吧。

石公想跟着,被蒋南羽拦了下来。

"在蝼蛄山,他有没有仇人?"蒋南羽看着金青成的背影。

"老爷?"石公皱着眉头,"只有木下三郎吧。不过,他已经死了。"

"其他人呢?"蒋南羽问。

"应该没有吧。实话实说,蝼蛄山的人对老爷印象并不是很好,但也算不上什么仇恨。"

"金宅有多少枪?"

"枪?"石公被蒋南羽这个问题问得一愣,道,"原先挺多的,但后来不能用的都毁掉了,现在还有二十五支。"

"谁保管?"

"我。"石公指了指自己,"所有的枪都在我房间的库房里,一根不少,蒋长官想看的话,我可以现在带你去。"

蒋南羽摆手:"他如果要用枪的话,需要找你吗?"

"不用。"石公摇头,"老爷房间里也有枪,那是他自己防身的,一长一短,两把。"

蒋南羽快速记录,然后道:"林长生上山前,他去木场找过几次木下三郎,你知道吗?"

"知道。老爷找木下三郎,一方面是为了二小姐,另外一方面是因为修铁路的事。但两个人见面就掐,根本谈不下去。"

"修建铁路,他在其中扮演什么角色?"

"老爷这么做,纯粹是吃力不讨好。"

"吃力不讨好?"蒋南羽停下了笔。

石公叹气道:"蝼蛄山很多人都认为老爷这么做,肯定是为了自己的私利,为了垄断木场的经营赚大钱,其实不然。我跟着老爷,他的心思我清楚。老爷这么做,真的是为了蝼蛄山的人。"

"为了蝼蛄山的人?"

"嗯。"石公看着面露怀疑之色的蒋南羽,认真地道,"不管你相信不相信,老爷这些年真的是在还债。"

"还债?"

"还这座大山的债,还这里人的债!"石公脸色涨红,道,"三十年前,老爷来到这里,的确是为了自己的私利,要开金矿,结果呢,害死了木下柏,也把这座山祸害得够呛,他岁数大了,始终觉得亏欠,所以想方设法要做些有益于蟋蛄山人的事,修建铁路就是其中之一。"

石公低着头,道:"这里你们也看到了,穷乡僻壤,一年有半年要挨饥荒,老爷想把铁路修进来,山里人的日子就好过了。为此他去了很多次省城,动用了很多关系,别说赚钱了,自己还搭进去了十几万大洋。"

十几万大洋,可不是小数目。

"好不容易订下了协议,铁路政府来修,木场的利润,政府占八成,蟋蛄山人占两成,就是这两成,对于山里人来说已经很多了。至于老爷,一分钱都没要,完全是吃力不讨好。"石公抬起头,道,"事实就是这样,你们不相信的话,可以去省城问。可惜,后来木下三郎带头闹事,还袭击工地,加上后来政府资金短缺,铁路就耽搁下来了。"

蒋南羽点了点头,示意问完了。

石公如释重负,站起来准备回楼。

"阿枫的尸体,我可以处理吧?"蒋南羽问道。

石公停下来:"处理?"

"我的意思是尸检,必要时,可能要解剖。"

石公迟疑了一下:"只要能抓住凶手,我想,是可以的。"

言罢,老头急匆匆地上楼去了。

"那么漂亮的女儿,没了,可怜。"看着二楼,胡淑芬喃喃道。

"阿桂呢?"蒋南羽问藤六。

藤六指了指远处。

走廊上,阿桂扶着阿松走过来。

穿着一身素衣的阿桂,满脸忧伤,疯疯癫癫的阿松显然不知道家里发生了什么,手里拿着一朵花,嘻嘻哈哈。

两个人朝这边走来,经过阿枫房间门口的时候,不知什么原因,阿松停了下来。

阿桂扯着阿松,似乎在催促阿松赶紧走。

"杀人了!杀人了!我看见杀人了!"阿松突然尖叫一声,随即倒在地上。

这情景,让众人目瞪口呆。

蒋南羽内心猛然一震,快步走了过去。

阿松,难道看到凶手了?!

"这是……"众人快步来到门前,看着地上的阿松面面相觑。

此时的阿松,情形极为骇人,口吐白沫,惊叫着,面露极端的恐怖之色,仿佛被鬼怪吓到一般。

"姐姐,姐姐休慌。"尽管阿桂小声安慰,依然无济于事。

"犯病了吧。"胡淑芬道。

"姐姐从来不会这样的。"阿桂将阿松搂着,掏出手帕擦拭阿松的口水,低声道。

"杀人了!我看见杀人了!"阿松将头深深埋在阿桂怀里,全身颤抖。

"昨晚,你看到阿枫了?"蒋南羽蹲下来,声音尽量保持柔和。

"杀人了……我看见了……我看见了……"阿松惊叫道。

"她昨晚……"蒋南羽抬头看着阿桂。

阿松平时都由阿桂照顾,她的情况阿桂最清楚。

"昨晚我和她在一起,我们很早就睡了。"阿桂道。

"她一直都在房间里?"

"不是。"阿桂想了想,摇摇头,"中途我醒来一次,身边的床铺空了,我以为她出去方便,就继续睡了。"

"然后呢?"

"没什么,早晨醒来时,她在旁边。"

"看来昨晚,她的确看到了什么……"蒋南羽轻轻地将阿松扶起来,看着她的眼睛。

那是一双孩童般无辜的眼睛,已经被恐惧填满。

"阿松乖,阿松昨晚出去玩儿了?"蒋南羽像哄孩子一般。

"玩儿……有老鼠,我追老鼠……"听到玩儿,阿松的脸上出现了笑容,"好大的老鼠……追……"

然后,她转脸看着阿枫的房门,脸色瞬间变得煞白:"我看见!我看见了!"

话还没说完,她就扑通一声摔在地上,身体扭曲着,颤抖着,发出尖叫声："妖怪！不要杀我！妖怪！"

"你看到了什么？"蒋南羽大急。

"妖怪！我看见杀人了！妖怪！妖怪！"阿松抽搐着，双眼上翻，快要昏厥。

"长官，别问了！她只是个傻子！"阿桂见阿松如此，推开蒋南羽，哭起来。

看样子，的确是问不出什么。

蒋南羽长叹一声，对白皮点了点头，白皮和阿桂带阿松回去了。

"如何是好？"看着阿松的背影，藤六为难道。

"蹊跷呀。"蒋南羽从来没有觉得如此头疼过。

三起连环密室杀人案，一次比一次蹊跷。

"有什么蹊跷的，阿松都说了，是妖怪！"胡淑芬白了蒋南羽一眼，"本大巡长马上下山！你走不走？"

"要走你走！"蒋南羽冷哼了一声，转身离去。

"不走等死呀！妖怪就要来了！"胡淑芬大吼着，"你干吗去？"

"尸检！"蒋南羽的声音带着愤怒。

工房的房间里，三具尸体盖着白布，一字排开放在床板上。

房间里弥漫着恶臭。

蒋南羽蒙着口鼻，打开工具箱，将锃亮的刀具摆放好。

藤六站在旁边，脸色煞白。

"真的，要解剖吗？"藤六低声道。

蒋南羽戴上手套，点了点头："从脖颈上的伤口可推断出是锋利的刀具所为，干净利索，凶手力气很大，除此之外，阿枫全身上下没有任何的伤口……"

蒋南羽看着面前的这具无头尸，声音带着无奈："阿柳就睡在阿枫的隔壁，凶手作案时她竟然没有听到任何声响，这很蹊跷。藤六，哪怕就是杀条狗，也会挣扎的吧，何况阿枫还是个活人。"

"蒋长官是怀疑……"藤六似乎明白了蒋南羽的意思。

"是的，我怀疑是不是有人对阿枫动了手脚，比如下了迷药或者类似的东西，让她昏倒，任其摆布。房间里你也看到了，没有挣扎打斗的

迹象。"

"蒋长官所言甚是。"藤六虽然对解剖这种事有些反对，但认为蒋南羽的说法很有道理。

深吸一口气，蒋南羽手中锋利的手术刀在阿枫的腹部划了下去。

血腥味弥漫，眼前的景象让藤六皱起了眉头，忍不住转过身吐了起来。

这种事情蒋南羽习以为常，他小心翼翼地推动手术刀，仔细检查阿枫的内脏，麻利地将内脏样本放入盛满各种各样颜色药剂的玻璃试管之中。

忙活了一炷香的功夫，藤六有些急了，问道："怎么样？"

"奇怪呀……"蒋南羽的声音充满了困惑。

"如何？"

"血液、肝脏、胃部……都很正常。"

"也就是说，阿枫并不存在被下迷药的可能？"

"嗯。准确地说，她死之前，是很清醒的。"

"那真奇怪了。"藤六觉得头疼。

蒋南羽活动了一下僵硬的身体，再次弯下腰。

看来，他还有点儿不死心。

藤六看着蒋南羽双手伸进尸体的腹部，翻看着，仔细检查着，然后，这位英俊的长官动作骤停。

"不会吧！"蒋南羽双目圆睁，惊愕道。

"怎么了？"藤六忙道。

蒋南羽并没有马上回答藤六，而是将脸凑过去，脸几乎都要塞进被打开的腹腔内了，好一会儿才直起腰。

藤六看着满头大汗的他，不知道怎么回事。

"没事。我们回吧。"蒋南羽看起来十分疲惫，摘掉手套，将工具收拾好，关上工具箱。

"蒋长官刚才……"

"没什么。"蒋南羽喃喃了一句，转身出门。

回到金宅后院，还没进屋，蒋南羽就听见里头传来胡淑芬的大嚷声——

"妈的！这不公平！凭什么？！本大巡长必须下山！"

"怎么回事呀？"蒋南羽抬脚进屋，发现房间里多了一个人。

一个穿着黑色警服的中年人，跷着二郎腿坐在高椅上，对面胡淑芬气得上蹦下跳。

"队长好！"见到那中年人，蒋南羽立刻立正敬礼。

"队长个屁！妈的，王老三，你娘的这是公报私仇！"胡淑芬一点儿都不买这位王队长的账。

"随你怎么说，老子懒得跟你扯淡。"王队长叼着烟，嘿嘿地笑。

"队长，这怎么回事？"蒋南羽纳闷，"你怎么来了？"

"你以为我愿意呀？"王队长站起身来，道，"这桩破案子，现在闹得沸沸扬扬，大江南北都成新闻了。"

"不会吧。"蒋南羽张大嘴巴。

"很奇怪吗？一个大活人在马车里面消失了，蹊跷的凶杀，还有什么妖怪的传闻，各大报纸的记者蜂拥而至，不但厅长他老人家现在焦头烂额，连咱们的督军大人都下令必须彻查个明白以还社会安定！"王队长唉声叹气，"这不，专门让我来一趟，告诉你们这桩案子必须侦破，必须将凶手捉拿归案，查个水落石出！"

"妖怪干的，捉拿个屁！老子没那本事！我要下山！"胡淑芬大声道。

"老胡，这是厅长还有督军大人的命令，这案子没结果，不但你俩倒霉，老子这个队长也要一撸到底，明白吗？"王队长脸色一沉，怒道："这是命令！"

"属下遵命！"蒋南羽立正回禀。

"嗯。"王队长对蒋南羽的态度很满意，又笑了笑，对胡淑芬道："老胡，本来呢，你是我的上级，我对你也一直很尊敬，可这一次不同，你不为兄弟我着想，也得为你自己着想吧？"

"着想个屁！你他娘的根本就不知道这里的凶险，这哪里是一座山呀，分明就是妖怪窝！吃人的妖怪！"胡淑芬咆哮道。

"厅长说了，只要你们破了案，官升一级。"

"滚你娘的官升一级……等等，你说什么？官升一级？真的假的？"

"老子有闲心骗你吗？"

"南羽呀,本大巡长向来义薄云天,为了社会的安定和老百姓的安稳,那也是两肋插刀,绝对不会抛下你自己跑路,王队长,回去向厅长他老人家说一声,有大名鼎鼎、风流倜傥、智勇双全、玉树临风、视金钱如粪土的本大巡长在,保证将凶手捉拿归案,就是个妖怪,老子也揍他个屁尿齐出,满地找牙!"胡大巡长挺胸抬头,态度来了个一百八十度的大转弯。

一帮人哑然失笑。

王队长也笑,一边笑一边道:"胡巡长如此,我就放心了。对了,谁是林中君?"

站在门边的林中君听到这话,赶紧上前一步:"队长,我就是。"

"我马上就要下山了,你跟着我一块儿走。"

蒋南羽一愣:"队长,案子还没完,林先生……"

"我当然知道案子没完。"王队长站起身,背着手,"但上命不可违呀。"

"上命?"

"嗯。是这样的,督军大人马上就要过寿了,厅长想给督军送份大礼,督军大人的喜好你们也清楚,不喜欢金银财宝,就喜欢古董文玩。厅长为此费了不少力气,想找个懂行的人参谋参谋,看了卷宗,得知林先生在古玩界是号响当当的人物,所以……"

说到这里,蒋南羽明白了,沉声道:"这种事情,难道比案子还重要吗?案子正在调查,林先生这么重要的人……"

"我当然知道,但有什么办法?"王队长摊摊手。

"人命关天呀!"蒋南羽极为生气,"为了长官的私事,就要不顾百姓的死活吗?!"

"放肆!"王队长脸色一沉,"蒋南羽,这是厅长的命令!"

胡淑芬扯了扯蒋南羽,道:"算了算了,胳膊拧不过大腿,谁让人家是厅长咱们是瘪三呢!他娘的,他们当官的没一个好东西!"

"行了,赶紧让他们安排饭菜,我吃完了就带林先生下山。"王队长不耐烦道。

接下来,金家不免一通忙活,布置了一桌好酒好菜,款待王队长,胡淑芬自然是陪着在里头大快朵颐,蒋南羽却气得够呛,也没进去,站在门口抽烟。

"这帮老爷呀……"看着屋里喝得醉醺醺的王队长，身边的藤六直摇头。

蒋南羽正想和藤六说话，忽然见一串红和石二槐迎面走来。

一串红依然穿得花枝招展，跟在她后面的石二槐挎着个篮子，里头放着香烛、纸钱之类的东西。

"你们这是……"蒋南羽迎上去问道。

一串红一脸的哀怨："蒋长官看不出我们这是要干什么吗？"

蒋南羽疑惑地摇摇头。

"祸事连连呀……"一串红唉声叹气，"这才几天，三条人命，我和二槐下山去拜那位大人，上个香，送点儿钱，求他老人家保佑金家，可别再来了。"

原来是去烧香祈福。

"既然是拜那位大人，为什么不去神祠，而去山下？"蒋南羽问道。

藤六接过话："神祠那是山隐之人才去的，山下镇子里的神庙才能上香。"

蒋南羽恍然大悟。

"还愣着干什么，走呀，天色不早了。"一串红白了石二槐一眼，又对蒋南羽施了一礼，出去了。

对着二人的背影，蒋南羽苦笑连连。

看来，如今几乎所有人都认为几起凶案与那位大人有关了。

"狐狸精！骚货！"蒋南羽正要回屋，忽然听到身后传来一声低骂。

转过身来，发现是合欢。

她捧着一个盛放着碗碟的漆红木盘，显然是从酒席上下来。

蒋南羽看了看合欢，又看了看远去的一串红，立刻明白合欢骂的是谁了。

"没良心的东西，人家让你去，你就去了！狐狸精，勾引人的骚货！"合欢低声骂着，快步离开。

"这合欢，平时看起来挺和气的，想不到脾气还挺大。"蒋南羽眯着眼睛道。

"当然了。"藤六嘿嘿一笑，看了看左右，见没人，压低声音道，"她和石二槐两个的事儿，蒋长官已经知道了吧？"

"嗯。"蒋南羽点头，"男欢女爱，正常，不过，我还真不知道一串红和石二槐……"

藤六忍俊不禁，道："也难怪。一串红那女人，终究是个窑姐，江山易改本性难移。金青成一把年纪，她可还年轻呢。这大宅子里，除了金青成和石公，就石二槐一个年轻力壮的男人，一来二去……"

"这金家呀……"蒋南羽长叹一声。

还真挺复杂。

二人又在门口说了好一会儿话，那边王队长总算是酒足饭饱，脚步摇晃地走了出来。

"南羽，老王这就要下山，你和藤六送一下。"胡淑芬大声道。

"巡长，你为什么不去？"蒋南羽手头一堆事，很不情愿。

"山里那么危险，妖怪要是来找老子，怎么办？"胡淑芬睁大眼睛，"再说了，这金家也离不开本大巡长的保护呀！"

见王队长那醉醺醺的样子，蒋南羽也觉得安全要紧，只好点了点头。

收拾了一番，蒋南羽和藤六两个，搀扶着王队长，带上林中君，离开金宅，缓步下山。

一通赶路，等到了蟋蚱镇，已经是下午了。

藤六忙活着，在镇里找了一辆大车，又叫上几个办事稳妥的人，将王队长和林中君送走。

忙完了事，蒋南羽和藤六累得要死，去了山桃的旅馆，歇脚喝口茶。

旅店还是空空荡荡的，没什么人，老板娘山桃不在，只有鬓三爷爷在院子里费力地劈木柴，见到蒋南羽，老头笑了笑，打了招呼，埋头干活。

想到再过几天，就是这老头的山隐之日，蒋南羽心里没来由地一阵难过。

二人满身臭汗，藤六拉着蒋南羽去泡了温泉，洗了澡穿上衣服，顿时神清气爽。

坐在木质走廊上，吹着凉爽的山风，对面的那棵大树枝叶摇晃，倒是舒坦无比。

"鬃三叔,歇会吧。"藤六对不远处的鬃三爷爷喊了一嗓子,"来喝口茶。"

鬃三爷爷憨厚地笑笑,劈完最后一根柴火,走了过来,贴着藤六坐了。

"寿衣都准备好了?"藤六给鬃三爷爷倒了杯茶。

鬃三爷爷喝了,笑呵呵地点了点头:"早准备好了,野叉给我做的,嘿嘿,这辈子,还从来没有穿过这么好的衣服,绸子的呢。"

面对死亡,这老头没有任何恐惧之心。

"不对吧,藤六,山隐不是需要祭司吗?"蒋南羽突然想到一件事。

"嗯。"

"蟋蛄山木下三郎是唯一的祭司,他死了,这山隐……"

呵呵呵呵。一旁的鬃三爷爷笑了。

老头抹了抹满脸的汗:"这山隐呀,说白了,就是我们山里人和那位大人的约定。到了岁数,就得上山,不然就是浪费口粮。即便是三郎死了,也得上山呀。"

"但没有木下三郎,那仪式不是做不了吗?"蒋南羽问道。

"祭司做仪式,那是召唤那位大人前来。可今年不一样,今年是那位大人六十年一回的神现,他已经在这蟋蛄山中,我想,不需要仪式,他应该也能收我吧。"鬃三爷爷一边说,一边起身,从柴火堆里找了段木板,拿着柴刀细心地削着。

上好的杉木,坚硬,有着细致的纹路。鬃三爷爷吃力地挥舞着柴刀,木花簌簌落下,他在用心做一件东西,但蒋南羽不晓得他到底要干什么。

也许是感受到了蒋南羽的疑惑,鬃三爷爷举了举木板:"给孙子做个玩具。"

哦,原来是给山桃和野叉的那个儿子游光做的。

"那小子顽皮得很,呵呵,每年都要给他做几个,这应该是我给他做的最后一个了。"鬃三爷爷浑浊的双目中,隐隐闪着泪光。

老头低着头,那双枯瘦、满是皲裂的手倒是灵巧,不大一会儿,这玩具的形制就看出来了。

这东西,如同弯刀一般的月牙形状,中间稍窄,两头稍宽,通体扁平,看起来十分简单。鬃三爷爷说这是自己上山前给孙子做的最后一个玩具，蒋南羽还以为是木马、木人之类的东西，想不到竟然如此不起眼儿。

鬓三爷爷很快就做好了，从口袋里掏出块兽皮，细心打磨着。

"我看看。"藤六很兴奋，从鬓三爷爷手里接过那东西，掂了掂，比画了一下，赞叹道，"鬓三叔，整个蝼蛄山，做这个没人比你更好的了。"

"这是什么玩具？"蒋南羽第一次见到这玩意儿，见藤六如此，很是好奇。

"自来也。"藤六回答。

"自来也？"

"这东西是这里的孩子最常见的玩具了。哈哈，小时候，如果能有个顺手的自来也，那真是一件稀罕事。"藤六笑道。

"这么个简单东西……"蒋南羽哑然失笑。

"简单？"藤六直摇头，"蒋长官觉得简单？"

"难道不是吗？"

"呵呵，那是因为你不清楚这里头的门道。"藤六赞叹地看看手中的那玩具，"这种东西，可不简单哩！之所以叫自来也，是因为把它用力抛出去，它会高速旋转，然后自动飞回来。用它打鸟或者打树上高处够不着的野果，方便得很。我曾经用它打过十几米高的树上的一只鸟，手到擒来。"

"真的假的？"蒋南羽一愣。

"骗你做什么？"藤六笑道，"别看就是这么简简单单的东西，很有讲究，对平衡性要求很高，重一点儿，轻一点儿，或者哪个地方窄了一点儿，宽了一点儿，抛出去都不会自动飞回来，这门手艺难得很，整个蝼蛄山水平最高的就是鬓三叔。"

"就是个玩物。"鬓三爷爷不好意思地笑起来，接过那自来也，继续用毛皮抛光。

坐在阳光下的老人，鬓发苍白，细心地为孙子准备最后一件玩具，力求完美。那神态，那笑容，那涌动出来的浓浓的慈爱，再一次让蒋南羽觉得心酸不已。

穷困之下，为了节省口粮，过了七十岁的老人，自愿上山送死，这种风俗虽然传承已久，在蝼蛄山人看来是常事，可无数年来，里头夹杂着多少不为人知的辛酸和悲伤啊？

想到省城的那些权贵、富人们，一顿饭动辄一掷千金，蒋南羽觉得，这世界真是混账呀！

朱门酒肉臭，路有冻死骨。此言不虚。

而这，就是人生吗？无奈的、挣扎的、卑微的人生吗？

"鬈三叔，有件事，我想请教你。"蒋南羽温和地道。

"长官客气了，你请讲。"

"关于铃铛……就是那位大人的铃铛，有什么说法没有？"

"说法？蒋长官的意思是……"

"哦，是这样，林长生出事的时候，听到了铃声，昨晚阿枫死的时候，也有人听到了铃声，所以我想……"

"阿枫死了？！"鬈三爷爷一惊。

"加上木下三郎，已经三条命了。"藤六补充道。

鬈三爷爷脸色苍白，喃喃道："看来……那位大人真的开始收人了。"

见鬈三爷爷如此，蒋南羽赶紧转移话题："我记得上次听藤六说，你们山里人管那叫幽怨之铃，这里头有什么说法吗？"

"是呀，的确是幽怨之铃呀。"鬈三爷爷叹了口气，放下手中的玩具，抬头看着院中的大树，"这铃铛，是那位大人最重要的法器，也是山隐时，我们这些人灵魂的牵引。"

"牵引？"

"嗯。铃声响起，我们的灵魂就跟着铃声去黄泉。黄泉路上苦呀，到处都是涌动的烈火、寒冰、黑暗、妖魔鬼怪，一旦迷路就坠入十八层地狱，只有跟着这铃声，才能顺利转世投胎。"

"那为什么叫幽怨之铃呢？"

鬈三爷爷笑了："虽然山隐是祖宗留下来的不可动摇的规矩，是我们能活到七十岁的山里人的最后归宿，但总归……总归很多人到那一刻心里会十分地不甘心吧。"

不甘心？应该是吧。原本还能够好好地活下去，颐养天年，含饴弄孙，却为了节省口粮不得不上山迎来生命的终结，谁能够甘心呢？

"不单是不甘心，肯定还会心生无限的怨气吧，对这世道的怨气。"鬈三爷爷的声音，很无力，带着无奈，也带着一丝愤怒，"只要能活下去，

谁想死呢？我们劳累了一辈子，狗一样，老了，没用了，就要被背上山，在孤独和饥饿中迎来那位大人，迎来那铃声，走向黄泉，怎能不心生怨气？但没办法呀，没用地活着，只会浪费口粮，我们多吃一口，家人就少了一口，遇上灾年，饿死人是常事，所以，为了儿孙，我们心甘情愿。"

说到这里，鬓三爷爷转过脸，微笑地看着蒋南羽："所以蒋长官，叫它幽怨之铃，你明白吗？"

蒋南羽觉得自己的喉头仿佛被一只手用力地捏着，一句话都说不出来。

"无数年，无数人，就在这样的铃声中死掉，积累着，那是多大的怨气呀。"鬓三爷爷喃喃自语，"有时候我想，那位大人，或许就是这无数带着怨气的灵魂凝聚而成的神灵吧。所以，那铃声就是那位大人自己呀。幽怨之铃响起，他就现身而来。"

鬓三爷爷越说越忧伤，忽然神色又变得极为欢快起来，站起身，道："哎呀，游光呀，你小子怎么一身泥巴！是不是又去打架了？！"

言语中，充满了对孙子的溺爱。

蒋南羽抬起头，看见山桃拧着游光的耳朵进来，带着怒气。

"这熊孩子没法管了！"山桃骂道。

游光哇哇哭起来。

"哎呀呀，他还小。再说，男孩子哪有不打架的。游光莫哭，莫哭，看看我给你做了什么？"鬓三爷爷心疼地把游光拉到自己身边，拿出做好的玩具。

"自来也！"游光破涕为笑，接过玩具，欢呼雀跃。

"走走走，我带你去玩儿。"

"好好好，玩儿坏了，下个月你再给我做一个。"

"下个月？呵呵，游光呀，这一个可要好生保管了，别丢了，也别弄坏了。"

"为什么？丢了坏了再做就是了！"游光大声道。

"因为……"鬓三爷爷叹了一口气，摸了摸游光的脑袋，"游光呀，这是我给你做的最后一个了。"

"最后一个？怎么，你要走吗？"

"走？"

"嗯，野叉说，你过几天要离开镇子去一个很远的地方。"

"哦……"鬃三爷爷点点头，"是哩，我要走了，去个很远的地方。"

"那我等你回来再做就是了。"

"那地方太远，我去了，就回不来了。"

"回不来了？永远都回不来了吗？"

"是哩。永远都回不来了。游光看不到我，我也看不到游光了。"

"那不行！看不到你我会想你的！"

"我也会想你呀。但这是没办法的事。"鬃三爷爷蹲下身来，双目闪着泪光，"怎么办呢？呵呵，所以你要保管好这个自来也，它是我送给你的最后一件礼物，看到了它，你就看到我了，明白了吗？"

"我不要这个！我要你！我要你陪我玩儿，给我讲故事，哄我睡觉！我不要你离开！"

"哈哈哈，游光孝顺哩。"鬃三爷爷大笑，可笑着笑着就潸然泪下，"好啦，不说这个了，我带你去玩儿，咱们打鸟去怎么样？"

"好呀，好呀！我用自来也打鸟的本事厉害着呢！"

…………

祖孙二人，就这么出去了。

年幼的游光，现在根本不知道身边的那个老人的话中之意，根本不知道，他就是自己的爷爷。只因为野叉无钱，他就不能明媒正娶山桃，也正因为如此，即将山隐的鬃三爷爷，也无法听到自己的亲孙子喊自己一声"爷爷"！

这是什么混账世界呀！

蒋南羽的心，忽然觉得好堵，好堵。

山桃走过来，一屁股坐在蒋南羽旁边，倒了一杯茶，一口气喝下去，然后捅了捅蒋南羽，道："蒋长官，我听说阿枫也死了？"

蒋南羽没吭声。

"难道……真的呀？"

"真的。"

"阿枫……太可怜了。"山桃叹了一口气，"太可怜了。"

"你怎么知道的？"蒋南羽问道。

"我刚才看到一串红和石二槐从神庙里出来，石二槐跟我说的。唉，怎么会出这种事情呢？即便是那位大人收人，也不应该收阿枫呀，阿枫多好的一个人……"山桃跺着脚，"多好的一个人！那位大人真是的，要收人，收一串红也行呀！"

听了这话，蒋南羽冷笑："这话就混账了吧山桃，阿枫的命是命，难道一串红的命就不是命了吗？"

"我不是那个意思。"山桃摇摇头，"虽然都是命，但相比之下，那位大人应该收一条……收一条不正经的性命，应该更好吧？"

"不正经？你是说一串红？"蒋南羽明白了。

"除了她还能有谁呀？"山桃撅起嘴，"整个蝼蛄山里，只要她出现，哪家女人不得把自己家男人看死呀！"

"有这么夸张吗？"蒋南羽笑道。

"她那身子……骚着呢！用你们山外的话来说，怎么讲……对，风流成性！刚才和石二槐一副眉来眼去的样子，一看就知道没干什么好事！"

看来女人和女人之间总是不和谐的。

说话间，一只瓢虫晃晃悠悠飞过来。

振动翅膀飞舞的小东西，有着鲜艳的颜色，嗡嗡舞动着，落在山桃的手心上。

山桃笑了笑，看着瓢虫，道："其实呀，女人多像这瓢虫。"

蒋南羽歪着头看着山桃。

"鲜艳呀，漂亮呀，四处乱飞呀，呵呵，等寒风一来，就死翘翘了。美貌也罢，风韵也罢，在岁数面前都变成了空皮囊，人生呀，就这么浑浑噩噩，一转眼就老了，就要上山了。"

山桃表情变得多了一丝忧愁，忽又咯咯一笑："哎呀呀，说这些干吗，你们还要酒吗？"

"喝得够多的了。"蒋南羽摇头。

"要在山下休息吗，我去准备房间，天色也晚了。"

"不，我们得赶回去。"蒋南羽笑道。

这时候，在暮色四合之下，蒋南羽看到阴影之下走过来一个人。

是野叉。

扛着一根手臂粗细的长长木材，拎着柴刀。

"蒋长官。"野叉打了招呼，将那木柴放在地上，坐下。

"这是？"蒋南羽看着木柴。

"哦，过几天就是我爹的山隐之日，我给他做个背椅，那样上山舒服些。"

野叉语气平淡，但从脸上能够看到一丝淡淡的忧郁。

这两天，他不去木场，应该是在山下陪着鬃三爷爷。

"听说阿枫也死了。"野叉抽出烟管，点上。

好事不出门，坏事传千里。此言不虚。

"野叉，那辆马车是谁放火烧的，你知道吗？"蒋南羽看似随意地问道。

"马车呀……"野叉使劲吸了一口，嘴里喷出烟雾，"这个我还真不清楚，当时放在沟里，第二天就成了一堆灰，蒋长官问这个干吗？"

"因为这里头恐怕有蹊跷，早不烧晚不烧，嘿嘿，看来有人要掩盖什么。"藤六沉声道。

蒋南羽打断藤六的话，转脸对野叉道："也没什么，就是问问。"

"听说你去了木场？"野叉道。

"哦？"

"我听蓬头说的，他刚下了山。"野叉挠了挠头，"木场应该不会有嫌疑人吧，那些人我很清楚，都是老实人。"

蒋南羽没说话，笑了笑，对藤六道："时候不早了，我们回吧。"

藤六站起来，两个人往外走。

"需要我帮忙的，蒋长官尽管开口，不过这几日恐怕不行了。"野叉在身后喊。

蒋南羽回过身，看见野叉拎着柴刀砍着树干，开始做他的背椅。

蒋南羽和藤六走出旅馆的时候，日坠西山，很快连最后一缕光线也被吞没了。

藤六点亮灯笼，两个人慢慢走上山路。

夜色一团黑，又开始下雨，淅淅沥沥，路上没有人迹，冷冷清清，猫头鹰蹲在树杈上，婴孩啼哭一般叫着，令人毛骨悚然。

月亮却并没有隐去，在云层后露出半张脸。歇息的时候，对着那样的月亮，蒋南羽闭上眼，倾听林莽的吞吐之声，忽然觉得这地方，也有它的好。

空气中有花香，桂花吧，在蝉声中跌宕着传来。

一路无话，等金宅遥遥在望的时候，已经是深夜了。

"噫，这么晚了怎么宅子里灯火通明的呀。"藤六道。

不光有灯光，似乎还有人声，很大的人声。

"难道发生了什么事？"蒋南羽心底一沉，不由自主地加快了脚步。

两个人一溜烟儿来到门前，就听见里头人声鼎沸，进了前院，听见胡淑芬的声音："完了！他妈的完了！这妖怪看来真的是要赶尽杀绝呀！"

随之而来的，便是哭声——女人的哭声，尖锐无比。

蒋南羽和藤六面面相觑，飞快来到后院，发现院子里站着一堆人。

胡淑芬面色惨白地站在中间，可能是因为惊吓，五官扭曲；白皮耷拉着脑袋；阿桂、阿柳大声抽泣着；一串红在旁边小声安慰女儿；石二槐、合欢二人站在角落里，一声不吭；金青成铁青着脸，牙关紧咬，石公站在后面，面色深沉如水。

"怎么了？"蒋南羽道。

众人纷纷抬起头，看着他和藤六。

"你他娘的可算是回来了！"胡淑芬一把扯过蒋南羽，颤抖着，"死人了！他娘的，又死人了！"

第九章　索命歌

死者是阿松。

当胡淑芬告诉蒋南羽又有人死的时候,蒋南羽根本没想到是金宅那个大小姐。

她是个傻子呀,疯疯癫癫的,为何会……

"事情是这样的……"胡淑芬坐在院中的石凳上,点了一根烟。

他还未从惊吓中彻底恢复过来,双手颤抖,划了几根火柴才把烟点着。

"你和藤六没回来,我、白皮和二槐在前院里掷骰子,然后就听到了一声尖叫。"

"谁的尖叫?"蒋南羽问。

"阿松的。"白皮指了指不远处阿松的房间。

"叫什么?"

"'妖怪来了!'当时就这么叫的。"胡淑芬抬起头,目光中带着绝望。

"然后呢?"

"我和白皮扔掉骰子,赶紧出来,跑到后院,远远看到一串红在撞门,她撞开了,冲进去,然后也尖叫了一声,等我们赶到跟前,进了房间,就发现阿松躺在地上,到处是血,脑袋,没了。"胡淑芬低着头,用一种低不可闻的声音道。

蒋南羽看着一串红。

一串红搂着女儿阿桂,一边拍着她的肩膀,一边道:"我本来想给阿桂送符咒的……"

"符咒,什么符咒?"

"就是在山下神庙里烧完香之后,从那位大人的神像下求得的符咒,佑护的符咒。"

蒋南羽点点头，示意一串红继续。

"阿桂和阿松关系好，这几天一直都在阿松那里，所以我直接去了阿松的房间，哪知道还没到门口就听到阿松尖叫了一声，我吓坏了，赶紧到门前，发现门是反锁的……"

又是房门反锁。

"反锁着？"蒋南羽眉头皱了起来，"你确定是从里面反锁着的吗？"

"当然是。我推了好几下都没推开，就只能撞开了。"一串红道，"哪知道一进屋，就看见阿松躺在地上，死了，脑袋没了。"

"你是第一个进房间的人，从你听到尖叫声，到你进了屋子发现阿松身死，中间有没有听到什么，看到什么？"

一串红认真想了想，道："没有。就那么一声尖叫。然后，胡巡长和白皮也进来了。"

蒋南羽站起身，一言不发，转身朝阿松的房间里走去。

见他这样子，众人也都站起身。

阿松的房间，依然是那个样子，外间堆满了奇奇怪怪的木偶娃娃。不知怎么的，昏暗中，蒋南羽觉得那些娃娃突然间变得恐怖无比。

里面的地板上，阿松瘦小的身体仰面朝天倒下，鲜血汩汩流淌，脑袋不翼而飞。

蒋南羽并没有立刻检查阿松的尸体，而是绕开尸体走到后墙。

阿松的房间，后面有个窗户，唯一的窗户。

来到窗户旁边，蒋南羽仔细观察了一遍后，脸色越发凝重起来。

"窗户，一直是这样的吗？"他转过身，问道。

"没动，这里什么东西都没动。"胡淑芬大声道，"要保留现场，这点儿常识我还是有的。"

"也就是说，你们进来时，这唯一的窗户就是从里面反锁的？"

"是的！"胡淑芬声音颤抖地道，"反锁！"

蒋南羽倒吸了一口凉气。

站在对面的藤六，显然明白了事情的严重性："房门是反锁的，唯一的窗户也是从里面反锁的，阿松却死了，脑袋也消失了，这岂不是……"

"又一个密室杀人,凭空蒸发!"胡淑芬恐惧地道,"妖怪!妖怪又来了!"

这句话,让房间里一片死寂。

蒋南羽没说话,他再次检查了一下窗户,然后回头打量着周围,最终在阿松的尸体旁边蹲了下来。

阿松虽然刚刚死去,但双手紧紧攥着,连身体都很僵硬,显然生前受到了巨大的惊吓。

"麻烦大家都出去吧,我做个检查。"蒋南羽抬起头。

众人默默退了出去,房间里只剩下蒋南羽一人。

蒋南羽仔细查看了一下阿松的脖颈,然后小心翼翼地揭去阿松的衣服,举着蜡烛上上下下忙活一番,坐在地上,摸出了一根烟。

他看起来很失望。

举着蜡烛,把烟点着,蒋南羽忽然觉得有什么东西闪了一下。

那是琉璃的碎片。

阿松一直怀抱着的那个琉璃做的娃娃,摔得粉碎,散了一地。

蒋南羽苦笑了一番,捡起巴掌大的一枚,放在灯光下。

这一片,应该是那个娃娃的眼睛吧,琉璃的质地晶莹剔透,细腻滑润。

临死前,阿松都抱着她,看起来这个琉璃娃娃是她最珍贵的东西。

"噫!"蒋南羽忽然低声惊叫了一下,好像发现了什么,将琉璃贴近烛火,发现那琉璃竟然呈现出一种奇异的颜色。

天青色!

绚烂无比的珍贵的天青色!

"怪不得阿松这么喜欢,原来是个极品呀。"蒋南羽苦笑着。

一根烟抽完,蒋南羽将那块琉璃碎片放进兜里,推门出来。

门前站满了人,昂着头看着他,一个个目光复杂。

接下来是简短的讯问。

案发之时,阿桂、阿柳和合欢在阿柳的房间里做女红,石二槐与胡淑芬、白皮掷骰子,石公在楼上房间里照顾金青成,都有不在场的说辞,一串红的所作所为,胡淑芬是看到的,所以,看起来都无懈可击。

"很晚了，我知道大家都很难过。去休息吧。"完成了记录，蒋南羽合上了笔记本。

"蒋长官！我们金家两条人命了！难道，还没有一点儿线索吗？"阿桂突然大叫道。

她很悲愤，毕竟阿松和阿枫是她的姐姐。

在众人的目光之下，蒋南羽面无表情地道："阿松的尸体，我仔细检查过了，几乎和阿枫一模一样——头部被利器斩断，一刀毙命，除此之外，全身上下没有任何伤痕。房间里找不到凶器，也找不到任何有价值的线索。凶手……"

"这不是秃子头上的虱子——明摆着的嘛！还凶手……妖怪！他娘的！"胡淑芬大声骂道。

呼啦啦，一阵大风骤然刮过，院子里的那棵大树摇摆着，吓得胡淑芬赶紧闭嘴。

蒋南羽白了胡淑芬一眼，对金家人道："我保证，绝对不放过凶手！"

"光保证有什么用，你们来了这么长时间，不但什么忙都没帮到，反而是不断出人命！你们……"阿桂抹着眼泪。

"够了！"金青成突然怒喝一声，阿桂赶紧闭上了嘴。

从始至终，金青成都没有说过话，他的一张脸，如同天空一般乌云涌动。

看得出来，这老头十分愤怒。

"蒋长官要做什么，就做吧。"金青成站起身，咳嗽着，对石公道："把枪取出来。"

"老爷……"

"全部取出来！"金青成的声音颤抖着。

他昂头看着天，很长时间都没有说话。

过了好一会儿，金青成的声音才缓缓响起。

那是让人听了之后冰冷无比的声音——"拼了，我这次拼了！"

胡淑芬和藤六面面相觑，不知道金青成这话到底什么意思。

"该来的总会来，躲也躲不掉。所以，拼了吧！"金青成说完这话，毅然转身，走向他的那栋小楼。

随后，金家的人也纷纷散去。

蒋南羽的双目，微微眯了起来。他的目光在金家人身上游走，最后停在一串红身上，上上下下打量了一下。

············

房间里，巨大的座钟发出啪嗒啪嗒的声响，钟摆一丝不苟地左右摇晃着。

桌上的茶水已凉。

四个人相对而坐，默然无语。

"第四条人命了……"胡淑芬搓了搓手，"林长生一个大活人，马车里消失了，木下三郎死在密封的工房里，阿枫在房门反锁、窗户封死的房间里没了脑袋，阿松……"

胡淑芬缩着脖子："四起连环杀人案！全都是密室之中的凭空蒸发！这案子还用查吗？！常人是根本完成不了的，很明显，只有一个解释！"

他不说，大家也知道他所谓的解释是什么。

"太蹊跷了。"白皮低着头，"胡巡长说的是，那位大人……"

"是呀，除了他……"藤六苦笑。

到了这地步，连藤六和白皮看起来都要放弃了。

"巡长，从你听到喊声，跑进后院，看见一串红撞门，大概多长时间？"

"好几分钟吧。"

"准确一点儿。"

"当时我吓坏了，忙着找枪，准备了一番，才跑进来，前前后后，差不多七八分钟。"

"那从你看到一串红撞门进去，到你们也跟进去看到阿松的尸体，多长时间？"

"四五分钟。"

"你看到一串红的时候，她穿着什么衣服？"

"就是她身上的那件衣服，那件大花睡衣。"

"她当时，手上有没有东西？"

"没有，空空的。"

"你确定她撞门了？"

"确定！"

问完了这些，蒋南羽沉默了。

"你不会怀疑是一串红干的吧？"胡淑芬立刻明白了蒋南羽的意思。

蒋南羽并没有立刻回答这个问题，而是说："凶手绝对不可能在密室中杀了人带着脑袋凭空消失。如果……"

他看了看众人："听了巡长和金家人的说辞，做了尸检之后，我的脑海里，突然想到了一种可能——如果房门根本就没有反锁，凶手装出撞门的样子，进去杀了人，将人头从窗户扔出去，再将窗户反锁，这样一来……"

"那别人看了，就觉得是房门反锁、窗户反锁，凶手杀了人凭空消失了！"白皮兴奋起来，十分佩服地看着蒋南羽。

"蒋长官的分析固然很有道理，但恐怕不成立。"藤六摇了摇头。

胡淑芬和白皮目瞪口呆地看着藤六。

藤六认真地道："如果按照蒋长官的推断，凶手是一串红贼喊捉贼，起码有几个地方说不通。"

"哦，说说，说说！"胡淑芬来劲儿了。

"第一，阿松尖叫时，大喊'妖怪来了'，说明那时候她看到了对方，而一串红还在院子里呢……"

"她有没有看到一串红，把一串红当成了妖怪？"胡淑芬赶紧道。

"不可能。阿松虽然傻，但一串红她还是认识的，她和一串红待在金家都二十年了，怎么可能把她看成妖怪？平时阿松见到一串红，也没这么喊嘛，只能说明，当时凶手极有可能已经在房间里了，这和蒋长官的推断冲突。"

蒋南羽微微点了点头。

看到蒋南羽如此，藤六大受鼓舞，快速道："第二，一串红进去时两手空空，阿松的房间里是不可能有刀剑之类的东西的，那么，如果是一串红杀了阿松，用什么凶器呢？能一下子把人脑袋砍下来的东西，可不是一般的玩意儿，肯定是异常锐利之物。"

众人沉默。

"第三，也是最重要的！"藤六语速很快，"就算是一串红杀的，她砍掉了阿松的脑袋，诸位想过没有，一个活人被当场砍掉脑袋，肯定鲜血四溅，一串红身上肯定会沾有血迹，而事实上……"

"你也发现了？"蒋南羽对藤六大为赞赏。

藤六点头。

蒋南羽苦笑道："刚才金家人离开时，我挨个仔细打量了一番，尤其是一串红，他们身上干干净净的。一串红的衣服上，没有一点儿血迹，而巡长也确定一串红从始至终都穿着那件睡衣。"

"所以你那个假设是不成立的。"胡淑芬拍手道。

"的确。"蒋南羽不得不承认，"当我从房间里出来时，对自己的假设很有信心，可前前后后想了想，不得不放弃了。"

看来，藤六提出的三个反驳，蒋南羽同样想到了。

"这更说明，妖怪又来了！"胡淑芬使劲拍了一下大腿。

蒋南羽懒得搭理他，倒了一杯茶，刚喝了一口，突然睁大眼睛道："我们好像忽视了一个人！"

"忽视了一个人？"藤六一愣，马上反应过来，"你指的是……"

"金婆！"蒋南羽道。

"更不可能了。"白皮和胡淑芬几乎同时摇头。

"蒋长官，金婆一直被关在那个石头屋子里，铁门上着大锁呢。"白皮道。

"平时是这样，但阿枫案发时……"

"案发时也是。"白皮异常肯定。

胡淑芬接过话："这事情的确和金婆无关。"

"你们为何这么肯定？"

胡淑芬和白皮相互望了一眼，似乎十分无奈。

"因为当时，我们冲进后院的时候，金婆发疯一般抓着铁门，使劲地撞着，好像要急着出来，鬼哭狼嚎的。"胡淑芬回答。

"鬼哭狼嚎？"

"嗯。金婆对着我们喊：'大人来收人了，你们都要死！'"白皮道。

蒋南羽皱起眉头："我记得，上次阿枫死的时候，她好像也是这么说

的吧？"

"嗯。"藤六的表情僵硬着。

蒋南羽端起茶盏，看着里头浮起来的茶叶，缓缓道："这个金婆……似乎很有意思呢。"

…………

月亮出来了。

很好的白月光，幽幽地从天空漏下来。

照在铁门上，照在生了锈的大锁上，越发显出铁栏后面的那片黑暗是如此深不可测。

精铁打造的铁门，砌在厚厚的石墙中，十分坚固。

蒋南羽和藤六站在门外，面无表情。

石屋里面安安静静，听不到任何声响。

但蒋南羽能够清晰地感受到黑暗中有道目光正死死地盯着自己。

虽然看不见，但能感受到那目光的愤怒和幽怨。

"金婆……"蒋南羽走到跟前，低低叫了一声。

咣！

一声巨响，一个黑影迅即而来，狠狠撞到铁栏杆之上！

月光下，露出金婆那张披头散发、苍白狰狞如鬼怪般的脸！

蒋南羽吓了一跳。

月光之下，那张脸实在是……让人不寒而栗。

"死了，咯咯咯，死了！"金婆的喉咙里发出古怪的声音，张着嘴，露出空空的牙床和血红的舌头。

她在笑，声音如同啄木鸟的尖喙敲击枯木一般。

然后，她的身体缓缓蹲下去，坐在地上，呜呜地哭起来："死了，死了！"

金婆的情绪变化得如此之快，让蒋南羽不由得呆住。

她坐在铁栅栏后面，背对着蒋南羽，低着头，哭得很伤心。

身上的衣服已经破烂不堪，乱糟糟的花白头发蓬草一般，这鬼怪一般的老人，身上到底发生过什么？

蒋南羽来到跟前，轻轻蹲下身，轻声道："金婆……"

金婆幽幽地抽泣着，没有反应。

蒋南羽接连叫了几声，金婆依然没有回应。

"蒋长官，她早就疯了，不可能问出来什么。"藤六道。

"金婆，那位大人你见过吗？"蒋南羽不死心。

门后依然没有反应。

看来，藤六说的是真的。

蒋南羽站起来，很失望。

走了几步之后，身后忽然传来金婆的声音。

声音很低，但很清楚——"那位大人，呜呜，杀人哩！"

蒋南羽的脚步蓦然停住。

有戏！

他急忙转回去，压制住兴奋："你见过吗？"

金婆缓缓转过脸。

愤怒和幽怨从那双浑浊的眼眸中消失了，取而代之的是恐惧，是悲伤，是难以言说的可怜。

"死了，死了。"

"谁死了？"

"我的心肝……死了……死了……杀人哩。"

"你的心肝，又是谁？你看到那位大人了？"

"死了……死了……火，还有火，噗，一下子就没了！噗！"金婆的情绪开始激动起来。

"火？什么火？"

"死了！死了！那位大人杀人了！"

"那位大人是不是穿着羽衣，手里拿着法铃？"

"羽衣？法铃？"金婆抓着自己的头发，死命地抓着，十分痛苦，"火！火！噗！没了！一下子就没了！火！火！"

她突然跳将起来，向蒋南羽扑过来，再次重重撞在铁栏杆上："死啦！死啦！"

她张牙舞爪，充满仇恨地看着蒋南羽，双目喷火："死啦！你们都要死！你们都要死！死去吧！都去死吧！"

那声音,犹如鬼哭一般,在夜色中响起,回荡——"都去死吧!"

"走吧蒋长官,我说了,你问不出来什么的。"藤六轻声道。

蒋南羽叹了一口气,和藤六离开。

走出一段距离之后,身后突然传来歌声。

金婆的歌声——

山间长着九棵树

一棵柏树一棵桐

一棵柳树一棵松

一棵桂树一棵枫

一棵槐树一山红

还有一棵在哪里?

大人种在你背后

树上挂着招魂铃

丁零零

响一声

响一声

阿仔背娘上山去

下得山来莫回头

丁零零

丁零零

…………

那首蝼蛄山几乎人人会唱的童谣,不知道为何此时变得那么诡异和忧伤,如哭如泣。

蒋南羽忍不住回头看了一眼那扇铁门。

门后,金婆呜呜地哭着,缓缓地爬向那片黑暗,像一只苍老的、满身是伤的兽。

蒋南羽的心颤抖起来。

那曾经是一个活生生的人呀!

她的身上到底发生过什么?!

…………

山上荒僻，漫山遍野的藤蔓覆盖累累，雨后的树木青翠欲滴，阳光出来，照耀着山色中起舞沸腾的蝴蝶。

硕大的黑色蝴蝶，稀有罕见，落在蒋南羽的面前，迅疾又飞去。

他蹲在一块悬崖边的突出岩石上，对着一片辽阔天地。

在日光的掩映下，景色令人心旷神怡。

但对于蒋南羽来说，此刻根本没有欣赏的心情，他一个人跑出来，纯粹是为了躲避胡淑芬那帮人的叽叽歪歪。

阿松的死，已经是第四起密室杀人案了，金宅的气氛陡然变得异常诡异，如同沉默的火药桶，随时都有可能爆发。

金青成把枪支拿了出来，金家几乎人手一把，老头沉默不语，满脸愤怒，不知道会做出什么来。

胡淑芬怕得要命，虽然不敢下山，但一直躲在房间里鬼叫连天，藤六和白皮二人争论不休，丝毫没有一点儿头绪。

最后的压力，全都堆到蒋南羽这里来。

所以一个人冷静下来细细梳理案件的千头万绪，就变得格外重要。

"到处找你，怎么跑到这里来了。"藤六慢腾腾地走到蒋南羽跟前，蹲了下来。

蒋南羽苦笑，回头看了一下金宅："怎么样了？"

"再这样下去，估计要出乱子。"藤六拔了根野草，放在嘴里嚼，"金青成刚刚让石二槐去木场了。"

"去木场干吗？"

"说是招几个木客，保护金家。你没看到吗？二三十杆枪全都拿了出来，荷枪实弹的。"

"看来，他似乎也不相信是那位大人干的呀。"蒋南羽意味深长道。

"这老头要拼了，毕竟死了闺女，我想就是那位大人现身，他也会毫不犹豫地放上一枪。"藤六叹了口气，道："你呢，有没有什么头绪？"

蒋南羽点了根烟，抽了一口，道："从昨晚开始我一直在想阿松的死，越想越觉得有些问题。"

"哦？"

"阿松这个人，傻子一个，疯疯癫癫的，很单纯，不可能有仇家，可

就这么死了,从作案动机来看,她的死一目了然。"

藤六似乎明白了蒋南羽的意思,道:"你的意思是,阿松之所以被杀,是因为……"

"是因为凶手怕阿松泄露了他的身份!"蒋南羽的声音格外郑重。

他舔了舔嘴唇,道:"你还记得阿松死前的举动吗?她在阿枫的房间门口大喊大叫,说她看到杀人了。"

蒋南羽咳嗽了一下,继续道:"我想应该是凶手作案时,阿松看到了什么,她可能并没有看到凶手的模样,但一定看到了凶手至关重要的特征,一旦这些特征被我们知道,凶手很有可能就会暴露,所以凶手才会杀了她,灭口。"

"但阿松当时说她看到了那位大人杀人的。"藤六皱起眉。

"她看到的,应该是一些怪异的东西吧,我想。"蒋南羽揉着太阳穴,"那东西定然是非同寻常的,所以她才认为是妖怪。"

"这么说来……很有道理呢。"藤六点了点头。

"你去一下木场。"

"去木场干吗?"

"把石二槐叫回来。"

"把他叫回来干吗?"藤六有些不理解。

"我明白金青成的心情,但叫木客来守护金家,不是明智之举。"

"为什么这么说?"

"我虽然没有证据,但总觉得这案子和木场有着千丝万缕的联系,如果让木场的人掺和进来,情况就会变得更复杂,相对来说,将金家彻底隔离,反而会好办些。"

"这个我明白,但金青成那边……"藤六很为难。

"这个你跟他说,我想他会理解的。"

"行,我现在就去木场。"藤六站起身,急匆匆地去了。

蒋南羽坐在石头上,闭上眼睛苦苦思索案情,忽然听到一阵脚步声。

回过头,发现石公扛着工具向工房走去。

看得出来他的心情很不好,一个人一边走一边唉声叹气。

蒋南羽笑了笑,跟过去。

工房里空荡无人，穿过堆满材料的院子，走进那间热气腾腾的房间，蒋南羽敲了敲门板。

石公正在往锅炉里添加木柴，炉火映红了他的脸。

见到蒋南羽，他愣了一下。

"蒋长官？"石公将手里的木柴投进火炉，走过来。

"还在忙？"蒋南羽看了看缓缓流出的赤红炙热的琉璃液，在旁边坐下来。

"最后两炉，烧完了就封炉，再过几天买家就要来运货。"石公满头是汗，扯起脖子上的毛巾擦了擦脸。

蒋南羽递给石公一根烟，点上，两人面对着抽烟。

"这锅成品怎样？"蒋南羽看了看不远处涌动的琉璃液。

"质量没问题。"石公笑了笑，"烧琉璃的手艺，蟓蛄山恐怕除了老爷没人比得上我。"

"还能出那种天青色的极品吗？"

"怎么可能！"石公直摇头，"那玩意可遇不可求，以前能出一锅就是运气了，物以稀为贵，所谓的珍品就是这样的。"

"这种东西，人真的不能控制吗？"

"控制不了。"石公解释道，"琉璃的颜色，和成分有着直接的关系，成分不同，颜色就不一样。红色、黄色、蓝色这些颜色，最受欢迎，而且越纯净越好，但矿石里头含有的物质很多，即便经过很多道工序的萃取，也无法保证完全剔除杂质，不过正因为这些含有复杂成分的杂质在，琉璃才能有千变万化的色彩，这也是其中的魅力。"

"这个似乎和烧瓷器有些相似。"蒋南羽道。

石公呵呵一笑："有相似的地方，也有不同的地方。不过都是大自然的鬼斧神工，很多时候人是无法左右的。蒋长官怎么突然对这个感兴趣了？"

蒋南羽笑了笑，然后从兜里掏出一物递给石公。

是阿松的那个琉璃娃娃的残片，在光线下展现出迷人的天青色。

石公接过来，看了一下，面色微变："这是阿松的！"

蒋南羽点点头，没有说话，目光注视着石公。

"阿松这孩子，太可怜了。"石公捏着那枚琉璃残片，深深叹了一口气，"原来她不是这样的。我看着她长大，从小就天真烂漫，爱说爱笑，长得也好看，三十年前老爷失踪后，我们的日子过得很苦，债主上门讨债，我和大夫人……哦，就是老爷的第一任夫人花娘子，苦苦哀求，变卖了身边所有值钱的东西，一贫如洗，一边生活一边靠挣来的微薄的收入去还债，唉……"

石公的眼眶湿润了："住的是搭起来的窝棚，下雨的话到处都漏雨，吃的是番薯和野菜，一年到头也见不到荤腥，大夫人到镇子里给人家做女红，缝缝补补洗衣服，我去木场伐木，在家里里外外操持的就是阿松，她七八岁就会做饭了，还要照顾老夫人……那一段日子，太难熬了。"

石公说的老夫人指的是金婆。

蒋南羽屏声静气，抽着烟，听着石公说下去。

"日子虽然清苦，但时间一长也就习惯了，甚至觉得无忧无虑也挺好。"石公咧嘴笑笑，"蝼蛄山贫穷，可山里人淳朴，也帮衬着我们，一家人苦苦度日，往往劳累了一天，回到家里也能欢声笑语。尤其是阿松，给我们唱歌跳舞，逗我们开心，是个小开心果。"

"阿松是怎么疯的呢？"蒋南羽冷声道。

这话，让石公脸上的笑容烟消云散。

他低下头，抽着烟，不再说话。

"我听说，二十年前金青成回来，和花娘子生下阿枫和阿柳之后，花娘子就突然失踪了，随后阿松和老夫人都疯了，是这样吗？"

石公的脸微微颤抖了一下，点了点头。

蒋南羽缓缓直起身："一个大活人，怎么会失踪呢？"

石公转脸盯着蒋南羽，他的目光变得异常锐利。

"这个和案子有关系吗？"

"我想应该有关系吧。"蒋南羽摊摊手，"当然了，你如果不想说，也可以拒绝回答。"

石公抽着烟，看着熊熊燃烧的炉火，喃喃道："这件事，还从来没人问过我。"

蒋南羽的双目，微微眯了起来。

之前从山桃那里听说，三十年前金青成失踪之后，剩下花娘子孤儿寡母留在山上苦苦度日，时间长了花娘子和石公日久生情，生下了石二槐，二十年前金青成回来之后发现了二人之间的关系，花娘子羞愧不已，逃匿失踪。

如果是这样，蒋南羽的这个问题对于石公来说，恐怕很难回答。

房间里死寂一片，只能听到锅炉中木柴燃烧的声响。

"这件事情我知道的并不多。"过了很久，石公才开口。

他有些有气无力："老爷回来后，金家变得……怎么说呢，变得很尴尬。"

"尴尬？为什么？"

"他突然失踪，十年没音讯，都以为他死了呢。这十年，金家过的是什么日子？呵呵，猪狗不如的日子，都是拜他所赐。"石公冷哼了一声，"可他就那么回来了，带着金银财宝，风光无限。蒋长官，如果你是大夫人，心里会怎么想？"

"我？我想，多少会有些愤怒吧。"蒋南羽笑笑道。

"不只是愤怒。"石公摇头，"老爷回来之后的第一晚，我就听到大夫人的怒吼。她是一个性格和善的人，从来不会发火，但那一次，真是彻底爆发了。"

"金青成呢？他的反应。"

"倒是没听清他说什么，不过他们的争吵很快就停歇了，第二天大夫人就笑容满面，和老爷的关系也变得和从前一样了。"

"这倒是奇怪了。"

"老爷就是老爷，有他的能耐。"石公苦笑，旋即又道，"但金家的其他人，可不像大夫人那么好哄。老夫人就不用说了，几乎是指着老爷的鼻子骂了一顿，劈头盖脸的，搞得老爷很没面子，至于阿松，老爷失踪时，她还小着呢，那些年对老爷根本就没印象，完全把他当成个陌生人，处处和老爷对着干，后来虽然好了一点儿，可一点儿父女的亲情都没有。"

"这很正常，毕竟阿松成长最关键的时候，金青成不在。"

"嗯。"石公一根烟抽完，烟头丢在地上道，"后来慢慢地家里就恢复正常了，生活也算走上了正轨。不久，大夫人怀孕了，老爷伺候得十分周

到，生下来一对双胞胎，就是阿枫和阿柳。全家喜气洋洋，觉得日子总算是有了盼头，可……"

说到这里，石公就有些说不下去了。

"花娘子失踪是在什么时候？"蒋南羽问道。

"生产之后的第二个月吧，我记得是四月初七。"石公站起来，往锅炉下添了些木柴，然后封好炉门，"突然就失踪了。"

"她失踪的时候，你没发现什么？"蒋南羽低声问道。

石公摇摇头："那时家里给一个大买家烧货，对方要得很多，一共有一千多件，当天我下山送烧好的第一批五百件，早上离开，晚上才回来，回来之后才发现大夫人失踪了。"

"所以，当时你不在场？"

"嗯。"石公点点头。

"一个大活人没了，你难道没问吗？"

"当然问了。"石公变得有些不耐烦，"但当时家里很乱！"

"乱？"

"阿松昏迷不醒，高烧不退，老爷去木场招木客四处寻找，阿柳和阿枫还在吃奶，哇哇大哭……"石公眉头紧皱，"我忙得焦头烂额，只是从老夫人那里听到了一些。"

"金婆说什么？"

"她说大夫人那天和平常没啥两样，洗衣做饭带孩子，然后到工房来烧火、添柴、验货、算账，和她还有说有笑的，根本不像要走的样子。"

"金青成当时情况如何？"

"着急，看起来也很伤心。"

"你问过他没有？"

石公摇头："这种事情，我怎么好问？再说，第二天阿松醒来之后精神就不正常了……"

"疯了？"

"嗯。"石公垂下了头，"而且没过多久，老夫人也疯了。"

"金婆为什么会疯？"

"我不知道。"

"她在什么时候疯的？"

"大夫人头七那天。"

"不对吧！"蒋南羽打断了石公的话，"花娘子不是失踪了吗，怎么会……"

"哦，是这样的。"石公解释道，"大夫人失踪四五天之后，有人来找老爷，说在山里发现了一具尸体。"

蒋南羽睁大了眼睛。

"尸体早被野兽吃光了，只剩下几片骨头，不过衣服留了下来，是大夫人的衣服。"石公声音颤抖。

蒋南羽目瞪口呆，这件事情倒是从来没有听说过。

"所以你们认为花娘子是自己走了，然后在深山遇到了野兽，送了命？"蒋南羽道。

"嗯。"

"发现尸体的那个人是谁？"

"木场的一个人，蓬头的爹。"

"蓬头的爹？他现在在哪儿？"

"好几年前就山隐了。"

死了？蒋南羽有些失望。

"花娘子的坟在什么地方？"蒋南羽问道。

"从这里往北，上山，岔道左拐，走五里地，有棵大榕树，在榕树下。"

蒋南羽摊了摊手，示意石公继续说下去。

石公顿了顿，道："发现大夫人的尸骨之后，老夫人就受到了刺激，卧床不起。到了大夫人头七，大祭，全家人都在场，她也勉强出席。最后，我把阿松带过去，阿松又喊又叫，闹腾得很厉害，非得要她的玩具。"

"玩具？"

"就是那个她一直抱着的琉璃娃娃。"石公看起来很悲伤，"怎么哄也哄不好，最后我只能给她找来。大祭中间，全家人挨个上香，轮到阿松时，她说什么也不跪，哭得很厉害，娘呀娘呀地喊着，老夫人过去搂着阿松哭得肝肠寸断，接着大叫一声就晕倒了……"

"然后呢？"

"等醒来就疯了。"石公回答得言简意赅,"疯了之后就变得脾气暴躁,动不动就咬人、打人,还拿着刀子说要杀人,所以只能关起来。"

石公把这些事情说完,开始了长时间的沉默。

然后,他喃喃地说了一句话:"唉,要是当年老爷不回来,就好了……"

"什么意思?"

"没什么。"石公笑了笑,站起来准备离开。

蒋南羽跟在后面,挠了挠头,道:"有件事情,不知道当问不当问。"

"请讲。"

蒋南羽不知如何开口,憋了半天,道:"二槐的母亲……"

"你问这个干什么?!"石公闻言,暴怒。

"我听说二槐的母亲……"

"这是我的私事!"石公粗暴地打断了蒋南羽的话,"这和你的案子没有半点儿关系!"

言罢,老头气哼哼地出去了。

看着石公的背影,蒋南羽不由得愣了起来。

他好像觉得有些东西飘忽不定地涌到了自己面前。

或许,这也是个有故事的人。蒋南羽想。

呜呜呜……

突然,一阵尖厉的声音传了过来。

蒋南羽吓了一跳,急忙转身,快走几步,发现锅炉的一个大部件在微微颤抖。

那东西,先前石公跟蒋南羽说过,是锅炉的冷凝装置。

"里头盛满了水,如果锅炉的温度过高,热量就会被它吸收,化为水蒸气从气嘴喷出来,而里头的水一旦减少,里头的阀门就会被打开,引入补充的凉水,所以不用担心烧爆锅炉。"当初石公是这么介绍的。

蒋南羽凑过去,看了看,发现声音是从气嘴里传来的,想必里头温度过高……

砰!

就在蒋南羽直起身的瞬间,一声巨响传来,从气嘴里喷射出一股炙热蒸汽，力度之大，几乎将蒋南羽掀翻在地。

好险！

蒋南羽吓得直冒冷汗，盯着那气嘴后怕地拍了拍胸脯，不过很快愣了一下。

接着，他弯下身仔细观察了一下气嘴，然后转脸看了看对面，匆匆来到墙边，伸出双手在上面摸索着，动作陡然停了下来。

"难道……"蒋南羽的脸色变得凝重无比，不由自主地低下了头。

他蹲下身，扒拉着下方杂乱的东西，似乎在寻找什么，很快就有了收获。

"蒋长官！蒋长官！"就在这时，白皮跑了进来。

"怎么了？"蒋南羽将发现的东西装进口袋，站起身。

"你赶紧去看看，金青成和一串红吵起来了，老头举起枪说要杀了她！"

"不会吧！"蒋南羽闻言大惊，带着白皮一溜烟儿朝金宅跑去。

第十章　夜半灯

争吵声从楼上传来，隔得老远就能听到金青成的怒吼。

金家的人站在楼下，一个个惴惴不安，阿桂见蒋南羽走过来，哭着拉住他。

"蒋长官，我求求你，上去劝劝父亲吧。"阿桂抽泣道。

"怎么回事？"蒋南羽望向石二槐。

"我也不清楚，老爷叫夫人上楼，然后就吵了起来，我本想上去看个究竟，见老爷举着枪，差点儿把我给打了。"合欢面如土色。

这时候，就听见金青成的吼声："现如今谁也别想踏出金家的大门！你走可以，阿桂是我女儿，她得留下！"

"凭什么！她也是我女儿！我想带走就带走！"一串红丝毫不相让。

"信不信老子一枪崩了你？"

"你有什么干不出来的？金青成，这些年老娘过的什么日子你最清楚了，二十年，老娘大门不出二门不迈，你防贼一样防着我，平时我对其他的男人笑一下，你都能赏我顿鞭子！我是囚犯吗？这样的日子，老娘受够了！"

"放肆！"

"我放肆？我早就想放肆了！老娘受够了！老娘不想在这穷乡僻壤的地方过一辈子！再说，现如今宅子里死了一个又一个，怪我吗？我不想死，更不想阿桂也没了！我要带她走！"

"不干亏心事，你走什么？！"

"亏心事？老娘自愧不如！"

…………

二人越吵越凶，隐约听到金青成拉动枪栓的声响。

蒋南羽不敢怠慢，急忙和众人冲上楼。

推开门，但见一串红双手叉腰破口大骂，金青成站在对面，手里举着一只短枪，气得七窍生烟。

"爹！娘！"

"老爷！"

"金先生！"

这场面着实吓坏了大家，一帮人纷纷上去劝架。

阿桂拉走了一串红，蒋南羽收了金青成的枪，石公将金青成搀扶到椅子上坐下。

"家门不幸呀！"金青成拍着大腿，老泪纵横。

蒋南羽看着这个潸然泪下的老头，一时不知道说什么好。

"夫人要走？"石公给金青成倒了杯茶，递过去。

金青成接过茶盏，啪的一声摔在地上："她敢！"

"哎呀呀，老爷，为了这点儿鸡毛蒜皮的小事，值得吗？夫人也是一时说的气话，发生了这么多的事，她也怕了，一个妇道人家……"石公劝慰道。

"谁也不许走！要死，金家死在一起！阿桂是我女儿……"

"不会的，不会的，有蒋长官他们在，金家定然会平平安安的。蒋长官，你说呢？"石公冲蒋南羽眨巴了一下眼睛。

"这个……这个自然。放心吧，我们会尽力的。"蒋南羽沉声道。

金青成的情绪平息了不少，点了点头，对蒋南羽愧然道："让你们看笑话了。"

"家家有本难念的经。"蒋南羽道。

石公搀扶着金青成到床上休息去了，众人也纷纷离开。

"一波未平一波又起，这金家真是乌烟瘴气。"来到楼下，见胡淑芬叼着根烟，昂着头，喃喃自语。

蒋南羽看了看胡淑芬，又看了看楼上，道："巡长，有个事情还得麻烦你……"

"别介！本大巡长哪里也不去，就待在金家了！妈的，那妖怪说不定就在外面，老子可不想出去送死！"胡淑芬岔开五指大声道。

这家伙嗓门本来就大，这一嚷嚷满院子的人都听得清清楚楚。

蒋南羽哭笑不得：这也太丢人了吧！

"巡长！"蒋南羽一把将胡淑芬扯过来，低声道："这事儿不让你出去。"

"不出去呀？那好，你说，本大巡长一向真心为民，两肋插刀，鞠躬尽瘁死而后已……"

蒋南羽恨不得一巴掌扇过去，强忍冲动，道："这段时间，麻烦你看着金青成。"

"看着金青成？"胡淑芬一愣，随即道："本大巡长不干！妈的，老子从来不伺候人！"

"不是让你伺候他，你可以陪他喝喝茶、聊聊天，只需要你看着他就行。"

"这样呀，可以，玩儿本大巡长擅长。"

蒋南羽冲胡淑芬竖起大拇指，然后对白皮使了个眼色，往外走。

"哎！"胡淑芬快跑几步拦住蒋南羽，上下打量了一番，"你小子怎么神秘兮兮的，让我看着金青成，你干吗去？"

"秘密。"蒋南羽神秘一笑。

蒋南羽带着白皮出了金家大门，先是来到工房，扛了两把铁铲，然后进入密林，顺着山路往上行进。

阳光炙烤，水汽在密林中蒸腾，正是一天里最闷热的时候。

来到一个岔道，蒋南羽向左拐去，钻入林莽深处。

眼前是一条明显已经荒废了的古道。狭窄，曲折，只能容一人置脚，青石垒成的台阶上长满了苔藓，随处可见鸟兽的粪便，明显已经很多年无人在其上行走了。

白皮跟在后面，扛着铁铲，满头大汗，见蒋南羽脸色凝重，也不敢打听。

山道湿滑难行，很多地方藤蔓荆棘延展交织，还有倒伏的大树横亘在前，二人不仅要攀山而上，更要时不时停下来清理道路，疲惫不堪，身上少不了被藤蔓刮伤，山里的植物不少都有毒，伤口很快红肿，汗水流过，火辣辣地疼。

"不行了！休息一会儿。"也不知道走了多长时间，蒋南羽一屁股坐在地上，大口喘着粗气。

白皮也累得够呛，坐在对面。

蒋南羽丢过去一根烟，白皮接着，二人点着歇息。

山林寂静，已经是下午，日头没有那么火辣，大片的阴影投射下来，起了风，倒是有些惬意。

咕咕咕。不知道什么鸟，落在头顶叫了几声，婉转悠扬。

"长官，咱们这是去哪儿？"白皮实在忍不住了。

蒋南羽没有回答，勾起头往上方看了看，隐隐约约看到前面遥远处的山头上，有一棵巨大的榕树，枝叶繁茂，犹如一把巨伞。

"看到那棵榕树了吗？"蒋南羽道。

白皮回头看了看，问："嗯，怎么了？"

"那就是咱们要去的地方。"

"去那里干什么？"

"到了你就知道了。"蒋南羽呵呵一笑，一根烟抽完，站起身，艰难地向上走去。

"真是怪人。"白皮跟在后头，直摇头。

有道是望山跑死马，那棵榕树看得见，但要走到跟前，中间的路程却不短。

蒋南羽和白皮花了近两个小时才上了山顶来到树下，两个人早已累得死狗一般。

"长官，走了这么远的路，你不会是带我来看风景的吧？"白皮伸着舌头大声道。

这里风景的确很好，极目远眺，群山环绕，尽是林莽起伏。

"你觉得我有这个闲心吗？"蒋南羽放下铁铲，咣的一声插在地上。

白皮不明所以，满脸困惑。

"白皮，今天这事，是机密，只能你知我知，绝对不能对任何人说。"

"藤六哥也不能说吗？"白皮见蒋南羽表情极为认真，赶紧站了起来。

"任何人都不能说，明白吗？"

"明白了。"白皮看了看四周，"那我们干什么？"

蒋南羽没搭理他，三步两步来到树下，弯着腰在周围寻找。

白皮跟在后头,不知道他要找什么。

"有了。"蒋南羽语气中带着喜悦。

白皮走过去,发现在榕树的旁边,有个微微凸起的土堆。

"长官,我们这是……"

"挖坟。"蒋南羽脱掉上衣。

"挖坟?!"白皮跳了起来,指着土堆,"你的意思是,这里埋着一个人?!"

也难怪白皮惊讶。蟋蛄山里的人,过了七十岁就要送上山献给那位大人,七十岁之前死的,算是暴死,尸体装进棺椁送去崖葬,绝对没有埋入土里的传统。

"有没有埋着人,等会儿就知道了。"蒋南羽挥舞着铁铲,开始挖土,回过头,见白皮站在那里,还没回过神儿来,便道,"愣着干什么,挖呀!"

"哦。"白皮答应一声,赶紧过来帮忙。

铁铲飞舞,两个人汗流浃背。

空旷幽深的密林中,干着挖坟的勾当,怎么看怎么诡异。

"长官,你怎么知道这里有个坟?"

"不该你打听的,别打听。"

"哦。"

过了一会儿。

"长官,这里头埋着的是谁呀?"

"哪那么多话,赶紧挖!"

…………

坟虽然看起来不大,可地表土石交杂,加上年代久远,土壤板结,刨开不是件轻松的事儿。

两个人足足又忙活了近两个小时,眼见得光线越来越暗,日头西坠了。

"有了!"蒋南羽铁铲落下,发出嘣的一声闷响,翻开土,露出了里面的棺椁。

"还真有棺材。"白皮大为兴奋,手中铁铲加快速度。

棺椁十分简陋，用山里十分常见的杉木打造，一看就是仓促为之，由于埋葬的时间太长，已经散架倒伏，腐烂不堪。

蒋南羽将铁铲扔给白皮，跳下坑，用力掀开棺材板，小心扒拉着黝黑的泥土，很快将里面清理干净。

里头空空荡荡，没有任何陪葬品，衣物早就腐烂不见，只有几块沾满泥巴的零碎骨头。

"噫！怪了。"白皮蹲在坑上，勾着头看了看，发出一声怪叫。

"怎么了？"

"长官，这棺材里怎么就这么几块骨头？"白皮挠着头道，"人死了，应该是一副完整的骨架呀，我看，这好像是人的胯骨吧？"

"盆骨。"蒋南羽小心翼翼地将那几块骨头取出来，拼凑着。

"长官，忙活半天，你就为了这几块骨头呀？"白皮大失所望。

蒋南羽一声不吭，面露兴奋之色，双手快速地拼接，很快，倒吸了一口凉气："不会吧！"

"咋了？"白皮见蒋南羽那样子，好奇得很。

"没什么。"蒋南羽点了一根烟，蹲在坑里，一口接着一口地抽着，面对那几块骨头发呆，表情复杂。

白皮不知道他葫芦里卖的什么药，看了看天空，道："长官，天色不早了……"

话还没说完，就见蒋南羽从坑里爬出来，将那几块骨头小心翼翼地装进包里，好像得了什么宝贝一般。

"几块骨头，看把你乐的，不知道的还以为你捡了狗头金呢。"白皮见蒋南羽面带笑意，打趣道。

"对我来说，这几块骨头恐怕比狗头金还有价值。把坟坑填上，我们回去。"

二人吭哧吭哧填了坑，下山了。

等回到金宅，日头已经落了，暮色四合。

金宅灯火辉煌，来到门前，却见一串红拎着个篮子，和石二槐争吵。

"老爷不让家里人出门。"石二槐拦着一串红道。

"你也管我？"一串红凤眼圆睁。

"老爷的吩咐。"石二槐盯着一串红,"这么晚了,你去哪儿?"

"那是我的事!"

石二槐冷笑几声,有些阴阳怪气地道:"这会儿又说是你的事了,上次你可不是这么说的。"

"讨打是不是?"一串红怒道。

"怎么了这是?"蒋南羽来到跟前,呵呵一笑。

两人见到蒋南羽,不约而同地停止了争吵。

"真是反了天了!"一串红指着石二槐,"蒋长官你看到了没有,我如今成了犯人了!"

"老爷吩咐不让人出去。"石二槐为难道。

蒋南羽看了看一串红手里的篮子:"天都黑了,你干吗去?"

"得罪了那位大人,我替金家赎罪呀,还能干什么。"一串红撩起篮子上的绸布,里头装着的是满满一篮纸钱。

"你倒是有心了。"蒋南羽笑笑,对石二槐道,"没事,让她去吧。"

石二槐极不情愿地侧过身子,让开路。

一串红白了石二槐一眼,挎着篮子扭着蛇儿一般的水腰走了。

"你跟着,别出什么意外。"蒋南羽对石二槐道。

石二槐想跟上去,就见一串红转过身,十分生气地对石二槐道:"滚回去!老娘用不着他!"

石二槐讪讪地退了回来。

"这脾气……"蒋南羽摇了摇头,大步进宅。

来到后院,见藤六一个人坐在院子里喝茶。

"巡长呢?"忙活了半天,蒋南羽早渴得嗓子冒烟,咕嘟咕嘟灌了一杯茶,抹了抹嘴。

藤六指了指楼上:"在金青成那里,听说一天都在。"

"倒是挺称职的。"蒋南羽笑道。

藤六打量着蒋南羽和白皮,见二人身上又是土又是植物汁渍,灰头土脸的,道:"你们干什么去了?"

"没啥,走走。"蒋南羽凑过来,对藤六道,"木场的事……"

"按照你的吩咐,我把石二槐叫了回来,然后和金青成谈了谈,老头原先不同意，说从木场招人是为了保护金家，后来我把你的意思说了之后，他倒是挺通情达理的，同意了。"

"那就好。"蒋南羽点点头。

"差点儿忘了，野叉找你，在屋里呢。"藤六指着屋子。

"野叉？他找我干什么？"蒋南羽很诧异。

"不知道，我问了他不说，非得等你回来。"

"什么时候到的？"

"刚到，没多久。"

蒋南羽不敢怠慢，急忙起身回屋，藤六、白皮也跟着进来，见野叉坐在椅子上，表情焦急。

"长官！"见到蒋南羽，野叉焦急万分，从座位上弹了起来。

"你不在山下陪着鬃三叔，跑这里来干什么？"蒋南羽笑道。

"出事了！"野叉贴过来，声音微微颤抖。

"出事了？什么事？"

"祸事！"平时大大咧咧的野叉，内心似乎十分恐惧，说话也结结巴巴的。

"到底怎么了？"

"神祠里，亮灯了！"

野叉的话，犹如一记霹雳，让蒋南羽三人呆若木鸡。

蝼蛄山的传说：山里的那位大人六十年自现一次，每次都要带走九个凡人作为自己的奴仆，而每次自现，神祠里的灯都会在深夜兀自亮起。

这传说，蝼蛄山人深信不疑，蒋南羽之前就在旅馆里听鬃三爷爷说起过，而且在案发前鬃三爷爷的确看到过灯亮。

深山中的神祠，人迹罕至，蝼蛄山是没什么人敢去的，何况是三更半夜?！

野叉这话，不仅让蒋南羽愣了，连藤六和白皮这样土生土长的山里人都变了脸色。

一连串的蹊跷诡案，已经让众人的神经紧绷到了极致，野叉带来的消息无疑是雪上加霜。

"难道，那位大人真的自现了？"白皮想起下午自己跟着蒋南羽去山

里刨坟的举动，想起那阴森的白骨，不由得打了个哆嗦。

或许，这激怒了那位大人！白皮如此想。

几个人都把目光投向蒋南羽，这个时候，他是主心骨。

蒋南羽皱着眉头，思索了一下，忽然嘴角多了一丝笑意。

"这倒是个好机会呢。"蒋南羽说。

"好机会？"藤六不知道蒋南羽此话何意。

"像灯这种东西，是不会自己亮起来的，应该是有人上山了吧。"蒋南羽笑道。

"长官的意思是有人故弄玄虚？不可能吧，这三更半夜的，谁跑到那种地方去？"藤六直摇头。

"一般人是不会去的，但有的人可能会。"蒋南羽意味深长地道。

藤六立刻明白："长官说的是……凶手？！"

"六十年深夜灯亮，那位大人带走九条人命，这事情不知在蝼蛄山发生过多少次了，怎么可能是有人去点亮的，我不信。"白皮坚持。

藤六也点头。

"既然大家有分歧，不如去看看。"蒋南羽道。

"去看看？！"藤六和白皮吓了一跳。

野叉几乎跳起来："别开玩笑了，那位大人点的灯，这个时候去了，会彻底激怒它，你们有几条命？"

藤六和白皮都连声称是，十分不情愿。

"这是个好机会呀，藤六！"蒋南羽使劲拍了藤六一下，道，"这个时候亮灯，完全是装神弄鬼，这个人十分蹊跷，若是我们悄悄摸过去，当场抓获，说不定对案子有莫大的帮助！"

"可……如果是那位大人呢？"藤六哭丧着脸。

"倘若真的是那位大人，倒也好办，我正要会会他，当面问他这一连串的命案是否是他所为，哈哈，岂不是更省事？"蒋南羽铁了心要去山上。

藤六、白皮、野叉相互看着，表情复杂。

"怎么样？"蒋南羽看着三人。

"我不去！打死我也不去！"野叉冷声道，"我还上有老下有小，可不想这么不明不白就死了，时候不早了，我得回家了！"

言罢，野叉一溜烟儿跑了。

"这家伙，想不到胆子这么小，你们两个……"蒋南羽盯着藤六和白皮，咧了咧嘴。

藤六和白皮你看看我，我看看你，如丧考妣。

最后，还是藤六站了出来："长官，我跟你去吧，白皮年纪还小，如果……太可惜。"

"行。"蒋南羽赞赏地笑了笑。

两个人简单地准备了一番，蒋南羽把枪带上，又将胡淑芬的那把枪递给藤六。

藤六摇头道："这玩意我不需要，如果是人，他跑不出我的手心，如果是那位大人……恐怕枪也没用。"

两个人收拾完毕，转身出门，白皮放心不下，一直送到门口。

"蒋长官，藤六哥，你们可要活着回来呀！"白皮抹着眼泪道。

"放心吧。"蒋南羽扬了扬手，打发白皮回去，和藤六快步消失在黑暗中。

夜色凝黑如墨，伸手不见五指。光线似乎被恶魔吞吃了，消失不见。

藤六挑着灯笼走在前面，只能照亮面前的道路，越发显出夜的狰狞。

蒋南羽觉得自己好像行进在深深的海底，置身于危机潜伏的黑暗之内，仿佛随时都有可能扑出来一只巨型怪物，张开血盆大口将自己囫囵吞下。

"藤六，把灯笼熄了吧。"蒋南羽低声道。

藤六虽然不明白为何，但依然乖乖地吹灭了灯笼。

在唯一的光消散之后，视野变得一片混沌，但一段时间之后，两旁的树林、脚下的道路，竟然显现出轮廓来，虽看不清楚，但缓慢行走是没有问题的。

两个人相互搀扶着，沿着绵延山道，向上行进。

走了没多久，忽然看到旁边不远处有火光。

"一串红烧纸钱怎么跑到这里来了？"蒋南羽道。

"不然去哪里？哈哈，一个女人家，是不敢跑到更深处的林子里的。"藤六笑道。

蒋南羽也笑。

二人如同敏捷的豹子，悄无声息地快速移动，高大黝黑的树木从身边略过。香樟、楠木、白桦、杉树、云松……隐没在夜色中的苍茫群山里，好像永远没有尽头，那天空，似乎伸手就可触及，却又高不可攀。

轰隆隆……

沉闷的雷声响起，闪电的锐利光亮刺破夜空。

巨大的石块层层叠起，蒋南羽和藤六小心择路而上，不能停歇，也不敢停歇。

不知道走了多久，蒋南羽粗喘连连，呼吸如同拉风箱一般。

"歇歇吧。"藤六停了下来。

蒋南羽连话都说不出来，一屁股坐下。

藤六递过水壶，蒋南羽接了，咕嘟咕嘟灌了几口。

"野叉说灯亮了，怎么看不见呀？"蒋南羽昂着脸往上望了望，远处是黑暗，更远处依然是黑暗。

"在这里是看不到的。"藤六笑道，"神祠掩藏在山谷之中，山高林密，除了两个地方，其他地方根本看不到灯光。"

"哪两个地方？"

"一是木场，二是蝼蛄镇山桃的旅馆。神祠四面环山，只有东南角有个缺口，正对着木场，和山下遥遥相望。"藤六解释道。

蒋南羽闻言，点了点头。

藤六看着蒋南羽，倒是笑了。

"笑什么？"蒋南羽问道。

"蒋长官，我还真挺佩服你的。"

"此话怎讲？"

"当初接到上头的通知，说派来两位长官调查案子，我还暗地里瞧不起你。说实话，上头的长官我见过一些，到我们这地方来，吃五喝六的，吃饱喝足再带上一些山产林产，就拍屁股走人了，多一分钟都不愿意待，哪里是干事情的，分明就是官府老爷，吃拿卡要，有的还让我给他们找女人……"

藤六哑然失笑道："第一次看到你，说实话，我失望得很。"

"失望？"

"年轻呀。毛都没长齐的小子,能有什么能耐?"藤六挠着头,"可后来,我还真服了。你这人,心细,能吃苦,对咱们山里人也厚道,不像那些人。"

蒋南羽哈哈大笑。

"不过那位胡巡长,就……"藤六直摇头。

"你说得对,我还年轻得很,也没办过多少案子。这么蹊跷的案子,我压力也很大呢。"蒋南羽苦笑着,又道:"不过我始终相信邪不压正,再狡猾的狐狸,也会露出尾巴来,只要我们坚持不懈地查下去。"

"是了!"

"走吧。"歇息一会儿,恢复了力气,蒋南羽爬起来。

两个人摸着黑,跌跌撞撞,又走了很长时间,终于看到了通往神祠的山道。

黑暗中,耸立在道路两旁的石俑,露出各种身姿,平添了无限的恐怖,巨大的猫头鹰蹲在树梢上,发出婴儿啼哭一般的叫声,听了让人心里发毛。

很快,神祠巨大的轮廓显现于密林之内,蒋南羽的心,顿时提了起来。

果然,有灯光!

蹲在一块巨石后头,昂脸看着高处,那巍峨的神祠,犹如一只蹲伏的巨兽。

两扇大门虚掩着,露出一条宽宽的缝隙。

灯光就从那缝隙里漏出来。

在无边无际的群山之中,和无边无际的黑暗之中,那灯光,是何等的诡异!

轰鸣的雷声,消失了,鸟兽的低鸣声,也消失了,连风儿都歇止了。

只有寂静,可怕的寂静。

"怎么办?"藤六颤声道。

他很紧张,甚至有些战战兢兢。

蒋南羽仔细观察了神祠的周围,一草一木,一砖一石。

"外头似乎没什么异常。"蒋南羽低声道。

"我们回去?"藤六道。

"回去?呵呵,辛辛苦苦爬上来,就这么回去,你甘心?"蒋南羽把

枪抽了出来,持枪在手,猫着腰朝神祠摸了过去。

"长官……"藤六想拦住蒋南羽,可惜他动作太快,藤六只能拿出他的警棍,跟在后面。

两个人一左一右,蹑手蹑脚地来到神祠跟前,猫儿一般上了台阶,躲在大门两旁。

门缝里露出的灯光,异常明亮。里头一点儿声音都没有。

蒋南羽的心怦怦乱跳,呼吸不由得加重了几分,他看了看对面的藤六,这个粗壮的汉子,此刻脸色发白。

蒋南羽伸出手,做了个手势,对藤六使了个眼色。

藤六立刻会意,点了点头。

"走!"蒋南羽大叫一声,弹跳而起,来到门前,抬起脚"咣"的一声踹开大门,冲了进去。

藤六跟上,迅疾如风。

两个人动作麻利,一切都发生在电光火石之间。

那一刻,蒋南羽的心跳到了嗓子眼儿。

他不知道里头到底有什么,或许是人,或许真的是那位大人,但一切都不重要了!

"小心!"就在蒋南羽冲进去,脚还未站稳之时,听见身后的藤六发出一声惊呼,紧接着只觉得自己的后背被藤六狠狠推了一把。

呜!

蒋南羽听到一声沉闷的声响,一道黑影,迅疾如电,几乎擦着自己的头皮飞了过来!

"谁?!"蒋南羽就地一滚,躲了过去,飞身站起,双手举枪。

咣!

一声巨响!

这时候,蒋南羽总算看出了究竟——一根手臂粗细的铁链,原先搭在门后的横梁上,自己踹门而入,那铁链随即落下,如果不是藤六推了自己一把,自己肯定被砸得鼻青脸肿。

"妈的。"蒋南羽少见地爆了句粗口,擦了擦额头的冷汗。

藤六站起来,指了指蒋南羽的身后,他的脸色异常凝重。

蒋南羽缓缓地转过身。

他看到了一张脸。

那尊神像的脸！

居高临下，一半明亮一半沉浸在黑暗中，龇牙咧嘴，无比地狰狞！

这神祠，先前蒋南羽来过一次，里头的布局和上一次没有任何改变。

周围九尊无头石俑悄然而立，围绕着那黝黑的神像。

那盏灯就放置在神像的脚下！

同样的神祠，同样的雕像，白天和晚上，显然有着不同的效果。

这地方，白天来就已经很阴森恐怖了，晚上更是有过之而无不及。

站立其中，蒋南羽觉得自己仿佛被一股巨大的压力环绕着，几乎要窒息了。

他拎着枪，缓缓来到神像跟前，看着那盏灯。

巨大无比的灯托。用一整块黑石雕刻而成，大小如同洗脸的铜盆，表面雕刻着密密麻麻的符咒，像是文字，又像是什么图画，很难辨认。

灯托里填满了一种乳白色的凝固膏体，灯芯不知是什么材质制成的，黝黑结实，灯火燃烧旺盛，发出微小的噼里啪啦的声响，十分耀眼，难怪连山下都能看得见。

"果然是……招魂灯！"藤六来到跟前，与蒋南羽并肩而立，见了那灯，吓得够呛。

"招魂灯？"

"嗯。传说是那位大人自现时点的灯。"

蒋南羽惊愕了一下，赶紧打量四周。

神祠内部虽然宽敞，但东西不多，这么一眼，足以看得清清楚楚。

什么都没有，莫说是人，连影子都不见一个。

蒋南羽不由得皱起了眉头：除了大门之外，神祠没有任何出口，就是个铁罐子，里头空空荡荡的，那岂不是说明点灯的人已经不在了？

"看来没人。"蒋南羽冲藤六笑道。

一边说着话，一边对藤六眨巴了一下眼睛，指了指神像的后面。

"是的。长官，咱们回去吧。"藤六脑袋好使得很，假装回应着蒋南羽，高举着警棍轻轻转到了神像的另一边。

两个人做好了准备之后，同时朝神像的背后冲过去。

房间里各处都看得清楚，如果能藏人的话，只有神像的后方了。

但结果令蒋南羽十分失望。

神像的后方空间并不大，同样连鬼影子都没有。

"真的没人。"藤六苦笑道。

蒋南羽没说话，又来到那灯前，对藤六道："上次来的时候，我好像没看到过这灯。"

蒋南羽第一次来神祠，观察得十分仔细，他印象里这里并没有这所谓的招魂灯。

"好像的确没有。"藤六摸着下巴，想了想，又道："不过这招魂灯一直都是神祠里的东西，这一点毋庸置疑。"

蒋南羽觉得藤六言之有理。虽然对于招魂灯他所知甚少，但眼前的这盏灯，年代久远，不管是器物的造型还是散发出来的那股沧桑的气息，都和这神祠浑然一体，不可能是从别处拿来的。

"这灯平时放在什么地方？"蒋南羽问道。

"这个我就不晓得了。"藤六摇头，"可以肯定的是，这灯一直都在神祠里。"

"那就奇怪了，上次我分明没看到过它！"蒋南羽纳闷道。

"长官，现在怎么办？"藤六摊了摊手。

蒋南羽环顾四周："看来我们来晚了，想必点灯的人早走了。"

"白跑一趟。"藤六道。

"也不是，起码我们证明了一件事。"

"嗯？"

"证明所谓那位大人点灯自现的传说，靠不住。"蒋南羽呵呵一笑。

藤六表情复杂，小声道："这么说，似乎还早了点儿吧。谁知道这灯是不是那位大人点的？"

"如果是他点的，怎么不现身出来，把我们俩带了去？"

"大人自有大人的想法，我们揣测不了。"藤六有些不耐烦，想催促蒋南羽赶紧离开这是非之地。

"我看……"蒋南羽刚要说话，神祠里忽然刮起一阵冷风！

这风起得怪异！不是从大门口吹来的，似乎是从那神像身前涌起，兀自生成的！

噗！

燃烧的灯火，发出一声闷响，陡然熄灭！

就在这熄灭后的短短瞬间，地面微微震颤了一下，黑暗中，那尊神像似乎动了一下。

是的，蒋南羽虽然看得不清楚，但他分明感受到了那移动！

无比诡异的移动！

"不好！"藤六大叫一声，一把抓住蒋南羽，飞也似的奔出了神祠，咣当一声将神祠的大门关起。

"神像，好像动了！藤六，别拉我，我们回去看看……"

"看个屁呀！你不要命了？！大人来了！大人发怒了，再不走就迟了！"藤六根本不由蒋南羽分辨，拖着他，没命地朝山下奔去。

那风，的确很诡异！那神像，的确，动了！

蒋南羽一边跑，一边想，感到毛骨悚然！

难道，那位大人真的存在？！

他忍不住想转过身。

"别回头！"藤六大叫着，一把摁住蒋南羽的脑袋，阻止了他的动作，撒丫子跑开。

呜，呜呜呜呜……

奔跑中的蒋南羽，似乎听到了一阵低低的声音从身后传来。

从那神祠之中传来。

如哭如泣。

不，好像是笑声，比哭声更恐怖的笑声！

"尊贵的大人在上，恕罪呀！恕罪呀！"藤六边跑边祈祷着，带着哭腔。

呼！

大风忽起，巨大的树木摇摇晃晃！

轰隆隆！

惊雷在头顶炸开，闪电撕开夜幕，群山震颤！

瓢泼大雨，倾盆而下！

…………

奔跑，逃窜，在雨中跌跌撞撞，蒋南羽不知道摔倒了多少次。

两个人，内心都被巨大的恐惧所吞噬，如同惊弓之鸟。

蒋南羽陷入了无休止的混乱之中。

他一向认为所谓妖怪的说法，不过是虚无缥缈的存在而已，这东西世间绝对不可能有，但今晚发生的一切，极大地冲击了他的最后一道心理防线。

黑暗中，那神像的确动了，这一点，毋庸置疑！

藤六比蒋南羽更恐惧，一路上这个汉子几乎连一句完整的话都没有。

两个人不知道跑了多久，终于看到了岔道。

"下山了，歇一会儿吧。"藤六一屁股坐在地上，四仰八叉地瘫着。

脱离了危险，高度紧张的神经骤然放松，身上的力气顿时荡然无存，蒋南羽双腿一软，跪倒在地。

"你看清了？"蒋南羽低声道。

"真真切切，的确……的确动了。"藤六道。

然后，两个人之间是长久的沉默。

"蒋长官，所谓的传说，不会是捕风捉影，千百年来，一代一代的蝼蛄山人对此都深信不疑，足以说明问题。"藤六道。

蒋南羽无法反驳，掏出皱巴巴的烟盒，抽出一根烟，却发现已经湿透，根本无法点着。

"先回去吧，即便是我们走了这么远，山里也不安全。"藤六往后面看了看，曲折的山道，被浓雾笼罩着，影影绰绰。

两个人站起身，往前走了几步，身形几乎同时停住！

在前方二三十米远，就在那岔道口上，不知何时，出现了一个高大的黑影！

"谁？"蒋南羽大叫一声，快速抽出枪。

那黑影却没有应答，快速奔过来。

蒋南羽持枪而立，觉得自己脊梁骨直冒冷气！

不会……不会是那东西吧？

第十一章　羽衣杀

蒋南羽手在颤抖，手中的枪在颤抖，一颗心儿，也在颤抖。

从进入蝼蛄山开始，蒋南羽第一次产生了深深的恐惧。

对面那迅速逼近的黑影，犹如死神一般，令他觉得毛骨悚然！

开枪！开枪！

脑海中一个声音在命令着自己。

蒋南羽的手指，紧紧扣着扳机……

"谁？"同样吓得魂飞魄散的藤六，高举着警棍，声音都变了形。

"藤六哥……"

传过来的声音，让蒋南羽顿时松了一口气。

藤六奔过去，一脚把那黑影踹倒："娘的，差点儿被你小子吓出尿来！"

是白皮。

点亮灯笼，白皮哭丧着脸，捂着屁股直叫唤。

"不老实在金家待着，跑到这里干什么？差点儿要了你的命！"蒋南羽收起枪。

白皮昂起脸，见蒋南羽和藤六两个人一副惊恐万分的样子，忙道："怎么了？"

"山上……唉，一言难尽，回去再说。"藤六叹了一口气。

"你怎么来了？"蒋南羽扶起白皮。

"金宅乱成一锅粥了，胡巡长人事不省，我手足无措，只能来找你们了。"白皮赶紧道。

蒋南羽一愣，问："怎么回事？"

"出事了。"白皮耷拉着脑袋，"又有人……凭空蒸发了。"

"……………"

金宅，灯火通明，乱成一团。

宽大的木床上，胡淑芬四仰八叉地躺着，翻着白眼，四肢抽搐，石公站在旁边，急得团团转。

"发生了什么事？"蒋南羽来到屋子里，看到这情形，目瞪口呆。

"蒋长官……"石公见到蒋南羽如同见到了救星，走过来死死拉住蒋南羽的手道，"二槐，不见了！"

"二槐怎么不见了？"

"怕是不妙！"石公眼泪差点儿落了下来。

"到底怎么回事？"蒋南羽大声道。

"我也说不清楚，但事实就是如此……"石公转脸看着胡淑芬，"具体情况，要问胡巡长，他亲眼所见。"

蒋南羽来到窗前，摇了摇胡淑芬，胡淑芬牙关紧咬，哪里醒得来？

"掐人中！"藤六叫了一声，拇指用力掐向胡淑芬的人中，但这家伙只是发出一两声闷哼，依然如故。

"有针吗？"蒋南羽道。

"有！"石公跑出去，时候不大，取来一根银针。

持针在手，蒋南羽抓住胡淑芬的手，将锐利的银针狠狠地插入胡淑芬的指缝。

"呃……"胡淑芬的喉咙中发出一阵低呼，惨叫一声，一骨碌爬了起来。

"别杀我呀！妖怪大人！妖怪祖宗，别杀我呀！不关我的事呀！我就是混口饭吃！别杀我呀！"胡淑芬双手抱头，鬼哭狼嚎。

"巡长！巡长！"蒋南羽见胡淑芬醒了过来，松了一口气，一把将胡淑芬扯了过来。

"别杀我！我还年轻呀！我这么风流倜傥，英俊潇洒，杀了实在可惜呀！要杀你杀蒋南羽，都是他干的，不关我的事呀！"胡淑芬扯着嗓子鬼叫道。

"巡长！"蒋南羽见胡淑芬此刻吓得神志不清，抡圆了手臂，狠狠给了胡淑芬一巴掌。

啪！

这一巴掌，响亮无比，胡淑芬的脸上顿时出现了五个手指印。

"别杀……"鬼哭狼嚎的胡淑芬，漠然呆住，捂着脸，看着眼前的众人，道，"南羽？我，我没死呀？妖怪！有妖怪！"

蒋南羽哭笑不得，转脸看着石公。

"我陪老爷在二楼房间，忽然听到胡巡长一声惨叫，赶紧出来，发现他站在二楼的琉璃阁跟前，我跑过去，他指着里面，大叫着说有妖怪，说二槐被杀了，然后就晕倒了。"石公摊了摊手，"我和白皮立刻撞开了门，里头根本就没人。但整个金家都找遍了，也没有二槐的身影……"

"妖怪！妖怪杀了二槐！我亲眼所见！妈的，我要下山！我要下山！"胡淑芬一通乱叫。

蒋南羽的心，"咚"的一声跳到了嗓子眼儿。

"巡长，你说清楚，你到底看到了什么?！"蒋南羽大声道。

"看到什么已经不重要了！早跟你说有妖怪有妖怪，你他娘的非不信！这回我不但亲眼看到他，还见着了他杀人！妈的，血淋淋地砍掉了二槐的脑袋！"胡淑芬哭道。

"你冷静冷静！"蒋南羽递给胡淑芬一杯茶。

胡淑芬接过来，一饮而尽。

"整个事情从头到尾，你给我说清楚。"蒋南羽轻轻拍着胡淑芬的背。

胡淑芬哽咽着，抹着鼻涕，总算是平静了下来，在众人的注视之下，开始了诉说。

"你不是让我看着金青成嘛，我就看着呀。一直在他房间里，喝茶、聊天，后来实在是无聊，我想不如玩儿牌吧，你知道我牌玩儿得好，从那老小子手里赢个百八十块大洋是小意思，所以我就出门，想下楼到这房间里把我带来的那副象牙麻将拿上去，哪知道出了金青成的房门，就看见石二槐进了二楼东边的那个房间。"

胡淑芬说的二楼东边的房间，指的就是琉璃阁。那个房间，石公曾经跟蒋南羽介绍过，不住人，里头放置的都是一些贵重物品，其中有不少金家烧造的琉璃制品。

"然后呢？"蒋南羽问。

"我当时没留心这个，下了楼，来到房间，取了麻将又上去，和金青

成、石公打麻将,妈的,三缺一,没法玩儿,我就把白皮叫了过来,四个人玩儿了一会儿,我尿急,就出来撒尿。"

胡淑芬战战兢兢,唾沫横飞:"还没出门呢,就听到东边传来啪啦一声响,声音很大,好像是从那琉璃阁里传来的,我赶紧出门跑过去,然后忽然听到了铃声。"

"铃声……"胡淑芬这话,让众人面如土色。

"我亲娘呀,这声音一下子就把我吓到了!这狗屁的蝼蛄山里,铃声响起,只有一种可能!"说到这里,胡淑芬五官扭曲,身体抖得如同筛糠一般,"我怕呀,觉得屋子里可能不妙,就……就……"

胡淑芬声音颤抖,结结巴巴,说不出话来。

"就怎么样?"藤六大急。

"我不敢进去,就趴在门孔上往里看了一眼,哪知道……我亲娘!"胡淑芬再一次鬼哭狼嚎,"我看到了它!"

"它?"

"妖怪!是个妖怪!"

"那位大人?"蒋南羽道。

"除了那玩意,还能有谁啊!"胡淑芬叫道,"我看见它站在屋子里,穿着羽毛做成的衣服,披头散发,一手拿着法铃,一手举着一把刀,那刀……"

胡淑芬的瞳孔都放大了:"石二槐躺在地上,直挺挺的,那怪物用刀剁下了石二槐的脑袋,拎在手里,然后好像察觉到了我站在门外,缓缓转过了脸……"

胡淑芬颤抖着:"披头散发呀!一身是血呀!手里还拎着脑袋!我吓得……然后我就什么也不知道了。"

"是这样吗?"蒋南羽转脸看着石公。

石公和白皮同时点头。

白皮道:"东西掉在地上的声音,我们的确也听到了,也听到了铃声。所以我和石公同时冲了出去,看到胡巡长瘫倒在地,来到跟前,他指着雅间的房门说什么妖怪、二槐被杀了,就晕倒了。"

石公补充道:"一听是二槐,我就慌了,急忙推门进去,哪知道……"

"怎么了？"

石公和白皮又相互看了一眼，谁都没说话。

蒋南羽纳闷不已。

"蒋长官，你去琉璃阁看了之后，就明白了。"白皮道。

二楼东侧，琉璃阁。

两扇厚厚的大门敞开着。

蒋南羽带着众人，走了进去。

房间很大，布置得十分典雅。墙壁上挂着字画，古董架上摆满了各种各样的文玩，最显眼的是一排排的柜子，上面摆放着各种式样、各种颜色的琉璃制品，灯光之下，发出绚烂的光芒。

中间是个宽敞的空间，后墙摆放着一个巨大的紫檀屏风，屏风前是个长长的八仙桌，桌下地面上，一个精致的瓷器花瓶摔得粉碎。

蒋南羽疑惑地看着眼前的一切，转过身，对胡淑芬招了招手。

胡淑芬极其不情愿地走了进来。

"巡长，你说你看到在这房间里，那妖怪现身，而且砍下了石二槐的脑袋，是不是？"

"是，我亲眼所见！"胡淑芬使劲点头。

蒋南羽指了指四周："这，怎么解释？"

众人看着胡淑芬，全都露出疑惑的神色，尤其是刚跟着蒋南羽回来的藤六。

房间里就这么大，一目了然。

没有尸体，没有任何扭打挣扎撞乱摆设的痕迹，甚至，连一点儿血迹都没有！

"我，我真的看到妖怪在这里杀人！石二槐死了，脑袋被砍下来了！"胡淑芬大叫道。

蒋南羽盯着胡淑芬。他知道胡淑芬根本就没有说谎，他也没必要说谎。

"不可能！不可能呀！我看得清清楚楚，妖怪就站在这桌子跟前，砍下了石二槐的脑袋，到处是血！真的！"胡淑芬指指点点地叫道。

他显然也被眼前的景象搞得糊涂了。

"长官,我和石公进来的时候,房间里就这样,我们任何东西都没动。没有尸体,没有血迹。"白皮道。

石公也连连点头。

蒋南羽没有说话,他挑着灯笼仔仔细细地查看了一番,甚至跪在地上贴着地板看了又看。

"的确没有血迹,而且……"蒋南羽看了看周围,"房间里也没有任何通道,窗户都封死了。"

"是的,因为琉璃阁存放的都是贵重物品,为了防盗,窗户都封死了,钥匙只有三把,老爷一把,我一把,二槐一把。打扫这个房间的,平时都是二槐。"石公道。

"那就怪了!"蒋南羽摸着下巴,惊愕无比。

…………

房间里,烛影晃动。

蒋南羽、胡淑芬、藤六、白皮四个人,围着桌子面对面坐着。

"南羽,我真没说谎,我的确看到了!真真切切!"胡淑芬认真地道。

这二货难得有如此认真的时候。

"我知道,但二楼琉璃阁……和你说的根本就十分矛盾呀。"蒋南羽苦笑道,"你说你看到了那位大人在房间里现身,砍掉了石二槐的脑袋,然后你就晕倒了,对不对?"

"对!"

"在你昏倒的时候,白皮和石公已经出来了,而且来到了你的身边,对不对?"

"对!"白皮使劲点头。

"也就是说,在这段时间里,你们始终都没有看到有人从房间里出来。"

"对!"白皮再次点头。

蒋南羽揉着太阳穴:"然后,你和石公随即冲了进去,进去就发现房间里空空荡荡的。"

"对!"白皮声音颤抖。

"琉璃阁除了房门,是没有任何出口的,你们没有看到有人从门口出来，进去之后却发现里头空空荡荡的，那就是说……"

"凭空蒸发！"白皮忍不住站了起来，"不光是那位大人，连石二槐的尸体都凭空消失了！"

房间里一片死寂。

众人面面相觑。

良久，藤六转脸看着蒋南羽："蒋长官，这回，和林长生的死几乎一模一样呀。"

是呀，几乎一模一样。

林长生乘坐着密封的马车，在山间听到了铃声，然后开门，发现里头活生生的一个人凭空消失。这一回，胡淑芬同样听到了铃声，而且亲眼看到房间里那位大人砍下了石二槐的脑袋，石公和白皮冲进去却发现房间里根本没有人！

凭空蒸发，又一个凭空蒸发！

蒋南羽的脑袋，彻底乱了起来。

这完全不可能呀！

从胡淑芬听到铃声，通过门孔看到里面的情形，到石公和白皮冲进房里，中间不存在任何间隙，即便是房间里有人，他也不可能在众目睽睽之下，在一个密室里就这么消失了！

"不可能！如果是那位大人，即便是它从房间里凭空消失也可以理解，但石二槐可是凡人呀，就是死了，那尸体也不可能……"蒋南羽皱着眉头，几乎在狂吼。

这事情完全粉碎了他的一切价值观和常识。

"所以，这才是神隐呀。"藤六的一句话，让蒋南羽哑口无言。

似乎，眼下也只能有这么一个解释了。

但蒋南羽仅存的一丝理智无论如何接受不了这个解释！

"蒋长官……"就在僵持之时，合欢走了进来，"按照你的吩咐，我把家里的人都召集起来了，你看……"

"一个一个单独讯问吧。"蒋南羽道。

发生这件事情时，金青成、石公、白皮、胡淑芬四个人是在场的，排除嫌疑，金家剩下阿柳、阿桂、一串红、合欢四个人有不在场的时间。

所以，讯问这四个人说不定会有什么线索。

阿桂是第一个进来的。

"我当时在陪着奶奶。"阿桂道。

"金婆？"

"嗯。"阿桂点点头道，"这几天，奶奶的精神很不好，不是乱吼乱叫，就是躲在里头唱歌，今天下午我去送吃的时，发现她高烧不止，就赶紧熬药喂她。她一直在昏睡，我怕她有什么意外，就在小屋子里照顾她。后来我就出来了，锁上了房门，还没走到自己的房间，就听到楼上乱成一团。"

白皮在旁边对蒋南羽点头，表示阿桂所说属实。

"金婆的那个房间，除了大门之外，还有没有通向外面的通道？"蒋南羽问。

"没有。"白皮插话道，"阿桂熬药的时候还是我陪着进去的，里头很小，石壁密不透风，地下是石头。"

"平时生怕奶奶跑出来，里面是不可能有通道的。"阿桂道。

蒋南羽点了点头，没有说话，摆了摆手，示意阿桂可以出去了。

阿柳是第二个进来的。

"我睡了。"阿柳揉着眼睛，好像哭过，眼睛红肿。

"从头到尾，你一直都在自己的房间吗？"

"是。"阿柳声音很低。

蒋南羽很失望。阿柳的说辞，没有任何价值。

不过很快，阿柳抬起了头。

"长官，事发之前，我见过二槐。"

"哦？什么时候？"蒋南羽挑了一下眉头。

"就在你和藤六出去不久吧，大概……大概二三十分钟，我去找二槐……"

"你去找二槐干什么？"

"我……"阿柳低着头，耷拉着脑袋，神情很不自然。

蒋南羽坐在阿柳的侧面，他看到阿柳的脸红了。

"我给他送个东西。"阿柳的声音更低了。

"送什么东西？"

阿柳支支吾吾了一会儿，抬起头，似乎鼓足了勇气："长官，这是我的私事，我能不回答吗？我保证这和二槐的案子没什么关系，只是很私人的一个东西。"

"行，你继续。"既然阿柳不愿意说，蒋南羽也逼迫不得。

"我到前院，看到二槐准备出门，就把东西塞给他，二槐收了，没跟我说话，气呼呼地出去了。"

"气呼呼地出去了？"蒋南羽睁大了眼睛。

"是的。他当时脸色相当不好，好像很生气，没搭理我，飞快出门了。"

"你知道他出去干什么了？"

"这个我不知道。然后我就回房睡了。"阿柳说完了，重新低下了头。

打发走了阿柳，蒋南羽愣了起来。

阿柳是个善良的姑娘，这一点毫无疑问，但这一次蒋南羽始终觉得阿柳似乎有点儿奇怪。

"蒋长官，你不会怀疑阿柳吧？"藤六看着蒋南羽的样子，呵呵一笑。

"她刚才的表情……"蒋南羽沉吟道。

"她去找石二槐，是送东西，至于她为什么不说送了什么，是有原因的。"藤六笑道。

"什么原因。"

"阿柳一直喜欢石二槐。"白皮忍不住道。

"啊？！"蒋南羽如五雷轰顶。

这关系，有点儿乱！

传闻石二槐是石公和金青成第一个妻子花娘子的私生子，这一点虽然未经证实，但从之前蒋南羽讯问石公时，石公的反应来看，恐怕十有八九。而阿柳，可是金青成和花娘子所生呀，那就是说，阿柳和石二槐是同母异父的兄妹，怎么能……

藤六显然知道蒋南羽在想什么，低声道："石公和花娘子的事情，虽然蟋蟀山的人都知道，但金家的子女是不知道的。"

"哦。"蒋南羽顿时明白了。

的确，家丑不可外扬，这种事情，不管是石公还是金青成，甚至是一串红，恐怕都不会告诉下一代年轻人吧。

"我估计，阿柳半夜去找石二槐，肯定是送爱物吧，呵呵。"藤六道。

如果是这样，那就难怪阿柳不愿意说了。

"叫合欢。"蒋南羽道。

合欢是四个人里面，蒋南羽最为看重的。因为她和石二槐之间，已经是铁板钉钉的情人关系了。

"这个石二槐，和一串红有一腿，和合欢有一腿，还有阿柳喜欢着，还真是他娘的多情种。"胡淑芬在一旁骂道。

不过那话音里，明显充满了羡慕嫉妒恨。

合欢走进来，坐在椅子上，表情呆滞。

看得出来，她的心情很不好，很失落，也很伤心。

"他出门，干的不是什么好事！"合欢第一句话，就如同一发炮弹，炸得蒋南羽一帮人目瞪口呆。

蒋南羽起身轻轻关上了房门，给合欢倒了一杯茶放在桌子上，示意她慢慢说。

"他出门碰到三小姐，我是看到了的。"合欢撇起嘴。

三小姐指的是阿柳。

"他为什么出门？"蒋南羽问。

"那么晚了出门，能有什么事儿？"合欢瞥了一眼窗户，声音低低的，但夹杂着愤怒，"还不是去找那个人鬼混！"

"那个人？你的意思……是一串红吗？"蒋南羽低声道。

合欢没有回答，脸色涨红。

这算是默认了。

看来石二槐和一串红的事，她清清楚楚。

这些人，生活在一个屋檐下，关系却如此复杂，真是让蒋南羽哭笑不得。

"长官，我们出去的时候，看到一串红一个人在林子里烧纸钱，石二槐去找她，倒是天赐良机。"藤六笑道。

"但是，他为什么一脸怒气呢？"蒋南羽看着合欢。

"这个我不知道，反正他出门肯定就是鬼混。我也管不了，唉，我怎么这么命苦呢。"合欢快要哭出来了。

"然后呢？"

"然后我就干活呀，干不完的活。"合欢抹了抹眼泪，道："不过，他回来的时候，我是看到的。"

"哦？"蒋南羽兴奋起来，道："他说了什么没有？"

合欢摇了摇头："我当时在屋里，看到他的身影就追出来，喊了他，哪知道他根本就不理我，大步流星去一楼了。"

"一楼？他去石公的房间？"

"怎么可能，是去……东边啦！"

一楼西边住着石公，东边住着一串红。

蒋南羽和藤六相视苦笑。

"这个死鬼，出去时间还挺长的，起码有一个多小时，那个狐狸精先回来，大概又过了一个小时吧，他才回来，也不知道在外面搞什么。"合欢跺了一下脚，"两个人在外面鬼混了那么长时间，回来竟然还去她那里，公马也没有这样的！"

这纯粹是开骂了。

"如此看来，石二槐回来之后，找了一串红，但他为什么又跑到二楼琉璃阁去了呢？"藤六道。

蒋南羽把玩着手中的钢笔，道："如此看来，这一串红倒是有些嫌疑了。"

"长官，好好审审这个狐狸精，二槐要是死了，我和她没完！"合欢怒道。

"行了，出去吧。"蒋南羽无可奈何地笑着，然后对白皮摆摆手道，"叫一串红。"

一串红穿着一身暗红色的旗袍，依然是浓妆艳抹，依然是那么韵味十足。人进来，身上的香水味就弥漫了整个屋子。

这女人，唉，不管何时，看一眼就如同有毛毛虫钻进心里，痒得很。

她在椅子上坐下，掏出一根烟，胡淑芬赶紧起身给点上。

"说吧。"蒋南羽脸色凝重。

"说什么？"一串红吸了一口，把烟雾吐到蒋南羽脸上。

蒋南羽没吭声，目光死死地盯着她，格外寒冷。

除了他之外，房间里的其他人，亦是如此。

众目睽睽之下，一串红有些尴尬地笑了："你们不会认为石二槐的事和我有关系吧？"

"你说呢？"蒋南羽深吸了一口气，道："石二槐晚上出去，找的是你吧？他回来之后，依然找的是你。然后他就出事了，所以，你现在嫌疑最大。"

"我的好长官，饭可以乱吃，话不能乱说！我一串红就是个本分的女人，怎么可能干那种杀人放火的事？"

"本分？"藤六听了这话，忍俊不禁，其他人都笑了。

一串红见如此，也有些慌了，道："你们可别冤枉好人，好吧，好吧，我都说！都说还不行嘛！"

众人昂着脸，等着她。

"没错，石二槐出去是找的我。"一串红磕掉烟灰，淡淡地道。

"找你干什么？"胡淑芬阴阳怪气的，一副羡慕嫉妒恨的样子。

"他找我……是……是……"一串红虽然出身青楼，但这种事当着这么多人的面，也不好意思说出口。

一帮男人目光闪烁。

"好啦！反正你们估计都知道了，说了也无妨！"一串红昂起下巴，倒是大气得很，"我和他有关系。"

"什么关系？"胡淑芬"嘿嘿"笑了一声。

这是明知故问了。

"讨厌啦！就是那种关系嘛！情人。满意了吧？"一串红狠狠白了胡淑芬一眼，叼着烟道，"家里情况你们也看到了，金青成老了，不行了，可我还是……"

"都说女人三十如狼四十如虎，你可是一头猛虎呀。"胡淑芬的目光，如同蛇一般，来来回回地在一串红身上游走，色眯眯的。

"话糙理不糙。相比金青成，我还年轻呢，一个女人，空虚寂寞，住在这么个鸟不拉屎的地方，难免。"一串红说得极为坦然，又道，"这件事，你们不能告诉金青成。"

"放心吧，我们对你的这种事不感兴趣。"蒋南羽摆了摆手，道，"石二槐去找你，就是幽会？"

"幽会？我的好长官，你还真文明，直接说野合就是了。"一串红肆意地看着蒋南羽。

蒋南羽的脸唰地一下就红了。

"天当被子地当床，你们还真他妈的有情趣！奶奶的，这种好事，怎么就轮不到本大巡长呢。"胡淑芬捶胸顿足。

"滚。"一串红把烟盒扔向胡淑芬，对蒋南羽道，"不过，我没和他干那事儿。"

"为什么？"胡淑芬总算是找回了一点儿平衡。

一串红掐灭烟头："家里发生这么多事，死了这么多人，哪有心思干这个呀！再说，这几天，我也觉得自己的确是过分了，这种事即便是你有情我有意，也总是不光彩的，是作孽。我一串红这辈子好事没做过多少，再这样下去，迟早会有报应的。我自己倒没什么，可不是还有阿桂嘛，所以我觉得自己要痛改前非了，希望那位大人不要怪罪。"

"一下子又成圣人了，早干吗了？"胡淑芬呵呵一笑。

"但合欢说石二槐出去时间很长，你们……"蒋南羽示意胡淑芬闭嘴，沉声问道。

"我把自己的想法给他说了，希望以后不要继续了，他很生气，和我争吵，哀求我，我们纠缠了很长时间，后来我烦了，就自己回来了，他很伤心，估计在林子里黯然神伤呢吧。"

"他回来之后，去找你了？"蒋南羽又问。

"没有。"一串红摇头。

蒋南羽和藤六相互看了一眼，藤六冷笑一声："但有人看到石二槐回来直接去你的房间了。"

一串红摇头，道："那我不知道。"

"不可能吧？"

"有什么不可能的，我又不在房间。"

"你在哪里？"蒋南羽问道。

"回来之后，我就去三楼了。"

"去三楼干什么？"

"烧香，跪拜，祈祷，请罪。"一串红说得干净利索。

整个三楼，供奉着金家的列祖列宗的牌位，决定痛改前非的一串红上三楼烧香，合情合理。

"我一直都在上面，然后听到下面乱糟糟的才下来，就这样。"一串红摊了摊手，示意说完了。

白皮对蒋南羽暗暗点了点头，表明他的确看到一串红从三楼下来。

"还有个问题。"蒋南羽看着笔记本，头也不抬，"石二槐的母亲到底是……"

"金青成的上一任，花娘子。"一串红笑道。

看来，传闻果然不虚。

"这事儿家里只有三个人知道，金青成、石公和我。当初我听说的时候也很吃惊，一个男人，被自己的管家戴了绿帽子，还生下了儿子，金青成不但没有任何责罚，反而让这对父子留在了金家，咯咯……"一串红摇了摇头。

"为什么呢？"蒋南羽似乎对此很感兴趣。

"愧疚呗。"一串红冷笑，"出了这种事情，任何一个男人恐怕都无法忍受，但金青成比任何人都明白，这完全怪他自己。当年要不是他隐匿逃走，留下个烂摊子给一家人，孤苦伶仃、无依无靠的花娘子怎么可能会和石公有一腿？再说，十年呀，这么长时间，人家怎么知道他还活着？"

"有道理。"胡淑芬直点头。

一串红停顿了一下，又道："实话实说，金青成不在的这段时间，金家全靠石公，要不是他，金婆、花娘子和阿松早就饿死了。石公这个人，对金青成忠心耿耿，花娘子早年也救过他的命，所以发生这种事，只能说天意弄人。再说，金青成回来之后，石公差点儿自杀。"

"自杀？"蒋南羽吃了一惊。

"这事我也是听说的，当时我还没上山呢。"一串红一副同情的样子，"可能是石公觉得对不起金青成，想以死谢罪吧。金青成原谅了他，也正因为如此，石公和石二槐才留在了金家。"

"金青成对石二槐怎么样？石二槐这个身份，金青成……"

"完全没有憎恨。"一串红打断了蒋南羽的话,"把他当作家里的一份子,和阿桂他们同等对待,挺关照的,这一点,说实话,我挺佩服他的。"

一帮人都不说话。

一串红又道:"倒是石公,对石二槐管教得很严,告诫他万不能忘了自己是下人的身份,这些年,这对父子对金家也算是尽心尽力。"

审问完了一串红,房间里的四个男人失望至极。

虽然搞清楚了石二槐这一晚上的所作所为,但对案情似乎没有任何的帮助。

"我去一下三楼。"蒋南羽站起来。

"你还是怀疑一串红?"胡淑芬道。

"总要看看才能放心吧。"蒋南羽冷冷一笑,又道,"在金家,石二槐和她关系最特殊,而且之前两个人还有过争吵,再者……"

"怎么了?"胡淑芬问。

蒋南羽看着窗外:"我想起另一件事。"

"什么事?"

"阿松死的时候……"蒋南羽眯起眼睛,转脸看一帮人都看着他,笑道:"算了算了,还是去看看三楼吧。"

金家主楼三层。

通往上面的楼梯极为狭窄,只能单人通过,人踩在上面会发出吱吱嘎嘎的响声。

两扇雕花梨木的大门,被刷成猩红色,夜里看上去十分醒目。

推开大门,蒋南羽看到的第一眼,就倒吸了一口凉气。

整个三层,完全是一个彻底打通的巨大空间,层层叠叠排列着密密麻麻的灵位!

黑色的灵牌上,用金粉写着人名,有几百之多,放置灵牌的桌子,一直摆到了正门口。

灵牌前放着长长的供桌,桌子上安放着香炉、供盘等杂物,两根手臂粗细的白色蜡烛不断轮换,保持昼夜不息。

两旁布置着黑色绸缎的帷幕,分割出不同的空间,幽暗、深邃。

置身其中,你会觉得这里安置着一个家族的所有先人,那些灵牌不是

冰冷的木头,似乎每个死去的人,灵魂都停驻在这里。

供桌前方放置着一排垫子,用于跪拜,垫子旁还放着一个竹篮,那竹篮蒋南羽认得,是之前一串红出去烧纸钱时带的竹篮,这也说明晚上她回来之后,的确是直接上了三楼。

蒋南羽走近供桌,眯着眼睛仔细看着那些灵牌,很快他在其中发现了花娘子的名字。

"金家的列祖列宗都在这里,平时,这三楼是不怎么有人来的,除非是过年过节重大日子。"陪同的一串红介绍道。

继金青成受刺激身体垮了之后,因为石二槐的事,石公也倒了,所以陪蒋南羽来三楼的,只有一串红。

蒋南羽仔细在灵堂观察了一圈,没有发现什么异常,然后挑开帷幕。

灵堂的西边,隔着帷幕,堆放着各种各样的家具和用于祭奠的用具,摆放得整整齐齐。蒋南羽转了一圈,同样没有什么发现,然后又挑开东边的帷幕。

照理来说,灵堂位于正中,西边是个隔间,东边也是,但蒋南羽拉开帷幕之后,却发现距离自己几步远的地方,竟然是一堵墙。

"不对吧。"蒋南羽转脸看着一串红,"这里应该也是个隔间才对。"

一串红呵呵一笑,指了指一侧。

蒋南羽转脸看了看,发现这堵墙尽头的一个幽暗的角落里,有个木门。

木门不高,上了一把巨大无比的铁锁——锈迹斑斑的大锁。

原来,这堵墙的后面是个房间呀。

"这个房间三十年没打开了。"一串红道。

"为什么?"

一串红苦笑道:"金家的事,蒋长官肯定十分清楚,三十年前,金青成突然失踪的那晚,起了大火。"

"嗯。"蒋南羽点点头。

"原先金宅没有现在这么大,就是一个院子,盖了三层主楼。那把火,把院子全烧了,主楼也烧得塌掉了大半边,但东边的这半边,却没有塌,原因很简单,楼的东边地基打得牢,西边却是直接建在岩石上的,所以……"

"那这房间为什么锁上呢?"蒋南羽道。

"我也是听说的……"一串红若无其事地道,"那时候三楼还不是现在这个样子,没有供奉祖宗的灵牌,放置着杂物,金青成不是雇人挖金矿吗,伙计不少,院子里住不下,有些就住在三楼。突然失火,又是在夜里,当时楼上还有七八个伙计呢……"

蒋南羽的脸苍白一片。

一串红叹了一口气:"火太大,那些伙计被困在了东边的这个房间里,全都烧死了。火熄灭之后,石公上来,发现一个个都成了焦尸,很惨。"

蒋南羽觉得很是寒冷。七八条人命呀,一把火就全给烧没了。

一串红又道:"金青成失踪后,金婆、花娘子、石公和阿松,四个人原本是住在这破楼里的,但花娘子老说夜里能听到三楼有动静,还听到哭声,说是闹鬼。石公就在外面砌了一堵墙,重新上了门,锁上封死,可花娘子还是疑神疑鬼的,最后他们只好离开了这里,到外面搭窝棚。"

蒋南羽也是叹息不断。

"金青成回来之后,重修宅子。现在的三楼是在原先的框架上重新修缮的,并不是推倒重来,所以这个房间就保留了下来,一直没动。蒋长官要是看,我下去让石公来,他身上应该有钥匙吧。"

一串红说完就要下楼,被蒋南羽拦住了。

石公现在估计正经受着丧子之痛半死不活呢,蒋南羽实在是不忍心让他上来。

"走吧。"蒋南羽远远看了一眼那扇木门,放下了帷幕。

从三楼下来,蒋南羽独自去了金青成的房间。

房间里静悄悄的,金青成靠在床上,和衣而卧,手里抱着一把短枪,双目中满是血丝。

蒋南羽坐在对面,很长时间,两个人都默然无语,气氛变得有些诡异。

"难道你不想告诉我一些事情吗?"蒋南羽先开了口。

他微微笑着,笑得意味深长。

金青成一动不动地看着窗外,问:"什么事情?"

蒋南羽沉默了一会儿，道："有些事情，你骗了我。"

"我不明白你什么意思。"

"有些事情，你说了谎，我已经发现了。"

"什么事情？"

"抱歉，在完全没有解决这些疑案之前，我不能说。"蒋南羽沉声道。

"你还在怀疑我？"金青成转过脸，冷冷地看着蒋南羽。

那张面目全非的脸有些狰狞。

"怎么说呢……"蒋南羽沉吟了一下，"有的事情，我已经明了，有些事情，我是在怀疑你，但更多的事情，显然又和你没关系。"

"当然和我没关系！"金青成忽然高声道。

"都这个时候了，你不打算对我敞开心扉吗？"蒋南羽指了指外面道，"已经死了那么多的人。"

金青成缓缓闭上眼睛，胸脯剧烈起伏。

很长时间，他都没有说话。

蒋南羽静静地等着。

终于，金青成再次睁开眼睛："蒋长官，我不知道你刚才说的我骗你指的是什么，但我可以明确告诉你，我没有杀人，这些案子和我也没有任何关系！"

蒋南羽沉默。

金青成挣扎着坐起来，他转过身子，和蒋南羽面对面。

老头的目光，死死盯着蒋南羽："和你的那个上司相比，蒋长官，年纪轻轻的你很了不得。"

"过奖了……"蒋南羽摇摇头。

蒋南羽话还没说完，金青成忽然站起来，一把抓住了蒋南羽的手。

"蒋长官，我求求你，救救金家吧！"金青成很激动，声音在打战，"现在，只有你能救金家了！"

金青成的态度，让蒋南羽十分惊讶，但他很快冷静了下来。

"看来你也觉得有人在对金家下手。"蒋南羽把金青成搀扶到了床上，道，"除了林长生和木下三郎，你们金家已经出了三条人命了，而且我有预感，悲剧似乎并没有停止。"

金青成剧烈地喘息着，没有说话。

"即便是这样，你还没有什么要跟我说的吗？"蒋南羽冷冷地道。

"或许，是报应。"金青成有气无力道。

"别拿什么妖怪、那位大人糊弄我。"蒋南羽笑了一下，"凶手似乎从一开始就奔着你们金家来的。我很纳闷，在蝼蛄山，如果说有人和你们金家有仇的话，只能说是木下三郎了，但他已死。除此之外，我实在想不出谁会跟金家有这么大的仇恨……"

金青成突然转过脸，盯着蒋南羽，双目圆睁："蒋长官，这也正是我苦恼的地方！"

看得出来，金青成没有说谎。

他的眼睛里满是愤怒和困惑。

"时候不早了，休息吧。"蒋南羽摇了摇头，走向房门。

"蒋长官！"

蒋南羽停了下来，他并没有转身。

"无论如何，请……救救金家！拜托了！"身后金青成的声音，异常诚恳。

"我一定尽责尽力。"蒋南羽丢下一句话，迈步走出房间。

关上房门的那一刻，他听到房间里传来金青成一声长长的叹息。

第十二章 丧魂雨

山里气候异常，变幻莫测。前不久还阴云密布，这时却浮云散去，月朗星稀。

院子里的那棵梧桐树，在清风的吹拂下枝叶微微摇摆，竟然有几只萤火虫，晃晃悠悠地在树下飞舞，光影点点。

胡淑芬坐在树根上，正在表情夸张地说着话，他的对面站着野叉。

胡淑芬肯定是在向别人诉说自己的恐怖遭遇，一副见了鬼的样子。

他们距离蒋南羽很远，蒋南羽忍不住苦笑连连。

"巡长！"蒋南羽高叫了一声，胡淑芬听见了，站起来，又和野叉说了几句，野叉出去了。

"谈完了？"胡淑芬叼着根烟，来到蒋南羽面前，抬头看了看二楼。

"嗯。"蒋南羽看着走远的野叉。

"老金说啥了？"胡淑芬被烟熏得闭着一只眼睛。

让他陪着金青成才一天，称呼都变成"老金"了。

"没说什么。"将南羽指了指门口，"野叉来干什么？"

"之前他不是来告诉你说神祠灯亮了嘛，你们走后，他也回木场了，回去之后越想越怕，唯恐你和白皮有麻烦，过来问一下。好人呀。"胡淑芬笑了笑，然后又小声道，"之前乱糟糟的忘问你了，神祠怎么样？灯，真的亮了？"

"亮了。"

胡淑芬倒吸了一口凉气："真的，亮了？！"

蒋南羽点点头。

"你们看到……看到那东西了？"

"你是说那位大人？"

"废话！白夜三更的，除了那东西，谁会上去点灯呀！"

"没看到，什么都没有。"蒋南羽想把神祠的事告诉胡淑芬，但转念一想觉得没必要，如果告诉胡淑芬那神像动了，这位大巡长估计立马就要闹着下山去。

"半夜亮灯，然后我就看到了那东西在金家出现，杀人，这不是巧合。南羽呀，蝼蛄山的那个传说不是捕风捉影，就是真的。我看，还是趁早结案的好。"

"趁早结案，我也想，可总不能像上头说的那样凶手是妖怪吧。那样，你我都不用干了。"

"真他娘的倒霉！"胡淑芬大声抱怨道。

"石公在房间？"蒋南羽看了看一楼左侧的房间，里面还亮着灯。

"在，不过老头精神很不好，刚刚还吐了血。"

"这么严重吗？"蒋南羽皱起眉头。

"我可是亲眼看到他那个亲生儿子被妖怪砍了脑袋的！而且宅子里外都找遍了，鬼影子都没有，肯定凶多吉少，怎么，你要见他？"

"嗯。"蒋南羽拍了拍胡淑芬的肩膀，来到石公门前，敲了敲，推门而入。

石公平躺在床上，眼睛直勾勾地看着天花板，听到声响，见是蒋南羽，急忙坐了起来。

"不用起来了，我来看看你。"蒋南羽做了个手势，示意石公躺下。

"长官，有我儿的消息吗？"石公满脸关切。

蒋南羽摇摇头。

石公神情顿时为之颓然，难过道："好好的，怎么会……"

"你恨金青成吗？"蒋南羽突然插话。

石公愣了一下，看着蒋南羽，露出疑惑的表情。

蒋南羽将身体微微后仰，靠在椅背上，盯着石公。

"蒋长官为何会如此问？"

蒋南羽把手伸入口袋，拿出了那枚琉璃碎片，在灯光下晃了晃。

石公的目光，长久地停留在那枚琉璃碎片上。

"你知道的。"蒋南羽把碎片放回兜里道，"有些事情，即便是你不说，即便是金青成骗了我，我还是发现了。"

"蒋长官真是……真是睿智。"石公感叹一声。

"多谢夸奖。"蒋南羽皮笑肉不笑,"所以……你恨金青成吗?"

"恨?为什么要恨?"石公笑了一下,那笑容很复杂,"终究是我做错了事情。"

"但是他也不该那样吧。"

石公很长时间都没有说话。

老头起身,坐起来,面对着蒋南羽:"蒋长官,这么多年,老爷……不容易。"

蒋南羽倒茶。

石公长叹道:"你永远都无法想象这些年他吃的苦。为了这个家,他殚精竭虑。这么多人,老老少少,吃喝拉撒,还有外面的产业,乱七八糟的人情来往,还有蝼蛄山人的这些白眼、议论,全都由他一个人顶着。他,难呀……有些事情,你既然知道,我也不想瞒你。对我来说,当下的金家最重要,这么多年,老爷对这个家的付出别人不晓得,但我看在眼里,我能做的,就是尽可能帮他一把,仅此而已。至于恨,根本不存在。"

蒋南羽笑了笑。

石公正襟危坐道:"蒋长官,能跟你说句实在话吗?"

"请讲。"

"凶手不可能是老爷!"石公大声道。

蒋南羽把玩着手中的茶杯盖子,不动声色。

"我知道长官你一直在积极调查,或许有了些线索。不管你了解到什么,我都可以向你保证,老爷绝对不是凶手!"

"推断谁是凶手,这是我的事。"蒋南羽摆了摆手,道,"我们来说说二槐吧。"

提起石二槐,石公的脸瞬间又黯淡下去。

"或许,出了这档子的事,怪我。"石公双手捂着脸,哽咽着。

蒋南羽掏出手帕,递过去。

石公接过来,看着脚下的地板:"从小我就太溺爱他,虽然也管教,但都是训斥,从来没替他想过,没真正关心过他,所以他那性子,唉……"

"在这个家里，二槐似乎很忙呢……"蒋南羽数着手指，"一串红、合欢、阿柳……"

石公的脸色变得很尴尬："长官，二槐这些事让我这老脸没地方放，但本质上他还是个好孩子……"

"石公，你误会我了，我不是在指责二槐是个私生活放荡的人，年轻人嘛，都这样。我的意思是，他出事，会不会……"

"不会！"蒋南羽话没说完就被石公粗暴地打断了，老头直摇头："不可能！夫人虽然……但我了解她，她干不出来杀人越货的事，至于合欢和阿柳，都是我从小看着长大的，更不可能。"

"那二槐在蝼蛄山，有仇家吗？"

石公认真想了想，羞愧道："说实话，那孩子的事，我根本不了解，他总喜欢往山下跑，四处逛荡，什么人都能交朋友。"

"那就怪了。"蒋南羽皱起了眉头。

"蒋长官不认为凶手是妖怪？"石公突然抬起头，看着蒋南羽道。

蒋南羽被这个问题搞得苦笑连连，道："怎么，连石公也认为是妖怪？"

石公站起来，走到床边，看着院中那棵大树："或许……真的是妖怪干的呢。"

蒋南羽正要说话，石公摆了摆手。

"蒋长官对妖怪了解多少？"

"这个我是外行，不过我有个朋友，是研究妖怪的专家，可惜现在不在。"蒋南羽笑道。

"算一算，我在蝼蛄山生活了三十年，直到近几年，才明白妖怪到底是怎么回事。"石公望着窗外，目光有些迷离。

"愿听高见。"

"上古时期，众生蒙昧，太多的事情我们无法知晓，或许人和妖怪没什么分别，在彼此的眼中，都是世间的存在罢了，如同山猫和飞鸟，各有各的栖身之所，即便是遇见了，也不过是匆匆一瞥。"

石公的话语很轻，但让蒋南羽听了，不由得为之震撼。

"时光荏苒，人类繁衍生息，改天换地，人和妖就泾渭分明了。我想，

那妖,一定对熙熙攘攘的人间格外感兴趣,所以盛唐时代,不管是长安还是洛阳,都是人妖共处,发生了很多奇闻轶事,也算是热闹无比。"

"但再往后……"石公转过身,看着蒋南羽,笑道:"我认为,人和妖合二为一了。"

"合二为一?"

石公点头:"你中有我,我中有你。一方面,大隐隐于市,妖怪就隐藏在人群中,和普通人一样穿衣吃饭,嬉笑怒骂,变幻莫测,隐去了本来面目,根本发现不了;另一方面,它已经侵入人的五脏六腑,深深扎根在人的头脑中,很多时候,很难说清楚那众生到底是人是妖了。"

蒋南羽愣了。

他头一次听到有人竟然这么解释妖怪,而且理解的角度是那么奇特,那么有道理。

面前的这个老头,表面看上去,就是个普通的山中老农,可他说的这些话,即便是一等一的哲学家也不过如此吧。

"都是我胡思乱想的,让蒋长官笑话了,人老了,话就多。"石公走过来,坐在对面,道,"我想求蒋长官一件事。"

"何事?"

"明天,我想离开宅子。"

"离开宅子?"

"嗯。"石公重重点头,"我就只有二槐这么一个孩子,他就这么失踪了,所以明天我想出去招些人手,四处找找,即便是……活要见人,死也得见尸吧。"

面对这么个要求,蒋南羽很难回绝,便点头表示同意。

"很晚了,蒋长官早点儿歇息吧。"说完了这些,石公歉意地道。

蒋南羽起身告辞。

走出房门的那一刻,石公突然转过脸:"蒋长官,你不用在老爷身上浪费时间了,他绝对不可能是凶手。"

蒋南羽脚步停顿了一下,随即迈出去,关上了房门。

经历了这些,回到房间,已经过了子夜。

但里头熙熙攘攘,烟雾缭绕,热闹得很。

看着胡淑芬鸡飞狗跳、他对面藤六唾沫纷飞的模样，蒋南羽用脚趾头想都明白，肯定是胡淑芬已经知晓今晚神祠之中发生的诡异事了。

"这地方不能待了。"胡淑芬吓尿了，良久又道，"升官发财固然重要，但性命更重要，命如果没了，他娘的就是金山银山放在你面前，也没个鸟用。"

这话倒是说得在理，可蒋南羽不会搭理他。

"还没找到石二槐？"蒋南羽望向藤六。

藤六摇头："宅子里都搜遍了，宅子附近也找了，一无所获，要不明天我去木场，发动大家一起找？"

"暂时不用。"蒋南羽摇头坐下来，疲惫不堪道，"白皮，从案发时到现在，宅子里有没有进去过什么人，出去过什么人？"

"没有。"白皮想了想，摇头，又补充道："除了野叉。不过，他案发之前来过就走了，案发之后也来过，随后也走了。前前后后我盯得很紧，没啥问题。而且，合欢一直在外院，她也可以证明。"

藤六点了点头："看上去的确是没可能，他来去都两手空空，若他是凶手，石二槐的尸体他藏匿不了，而且，装扮那位大人的法衣，我们也没搜查到。"

蒋南羽看着白皮，道："有个问题需要搞清楚，白皮，这个需要你好好想想。"

"长官请说。"白皮见蒋南羽的态度异常凝重，不由得直起了腰。

"木下三郎在工房里面遇害的时候，进去过两伙人，对吧？"

"是的，金青成和木场的一帮搬运木柴的木客。"白皮不明白蒋南羽为何突然问这个问题。

"你仔细想一想，锅炉冷凝装置的那个鸭嘴形状的喷嘴上，有没有放着什么东西？"

"啊？！"这回不仅是白皮，连藤六也惊讶起来，全都疑惑地看着蒋南羽。

白皮挠了挠脑袋："两次都是我开的门，而且我的确进去了一会儿，那个喷嘴上……"

白皮眉头紧锁，闭上双眼，敲着脑袋，使劲儿回忆。

胡淑芬想说话，被蒋南羽制止了。房间里一片死寂，大家都在等待白

皮的答案。

那么大的屋子，白皮会不会注意那个鸭嘴，谁都说不准。

"好像……好像是没有东西。"白皮睁开眼，"蒋长官，我记不清了。"

蒋南羽十分失望。

"这个重要吗？"白皮忙道。

蒋南羽点了点头，道："很重要。"

"让我再想想！"白皮双手抱着头，蹲在地上，仿佛便秘一般，哼哼唧唧。

这的确有些难为他了。

"不急，慢慢想，我承认这对你来说，太苛刻了。"蒋南羽笑道。

白皮摆了摆手，示意大家别打扰他，然后站起来，在房间里来来回回踱步。

胡淑芬使劲捅了捅蒋南羽，低声道："你小子要搞什么鬼？"

"找答案。"蒋南羽不动声色。

白皮足足想了十几分钟，然后大步来到蒋南羽跟前，哭丧着脸道："长官，我真的记不清了……"

其他三个人都叹了口气。

不过白皮很快又道："但我可以肯定，金青成进去前后，喷嘴上是没有东西的。"

"哦？！"蒋南羽露出大喜的模样问，"你确定？"

"确定。"白皮扯过椅子，在蒋南羽对面坐下，"带金青成进去的时候，我走到那堆木柴跟前，扫了那锅炉一眼，上面没东西。"

"你去木柴那里干什么？"藤六忍不住道。

"我想找根结实的木棍，做个东西防身呀，就挑了根杉木拿了出去，出去之后发现杉木中间被蛀空了，等金青成出来后，我就进去把它扔了回去。当时木下三郎还活着，而且我肯定那个鬼喷嘴上没东西。"白皮说完，看了看蒋南羽。

蒋南羽摸着下巴，陷入沉思，继而笑道："看来，和我判断的一样。"

"南羽，你这葫芦里到底卖的什么药？"胡淑芬被神经兮兮的蒋南羽搞得分外难过。

"不可说也。"蒋南羽"嘿嘿"笑了一声，又问白皮道："那帮搬运木柴的人都有谁，你还记得吗？"

这回白皮轻松了，道："领头的是蓬头，剩下的我也认识，都是木场的。不过因为人多，所以我才没注意到那喷嘴……"

"已经足够了。"蒋南羽对白皮笑道，"看来明天我们要去木场走一趟了。"

"怎么，你怀疑野叉？不对吧，那天他可没出现在木场。"白皮诧异道。

"我没说怀疑他。"蒋南羽摇头，"不过有些事情，得调查清楚。"

胡淑芬、白皮、藤六面面相觑。

"睡吧，明天还有很多事要做。"蒋南羽站起来，打了个哈欠，伸了个懒腰。

天气恶劣。

大雨下个不停，一直到凌晨都没有歇息。

蒋南羽起得很早，还没到早饭的时间，便站在窗户旁边看雨。

空气有些凉，风吹过来，带着雨气，让蒋南羽不由得想起陆游的两句诗："水风吹葛衣，草露湿芒履"。

不过随即他又自嘲地笑了笑。现在这种焦头烂额的情况下，自己竟然还有心情想到诗，真是有些煞风景。

刚准备回去添一件衣服，忽然听到奔跑声。

快速地奔跑。鞋子敲击在地面上砰砰响，很快听到粗重的喘息声。

一道人影飞进了后院，一边跑一边大喊："长官！蒋长官呢？！"

他的声音很大，响彻整个院子。

旁边的房门开了，藤六和白皮都齐齐站了出来，看到院子中的那个人，这两人也是一愣。

是野叉。

全身都湿透了，头发杂乱地贴在头皮上，耷拉着，往下滴水，额头上瘀血青紫，脸色苍白，瑟瑟发抖。

他双目圆睁，仿佛受到了巨大的惊吓。

"野叉，这大清早的，你怎么跑来了？"藤六一边穿着衣服一边走过来。

"出事了！"看到蒋南羽，野叉如见到救星一般，扑过来，急道，"完

了！这下完了！"

"什么完了？"藤六来到跟前，大声道。

"死了！石二槐死了！"野叉哆嗦了一下。

"死了？！"藤六和白皮异口同声。

"你是说……石二槐死了？"

"是的！死得不能再死了，脑袋没了，尸体横躺着！可把我吓死了！"野叉摆着手。

"在哪儿？"蒋南羽问道。

"神祠！在神祠！"

"神祠？"蒋南羽闻言大惊。

"又死了？！还在神祠？"胡淑芬从窗户中伸出了头。

野叉使劲点了点头："巡长，你赶快去吧！"

"这个……南羽呀，你去跑一趟吧，本大巡长还得看着金青成呢。"胡淑芬噌地一下缩回了脖子。

其他人看着蒋南羽。

"别愣着了，我们上山。"蒋南羽咬了咬牙。

一通收拾，很快四个人打着伞急急忙忙出了门，在雨中穿过林莽向深处进发。

四个人动作迅速，健步如飞。

"昨晚，巡长看到二楼雅间里那位大人现身砍了石二槐的脑袋，结果冲进去发现里头鬼都没有，我们几乎把宅子挖地三尺也没找到石二槐的一根毛，怎么尸体会出现在神祠呢？那地方距离金宅太远了！"白皮一边走一边道。

"难道……"藤六看了蒋南羽一眼，想说什么，最终还是没开口，他有些惴惴不安。

"蒋长官，你说昨晚看到神像动了……"白皮凑过来，低声道，"难道巡长说的是真的，那位大人不但杀了石二槐，还把他带回了神祠？"

蒋南羽没有回答白皮的问题，而是转脸看着走在旁边的野叉："野叉，这大清早的，还下着雨，你跑到神祠做什么？"

这个问题，让藤六和白皮都一愣，随即好像想到了什么，纷纷看着野叉。

野叉苦着脸道:"我也不想去呀!今天是我爹的山隐之日。"

白皮和藤六脸上先前的怀疑表情顿时荡然无存,重新露出悲怜的神色来。

对于蝼蛄山的人来说,人生中没有比将亲生父母背上山送死更刻骨铭心的事情了。

"到底怎么回事?"蒋南羽盯着野叉脸上的青紫,问道。

野叉带着哭腔:"今天是我爹的大日子,所以昨晚我从金宅回去就一夜没睡,一直忙着,我爹把我养这么大,一把屎一把尿的,一辈子没享过福,到老了我还要背他上山去……我不孝顺呀。"

野叉抹着泪,藤六和白皮唏嘘不已。

野叉抽泣着道:"我跟我爹说,木下家绝后了,没有了祭司,山隐就无法进行,还是不上山了吧,大不了我辛苦一点儿,过些日子到外面去打拼,还是有他一口饭吃的。可我爹却说……"

野叉摇了摇头道:"我爹说蝼蛄山世世代代都是这样,人过了七十就是废物,就得上山,这是和那位大人的约定,绝对不能坏了这个规矩,否则那位大人发怒,整个蝼蛄山都得不到眷顾。我爹还说,虽然现在祭司没了,可今年与往年不一样,今年是六十年一次的神现,那位大人早已经到了山中,即便没有木下三郎,那位大人也能带走他。"

野叉哭了,看着三人道:"其实我很清楚,我爹就是不愿意拖累我,他觉得他走了,起码我可以活得好点儿,可以多赚点儿钱风风光光娶了山桃。"

蒋南羽听得不免心酸,拍了拍野叉的肩膀。

野叉昂头吸溜了一下鼻子,继续道:"我说不过他,只得收拾停当,拿出了背篓。爹很平静,他去看游光,那小子还在睡,爹亲了亲游光的脸蛋,就跟我出来了。他没说话,可我看到他流泪了。长官,我爹这么多年,从来没在我面前流过泪。"

"我背着他上山。他在我背上,帮我打着伞,就像小时候雨天接我回家一样,把我护在自己身下。长官,这世间,还有谁过得比我们蝼蛄山的人苦呢?一辈子贫穷,吃了上顿没下顿,临了还得背着自己的父母去送死……"

呜呜呜，野叉号啕大哭："我恨呀！我恨自己，恨自己为什么生在这种地方！恨自己没本事，不能赚大钱！如果有了钱，我爹就不用上山了！"

蒋南羽听得难过，默默无语。

"然后呢？"藤六同样唉声叹气。

"一路上没什么特别的事，到了神祠，我推开门，放我爹下来，发现神像跟前好像有个人影，走过去一看，脑袋被砍了……"

"你怎么断定那就是石二槐？"蒋南羽打断道。

"我当然能认出是他，石二槐手背上有块桃花状的胎记，我们平时都开玩笑说这小子天生就是有桃花运的人。"

"然后你就下山了？"

"嗯！我吓坏了，把我爹放在神祠里，告诉他待着不要动，就赶紧下山通知你们了！"

蒋南羽听完，掏出烟点着，抽了一口，道："赶紧上山吧！"

当四个人来到神祠跟前时，全身都湿透了。

这么大的雨，即便是打着伞，也无济于事。

野叉在前，噔噔噔上了台阶，进了半开的门，随后里头传来他的一声叫："爹！"

蒋南羽和藤六相互看了一眼，面带疑惑。

"似乎出事了。"白皮道。

三个人随后进了神祠，见野叉发疯一般，在神祠里面四处找，一边找一边喊："爹！爹！"

蒋南羽四下看了看，神祠空旷，除了神像下的那具尸体之外，四处空空荡荡。

那具尸体，穿着那位大人的血色羽衣，脑袋不翼而飞，横躺在地上。

"蒋长官，我爹没了！"野叉走过来，双目赤红。

"会不会出去了？"白皮道。

"不可能！"野叉摇了摇头，"我离开的时候让他不要乱动，在这里等我，我爹一辈子老实，我的话他向来都听，他是不会出神祠的！"

"可神祠就这么大地方，的确是没人呀。"藤六四下走动，然后突然道："这是……"

言罢，他弯腰从神像下捡起了个东西。

野叉见了，冲过去，一把夺过："我爹随身的烟锅！东西在这里，人呢？"

白皮暗地里扯了扯蒋南羽，又指了指上头。

蒋南羽微微昂起头，看着那尊面目丑陋的神像。

他的心剧烈颤抖了一下！

那相如老妪的丑陋神像，张开的大嘴，竟然殷红一片，分明是血！

神像……竟然……口中有血？！

蒋南羽的头发，唰地竖了起来！脊梁骨直冒凉气。

野叉显然也注意到了两人的异常，他昂起头，也看到了那景象，随即尖叫一声："爹！我爹！那位大人……"

"神现，带走了！"藤六目瞪口呆。

蒋南羽哼了一声，道："现在不要忙着下结论，你们三个赶紧出去，四处找找，看能不能发现老爷子。"

"走吧。"藤六带着二人，出去了。

三个人走后，神祠里面冷冷清清，只剩下蒋南羽一人，还有一具尸体。

蒋南羽放下工具箱，打开，从里面掏出手套，戴上，取出工具，缓步来到神像跟前，昂头冷冷地看着它。

依然能感觉到那神像的目光，即便是一具石头，那双目深邃诡异，如同暗夜中的大海。

"我不相信这些事是你做的，若你真的有灵，就请眷顾着对你崇拜千年的可怜山民吧，他们是无辜的。千年来，你看过太多的生离死别，你应该比我懂得生命是多么可贵。"面对神像，蒋南羽喃喃自语道。

外面大风骤起，豆大的雨点落下，啪啪作响。

神像无语，幽幽而立。

蒋南羽跳上神座，抬手抹了抹神像的嘴，手套上殷红一片。

他扯回手，看了看，闻了闻。

的确是人血。

然后他下来，开始对石二槐的尸体仔细做检查。

忙活了很长时间，刚刚做完尸检藤六他们就回来了。

三个人的衣角，啪嗒啪嗒往下滴水，面目惨白。

"找遍了，没有人影。"藤六摊了摊手。

蒋南羽点烟，抽了一口，指了指尸体："抬着，我们下山。"

"那我爹……"野叉张大嘴巴。

"如果我的预感没错，鬓三爷爷恐怕……"蒋南羽没有说下去。

但所有人都明白了。

野叉扑通一声，瘫坐在地。

…………

雨还在下。

桌子上，茶水已凉。

安静，针掉在地上都能听到声音。

"怎么可能呢？！"

一声暴喝。

金青成从座位上站起来，面目扭曲地看着蒋南羽："二槐的尸体，怎么会跑到神祠里？！"

一屋子的人。

除了有蒋南羽、胡淑芬、藤六、白皮，还有石公、金青成、一串红。

"昨晚二槐回来进了屋子，接着胡巡长看到他被那位大人砍了脑袋，但房间里什么都没有！没人看到凶手，没有发现尸体，更没有看到有人运出尸体！尸体怎么可能会凭空消失又在神祠出现呢？真的是二槐？"金青成很激动。

"老爷，我去工房看了。"石公肝肠寸断，"的确是二槐。"

金青成呆了，大声道："我想不通！"

石公垂下头，默然无语，但可以看到他的双肩在抽动。

"尸检怎么样？"胡淑芬问道。

"死亡的时间，应该就在昨晚。死者全身没有任何伤痕，致命伤就在脖子上，和之前的差不多，干净利索，将脑袋直接砍下。"蒋南羽回答得言简意赅。

"妈的！越来越邪乎了！石二槐就这么死了，连野叉他爹都蹊跷失踪了，活不见人死不见尸，依我看，估计也是被那妖怪带走了，这是第几条人命了？"胡淑芬眼巴巴地看着藤六。

"第五个。如果算上鬓三爷爷，那就是六个人。"

"六条人命呀……"胡淑芬摆了摆手指，"那岂不是说，还有三条？"

蒋南羽皱了皱眉头，刚要说话，忽然听到外面传来争吵声。

藤六站起来，通过窗户往外看。

雨大，争吵声听得不太清楚，但似乎是阿柳。

"怎么了？"蒋南羽问道。

"是阿柳和野叉，野叉好像惹恼了阿柳。"藤六道。

"蒋长官……"金青成来到蒋南羽面前，道，"事情越来越脱离掌控了，我觉得你们应该向上头请求增派人手！"

"看来，你是对大名鼎鼎、风流倜傥、智勇双全、玉树临风、视金钱如粪土的本大巡长的能力，有所怀疑呀？！"胡淑芬听了这话立刻坐不住了。

金青成冷笑一声："我可没有这个意思，不过，你们两个人来了这么长时间，似乎没什么进展，眼下凶案连发，为了金家，我……"

"本大巡长已经有了线索，很快就能破案！你这么做，实在是让本大巡长很不高兴！"胡淑芬气鼓鼓地说。

"是吗？我怎么没发现你们有什么成果？"金青成针锋相对道。

"案子水落石出之前，本大巡长无可奉告！"胡淑芬昂起头，那骄傲的模样如同一只蹲在石头上放歌的蛤蟆。

"再给我一点儿时间吧，七天，七天之内如果我们还破不了案，我会向上头请求另派高明。"蒋南羽站起来。

"五天！只给你五天！"金青成哼了一声，"五天之内你们还这么碌碌无为，那就请离开！"

言罢，老头气哼哼地走了，石公和一串红也起身离开。

"他妈的！什么德行！老子累死累活，这狗日的太没良心，简直是白眼狼！"胡淑芬大骂道。

蒋南羽苦笑，走出房间。

来到院子里，见阿柳站在自己的门前，一脸的愤怒，满脸是泪。

蒋南羽觉得蹊跷，走过去，轻声问："怎么了？"

阿柳急忙擦掉眼泪,摇头道:"没什么。"

"刚才你和野叉吵架了。"

阿柳低着头,不说话。

"为什么?"

"你问他!他干了什么坏事,他自己知道!"阿柳"哇"的一声哭出声,跑出了院子。

"这姑娘怎么了?"胡淑芬在身后问。

"是呀,阿柳平时很随和,从没见她这样过。"藤六瞠目结舌。

"看来,野叉似乎有什么事情没有跟我们说,恰恰被阿柳发现了。"看着阿柳的背影,蒋南羽意味深长道。

"我去找阿柳!"藤六迈步想追。

"算了。"蒋南羽摆摆手,"石二槐死了,她已经伤心欲绝,她不想说,你也问不出来。我看,只有去问野叉了。"

"嗯。"藤六想了想,觉得的确是这样,道,"那家伙肯定下山去旅馆了。"

"走。"蒋南羽拿起放在檐下的油纸伞,道,"巡长,你不用去了,还得麻烦你盯着金家的一举一动。"

"有本大巡长在,你放心吧。"胡淑芬笑道。

"白皮,你跑一趟木场,调查一下那天去工房搬运木柴的都有谁,挨个审问,问到底是谁在气嘴上放了东西。"蒋南羽道。

"明白了。"白皮点点头。

"藤六,咱们走一趟。"蒋南羽冲藤六笑笑。

…………

到了山下蝼蛄镇,已经是中午了。

蒋南羽和藤六两个人疲惫不堪,进了院子,见山桃在走廊上哄着游光,游光哇哇大哭,推了山桃一把,跑开了。

"这孩子起床后知道老头子上山了,很伤心,怎么哄都哄不好。"山桃叹了口气,勉强一笑,"你们怎么来了?案子有结果了?"

蒋南羽不想把神祠里发生的事告诉山桃,环顾四周,道:"野叉呢?"

"野叉?天没亮就背着老头子上山直到现在还没回来,我正担心呢。"

山桃摊手道。

"野叉没回来？"藤六吃了一惊，随即看着蒋南羽。

山桃见两人脸色不对劲儿，忙道："怎么了？野叉不会出事了吧？"

"没有。有些情况要问问他。"蒋南羽道。

"那就好。"山桃拍了拍胸口，"他这几天一直心情不好，很烦躁，唉，别看他平时大大咧咧的，其实我比谁都清楚他对老爷子的感情……"

"不会去木场了吧？"藤六道。

"也说不定呢。"山桃道，"他心情不好时，往往对那些树撒气。"

"去木场！"蒋南羽迅速做了决定。

两人转身就走。

"吃了饭再走呗！都中午了！"山桃在后面喊。

"不了。"藤六挥了挥手。

大雨中，二人再次折返上山。

雨逐渐减小，停歇，但太阳还未出来。

吸饱了水汽的林莽，轻轻打着嗝儿，涌出一团一团的寥薄白雾。

蒋南羽和藤六马不停蹄，赶到金家、神祠和木场的三岔路口时，实在走不动了，累得死狗一般瘫在路边的石头上休息。

蒋南羽抬手看了看表，还有十分钟就到下午两点了。

"噫，山上怎么下来个人！"藤六忽然往上指了指。

顺着那方向，蒋南羽瞄了瞄，忽然站了起来："好像是阿桂呀。"

一身红衣的阿桂，全身湿透，疯子一般往下跑，不知道发生了什么事。

"阿桂！阿桂！"蒋南羽和藤六喊了起来，与此同时赶紧起身迎过去。

阿桂见了两人，先是一愣，随即噔噔噔跑过来，见了救星一般扯住蒋南羽："蒋长官，快去救我阿姐吧！"

"救你阿姐？"蒋南羽一愣。

金家四个女儿，阿松、阿枫死了，阿桂说的姐姐，显然只有阿柳了。

"阿柳怎么了？"藤六无比纳闷，又看了看阿桂的狼狈样子，道："你怎么一个人从山上跑下来了？"

阿桂跺着脚："哎呀呀，三姐在神祠里，你们赶紧去！"

"边走边说！"蒋南羽见阿桂表情着急，又听到阿柳在神祠，吃了一惊。

三个人赶紧往山上走。

"阿柳怎么会跑去神祠？还有，你怎么也……这到底怎么回事？"蒋南羽问道。

金家四个女儿当中，阿桂脾气最刚烈，小辣椒一般，现在一脸的愤怒和焦急，望之让人顿生怜爱。

"野叉！都是野叉那个混蛋！"阿桂骂道。

蒋南羽和藤六面面相觑。

"野叉……野叉也在神祠？"藤六道。

"在！和我三姐争吵着呢，我看情况不妙！"阿桂叫道。

蒋南羽苦笑，问："野叉怎么会和阿柳掺合在一起，而且还跑去神祠？"

阿桂喘着粗气往上爬："蒋长官，你还记得昨晚野叉来了，我三姐在院子里和他争吵吗？"

"好像是有这么一回事，野叉走了，她气呼呼的，我问她，她不肯说，怎么，这里头有问题？"

"当然有问题啦！"阿桂叹口气，又道："不过，也不能怪你。"

蒋南羽摊了摊手，示意阿桂把事情说清楚。

"是这样的……"阿桂抹着脸上的雨水，"昨晚她和野叉吵了一架回来，脸色就不对，一个人躲在房间里流眼泪，我见了，问她，她什么都不肯说，后来被我逼急了，才说她要向野叉问清楚一件事情。"

"什么事情？"蒋南羽道。

"我不知道。不管我怎么问，她都不肯讲，只说野叉拿了她一件东西，她明天要跟野叉问个明白，还说野叉和她约好了。"

"你是说野叉约的她？"蒋南羽道。

"嗯！"

"仅仅为了一件东西就闹成这样，至于吗？"藤六笑道。

阿桂狠狠白了藤六一眼，道："你懂个屁！三姐一向性子随和，逆来顺受，我长这么大从来没见过她跟别人红过脸，这一次这么激动，肯定是大事，而且那东西绝对不是一般之物。"

"然后呢？"蒋南羽问。

"我不放心，起床之后就一直悄悄盯着三姐。今早你们走了之后三姐瞅准时机，偷跑了出去。我见她神情紧张，就跟在后面。"阿桂皱着眉头，"到了神祠之后，阿姐进去，我看到野叉在里面。"

"怪不得这狗日的不在山下，原来跑到神祠去了！"藤六骂着，又道："或许是去找他爹鬓三爷爷的吧。"

"不是！野叉分明就是在那里等着的，他们约的地方就是神祠。"阿桂生气道。

蒋南羽低头行路，沉默不语。

"我躲在外面，听不清他们说什么，开始声音很小，过了很长时间，三姐就哭了，突然开始大声质问野叉，说他是个杀人犯，是个恶棍，然后野叉也火了，两个人在里头吵得很厉害。我赶紧下山来，找人帮忙，没想到就遇到了你们。"

"你为什么不进去帮你三姐？"蒋南羽问。

"我哪敢呀？！三姐向来不喜欢别人掺和她的事情，知道我跟踪她，那以后肯定都不会理我了。"阿桂撅着嘴。

"长官，我看这事儿有蹊跷。"藤六道，"里头肯定有难言之隐。"

"别说这么多了，赶紧上山吧！"蒋南羽不由得加快了脚步。

通向神祠的那段路，蒋南羽来来回回好几次，每次都走得几乎崩溃。等三个人快要到神祠的时候，连藤六这样土生土长的山里人也累得够呛，阿桂更是要昏倒过去。

"阿桂，要不歇一会儿？"蒋南羽道。

阿桂倔强地摇摇头："不，我不歇，我担心三姐。"

蒋南羽走过来，搀扶着阿桂往上走，刚走了一段距离，就见前面一个人慌里慌张地跑过来。

"野叉？"藤六低声喝了一句。

蒋南羽的双眼，顿时瞪了起来。

的确是野叉。

他跑得很急，好像被野兽追着一般，一边跑一边不停往后望，表情慌张，魂不守舍。

"拿下！"蒋南羽冷哼了一声，对藤六点了点头，两个人奔过去，将野叉扑倒。

"蒋长官！藤六！啊呀呀，是你们就好！我以为自己这次要没命了呢！"野叉被蒋南羽和藤六摁在地上，大叫着。

蒋南羽拎起野叉，道："你慌里慌张鬼鬼祟祟地往下跑，做什么？阿柳呢？"

"阿柳？"野叉愣了一下，忽然想起了什么，拍了一下大腿，道："天呀，我忘了阿柳还在里头！长官，赶紧去神祠！"

"你小子怎么了？"藤六吼道。

"那位大人！我看到那位大人现身了！长官，阿柳在神祠……"野叉的嘴唇哆嗦了起来。

蒋南羽顿时心惊肉跳，押着野叉就往神祠跑。

"你他娘的，不是在和阿柳吵架吗？怎么一个人跑了？"藤六骂道。

"和阿柳吵架？"野叉看了看阿桂，似乎明白了，点头道："是，我的确和阿柳在神祠里吵架，她太激动，一下子昏了过去，我把她放在神祠里，到外面取水想回来给她喝点儿，弄醒她，结果端着水还没到门口，就见里头站着个影子……是……是那位大人……我吓坏了，就跑了！"

"你这就把三姐丢下了？野叉，你还是不是个男人？"阿桂哭道。

"哎呀呀，别说这个了，赶紧去看看！"藤六大声道。

很快，神祠出现在四人面前，来到台阶下，果然看到一个盛水的木瓢摔在地上，神祠的门半掩着，里头静寂无声。

"怎么一点儿动静都没有？"藤六一个箭步来到门前，闪身而入。

很快，里头传来他的声音："长官，你赶紧进来看看！"

藤六的话语，带着巨大的惊恐。

蒋南羽带着野叉、阿桂鱼贯而入。

当看清眼前的景象时，阿桂"妈呀"叫了一声，昏厥在地，野叉目瞪口呆。

只有蒋南羽，他双目睁着，一张脸早已经苍白如纸。

地上，神像的脚下，阿柳仰面躺在血泊中，脖颈上的鲜血汨汨涌出，脑袋不翼而飞！

第十三章　血罗刹

金家天翻地覆！

天色已经完全黑了，内外院混乱无比。

石二槐原本的那个房间，被当作了临时的关押室。

白皮、藤六咬牙切齿，蒋南羽坐在椅子上面色凝重，绑住双手的野叉坐在对面，表情决绝。

"我没杀人！我没杀阿柳！"野叉叫着。

"去你妈的！"藤六一脚把野叉踹翻在地。

蒋南羽并没有制止藤六，他坐在那里，闭上了眼睛。

后院传来的哭喊声，听得清清楚楚。

继阿松、阿枫、石二槐之后，阿柳的死，彻底击溃了金家人的心理防线。金青成得知消息后，吐血昏倒，石公号啕大哭，至于阿桂，更是撕心裂肺。整个金家彻底垮了。

"野叉，别耍什么鬼把戏了！你先是约阿柳在神祠见面，然后跟上山的阿桂亲眼看到你和阿柳争吵，阿柳还说你是杀人犯！我们上去的时候，你慌慌张张地跑下来，进了神祠，阿柳就那样了！里头空空荡荡的，连个鬼影子都没，现场只有你一个人！你说你没杀人，难道我们是傻子吗？！"藤六骂道。

阿柳性格温和，藤六和白皮都很喜欢她，怎能接受野叉这般的说辞。

野叉从地上爬起来，灰头土脸，对蒋南羽道："蒋长官，我发誓所说的句句是实话！没错，是我约阿柳在神祠见面的，我们也吵了起来，但之后发生的事情，我一句谎话都没有！我没杀人！"

咣当！

这时候，门被粗暴地推开，一个人影冲了进来。

"野叉，你个混蛋，你不得好死！"那人来到野叉跟前，哭着叫着，又踢又打，不是阿桂还能有谁。

藤六把阿桂拖过去，阿桂哭得梨花带雨："我三姐那么善良，平时连个蚂蚁都不忍心踩死，你个混蛋竟然杀了她！你杀了她！"

野叉脸色青白："阿桂，我没杀阿柳，我……"

"你约阿柳到神祠干什么？"蒋南羽点了一杆烟，尽量保持冷静。

野叉面容憔悴，搓着双手，似乎无可奈何。

"还说人不是你杀的！"阿桂看着野叉，好像发现了什么，挣脱了藤六，扑过去，一把抓住野叉的手，对蒋南羽大声道："蒋长官，证据确凿，这个混蛋还想抵赖！"

这下，蒋南羽等人都看清楚了，野叉的手腕上，有个金光闪闪的手环。

那手环，纯金所制，虽然很薄，但很是宽大粗犷，上面雕刻着两棵偎依在一起的树。

"我明白了，我全都明白了！"阿桂哭着，泣不成声。

"阿桂，别激动，慢慢说。"蒋南羽把阿桂拽过来，让她坐下。

阿桂指着野叉手上的金手环："我知道三姐为什么和他吵，为什么野叉杀了她！我全知道了！"

"怎么回事？"蒋南羽问。

"那手环！"阿桂哭着，"那手环是三姐的！是三姐精心准备，送给石二槐的信物！"

蒋南羽愕然无比。

阿桂抹着眼泪道："长官，你还记得吗，二槐死的那晚出去过，出去之前，三姐去找他，送了一件东西给他。"

"我记得。"蒋南羽点头道。

"我知道三姐这些年一直喜欢二槐。她性格内向，喜欢别人也不会明说，只会埋在心里。我知道二槐和合欢那个小蹄子好，就跟三姐说：'你再这么单相思，二槐说不定就是合欢的人了。'三姐问我怎么办，还是我出的主意，我让她准备个表达爱意的信物送给二槐，那样二槐肯定会知道的。"

阿桂哽咽着："我们商量来商量去，最后三姐决定把自己的私房钱拿出来，打造个金手环，我说金手环太素，在上面刻东西才漂亮。三姐琢磨了好几天，就让工匠刻了两棵树，一棵是柳树，一棵是槐树，两棵树挨在一起……"

阿桂这么一解释，大家都明白了。

"那天晚上，三姐把金手环给了石二槐，然后石二槐就发生了那件事。"阿桂指着野叉，愤怒无比，"三姐之所以昨晚和你争吵，肯定是发现了送给石二槐的金手环竟然戴在了你的手上！"

藤六拍手道："是的！阿柳说野叉是杀人犯，恐怕就是因为这个手环吧！"

连白皮都激动起来："好你个野叉！你杀了石二槐，见财眼开，将这手环据为己有，结果被阿柳发现，你把她约在神祠，然后杀人灭口！好歹毒！"

"杀人犯！你还我姐姐！"阿桂哭道。

阿桂已经崩溃。

"阿桂，你先回去，事情交给我，我保证还你个公道。"蒋南羽觉得留阿桂在这里无济于事，低声劝慰了好一会儿，阿桂才止住哭声，然后听话地出门走了。

送走了阿桂，房间里的白皮和藤六神情激动，恨不得将野叉当下打死。

只有蒋南羽表情凝重如铁。

他死死盯着野叉，双目灼灼，目光如刀。

不知道过了多久，野叉缓缓抬起头，他看着蒋南羽，咬着嘴唇："长官，我没杀阿柳，更没杀石二槐。当时的情况你也知道，我根本不可能有时间杀石二槐，更没有本事杀了他凭空消失……"

"阿柳的死……我也不知道怎么回事！可我真看到了那位大人了！就在神祠里！"

野叉叫着，五官扭曲。

似乎，他没有说谎。

"阿柳送给石二槐的金手环，怎么会在你手里？"蒋南羽冷声道。

野叉垂下头："那天早上，发现二槐的尸体后，我……我从他的手腕上扒下来的。我承认我动了歪心……我……"

"早上你背着你爹上神祠，发现了二槐的尸体……"蒋南羽说了一句话之后，突然脸色突变，他噌地一下站起来，声音变得极为尖锐："野叉，把你的手抬起来！"

"抬手？"野叉愣了一下，不知道蒋南羽要干什么。

"抬手！"蒋南羽拍了一下桌子。

野叉吓了一跳，赶紧抬起那只带着金环的手。

藤六和白皮被蒋南羽搞得云里雾里。

蒋南羽走到野叉跟前，一把捏住他的手腕，目光灼灼。

野叉的手腕上，有一个明显的被铁链砸的瘀青，成一条直线，但这条直线瘀青在中间隔断了，因为隔断的地方是金手环。

"你这块瘀青是怎么来的？"蒋南羽冷笑道。

"瘀青？哦，撞的。"

"撞的？"

"嗯。山里头跌了一个跟头，撞的。"野叉道。

蒋南羽没有说话，走到自己的座位，闭上了眼睛。

房间里一片死寂，气氛诡异极了。

所有人都看得出来，蒋南羽在思考。

他眉头紧锁，手指在桌子上快速地弹琴般地磕着。

大约几分钟过后，他突然睁开双眼，盯着野叉，目光如电。

"野叉，你说谎！"

野叉又愣了："说谎？长官，我真没说谎，这瘀青真的是跌倒了撞的！"

"你怎么知道我所谓的说谎，指的是你的瘀青？"蒋南羽眯着眼睛，冷冷笑道。

野叉噎了一下，道："这不很明显嘛。"

"呵呵，你是不见棺材不掉泪，我去找一个人，咱们很快就知道你有没有说谎了。"蒋南羽冷笑着，站了起来。

就在这时，内院传来一声尖叫！

一声鬼哭狼嚎破锣一般的尖叫！

"来人呀！杀人啦！妖怪杀人啦！"

那声音，嚎得跟杀猪一般。

"是巡长！"藤六惊道。

"出事了！"蒋南羽大惊。

藤六动作麻利，和白皮拿来绳子将野叉结结实实地绑了，接着和蒋南羽快步走出，将门关上，一溜烟儿朝后院跑去。

因为胡淑芬的鬼哭狼嚎，后院乱成一锅粥，二楼金青成的房间里，石公踉踉跄跄地出来，因为慌乱，下楼时差点儿摔倒，一楼一串红裹着件睡袍就奔了出来，露出胸脯上的雪白一片，春光大泄也浑然不顾！

一进后院大门，蒋南羽就看到胡淑芬瘫坐在阿桂的房间门口鬼哭狼嚎呢。

"巡长！怎么回事？"蒋南羽快步走了过去。

这时候，藤六和白皮也跟了进来，就听见藤六大叫道："哎呀呀，金婆，你怎么跑出来了！？这都什么时候了！你还添乱呀！"

转过脸，见藤六双手拉着佝偻着身体、披头散发的老太太，道："你别闹了，赶紧一边待着去！听话！"

老太太嘴里呜呜地叫着，对藤六又抓又挠。

"怎么把她放出来了？！"藤六直摇头，又不敢对老太太动粗，道，"金婆，你老人家乖，要么先到我的屋子里去，等会儿我给你弄肉吃！"

这么一说，老太太果然不闹了，弯着腰，朝藤六房间的方向走过去。

蒋南羽头大如斗，三两步来到胡淑芬跟前，把他从地上扯起来："巡长，咋了？"

"死人了！死人了！"胡淑芬抬起头看着蒋南羽，那张脸比死人都难看，又是鼻涕又是泪的。

"谁死了？"

"阿桂！"胡淑芬道。

"阿桂？！"这时一串红已经来到近前，听到这话，魂飞魄散，风一般奔进屋子。

很快，里头传来了一串红的尖叫声！

…………

阿桂的确死了。

仰面躺在地上，脑袋被砍了，同样不翼而飞，房间里血腥味扑鼻。

现场晕倒了三个人。

第一个是一串红，目睹自己亲生女儿的惨状，一串红尖叫一声之后，一头栽倒。

第二个是石公，一天之内，先是阿柳再是阿桂，金家四个女儿至此全部死掉，当然还有他的亲生儿子石二槐，老头受不了这个打击，也瘫倒在房间里。

第三个是胡淑芬，当藤六和白皮架着他进屋子勘探现场时，胡大巡长喉咙里发出杀鸡一般的叫声，当场尿了裤子之后，白眼一翻抽了过去。

蒋南羽、藤六、白皮一通忙活，先是叫醒了石公和一串红，把他们强行送回去，然后拖着胡淑芬回到房间，一边掐人中一边给胡淑芬换裤子，忙活了差不多半个小时，才把胡淑芬弄醒。

"我亲娘呀！"醒来的胡淑芬，叫了一嗓子，哭得像个娘们儿一样，"我又看到妖怪了！"

"阿桂怎么死的？"蒋南羽捏着烟的手指，在剧烈地颤抖。

所有人中，他始终是最冷静的，最不想慌神的，但现在，他的心理防线也已经崩塌。

一条人命，当着自己的面被活生生夺去，凶手始终都隐藏在云雾之中，让他彻底出离愤怒。

胡淑芬呜咽着，好半天才恢复神智："你不是让我看着金青成嘛，那家伙一直昏死，石公陪着，我好无聊，就决定下楼回房睡觉。出了金青成的房间，在二楼的走廊上，我往下看了看，忽然看到阿桂的窗户上，有个巨大的黑影，就赶紧下楼奔过去，房门打开，走进去，看见人躺在地上，到处是血……然后我就吓坏了！"

"黑影？什么样的黑影？"蒋南羽问道。

胡淑芬哆嗦着："在二楼我就扫了一眼，没顾太多，看到阿桂死了之后，我才陡然发现那黑影不是阿桂的！"

"不是阿桂的？"

"嗯！轮廓瘦削，张牙舞爪！妖怪！和神祠里的妖怪一样！妖怪又来了！"胡淑芬跳上床，钻进被子。

藤六看了蒋南羽一眼，道："长官，巡长在二楼时看到了影子，说明妖怪……不，凶手还在房间，下楼时房间里就没人了。与此同时，我们从外面跑进来，也没看到凶手，也就是说……"

"凶手又消失了！"白皮跺着脚。

"不同的是，这一次房门大开，不是密室杀人。"藤六道。

"这和密室杀人也差不多了。"蒋南羽苦笑着。

"真是他妈的蹊跷了！"藤六绝望道。

"阿桂的死，或许能说明一个问题。"白皮挠了挠头道。

藤六转脸："什么问题？"

"起码野叉不是一连串凶案的凶手。凶手另有其人。阿桂死的时候，野叉可是被绑在外面呢。"

"好像是这样。"藤六搓着双手，"那凶手还能是谁？！"

蒋南羽没有参与他们的讨论，而是来到床边坐下，一把掀开被子，把胡淑芬揪了出来："巡长，有件事情我得问问你！"

"他娘的！阿桂的死，我已经说得清清楚楚、明明白白的了！"胡淑芬抽着鼻子。

"不是阿桂的，是关于野叉的。"

"野叉？"

"嗯。"

"昨晚，我从神祠回来上楼去审问金青城，野叉来到金宅，对吧？"

"对，昨晚他来了两次，第一次是来告信的，说山上神祠里亮灯了。你们从神祠回来之后，他第二次来，来问你们的情况，说担心你们，然后就走了。"

"他第二次来的时候，我看到你和他在树下聊天，是不是？"

"是。怎么了？"

"你好好回忆一下，他第二次来的时候，手腕上有没有瘀青？"

"瘀青？手腕上？"胡淑芬想了想，道，"有。"

蒋南羽的眉头不由自主地扬了一下，问："你确定？"

"当然确定了，那家伙穿着个汗衫，两只手臂裸在外面，说话时又喜欢乱比画，我看得清楚。"

"那第一次呢？有没有瘀青？"

"没有。"胡淑芬回答得很干脆，"这都什么时候了，你还问这样混账的问题！"

蒋南羽站起，冷笑道："这个问题一点儿都不混账。"

然后，蒋南羽回过身看着藤六和白皮，冷声道："这个问题，恰恰说明，野叉对我们说了谎！"

"说谎？"藤六和白皮俱惊讶起来。

蒋南羽重重点了点头："白皮方才说得不错，阿桂死的时候，野叉是被绑着的，他不可能是凶手。但这也仅仅证明他没有杀阿桂。呵呵，实际上，我们似乎一直忽视了一个问题，那就是这一连串的凶案，背后的凶手恐怕不是一个人！"

"不是一个人？"胡淑芬三人目瞪口呆。

"对！"蒋南羽捏着下巴，冷笑道："最起码，野叉这家伙，就是个帮凶！"

"他妈的，想不到这狗日的竟然会干出这种事！我去把他拎过来！"藤六愤怒无比，转身出去了。

"南羽，到底怎么一回事？我不明白。野叉怎么成帮凶了？"胡淑芬眨巴了一下眼睛。

不光是他，白皮和藤六估计也都不明白。

蒋南羽长出一口气："这个等审问野叉之后，你们就知道了。我想，我们总算找到了突破口！虽然现在我还不知道那个最主要的凶手是谁，但撬开野叉的嘴，他就无可逃匿了！""干得漂亮！"胡淑芬对蒋南羽有着充分的信任，见蒋南羽如此有信心，大喜，先前的恐惧荡然无存，麻利地爬起来，大马金刀地坐下，道："南羽，那就是说，只要野叉招供，我们就能破案了？"

"很有这个可能。"蒋南羽笑道。

胡淑芬仰头哈哈大笑："好！好！非常好！本大巡长睿智无双，就知道你小子能办成事！白皮，给我倒杯茶，本大巡长要连夜审讯野叉，彻底破了这个案子！妈的，老子要让这帮为非作歹之人好好领教一下正义的无比威力！邪不压正！本大巡长这一次要为民除害，鞠躬尽瘁，死而后已，牛叉轰轰！"

白皮转身，一边倒茶，一边鄙夷地撇了撇嘴。

一杯茶端上，胡淑芬喝了一口，得意扬扬，这时候就见藤六走了进来。

胡淑芬往藤六身后看了看，拍了一下桌子，道："藤六，野叉呢？怎么不把这家伙带进来！本大巡长要审判他！"

藤六慢腾腾地走进来，脚步沉重。

他看着蒋南羽，艰难地动了一下嘴唇："长官，看来，是审不成了。"

"审不成了？为什么？胡扯八道！怎么就审不成了？"胡淑芬大怒，一巴掌拍在桌子上，又疼得大嘴一咧，赶紧吹气。

"野叉，死了。"

"什么？！"胡淑芬、蒋南羽、白皮，几乎同时站了起来。

"死了。"藤六哭丧着脸，"你们去看看就知道了。"

…………

这一切的景象，都像噩梦，那么不真实。

刚刚清晰的脑袋，重新混乱，蒋南羽陷入茫然自失的状态。

野叉的死相很惨，他原先坐在椅子上，被五花大绑，眼下却连人带椅子都横在地上，脑袋被砍去，应该是活着的时候生生被砍掉的，他死后抽搐过，捆绑用的是麻绳，其下的皮肤勒出了血痕，双手痉挛着，张开，似乎要抓住什么。

"我们离开再回来时就死了。"藤六不敢相信自己的眼睛，然后看着蒋南羽道，"长官，如果像你之前分析的，野叉是帮凶，那么杀他的人，肯定就是那个主谋了，杀人灭口！"

蒋南羽细心勘探了现场，检查了野叉的尸体，然后站起身来："一刀毙命，但有个线索。"

"什么线索？"胡淑芬道。

"我们走的时候，只是把野叉捆了起来，他的嘴并没有被塞上。这个房间虽然距离后院有一段距离，但如果野叉见状不妙喊一嗓子，那么我们肯定听得见……"

白皮疑惑道："可我们谁也没听到野叉喊过。"

蒋南羽冷笑道:"所以说,这是一个线索。"

"我明白了。"藤六恍然大悟,"蒋长官的意思,这凶手认识野叉。"

"不仅仅是认识,我想这两个人彼此还很熟。凶手悄悄开门进来,野叉并没有想到自己会被杀掉,他甚至觉得对方是来救他的。"蒋南羽一边说着,一边在房间里模拟凶手的动作,"凶手进来,绕到野叉的椅子后面,然后拔出了那把锐利的凶器……"

"野叉以为对方是要割断绳子!"白皮激动道。

蒋南羽赞赏地看了白皮一眼,道:"是呀,所以野叉根本没有叫喊,对方就这么麻利地砍下了野叉的脑袋,留下了那具无头的抽搐尸体,接着离开。"

"妈的!"胡淑芬和藤六同时骂出声来。

"是我大意了,光顾着去后院,忘记应该留个人。"蒋南羽十分懊悔。

"现在吃后悔药屁用都没有了,下一步怎么办?"胡淑芬非常恼火,先前认为只要能撬开野叉的嘴一连串的凶案就极有可能真相大白,现在煮熟的鸭子飞了。

"当然是抓住这个凶手了!"藤六吐了一口唾沫,"抓到他,老子定要让他碎尸万段!"

"宅子里没啥人了。"白皮眉毛皱成了个"一"字,"都死了,除了石公、金青成、一串红和合欢,就剩下我们。"

蒋南羽苦笑起来。

先前担心有人送命,蒋南羽觉得金家绝大部分的人都有嫌疑,故而深陷复杂的案情之中,但随着金家的人一个个死去,反而越来越变得简单清晰了。

"不会是金青成,那老小子一直昏迷,是真的昏迷,合欢照顾着他,看起来情况非常不妙,随时有可能吹灯拔蜡。"胡淑芬抽着烟。

他虽然蠢,但毕竟干了这么多年的巡警,经验还是挺丰富的,判断不会错。

"石公和一串红,倒是有嫌疑哩。"胡淑芬咂巴了一下嘴,"野叉身上既然有阿柳送给石二槐的金手环,不管野叉说什么,终究有杀石二槐的嫌疑,石公就这么一个儿子,所以是有可能砍了他的脑袋的。"

"至于一串红……"胡淑芬羡慕嫉妒恨道,"这娘们儿和石二槐有一腿,小情人被杀了,说不定也能拿刀子砍人。"

胡淑芬分析石公的时候,藤六和白皮还都连连点头,但听了他说一串红杀人的理由,二人皆翻了个白眼。

"阿桂死了,一串红伤心欲绝,哪还有心思为了石二槐去杀野叉?!"藤六反对。

蒋南羽任由他们争吵,自己揉着太阳穴在房间里慢慢踱着步。

"长官,你怎么看呀?"藤六问道。

"我?"蒋南羽摆了摆手,"的确,相比石公,一串红的嫌疑更大。"

"啊?"藤六和白皮还以为蒋南羽会站在他们那边,听了这话,嘴巴张得老鼠洞一般。

"我的理由和巡长不同。"蒋南羽抱着手臂道,"金家死去的这些人,你们想过没有,金青成是不可能杀的。"

"那当然了,都是自己的女儿,除了石二槐,不过他也没有理由杀他。"藤六点头。

"石公也不可能。"蒋南羽道。

"是的。"

"这些案子一桩比一桩离奇,如果纯粹是外人,比如野叉,是绝对无法干得这么滴水不漏的,所以我一直认为凶手藏在庄子里。实话实说,先前宅子里的人我都怀疑过,但后来慢慢地我发现了一些事情,觉得嫌疑最大的金青成反而不可能,石公嘛……"

说到这里,蒋南羽呵呵一笑,并没有继续下去,而是转移话题道:"一串红呢,你们有没有发现,这个女人有意无意地掺和进了很多事情。"

"什么意思?"藤六道。

"木下三郎死的时候,她在工房外面指挥人搬运柴火,阿枫死的时候,她说自己睡了,无法摆脱嫌疑,阿松死的时候,她在现场,而且是第一个冲进去的,是目击者,接着……"蒋南羽冷笑了一下,"石二槐死前找的是她,对吧?"

随着蒋南羽的一一分析,其他三个人的脸色也都凝重起来。

"我现在没有证据证明一串红就是藏在金家的那个凶手,如果我们假

设一下,假如一串红是那个凶手,结果会怎样?"

胡淑芬三个人目瞪口呆。

"长官,即便是假设,也有很多不合理的地方!最根本的,一串红怎么会和野叉混在一起,向金家下手呢?她没理由呀。"

"你说的很对,这正是我下面要说的。"蒋南羽完全是语不惊人死不休,"的确,我不知道一串红为何会和野叉混在一起,也不知道她为什么向金家下手,但你们仔细想过没有,阿桂死的时候,野叉是被绑着的,不可能是凶手,一串红是不会杀阿桂的,那么……"

"还有一个凶手?!"白皮睁大眼睛。

蒋南羽笑道:"如果是这样,那么一串红为何会和野叉混在一起作案就有了解释,这个解释便是这第三个凶手了。"

"这个……太复杂,太不可思议了吧!"胡淑芬道。

"我也只是大胆地推测,因为细细想来,一串红身上的疑点太多。如果我们的假设是成立的,那么一串红在自己的女儿阿桂被杀死后,定然要和同伙翻脸,定然要报复,所以……"

"杀野叉完全有理由,尽管野叉没有杀阿桂,一串红也会把怒火发泄到他的身上,而且一串红肯定也不会和第三个凶手合作!"白皮道。

"慢着慢着!你们这是假设,尽管有一定的道理,但没有证据!南羽,不能瞎推论,干我们这行的,不管什么都需要证据!"胡淑芬很不希望一串红像蒋南羽说的那样。

"管他呢,先去看看一串红!"藤六大声道。

蒋南羽点点头。

四个人鱼贯而出,直奔后院。

一串红的房间亮着灯,寂静无声。

蒋南羽咳嗽了一声,上了台阶,敲了敲门。

里头无人应答。

藤六也上来,使劲拍了拍,同样无人响应。

"怪了。"藤六看了看蒋南羽,蒋南羽点了点头。

藤六一脚踹开房门,一帮人进去,不由得愣了。

房间里空空荡荡的,哪有一串红的影子。

"跑了？！"白皮大叫道。

"搜！"藤六低声道。

言罢，胡淑芬、藤六、白皮三个人冲了出去。

蒋南羽留在房间里，仔仔细细打量着一串红的房间。

这是他第一次进一串红的屋子。

房间很大，飘荡着一股浓浓的香水味，桌椅板凳等陈设雍容华贵，相比金青成的卧室，这里没有什么典雅之气，多的是一股脂粉味。对于青楼出身的一串红来说，这并不奇怪。

房间里干干净净，整整齐齐，桌子上的白色瓷盏里，茶水已凉。

"宅子里搜遍了，没人！"过了一会儿，白皮等人气喘吁吁地跑进来。

"难道真的是杀了野叉之后潜逃了？"胡淑芬耷拉着脑袋。

蒋南羽指了指房间："如果潜逃的话，应该事先收拾一下衣物、银钱之类的东西吧。"

他一边说一边走向木床旁边的一排大大的衣柜前，拉开了门。

果然是女人，里头密密麻麻挂着的全是衣服。

"似乎，衣服都没动。"胡淑芬走到旁边，贪婪地闻着衣物上散发出来的香水味。

蒋南羽伸手进去翻着衣物，半个身子都探了进去，然后他的动作戛然而止。

"诸位，看来，一串红把我们骗得很苦。"蒋南羽的声音，冷冷地传出来。

"怎么了？"

蒋南羽从衣柜里抽身而出，把两件衣服扔在了地上。

两件一模一样的睡衣。

一件干干净净，一件上面满是血迹。

"这睡衣我认识！"胡淑芬大叫起来。

藤六和白皮看着他。

胡淑芬骂道："看个屁！我和那娘们可没有一腿！我的意思是说，这衣服我看过！阿松死的那晚上，一串红冲进阿松的房间，穿的就是这件睡衣！当时南羽还怀疑一串红是不是贼喊捉贼，被我狠狠批驳了一顿，我说

如果是一串红杀了阿松,肯定会鲜血飞溅,睡衣上定然会有血迹!妈的!这娘们真的是杀阿松的凶手!"

"不能这么说。"蒋南羽让白皮把那两件睡衣收好,道:"虽然能肯定阿松的死一串红逃脱不了责任,但断定她就是凶手,还为时过早,起码,她不是唯一的凶手。"

"什么意思?"胡淑芬晕了。

"我已经有了些线索,但还有一些事情没弄明白,等查清楚了再说。眼下找一串红要紧!"蒋南羽道。

"是了!长官,需要我下山叫人来帮忙吗?"藤六忙道。

蒋南羽刚想答话,就听见金宅外面传来人响马嘶,接着有人咣咣使劲敲门。

"这么晚了,是谁来了?"藤六狐疑。

四个人不敢怠慢,快步来到大门口,开了门,发现宅子外面的空地上出现了一支浩浩荡荡的车队!

八九辆马车一字排开,二三十个人恭敬而立,不过满脸疲惫,有的打着哈欠,有的抽着烟锅。

这群人为首的是个年近五十的男人,穿着黑色的绸缎袍子,带着瓜皮帽,国字脸,乌黑的胡须飘于胸前,相貌堂堂。

"你们是什么人?"这阵势,让蒋南羽一愣。

不光蒋南羽如此,藤六和白皮都满脸懵懂之色,显然他们也不认识这伙人。

那男人似乎也吃了一惊,看了看金寨上面的匾额,道:"这里……这里不是金宅吗?"

"是。"蒋南羽点点头,问,"你找谁?"

"我找金青成金老爷,哦,还有石公。"

"找他们干什么?"蒋南羽看着这男人,又看着他身后的车队。

这男人倒是有眼力见儿,瞅了瞅蒋南羽和胡淑芬身上的警服,赶紧弯腰施礼:"回两位长官,我叫周发彬,省城富贵斋的管家,先前向这里的金老爷订过一批琉璃,这不,时限到了,来取货的不是。"

"哦。"蒋南羽身后,胡淑芬、藤六、白皮都长出了一口气。

先前石公就说过，有个买家订了一大批琉璃，为此加班加点地赶工，估计就是这个周发彬。

周发彬见面前的这四个人脸色凝重，又没看见金家有人出来，上前两步，小声对蒋南羽道："长官，金家，真的出事了？"

"为何如此说？"蒋南羽不动声色。

周发彬不好意思地挠了挠头："哎呀，在山下镇子里就听说了，所以我才带着伙计们连夜上山，金家出事我也挺难过的，但如果这批货完成不了，我回去没法向我们老爷交差！"

蒋南羽皱起眉头："金家的确出了点儿事，金老爷和石公恐怕暂时不能出来接你，这样，你先把人手安顿下来，明天再说，如何？"

周发彬虽然很不情愿，但见蒋南羽说得认真，也就不争辩了，道："那请问长官，我们歇在哪里？"

这还真难倒了蒋南羽。金宅现在鸡飞狗跳的，本来已经够乱的了，这些人肯定不能住进去，不过除了金宅，其他哪还有地方安顿他们？

正发愁呢，白皮指了指旁边："去工房吧，那里宽敞，住下来应该没问题。"

"这个极好！"周发彬大喜，"那批货肯定就在工房里，如果烧好了，正好装了，明天就能下山，我家老爷也就放心了。"

"那周管家就去吧。"蒋南羽无可奈何，只得如此。

周发彬又行了一礼，转身对伙计们道："都别愣着了，赶紧去工房，把骡马卸了，然后跟我去装货！"

"是，管家！"伙计们一声喊，赶着骡马浩浩荡荡地进了工房。

"长官，这伙人，来得正好呀。"白皮低声对蒋南羽道。

"怎么了？"

"一串红失踪了，眼下正缺人手，让他们帮我们找呗。"

"言之有理。"蒋南羽佩服白皮脑瓜子灵活，对白皮道，"你留在这里，留神看着金宅，不要放任何人进出。"

言罢，蒋南羽带着胡淑芬和藤六赶紧去工房。

工房里头热火朝天，伙计们把马鞍从骡马身上卸下来，又忙着架起铁锅，准备生火做饭。

"你们管家呢？"蒋南羽看了看周围，没发现周发彬的影子。

"管家呀，去工房了，说去验验货。"一个伙计指了指。

蒋南羽抬脚往工房那边走，刚走了几步，就听见工房里传来"啊呀"一声惊呼，接着周发彬跟见了鬼一般从里面跑了出来。

"我的娘！死人！有死人！"周发彬撩着袍子狂奔，踉踉跄跄，差点儿摔倒。

"周管家，怎么了？"蒋南羽一把扯住他。

"长官！死人呀！里头有死人！我的娘！"周发彬吓得魂飞魄散，指着身后的工房，哆哆嗦嗦。

蒋南羽还没动，藤六和胡淑芬一左一右已经冲了进去。

等蒋南羽进去时，看到的是僵立当场的藤六和胡淑芬。

两个人并肩而立，呆若木鸡。

工房火炉下的火还在燃烧，屋子里炙热无比。在灼烧之下，滚烫赤红的琉璃液不断流入前方的那个巨大的琉璃锅之中。

而就在那炽热液体翻滚的锅中，趴着一个人！

不，准确地说，是半个人——下半身在锅外，上半身在锅内，后背上插着一把明晃晃的尖刀，胸口以上的身体，沉浸在琉璃液之中！

这个人，蒋南羽他们一眼就认了出来，正是消失了的一串红！

"愣着干什么，赶紧拉出来呀！"胡淑芬跺着脚。

藤六这才反应过来，赶紧来到跟前，拽着一串红的一条胳膊，喊了一声，用力将一串红拽了出来。

"我的天！"这下，轮到胡淑芬鬼哭狼嚎了！

不光是他，蒋南羽和藤六都吓了一跳！

被拉出来的尸体，胸口以上的部分，早已经被炙热的琉璃液彻底融化！

眼前的一串红，简直如同地狱里爬出来索命的无头血罗刹一般，惨不忍睹，恐怖至极！

第十四章　连环案

线索又断了。

一串红的尸体经过仔细检查之后，被搬运到了隔壁的房间。

工房里弥漫着一股焦煳的臭味，炙热的琉璃溶液咕嘟咕嘟冒着泡，望之令人心里发毛。

藤六、胡淑芬带着伙计第一时间出去，以工房为核心拉网搜查，看周围能不能发现凶手留下的蛛丝马迹，蒋南羽留了下来。

他蹲在锅炉对面，看着那一锅子溶液，若有所思。

一根烟抽完，他站起来拿起旁边的吹管，将顶端伸入锅内，挑出一块拳头大小的凝体。

在旁边指挥伙计搬运琉璃器皿的周发彬看到蒋南羽这动作，赶紧跑了过来问："长官，你这是要做什么？"

"做个东西。"蒋南羽鼓着腮帮子，看样子想吹出个瓶子。

"哎呀呀，这可不是一件容易的事。"周发彬从蒋南羽的手中接过吹管，道，"不明白的人看着工匠吹琉璃，好像轻轻松松的，腮帮子一鼓，就能吹出个瓶瓶罐罐，其实不然，这是门手艺，没有个三年五年，绝对不可能。"

言罢，周发彬胯上用劲，将那吹管抛起来，稳稳接住，横放在一旁的金属板面上，双手抓住吹管，口中不停换气，同时双手飞速转动，龙行虎步，很快，一个比例均匀的细长玻璃瓶就成型了。

"看见了没有，这也是学问，当年我练这个就花了三年多，不知吹废了多少，挨了师父好多打呢。"周发彬得意道。

"周管家果然是好手艺。"蒋南羽赞叹一番，将那成型的玻璃瓶取下来，冷却之后，小心翼翼地找来一块厚布裹得严严实实，放在了自己包里。

"蒋长官做这个干吗？"周发彬看着蒋南羽这番动作，愣了起来。

在他看来，这位长官简直不可思议，死人了他不去查案子，竟然在这

里吹玻璃瓶，果真是奇怪。

"秘密。"蒋南羽微微一笑。

周发彬见状，也不好再问，转身催促伙计赶紧搬运琉璃制品。那帮伙计，一个个动作麻利，用不了多久就将满屋子的成品打包装上了车。

"三子，还差多少？"周发彬对一个壮汉喊道。

"还差三百多呢。"壮汉道。

"差这么多?!"周发彬一愣，随即挥了挥手，打发了那壮汉，叹了口气。

"怎么了？"蒋南羽见周发彬愁眉苦脸的样子，好奇道。

"长官有所不知呀，我们和金家有了协议，订下的货要分给两个大买家，也是有了协议的，少一件我们就要双倍赔偿，现在琉璃的利润本来就不高，如今数量不够，我们基本上就没有赚的了。"周发彬唉声叹气，看了看外面，道，"本来，这事儿该怪金家，他们少烧了，要赔偿我们，可现在他们是家破人亡，我又怎么好意思去逼迫他们呢，这不是作孽嘛，所以，只能吃哑巴亏了。"

看来这周管家，心肠倒是不错。

"你们今晚就走吗？"蒋南羽跟着周发彬来到外面，见伙计们开始给马车上缆绳，低声问道。

"是哩，买家要货要得紧，得日夜赶路回去。"周发彬道，"省城离这里路远着呢。"

言罢，跑了出去，指挥伙计一番忙活，等车队忙活得差不多了，周发彬又转过身来，将一个沉重的皮袋递给蒋南羽。

"什么？"蒋南羽一愣。

"这笔货的货款。听说金老爷和石公都躺下了，我也就不打扰他们了，还请长官代为转交，你放心，一分钱都不少他们的。"周发彬拍着胸脯道。

这个蒋南羽不担心，接过钱袋，却见周发彬转过脸对两个伙计嘀嘀咕咕了一声。

那两个伙计态度严肃，从最前面的一辆马车中搬出了个小小的香案，在院子当中摆放好了，又拿来了香炉、供盘，很快布置了一个小型的供台。

"周管家，你们这是？"蒋南羽纳闷。

周发彬背着手，笑道："我们这一行的规矩，出门前、收货后，一定要请出财神老爷来，上香叩拜，求他老人家保佑我们旅途顺利赚大钱。"

"哦。"蒋南羽点了点头。

三百六十行，行行有属于自己的规矩，这一点，倒是不奇怪。

院子当中，香案摆好，那一帮伙计整齐地站成三排，一片安静，态度极为严肃。

"请老爷！"周发彬高叫了一嗓子，两个伙计弯着腰，恭恭敬敬地从马车里抬出一个小小的神龛，神龛用红布蒙着，看不清里面的尊神容貌。

蒋南羽好奇，凑近了，站在跟前。

周发彬整理了一下衣装，来到放置神龛的香案前，双膝跪倒，轻轻扯开红布，大声道："跪！"

"扑通"一声，众多伙计齐齐跪拜。

"财神老爷面前来上香，求财神老爷保佑我等旅途平安顺利，赚了大钱给您老人家供上一桌子好酒好菜，重刷金身噢！财神老爷眷顾！"周发彬嗓门很大，吼得地动山摇。

"财神老爷眷顾！"伙计们齐声高喊。

周发彬恭敬地上了三支香，又带领伙计们三跪九叩一番，重新蒙上红布，将那神龛又请回了马车。

"周管家，来来来。"蒋南羽见周发彬收拾停当，冲他招了招手。

"蒋长官何事？"周发彬满头大汗。

蒋南羽指了指马车："你刚才说你们拜的那个是财神？"

"可不是嘛，咋了？"

"不对吧，财神我可见过，要么是文财神赵公明，要么是武财神关公，可你们拜的这个财神，却是从未见过。"蒋南羽道。

方才神龛中的那财神，蒋南羽看得十分清楚，乃是一个身穿红衣的小孩儿，手中拿着一把小小红旗，立于烈火之中。这等尊像，蒋南羽真是第一次见到。

周发彬哈哈大笑："蒋长官有所不知，我们这一行，拜的可不是什么文财神武财神，我们有自己的财神。"

"自己的财神？"

"是了。三百六十行，各有各的神，其中有金木水火土之分，蒋长官知道我们烧造这一行，乃是五行之中的哪一种吗？"

"既然是烧造，自然是火了。"

"然也！"周发彬拍了拍手，指着那马车道，"方才那位尊神，便是火之精神，乃一小儿状，我们尊称它为小儿财神。哈哈哈。"

"受教。"蒋南羽大开眼界。

"除了我们火行，其他四行也有各自的尊神。"周发彬说得兴起，道，"比如木行，比如木匠，你们一般都听说拜鲁班，呵呵，其实不然，木行很多人私底下拜青牛，千年木精为青牛，比如走船之人，拜的也很多，私底下大部分拜的是石犀，等等，不一而足。"

蒋南羽忽然想起一事，忙道："周管家，你这么一说我想起了一件事，敢问石磉这种东西也是财神吗？"

"石磉？"周发彬闻之一愣，脸色突然变得很诡异。

"怎么了？"

"这个……"周发彬面露尴尬之色，"这个我们还是不要说了吧。"

"为何？"

"蒋长官所说的石磉，是不是长得像猪，却有两个脑袋？"

"正是！"蒋南羽大为兴奋，忙道，"周管家也知道？"

"当然知道了！"周发彬眉头扬了一下，脸色土灰，压低声音，道，"蒋长官在何处看到的这东西？"

见他声调奇怪，蒋南羽也分外好奇："就在蟚蛄山呀。"

"蟚蛄山？不可能！"周发彬直摇头，"实话实说，这种东西的确算是招财……嗯……算是一种财神吧，但绝对不可能出现在这蟚蛄山！"

"为何？我认识的一个人也如此说。"蒋南羽皱起眉头。

"这位尊神，和其他的不一样，有点儿……有点儿怪。"周发彬道。

"周管家说的怪，是不是指供奉它容易来财，富贵无比，但供奉者往往人丁不旺……"

"想不到蒋长官连这个都知道！"周发彬大为赞叹。

"也是我认识的那人说的。"

周发彬凑过来，沉声道："供奉这位尊神，虽富贵来得容易，但不宜娶妻！"

"哦？"蒋南羽昂起脸。

"哎呀，我告诉你吧！"周发彬也是个急性子，往前挪了挪，到蒋南羽跟前，趴在耳边嘀嘀咕咕了一番。

"什么？"听完周发彬的话，蒋南羽大为吃惊。

"明白了吧，所以我说，这东西根本不可能出现在蝼蛄山。"周发彬笑道。

蒋南羽站在原地，目瞪口呆。

他那样子，仿佛被雷电击中。

周发彬见他这模样，不知怎了，也不好问，转身忙去了。

蒋南羽愣了很长时间，然后，蹲在台阶上，点上一根烟，大口大口抽着，若有所思。

那边周发彬时候不大，便招呼好了伙计，过来告辞。

"周管家，能不能麻烦你个事？"蒋南羽起身，丢掉烟头，脸色恢复了以往的平静。

"长官客气，请说。"

"下山之后，能不能寻个最近的地方，帮我发个电报。"

"这个没问题，不知发给……"

"发回巡警局，我的上司，有件事情我得汇报上头，让他帮忙调查。"

"好嘞，要发什么？"

"周管家有纸笔没有？"

"有！"周发彬招呼一声，很快有人拿过纸笔。

蒋南羽稍微思索了一番，刷刷刷在上面写了，仔细封好，递给周发彬，道："事关重大，还请你尽快发出，不要忘了。"

"放心吧，交给我了。"周发彬见蒋南羽态度郑重，自然不敢怠慢，将那纸张小心放在怀里，转身告辞。

"伙计们，起车！"随着周发彬的一声招呼，车队缓缓前行，浩浩荡荡离开了工房，下山去了。

蒋南羽站在空旷的院子中，看着远去的车队，若有所思。

"长官！"这时候，藤六和胡淑芬他们也回来了。

"怎么样？"蒋南羽问道。

"周围都搜遍了，毛都没发现！"藤六叫道。

蒋南羽点了点头，似乎早就预料到这种情况。

"不过，一串红一死，倒也证明了一件事情。"藤六挠着头，道，"说明不仅野叉是同伙，一串红也有份，而且，除了这两人之外，还有最主要的一个凶手。"

"嗯，典型的杀人灭口。"胡淑芬点头道。

二人你一言我一语的时候，蒋南羽一句话都没说。

"长官，接下来怎么办？"藤六昂着脸问。

蒋南羽沉思了一会儿道："咱们先回宅子再说，有些事情我要问问金青成。"

偌大的金家，除了那个疯疯癫癫的金婆，眼下活着的只剩下金青成、石公和合欢三人，凶手依然逍遥法外，不知怎的，蒋南羽心中涌现出极大的不安。

或许看透了蒋南羽的心思，藤六道："放心吧，金青成那边有合欢陪着，应该没事。"

"嗯。"蒋南羽点点头。

三个人离开工房，来到金宅，只见白皮大马金刀地坐在前院，倒是尽职尽责地看守着。

"白皮，有一件事，我忘了问你了。"见到白皮，蒋南羽招了招手。

"啥事？"白皮走过来。

蒋南羽沉凝了一下，微微昂头，看着天。

夜空阴沉，寥寥几颗星。

"先前我让你去木场调查木下三郎死的那天，都有谁来工房搬运木柴，他们有没有看到有人在锅炉房的喷嘴里放置什么东西，结果如何？"蒋南羽问道。

"这事呀……"白皮笑道，"我问蓬头了，那天是蓬头领着人来的，野叉没来，都是木场里的人，蓬头说当时忙得很，好像没看到有人放什么东西。"

"什么叫好像呀？你打听清楚了吗？"蒋南羽怒道。

白皮露出惭愧的神色："我去的时候，木场的人都忙着呢，其他人都出工了，只有蓬头，所以……"

"那个叫独脚阿通的,来了吗?"

"独脚阿通?长官怎么突然问起这个疯子了?"白皮一愣。

"他来没来?"

"这个……"白皮哭丧着脸,"这个……"

"废物!"胡淑芬虽然不明白蒋南羽为何要问独脚阿通,但见白皮吞吞吐吐的样子,当即开骂。

蒋南羽摆了摆手,叹了口气。

"长官,我这就去找蓬头去!晚上木场的人肯定都回来了!"白皮羞愧不已,转身就要走。

"等等。"蒋南羽叫住白皮,从旁边取来灯笼,又掏出自己的配枪,交给白皮,沉声道,"自己当心点儿,到了木场,不要声张,悄悄找到蓬头,把事情问清楚,那个独脚阿通……要特别留意。"

"我知道了。"白皮感激地点了点头,大步走了。

"南羽呀,你为何对那个人……"胡淑芬一头雾水。

"没事,这是查一查。"蒋南羽平淡地道。

胡淑芬上上下下打量着蒋南羽,道:"我怎么觉得你小子好像有什么事情瞒着我。"

打发走了白皮,三个人往后院走,走在最前面的胡淑芬忽然站住,紧跟在后面的藤六一个趔趄,差点儿撞在他身上。

"巡长!"藤六叫了一声,突然发现胡淑芬不正常。

胡大巡长呆在当场,全身颤抖,双目圆睁,脸上露出极为恐惧的神色,仿佛见了鬼一般。

"怎么了?"蒋南羽骤然紧张起来。

"妖……妖怪!"胡淑芬哆哆嗦嗦地伸出了手指。

蒋南羽和藤六闻言,不约而同地抬起了头,目光望向胡淑芬手指的方向。

这一看不要紧,二人纷纷倒吸了一口凉气!

金家后面的主体建筑是那三层楼宇,楼宇和后院的偏房之间连着围墙。

此刻,就在阿桂房间旁边的围墙上,矗立着一个黑影!

257

一个高大的一团漆黑的人形黑影！

"谁？"胡淑芬尖叫一声，声音如同杀鸡一般，掏出枪，对准那黑影"砰"就放了一枪。

枪声响起处，那黑影微微晃了晃，倒下墙头，消失无踪！

"哎呀！"藤六大声埋怨胡淑芬，"你怎么能放枪呢，巡长！"

"废话，妖怪！本大巡长不放枪还等着他过来带我走呀！"胡淑芬大叫道。

"万一是凶手呢！你这一枪岂不是要了他的命！"藤六叫道。

"万一是妖怪呢！"胡淑芬针锋相对。

"别吵了！赶紧去追！"蒋南羽转身往外面就跑。

身后藤六和胡淑芬撒丫子跟了过来，二人一边跑一边嘀嘀咕咕。

"巡长，你这一枪，打在什么地方了看到没？"

"我怎么知道？！他妈的！反正是打着了！老子向来百步穿杨，就是妖怪，也打他个透心凉！"

"佩服！老天保佑别打死那凶手，打残就好了，正好我们抓住，案子就破了！"

"那样的话，本大巡长可是立大功了！南羽，到时候你可别和我抢功！"

蒋南羽懒得搭理他们，双脚生风，很快出了金宅，转过大半个宅子，来到那院墙跟前。

金家大院位置特殊，这边的院墙，紧靠着万丈悬崖，地势凶险。

"怎么没人呀？"等来到院墙下方，藤六傻了眼。

地上是一片碎石，干干净净，别说是人了，连毛都没一根。

胡淑芬不敢相信自己的眼睛："不可能！本大巡长的本事整个山西也是头一号！刚才我分明打中了，眼看着对方摇摇晃晃倒下来的！"

"不错，我也看到了，可根本就没人呀！你看，地上一点儿血都没有！"藤六蹲下来，仔细搜索了一番。

"真是神奇了！妈的，难道我真的打中的是妖怪？！"胡淑芬揉了揉眼睛。

蒋南羽没说话，他站在院墙下，昂头往上看。

院墙极高，至少有三米，全部用石头垒成，极为工整，几乎没有任何可以攀爬的缺口和凹槽。

"你们发现没有……"蒋南羽指了指墙壁,"这么高的墙,人如果不借助梯子之类的东西,根本不可能爬上去,而墙上刷的是白粉,如果放置梯子,肯定会留下痕迹,可上面很干净,没有丝毫的痕迹。"

"那怎么上去的?难道是飞上去的?!"胡淑芬嘀咕了一声,眼神就凌乱了,"肯定是妖怪!飞上去的!妈的,打一枪都没血!完了,我打到妖怪了,他不会放过我的!"

胡大巡长捶胸顿足,如丧考妣。

"不可能是妖怪,分明看到的是个影子,但刚刚又肯定是中了枪……"蒋南羽大脑飞快转动,忍不住向周围观察了一下。

此刻蒋南羽站着的地方,一边是悬崖,一边是院墙,对面则是苍茫的山林。

目光扫动的这一瞬间,蒋南羽忽然发现灌木丛中有点儿异常。

他立刻将目光定格,仔细瞄了瞄,一颗心儿顿时狂跳起来:在那灌木丛中,俨然藏着一个黑影!

光线昏暗,树影斑驳,如果不是仔细看,很难发现。

藤六和胡淑芬还在你一言我一语地扯皮,蒋南羽轻轻捅了捅胡淑芬,示意他闭嘴。

"你捅我干吗?这不怪本大巡长!遇到妖怪,枪也他娘的变成了烧火棍,不管个鸟用!"胡淑芬喷了蒋南羽一脸唾沫。

"巡长……"蒋南羽压低声音。

"哎呀呀,说个屁呀!本大巡长跟着你,真他娘的倒霉!"胡淑芬大声道。

藤六最先注意到蒋南羽脸色异常,低声道:"长官,怎么了?"

蒋南羽用眼神瞟了瞟灌木丛,做了个手势。

藤六顺着蒋南羽手指的方向望过去,也是一愣,随即露出欣喜之色。

"你们俩干吗呢,神经兮兮的!"胡淑芬总算是明白过来了,转个身,望向灌木丛,"我亲娘!妖怪!妖怪在那里!"

这一嗓子,气得蒋南羽和藤六恨不得一巴掌扇死这个二货。

嗖!

灌木丛中发出一声轻响,黑影腾空而起,从灌木之上飞去!

"我的娘呀!真是妖怪!我说是妖怪了吧!妈的,在飞呀!分明在飞呀!哎呀呀,妖怪呀!"胡淑芬号啕大哭。

他虽然是个二货,但说得一点儿不错。

那黑影的确在飞!

虽然光线不甚明亮,但看得清清楚楚,黑影从灌木丛中腾起之后,几乎是擦着灌木丛的上方飞行,虽然身形一顿一顿的,但速度极快,而且双手张开,身形不动,犹如一只大鸟!

"果然……在飞!"藤六目瞪口呆。

"追!"蒋南羽喊了一声,拔腿就追。

藤六和胡淑芬跟在后面,跌跌撞撞地跑过去。

灌木丛密集,满是藤蔓和交织的枝叶,在里面奔跑可不是一件容易的事,三个人顾不得脸上、手上被荆棘刺伤,盯着那黑影,心中只有一个念头:追上去,抓住他!

"不好!长官,那东西太快了!"藤六大叫道。

的确是快,在灌木丛中跌跌撞撞的三个人,根本就追不上那个飞行的黑影。

不过,观察了一下地势之后,蒋南羽大喜,道:"跑不了了!"

周围完全是个封闭的凹形,一边是悬崖,另外一边则是延伸出来的山壁,里面是凹进去的山体,也就是说,黑影闯进了一个山窝里,俨然是个死胡同。

山窝的尽头,是一块突出的巨大石头,足有一间房子那么高,再往上,除非那黑影能像鸟儿一样振翅高飞入云,否则定然会被堵在里面。

"追!"藤六也看清楚了,大喜。

三个人成品字形,对那黑影一边形成包围网,一边快速收缩。

那黑影无路可逃,向那块石头冲了过去,然后……

神奇的一幕出现了,电光火石之间,黑影消失了!

"怎么,没了?"三个人来到巨石跟前,见石头下空空荡荡。

"好像……好像冲进石头里了。"藤六喃喃道。

"是的!我也看见了,冲进石头里了。"胡淑芬带着哭腔,"妖怪!"

"怎么可能!"蒋南羽吼了一嗓子,"明明一个黑影,怎么可能冲进石头里呢！别说是人了，就是一片羽毛，也不可能冲进石头里！肯定在周围！搜！"

"搜啥呀！"胡淑芬指了指周围，"屁大的一点儿地方，一眼就看得清清楚楚，哪里有东西？"

山窝里头空间很小，除了那块巨石，周围就十几个平方，的确尽收眼底，莫说是个人，就是条狗都藏不了。

"怎么可能！明明看到黑影飞过来了！"蒋南羽这个急呀，如同热锅上的蚂蚁，来来回回找了好几遍，还是没有发现什么东西。

"难道真飞走了？"蒋南羽失望至极，忍不住抬起头。

就在这一瞬间，他呆了起来。

"在那里！"蒋南羽指着上方道。

巨石的半腰，长着一片茂密荆棘，荆棘深处，卧着一个黑影！

"哈哈，哪里逃！"藤六兴奋地叫了一声，掏出警棍，猫着腰，嗖嗖爬上了石头，待凑近荆棘时，飞身扑了过去："抓住了！"

底下的蒋南羽长出了一口气。

"带下来，我倒要看看，这妖怪长什么样！"胡淑芬掏出枪，严阵以待。

但是随后就听不到藤六的声音了。

"藤六！"蒋南羽瞄了一眼，见藤六坐在那里，背对着下方，一动不动。

"藤六，你他娘的怎么了！赶紧把妖怪带下来呀！"胡淑芬叫道。

然后，蒋南羽看到藤六缓缓转过脸，那是一张表情异常诡异的脸。

"长官，没有妖怪。"

"没有妖怪，那难道是人？！"胡淑芬道。

"也不是人。"

"不是人，又不是妖怪，那……"胡淑芬气急了，"那是什么玩意儿？"

藤六苦笑："你们上来看看就知道了。"

蒋南羽和胡淑芬听了，只得吭哧吭哧爬上了巨石半腰，待看清楚了，两个人面面相觑。

那黑影的确不是妖怪，也不是人，而是一件里头用树枝撑起来的麻布衣服！

说白了，就是个假人！

蒋南羽走上前，扯了一下，发现树枝上绑着长长的细绳，绳子一直通向巨石的顶上。

一切明了了——根本不是妖怪在飞，而是有人用长绳一路扯动这个假人前行。

"真身在石头上！"藤六叫了一声，起身就要往石头上爬。

"算了。"蒋南羽摇摇头，"等你爬上去，早跑了。"

"那怎么办？"藤六道。

蒋南羽要说什么，突然吸了一口凉气："不好！"

"又怎么了？"胡淑芬吓了一跳。

蒋南羽转过脸，看着二人："我们好像中计了。"

"中计了？"

蒋南羽指着那假人："调虎离山。"

"不会吧？"胡淑芬和藤六不约而同地发出一声惊呼。

…………

"这天气，真是糟透了。"胡淑芬走进后院，禁不住抱怨了一句。

天色阴沉，浓云翻滚，雨点淅淅沥沥落下来，打在院中那棵古树的肥大叶子上，噼里啪啦地响。

院子里很安静，一丝声音都没有，所以这雨声便显得格外清脆。

"似乎，好得很。"胡淑芬打量了一下周围，对蒋南羽笑道，"你说的调虎离山，恐怕不会发生。"

"先确定了再说。"蒋南羽昂着头。

二楼金青成的房间，灯亮着。

明亮的烛火微微闪动着，看起来并无新事。

蒋南羽在前，胡淑芬、藤六在后，三人急急忙忙地上了楼梯，来到房门口，走在最前方的蒋南羽敲了敲房门。

里头无人应答。

"难道姓金的还没醒过来？"胡淑芬性子急躁，将门一把推开，跨脚进去。

紧接着，蒋南羽和藤六听到里头传来这家伙的一声鬼叫："我亲娘！"

这一声，让蒋南羽的一颗心，骤然一沉——恐怕出事了！

的确，出事了。

走进门，但见合欢被绑在椅子上，嘴里塞着一团棉布，披头散发，脑袋低垂，似乎是昏了过去。

在她差不多五六步远的地方，金青成侧面倒在地上，胸口处插着一把锐利的匕首！

那匕首，长且宽，从金青成的前胸插入，刀尖从后心冒出，地上一摊血已流成小溪。

藤六走过去，蹲在金青成的跟前，查看了一下，抬起头，面对蒋南羽摇了摇头。

"死了。"藤六说。

胡淑芬的目光，盯上了合欢。

"是谁把合欢绑上的？为什么没杀她？金青成的脑袋怎么没被砍掉？妖怪先前不都是要砍人脑袋的吗……"胡淑芬嘴里嘀嘀咕咕，割断了绑在合欢身上的绳子，扯出嘴里的东西，使劲掐着她的人中。

具体的情况，或许等合欢醒了，会有一些线索吧。所有人都这么想。

"妈呀……"一番忙活之后，合欢深吸一口气，终于醒来。

"老爷！老爷！……"这个女人显然没有彻底恢复清醒，极其恐惧地向后缩着身体。

"老爷个屁！看清楚了，是本大巡长！"胡淑芬拍了拍合欢的脸，笑道。

合欢睁开眼睛，看到胡淑芬、蒋南羽和藤六，神色终于多了一丝平静，但转脸看到金青成的尸体，又是一声尖叫。

蒋南羽走过去，好一阵子才将合欢安抚下去，藤六又给她倒了一杯茶，合欢喝了一口，才哆哆嗦嗦地抬起头，目光不敢看金青成。

"老爷怎么……怎么死了？"合欢脸色苍白道。

听了这句话，蒋南羽三人面面相觑。

也就是说，合欢根本就没有目睹金青成的死，更没有看到凶手。

"到底怎么一回事？你怎么被捆在了椅子上？"胡淑芬连珠炮一般地发问。

蒋南羽拍了拍合欢的肩膀，柔声道："不要害怕，好好说。"

合欢指了指背后："绑我的人，是老爷。"

"金青成？他为什么绑你？"蒋南羽在合欢的对面坐下来。

"老爷原先一直昏睡着，阿桂被杀了之后没多久，他醒了。"合欢撩了撩额头上凌乱的头发，继续道，"我本来想端茶水，他却听到了楼下的骚乱，就问了我一句。"

"结果你如实说了？"蒋南羽道。

合欢点点头："我没法隐瞒，老爷脾气刚烈，平日里我们就不能撒谎。"

"然后呢？"

"老爷神情骤变！蒋警官，我从来没见过老爷那么可怕的表情，跟恶鬼一样。"合欢垂下头，"他在房间里来回踱着步然后让我过去，结果……"

"打昏了你？"

"我后脑结结实实挨了一下，两眼一黑就晕了。"合欢双手捂着杯子，"不过我很快就醒了过来，发现自己被绑在椅子上，嘴里也被塞上了棉布。老爷已经换上了一身紧身衣，在抽屉里找东西……"

"找什么东西？"

"一把刀。"合欢比画了一下。

胡淑芬将金青成尸体上的那把刀拔出来，放在桌子上："是这把吗？"

合欢摇了摇头。

"接着呢？"蒋南羽问。

"老爷把刀别在后腰，表情愤怒，嘴里低声骂着……"

"骂什么？"

"前后只有一句，他骂：'这个婊子！婊子！'"

"婊子？"蒋南羽眉头皱了皱，短暂的沉思之后，对藤六道："你速去工房，把一串红身上的那把凶器拿过来。"

"好！"藤六清楚蒋南羽的心思，急忙出去。

整个金家，能被骂"婊子"的，恐怕只有一个人，那就是青楼出身的一串红了。

显然，合欢吐露的这个情报十分重要：如果杀死一串红的那把凶器能被合欢认出来，那就说明金青成十有八九是杀死一串红的凶手，如此一来……

蒋南羽觉得自己多了不少复杂的线索，不过这些线索交织、汇聚，似乎开始渐渐清晰。

"然后呢？"一旁的胡淑芬听得很认真。

"他发现我醒了。"合欢缩了一下身体，"他走过来，看着我。我当时害怕极了，以为他要杀我。"

"结果他没杀你，而是再次把你打昏。"蒋南羽道。

"是的。"合欢承认，又道，"他的确打昏了我，不过在此之前，他说了一些莫名其妙的话。"

"什么话？"

"他说：'合欢，如果我能回来，我会放了你，这件事情你不要告诉任何人，之后金家所有的家产我都留给你。如果我回不来，你也会被发现，到时候你让蒋警官去找石公，告诉他，石公会告诉他所有事情的答案。'然后，老爷就把我打昏了。"

合欢的话，如同引爆了一颗定时炸弹！

"金青成这话是什么意思？他要出去干什么？杀一串红？他为什么……"胡淑芬语无伦次。

"看来，他之前就已经发现了一些事情。"蒋南羽摸着下巴，"如果我猜得没错，他的确是去找一串红，而且做好了最坏的打算，把后事都给合欢交代了。"

"让你找石公，难道石公知道事情的真相？"胡淑芬很激动。

蒋南羽正要说话，藤六进来了。

那把杀死一串红的凶器还没放在桌子上，就被合欢认了出来。

"是这把刀。老爷带走的就是这把刀。"

藤六和胡淑芬都呆了。

"这到底是怎么一回事儿？"胡淑芬挠着头，痛苦地问道。

"去找石公！"蒋南羽转身离开。

四个人下了楼，往西走向石公在一楼的住所。

房间里黑咕隆咚，敲了敲门，无人应答。

一股不祥的预感涌上心头。

石公这个人，做了几十年的管家，警觉得很，即便是因为受刺激卧床昏睡，也不应该这么无声无息。

推门而入，点亮了灯，房间里的一切，让蒋南羽等人再一次惊得如木雕泥塑。

石公身体瘫在地上，靠着床，双手捂着胸，鲜血从他的手指缝里汩汩流出，那张沧桑的脸已经蜡黄如纸。

"凶手作案时间不长！"蒋南羽走到跟前，沉声道。

"石公！石公！"藤六抱住石公，大声喊了两句。

石公的眼皮，微微抬了一下。

"似乎，还没死！"胡淑芬大喜。

蒋南羽却暗暗摇了摇头。石公受的是致命伤，定然没有活命的可能。

"石公！"胡淑芬大叫着。

石公的双目微微张开。

他似乎看到了蒋南羽，表情复杂，费力地张了张嘴，但并没有说出什么，显然到了最后的弥留之际。

蒋南羽大急，知道石公留下来的时间不多了，赶紧蹲下身来，贴着石公的耳朵，沉声道："金青成死了。"

石公的身体明显颤抖了一下，眼圈红了起来。

"他让我来找你，说你知道真相。"蒋南羽心头狂跳，"凶手是谁？"

这个问题，让藤六和胡淑芬都安静了下来。

三个人，六只眼睛，齐齐地盯着石公。

石公的呼吸，变得深沉、悠长，如同海涛。

他已经说不出话来，用尽全身的力气，艰难地抬起手，指向门外。

顺着他手指的方向，三个人同时转过脸，困惑不已。

"啥意思？他啥意思？！指外面啥意思？我当然知道凶手在外面！"胡淑芬叫道，"石公，说话！说，是谁！"

藤六侧过身，在石公的旁边坐下，眯着眼睛打量着石公的手，道："长官，石公指的，似乎是院中的那棵树！"

"树？树是凶手？！这不胡扯八道吗！这老头现在精神已经错乱了。"胡淑芬站起来生气地说道。

"石公，我不明白你的意思！凶手到底是谁？"蒋南羽抱住石公。

他的身体，冰凉，无力，已经开始痉挛。

石公的脸上，泛起了一丝红潮，那是最后的回光返照。他张大嘴，使劲呼吸着，好像窒息的人拼命寻找氧气一般，在做出最后的努力之后，他的目光盯着蒋南羽，用仅存的力气，把蒋南羽的手拉了过来放在他的腰间。

蒋南羽觉得自己摸到了什么东西。

石公盯着蒋南羽，焦急，悲凉，他想告诉蒋南羽所有自己知道的，但已经不可能了。

死神已经抓住了他的灵魂。

他的呼吸骤然停止，眼神在房间里四处打量，最终停住，然后，他的手，缓缓抬起来，朝着蒋南羽竖起三根手指，便又重重地落了下去。

一切戛然而止。

这个老头，自始至终没有说出一个字，就这么瘫坐在血泊里，死了。

他的双眼盯着前方，圆睁着，死不瞑目。

两行浊泪，自眼角滚落。

"就这么……死了?!"胡淑芬大失所望，使劲地晃着石公，"话都不说一句，就死啦！妈的，凶手到底是谁呀?!"

"巡长，别晃了，已经死了。"藤六拍了拍胡淑芬，然后对蒋南羽道，"长官，他伸三根手指是什么意思？"

蒋南羽没有马上回答，他的手从石公的腰上抽出来，然后缓缓摊开。

手掌中是一串钥匙。

黄澄澄的钥匙，林林总总，大大小小，有十几把。

藤六瞅着那钥匙："这……"

"石公知道自己已经说不出话来，又见我们不明白他手指向院中那棵古树的意思，便拉着我的手……"蒋南羽打量着那一串钥匙，"似乎他要……"

"我知道了！"藤六和蒋南羽几乎同时站了起来。

"三楼的那个房间！石公让我们打开三楼那个房间！"藤六大声道。

"三楼的房间？"胡淑芬还是一头雾水，"三根指头就是三楼？"

"一定是了！"蒋南羽兴奋道，"之前我们去过三楼……"

"是了！当时是查问一串红，发现了三楼隐藏的那个房间。"

"你们说的是那个三十年前就因为闹鬼被封上了的房间？"胡淑芬惊道。

第十五章 镜面阁

三十年前,一场大火后,金宅被烧得面目全非,在楼上房间里歇息的伙计被烧死了不少,后来传闻闹鬼,石公封死了房间,以后都没有打开过。

这个时候,石公让去那个房间,到底是什么意思?

一时间,蒋南羽的脑海中涌出无尽的疑问。

"去看看就知道了。"藤六抬起头。

合欢找来灯笼,点亮了,前头带路。

四个人上了三楼,推开门,里头密密麻麻的灵位显得如此诡异。

众人都无心多做停留,直接挑开帷幕,来到三楼的东边,顺着那面被密封了的墙向南,来到拐角隐蔽处的那扇门前。

拿着钥匙的藤六低头就想去开锁,被蒋南羽一把拦住:"慢着!"

"怎么了?"藤六问道。

蒋南羽接过合欢的灯笼,缓缓地将灯笼靠近那把大铁锁。

灯光之下,大家看得清清楚楚。

长时间的封闭,让铁锁和周围落满灰尘,也正因为如此,让上面两个手印异常得清晰。

藤六飞快地拿起锁,看了看锁眼:"有人动过锁进过房间!"

"难道是石公?"胡淑芬道。

蒋南羽也这么想,毕竟钥匙在石公身上。

可藤六摇了摇头:"应该不是!锁不是用钥匙打开的,似乎是用铁丝之类的东西破坏了里面的引簧,你们看,这锁看上去是锁上的,其实……"

藤六手微微一用力,大锁发出咔嚓一声响,应声而开。

"进去再说!"蒋南羽推开门,第一个进去。

众人鱼贯而入,心情忐忑。

里头空间很大。当蒋南羽把手里的灯笼高高举起,缓缓照视了一番之后，包括合欢在内，四个人的嘴巴，慢慢变成了"O"形！

"我们，确定没走错房间吗？"胡淑芬结结巴巴道。

站在蒋南羽身边的藤六也崩溃了，他转头跑出去，接着很快又跑回来，呆道："长官，没错，这里……的确是三楼！不是……不是二楼！"

也难怪他们这么惊讶，因为这个房间，根本就没有任何被大火焚烧过的痕迹，恰恰相反，里头的摆设琳琅满目，和二楼东边那个金宅的储存间布置得一模一样！

不仅仅是格局，连屋子里的一桌一架，哪怕是琉璃制品，都一模一样！

完全就是二楼的复制版！

这，怎么可能？！

"这屋子根本就没有被火烧过！为什么要封上？为什么……"胡淑芬咆哮道。

蒋南羽同样震惊，同样有这些疑问，但他的注意力很快就被地上的东西吸引过去了。

地上，一摊暗红色，虽然已经干涸，但看起来好像是血。

更奇怪的是，就在那地板上，横着一个黑乎乎的……

"那是尸体吗？"胡淑芬指着道。

蒋南羽走过去，蹲下来，摇了摇头。

众人围上来，才发现，那东西虽然外面套上了衣服，实际上，里头塞满了杂物。

蒋南羽用手指刮了一点儿地上的那摊暗红，放在嘴里尝了尝，摇头道："不是人血。"

然后，他站起来，在房间里头转悠，很快在紧挨着房门的那个角落里，有所发现。

那是一堆换下来的衣服，还有一个纸糊的上面粘了头发的假人头。

众人都很熟悉，一件赤红色的羽衣，山里那位大人穿着的衣服，至于那人头……

"这……到底是怎么一回事？"胡淑芬昂脸看着蒋南羽。

灯光下，蒋南羽那张俊美的脸，因为激动已经涨得通红。

"巡长，你那天先是看到石二槐进了二楼的房间，然后听到了声响，

然后顺着门上的孔洞往里看,看到了一身羽衣的那位大人,割掉了躺在地上的石二槐的脑袋……"

"不错!但,但那是二楼的房间!"胡淑芬有些崩溃。

蒋南羽指了指地上的那具假尸体:"假尸体身上的衣服,就是石二槐的!巡长,你那天看到的所有情形,都是发生在这个屋子里的。"

"不可能!"胡淑芬抱住自己的脑袋,"怎么可能呢?我明明是趴在二楼的门洞里往里看的,怎么可能会看到三楼的房间?!"

"是呀!这不可能!"藤六也直点头。

"但这里的一切都确确实实证明巡长当晚看到的,就是这个房间!"蒋南羽大声道。

"还是不可能!"胡淑芬五官扭曲,"我明明是在二楼……我下去再看看!"

言罢,胡淑芬转身跑开了。

过了一会儿,这货满头大汗地跑回来。

"怎么样?"藤六急忙问道。

"屁!我又在二楼对着门孔看了一遍,根本看不到这个房间,也看不到你们,我看到的是二楼的那个房间!"胡淑芬大声表示自己的抗议。

"不应该是这样!"蒋南羽托着下巴,在房间里踱步,"这里有你当晚看到的一切,有证据,你看到的就是这个房间。"

"那为什么……"藤六昂起头。

蒋南羽打断藤六的话,他在快速思考,嘴里喃喃自语:"两个一模一样的房间,一个在二楼,一个在三楼,一个在另一个的正上方,巡长在二楼的门孔上,竟然能看到三楼的房间……等等……"

蒋南羽猛然抬起头,转脸望向了房门。

"门孔!"蒋南羽大声道。

"门孔?"胡淑芬和藤六搞不懂蒋南羽的意思。

蒋南羽懒得解释,快速来到房门前,把房门缓缓拉开。

经过仔细检查,很快就有了发现。

房门很厚,几乎是一般房门的三倍多,用结实的杉木打造房门的外表面没有门孔,但在房门的内侧赫然有一个手掌大小的方形凹槽,一块镜片被完美地镶嵌在里面，而在镜片的旁边是一个手指头大的铜钮，不知道是何用处。

"把门，劈开！"蒋南羽兴奋道。

藤六很快找来了斧头，小心翼翼地把门劈开。

门是空心的，劈开之后，里头漏出来一个奇怪的装置。

一个密闭的方形铁皮管，手臂粗细，曲曲折折，从门夹层的内部一直向下延伸，穿过了地板。

蒋南羽脸上露出了一丝微笑，他蹲下来，用灯笼照着那个方形凹槽里的铜钮。

门被劈开前，这铜钮非常不起眼儿，但一切暴露之后，大家才发现，有一根细细的铜线，连接在那铜钮之上，并钻入了方形铁皮管的内部。

蒋南羽单手勾住铜钮，轻轻一提，铜钮扯动铜线上拉，只听见铁皮管的内部，发出一声低低的清脆的响声——啪。

蒋南羽站起来，闭上一只眼睛，将另外一只张开的眼睛放在铁皮管一头的镜片上，看了看，随即笑了。

"原来如此。"他长出了一口气。

"你这一通捣鼓，神神秘秘的，到底怎么回事？"胡淑芬见蒋南羽一副胸有成竹的样子，很是不解。

"巡长，你现在去二楼，再对着二楼的门孔看一看，就明白了。"

"老子就不信这个邪！"胡淑芬气呼呼地再次下楼。

几分钟后，胡大巡长一溜烟儿地跑进来，脸上的表情很是精彩。

"妈的！为什么这一次我看到你们了！看得清清楚楚的！房间里的一切都看得清清楚楚的！但是我明明是在二楼的门孔里看到的呀！"胡淑芬的脑袋已经不够用了，他痴呆地看着那套被发现的门内的蹊跷装置，预感一切都和这装置有关系！

房间里的所有人都盯着蒋南羽。

蒋南羽点了一根烟，抽上一口，缓缓吐出烟圈，淡淡地说了一句话："你们知道这世界上有个东西，叫潜水艇吗？"

"就是能钻到水下的那种东西？"胡淑芬点了点头。

"这玩意儿最早是达·芬奇发明的，他设计出一种能够在水下行进的船只。当然了，那只是设想，实际上一直到美国独立战争的时候，第一艘

真正用于军事的潜水艇才诞生,经过长时间的发展,如今潜水艇这玩意儿已经正式成为军队的一部分,厉害得很。"蒋南羽笑道。

胡淑芬感觉像是听天书一样:"这破玩意儿和咱们现在有联系吗?"

"有呀!当然有!"蒋南羽摊了摊手,"潜水艇刚设计的时候,有个问题始终困扰着发明家,那就是躲在水下密闭的潜水艇里面,人如果想看到海上的东西,又不能浮出水面,该怎么办呢?"

"是呀,怎么办呢?"胡淑芬懒得想,他知道蒋南羽接下来一定会说出答案。

蒋南羽打了个响指:"他们为此绞尽脑汁,后来,利用光学原理,发明了一种东西。"

蒋南羽一边说着一边把目光放在了房门内部隐藏着的那个铁皮管上,"这种东西,就叫作潜望镜!"

"潜望镜?!"藤六和胡淑芬吸了一口气。

蒋南羽笑了:"是呀,谁能想到在蝼蛄山这穷乡僻壤的地方,竟然有人能做出来一个原理和潜望镜一模一样的东西,而且还可以自由控制这个机器的开启和转换呢?"

胡淑芬挠着头:"你是说,这封闭的铁皮管,和你说的潜望镜差不多?"

"有过之而无不及。"蒋南羽让合欢拿来纸笔,画出了潜望镜的示意图,解释道:"潜望镜一点儿都不复杂,其构造与普通地上望远镜一样,只是另加两个反射镜使光经两次反射而折向眼中,这样人即便是在拐弯抹角的地方也能看到另一层界面的东西。这个方形铁皮管就是一个潜望镜,唯一的不同就是那个铜钮。"

"铜钮怎么了?"胡淑芬问道。

"铜钮连着一根铜线,铜线伸入铁皮管的内部,实际上是控制另一端,也就是二楼的门孔。说白了,就是个开闭装置。提起铜钮,引动二楼门孔里的装置,潜望镜就起了作用。而将铜钮回位,二楼门控里的装置也就相应回位,潜望镜关闭,那个时候你如果在二楼门孔往里看,看到的则是二楼房间里的情景。"

"妈的!这也太狡猾了!"胡淑芬总算是明白了。

"两个一模一样精心布局的房间,这么挖空心思的装置……"藤六话说到一半就不说了，因为大家对他接下来的话心知肚明。

"只有金青成和石公才能干成这事！石公不可能杀他的亲生儿子，所以凶手一定是金青成！"胡淑芬大声道。

蒋南羽却摇了摇头："金青成为什么要杀石二槐呢？没有理由。他要杀这些年早杀了，犯不着这个时候动手，而且他和石公关系极好，也干不出此事来。最关键的是，依照我目前掌握的一系列证据，金青成似乎并不是这些案件的凶手。"

"但是这么精心的布局，这什么潜望镜……"胡淑芬直摇头。

"如果……"蒋南羽缓缓抬起头，"如果除了金青成和石公，还有人知道这两个房间，知道这么个装置呢？"

"那……就有可能了！"藤六大声到。

"这个房间在金家是个秘密，知道的人应该寥寥无几，而且房间二十年前重修金宅的时候就密封了，钥匙只有石公有，除了石公和金青成……难道是一串红？"胡淑芬道。

蒋南羽想了想，摇头："二十年前密封房间，一串红还没有来山上呢，即便是她从石公或者金青成那里知道这个秘密，她也不具备作案的时间。"

"是呀，我看见石二槐进二楼的时候，一串红在三楼呢，分身无术。"胡淑芬道。

蒋南羽站起身："两位，别忘了，我们之前就已经推断过，一串红、野叉看起来只不过是配合的帮凶，正主儿，还没有露出真容。"

"这个人，到底他妈的是谁呀？"胡淑芬仰天长叹。

"放心吧，我们会抓住他的，只需要……"蒋南羽欲言又止。

"只需要什么？"胡淑芬凑过来。

蒋南羽皱了皱眉头："只需要再多一点儿线索和证据。"

言罢，蒋南羽提着灯笼准备离开，但当他走到门口的时候，忽然停下脚步，随即转过身，来到了门后的墙角。

那是一个隐蔽的角落。

墙上空空如也，除了一个小小的相框。

从门口望过来，根本看不到这一面墙，更不会看到这个相框。

蒋南羽取下照片，仔细看了看，递给藤六："上面的人，你认识吗？"

里头有一张照片,一张人员众多的合影。

深山之中,林木之下,几十个穿着各式衣装的人站成前、中、后三排,旁边放置着诸多东西,能看见树立的井架,以及爆破后的矿洞入口。

所有人都露出欢呼雀跃的表情,笑容灿烂,尤其瞩目的是站在前排中间的两个人。

蒋南羽能够一眼看出来这群人中绝大多数都是蟪蛄山的山民,穿着麻布做成的样式简易的短衫,赤脚或者穿着草鞋,只有中间那两人与众不同。

一个穿着格子西装,虽然皱巴巴的,但质地很好,另外一个穿着一身祭袍,头戴插着羽毛的法冠。

照片年月古老,已经斑驳发黄,但上面那些人的面孔,还是清晰可辨的。

这两个人,个头差不多,都是细长脸,五官周正,犹如亲兄弟一般。

"这应该是……"藤六凑过来,仔细辨认了一下,道,"这应该是三十年前拍的吧。"

三十年前,拍照可是个稀罕事儿,即便是大户人家,能留几张照片就已经很不错了。

藤六指了指穿西装的那个人:"这个是金青成,旁边的则是木下柏。"

"你认识他们俩?"胡淑芬在旁插嘴道。

三十年前,藤六也不过是个屁大的孩子。

"印象模糊,不过这张照片当年我家也有。这个是我爹……"藤六指了指最后排的一个壮汉,道,"我记得我爹说当时是金青成第一次爆破矿洞成功的时候,特意请人来拍的。那年月,相比于放炮开矿,照相这事儿影响更大,这事儿当时在整个蟪蛄山传得沸沸扬扬。现场的每个矿工都分到了一张,我爹一直到死都把照片保存得好好的,那是他一辈子唯一的一张照片。"

"似乎有些问题呢。"对着那张照片,蒋南羽微微皱起眉头。

"哦?"

"既然是金青成和木下柏,为何这里……"蒋南羽手指点了点。

照片的下方,相纸的空白处,用蝇头小楷写下了一行字——"开矿爆破成功纪念。与柏兄照于蟪蛄岭。桐字。"

照片冲洗出来在上面题字,原本是一件很正常的事。这张照片也是如此，记载了因为何事而特意留影、和谁在一起、在何处，不过最后的署名却让蒋南羽有些摸不着头脑。

这张照片的主人，显然是金青成，他的签名应该是"青成字"才对，怎么变成了"桐"字。

"这个呀，就是金青成。"藤六笑了，道，"长官有所不知，在我们蝼蛄山，桐树比较特殊，这种树木材不坚硬，一般用不着，但很容易存活生长，所以蝼蛄山人都喜欢给自家男孩子起名叫阿桐，希望小孩子能够活到成年，加上又是神树……"

"神树？为何是神树？"胡淑芬问道。

"这个我就不知道了，不过两位长官应该看过神祠里的神像，那位大人穿着树叶做成的裙子，上面的树叶就是桐树叶。"藤六指了指照片，"我听我爹说，那时候蝼蛄山的人都称呼金青成为桐大爷，不知道为什么，好像这名字是木下柏给他起的，说蝼蛄山有两个神，一个是那位大人，佑护山里人，一个是金青成，财神爷一样给山里人带来好日子，谁也没想到后来这位财神爷没给山里人带来好日子，反而把山里搞得乌烟瘴气。"

"金青成，阿桐……"蒋南羽念叨着这两个名字，忽然神情凝重起来。

"怎么了？"藤六觉得蒋南羽有些不正常。

蒋南羽一把推开挡在门前的胡淑芬，快步走了出去。

"神经了。"胡淑芬疑惑不已。

众人跟上，出了三楼的房门，见蒋南羽站在走廊上，盯着院子某处看。

"南羽呀，你这是……"胡淑芬走到蒋南羽跟前，才发现蒋南羽的目光，聚焦在院子里的那棵古树上。

"藤六，院子里的这棵树是桐树吧？"蒋南羽沉声道。

"是，而且应该是蝼蛄山年纪最大的一棵桐树了。"

"原来如此！"蒋南羽的手，重重地拍在了相框上。

"什么意思？"胡淑芬道。

蒋南羽转身，他的双眸中，升腾着灼灼火苗："你们还记得石公临死前，指着外面的庭院吗？"

"当然记得，老头很奇怪，猜不出来他什么意思。"胡淑芬吸了一下鼻子。

"他指的不是庭院！"蒋南羽指着那棵大树，"石公当时指的是这棵古树！"

"古树？桐树？"藤六很快反应了过来，"难道石公要告诉你，凶手是阿桐，就是金青成？"

"不可能吧！"胡淑芬跳了起来，"金青成怎么可能是凶手？！一家子都死了，连他自己都死了，而且他也不会杀石公呀。"

"巡长说得对，金青成不可能是凶手。"藤六使劲点头。

"杀死石公的的确不可能是金青成，不过，石公没必要说谎。"蒋南羽看着那张照片，陷入了沉思，良久，他的嘴角微微上翘，"难道……"

"难道什么？"胡淑芬被蒋南羽这番表情勾得如同热锅上的蚂蚁。

"没什么，让我再想想。"蒋南羽闭上了眼睛。

就在这时，院子里跑进来一个人。

"长官！长官！"那人在底下挥舞着手。

是白皮。

"这小子总算是回来了。"胡淑芬道。

房间里，几个人围成一圈坐着。

"长官，你交代我的事情，打探清楚了。"白皮累得够呛。

"结果怎么样？"蒋南羽不动声色地摊开了笔记本。

白皮咳嗽了一声，道："木下三郎死的那天，木场前来运送木柴的人，一共有九个，蓬头是领头。我刚去了木场，挨个审问了，八个人的说辞一模一样，没什么纰漏。"

"八个人？你不说是九个人吗？"胡淑芬问道。

"对，还有一个人是谁？"蒋南羽问道。

"哦，那个人呀……"白皮呵呵一笑，喝了口水，"是独脚阿通那个傻子。"

"独脚阿通？"蒋南羽迅速直起了腰，"你确定？"

"确定。怎么了？"白皮对蒋南羽的这个有点儿过激的反应很纳闷。

"你怎么没审问他？"蒋南羽迅速恢复了常态。

"人不在，而且这么一个傻子，能问出来什么？"白皮摊了摊手。

蒋南羽笑了笑，他的笑容看起来很复杂："我让你问的那个问题，你问了没有？"

"当然问了。"白皮认真道，"木场的人说当时太忙了，工房里头人多，乱哄哄的，没注意有谁往锅炉喷嘴上放什么东西啊。"

蒋南羽把白皮说的话，仔细地记在笔记本上，前后看了看，又问道："蓬头也这么说？"

"嗯。"

"那最后一个离开工房的人是谁？"

"这个蓬头倒是提到了。"白皮笑起来。

"谁？"蒋南羽的声音，骤然提高了八度。

"独脚阿通。这家伙干活本来就慢，他最后一个出来的。"

"果然如此！"蒋南羽冷喝一声，用力地在笔记本上写下了独脚阿通的名字。

"长官，独脚阿通怎么了？"随着白皮这句话，其他人也都昂起了脸看着蒋南羽。

蒋南羽合上笔记本，缓缓站起来，目光在每一个人的脸上停留，然后他露出了一丝笑容。

"虽然目前还有一些困惑我的地方没有解开，但基本上可以确定，独脚阿通是最大的嫌疑人！"

"不可能吧。那是一个傻子呀！"胡淑芬直摇头，"我反对！我表示最坚决的反对！你这个判断完全没理由！"

"等我彻底弄明白了，会告诉你理由。现在我要说的是，我的这个判断，十有八九错不了！"蒋南羽摆了摆手，"多说无益，眼下最重要的事情，是把独脚阿通拿下！"

言罢，蒋南羽拿上了自己的枪，道："去木场！"

"去木场？长官，独脚阿通人不在。"白皮赶紧站起来。

"当然不会在！"蒋南羽冷笑一声，又道，"我和白皮去木场，巡长，你和藤六火速下山去镇子里，把镇子里的人动员起来，封住下山的所有路口，一旦发现独脚阿通，不要让他跑了，立刻逮捕！"

"啊？真要这样吗？"胡淑芬愣了。

"现在没时间解释！大家行动吧！"蒋南羽推门而出。

剩下的几个人面带无比的疑惑，但还是跟了出来。

雨又开始下了，而且越来越大。

合欢给众人找来了灯笼和雨具，大家各自装备好了，正要走，忽然听到了歌声。

黑暗中，沙哑的嗓音从院子的角落传来。

是蝼蛄山那首古老的歌谣——

山间长着九棵树

一棵柏树一棵桐

一棵柳树一棵松

一棵桂树一棵枫

一棵槐树一山红

还有一棵在哪里？

大人种在你背后

树上挂着招魂铃

丁零零

响一声

响一声

阿仔背娘上山去

下得山来莫回头

丁零零

丁零零

…………

"哎呀，婆婆也真是的，即便是关着，也尽是添乱！婆婆，你别叫喊了行不行？"合欢面对那间石头房子大声道。

"这老太太，唉……"胡淑芬叹了一口气。

不知为何，蒋南羽忽然愣愣地看着关着金婆的屋子，接着一把扯过了合欢："金婆一直关在里面？"

"当然了。"或许蒋南羽的手劲儿有点儿大，合欢疼得咧了咧嘴。

蒋南羽赶紧放下手，急迫道："今天晚上也是？一直关着？"

"嗯。我给婆婆送的饭，一直关着。"

"没有出来过？"

"当然没出来过了。长官，怎么了？"合欢撇嘴。

"不会吧？"藤六看着蒋南羽，好像明白了什么。

"你们怎么了？"胡淑芬不明就里。

藤六睁大眼睛："今晚，阿桂死的时候……"

"不……不会吧……"这回轮到胡淑芬叫了起来。

"阿桂死的时候，我们听到巡长的叫喊声赶进了后院，看到了一个老婆婆，弯着腰，披头散发的在院子里……"藤六嘴唇哆嗦着，"当时我以为是金婆……"

"金婆一直关在屋子里，不会出来。"蒋南羽揉着太阳穴，"既然如此，那么我们之前见到的那个老婆婆是谁？"

众人你看看我，我看看你，面面相觑。

"见鬼了。"黑暗中，胡淑芬的声音充满了绝望。

…………

天已经亮了。折腾了一夜，当蒋南羽一干人走出宅子大门的时候，东方泛起了鱼肚白。

四个人行色匆匆，在十字路口分开之后，藤六和胡淑芬下山，蒋南羽和白皮则赶去木场。

抵达木场之后，蒋南羽和白皮第一时间冲进了独脚阿通的那间木屋，里头空空荡荡的，除了那一屋子的蛇之外，根本没有独脚阿通的影子。

接着，把蓬头从床上拽了起来，睡眼惺忪的他虽然不明白发生了什么事情，但是在得到蒋南羽搜捕独脚阿通的命令之后，还是迅速召集了木场的人。

一百多个木客集中起来，广场上人头涌动，在听闻要搜捕独脚阿通之后，绝大多数人都认为这是一个笑话。

"那个傻子怎么可能杀人！"

"搞错了吧？"

人们七嘴八舌地议论着。

但搜捕还是迅疾展开了。

半个多小时后，木场被搜了个底朝天，几乎挖地三尺，也没捞到独脚阿通一根毛。

"从昨天开始就没看到过他,平时谁也不会注意这家伙干什么。"蓬头苦着脸说。

"长官,怎么办?"白皮垂头丧气地问。

"蓬头,让你手底下的人歇工,分散开去,搜山!"蒋南羽大声道。

"歇工?搜山?"蓬头吐着舌头。

"胡巡长有令,发现或者抓到独脚阿通的,赏大洋五十!记住,要活的!"站在高台上,蒋南羽替胡淑芬做了决定,估计胡淑芬知道了会哭死。

这一嗓子,让原本吵吵闹闹的木客们一哄而散——这帮汉子拿着木棍、柴刀甚至扛着绳索,一溜烟儿地奔出了木场。

五十块大洋!对于他们来说,这无疑是一笔天文数字。

重赏之下,必有勇夫。蒋南羽心中暗道。

至于真要有人抓住了独角阿通,这笔钱只能让胡大巡长出血了。

"我们也去吧。"蒋南羽拎着枪,带着白皮离开木场。

蟪蛄山,估计从来没有这么热闹过,木场的汉子们如同一只只敏捷的豹子一般,叫喊着冲入林莽之内。

"这么多人,但愿能抓住独脚阿通。"白皮苦笑道,"否则就太丢人现眼了。"

两个人边说边走,来到十字路口,见蓬头拎着棍子带着两个木客跑了过来。

"长官,搜到了一个人!"蓬头面带惊讶地说。

看那模样,应该不是独脚阿通。

"谁?"

"鬓三爷爷。"

"鬓三爷爷?他不是被野叉送上神祠山隐了吗,怎么还活着?"白皮吓了一跳。

"哎呀呀,你们赶快过去吧,再不走就晚了!"蓬头很着急,"鬓三爷爷被戳了一刀!"

"带路!"蒋南羽大喝一声。

....

鬓三爷爷躺在通往神祠道路旁的灌木里。那是上山的路。

老头穿的是野叉给他做的一套专门山隐时穿的崭新的衣服，不过上面满是泥污，还有鲜血。

他靠在一棵大树上，肚子上挨了一刀，脸色苍白，痛苦不堪。

"原本以为就这么死了，没有人知道，想不到还能见到你。"面对蒋南羽，鬃三爷爷用低微的声音道。

"鬃三爷爷，谁对你下这么重的手？"白皮蹲下来，看着鬃三爷爷的伤口，直皱眉头。

腹部被划开，肠子都涌了出来。

"是独脚阿通吧？"蒋南羽关切地道。

鬃三爷爷艰难地点了点头。

"他去哪儿了？"白皮咬牙切齿地问。

"往山上跑了。"鬃三爷爷指了指山路。

"跟我走！"蓬头带着一干人，朝山上追去。

蒋南羽蹲下来，握住鬃三爷爷的手："你不是山隐了吗？怎么会……"

鬃三爷爷苦笑："山隐？呵呵，直到现在，我才知道山隐是怎么回事……哪来的山隐呀，哪来的那位大人呀……一切……一切只不过是一个……一个谎言。"

蒋南羽和白皮相互看了一眼，没说话。

"野叉把我背上山，发现了石二槐的尸体，他就急忙关门走了，说是要去报信，留我……留我一个人在神祠里。我就那么坐着，坐在黑暗里，忽然，神像动了一下，把我吓了一跳。"

"神像……动了……"蒋南羽想起野叉来报信说神祠亮灯的那天晚上，自己也曾在屋子里看到神像动了一下，不过很快就离开了。

"我以为是那位大人来了，呵呵……"鬃三爷爷紧紧握着蒋南羽的手，"就闭上眼睛等死，这时真的有什么东西窸窸窣窣地来到我的跟前，一身的臭气，死人腐烂的臭气，我害怕极了，就睁开眼，结果……结果看到了木下娘。"

"木下三郎的娘？"白皮差点儿蹦了起来，"她不早就死了吗?！"

鬃三爷爷点了点头："我也以为自己见鬼了……但她的确还活着……蒋长官，原来我们蟋蛄山人世世代代所谓的山隐，不过是……不过是先人制造的一个谎言,为了减少自己亲自送爹娘死而产生的愧疚。"

"什么意思?"蒋南羽愣道。

"那位大人……是不存在的。神祠里……神祠里有一个深不见底的地道……祭司扳动机关,神像移位,山隐的人就会……就会从神像前敞开的洞口掉下去……然后神像复位,机关合上……那机关天衣无缝,不知道的人,根本发现不了。"

"怪不得都说山隐的人在神祠中会凭空消失,原来是这样呀!"白皮呆了。

鬓三爷爷大口喘着气:"我被木下娘带到了下面……那里……那里简直是地狱呀!"

"里头都有什么?"白皮道。

鬓三爷爷摆摆手,似乎不愿意说,对蒋南羽道:"蒋长官,昨晚阿桂是木下娘杀的,金青成……也是。"

"什么?"白皮如遭雷击。

"木下娘一直在下面,开始她准备向别人一样,等死,后来……后来她听见上面有人说话,知道了三郎被杀的消息……那个老婆娘,虽然有时候神志不清,但从小就对木下三郎心疼得要命,你们想……她知道了三郎死在金家,会……"

"老婆婆估计做鬼都不会放过金青成吧。"白皮接道。

"我也不知道那些天木下娘在底下靠着什么活了下来,里头没水也没吃的,全是,全是……"鬓三爷爷脸上露出恐惧的神情,不愿再说。

"靠着仇恨。"蒋南羽道。

鬓三爷爷微微点头:"她把我带到下面,求我帮她,帮她报仇。蒋长官……你不知道她当时哭得多么伤心,你不知道那下面是多么地惨!"

"你答应了?"

"嗯,我答应了。"鬓三爷爷痛苦无比,"实际上,昨晚用假人引你们出来的,就是我。"

蒋南羽笑了笑:"你说杀死阿桂和金青成的凶手是木下娘的时候,我就已经知道了。"

"这到底怎么回事?"白皮还蒙在鼓里。

"昨晚，我们趁黑摸到了金宅……大门敞开，里头没什么人……"

"那时我们在房间里审问……"蒋南羽想说当时在审问野叉，转念一想野叉已经死了，鬓三爷爷已是将死之身，若是知道了这噩耗，恐怕……所以赶紧打住。

"木下娘带着刀摸了进去，本来……本来我也是想进去的，但是她不让。她把外面的褂子脱下给我，说她进去就是报仇，十有八九不会再出来，让我把褂子留着，将来和他儿子埋在一起，也算是母子俩地下有了个伴儿……"

蒋南羽的心，在颤抖。

"她进去之后，我一直在外面等着，然后听见里头胡巡长大喊，然后人仰马翻的……我以为木下娘被你们抓住了，哪知道里头不久就安静了，然后就看见门口来了大车队，你们接着去了工房……我想进去，看见白皮坐在前院……那时我想木下娘恐怕是得了手，虽然没被发现，也被困在了里面，所以……"

"所以你就玩儿了个把戏。"蒋南羽道。

"是的。"鬓三爷爷大口喘息着，"我用木下娘的褂子做了个假人，后面拴上绳子，用竹竿挑着架上了墙头，我想你们只要有人进后院就能看到，只要把你们引出来，木下娘就能脱身……"

"你成功了。"蒋南羽笑道。

鬓三爷爷也笑："是的，我办成了，不过差点儿被你们抓住。"

"然后呢？"

"你们回去之后，我从崖上下来，等到了木下娘。"

"她趁乱出来了？"白皮问道。

"嗯。她一身是血，怀里还抱着个人头……阿桂的……"说到这里，鬓三爷爷脸上露出强烈的不忍，"她说她不仅杀了阿桂，还杀了金青成。"

蒋南羽和白皮都沉默了。

"木下娘还说，她杀了金青成下楼的时候，看到有个人溜进了院子，进了一楼的房间，然后很快出来……"

"杀死石公的凶手，她看见了？！谁？"白皮忙道。

"应该是独脚阿通吧。"蒋南羽十分痛苦地闭上眼睛，"实际上，昨晚他就在金家，伺机下手，我们审问野……审问那个人后，独脚阿通就进屋杀了他……除此之外，他要杀的，还有一串红和石公，只有杀了这些人，他才能安全，才不会暴露。"

"一串红不是独脚阿通杀的……"鬓三爷爷吞咽着唾沫道，"木下娘说她差点儿被你们抓住了，但藤六把他看成了金婆，她就躲在了后院东边的客房里。你们查看阿桂的房间之后，回到了西头的客房商议，她看到……她看到金青成从二楼下来，进了一串红的房间，然后两个人就出去了……"

"杀一串红的，真的是金青成。"白皮愣了愣。

蒋南羽点头道："不错。实际上，金青成应该比我更早猜到了凶手。"

"鬓三爷爷，你怎么又会被独脚阿通戳了一刀？"白皮问道。

鬓三爷爷半躺着，浑浊的眸子看着天空，叹了口气："木下娘发现了独脚阿通，实际上，独脚阿通也发现了她……我们离开金家之后，就觉得有人跟了上来……是我出的主意，兵分两路，我引开独脚阿通，她上山，在神祠下面等我……哪知道……那家伙最终还是追上了我，就……"

鬓三爷爷指了指自己的肚子，又道："蒋长官，我不行了……独脚阿通估计知道木下娘的下落，所以给了我一刀后，就上山了，你们赶紧上去……救木下娘……她虽然杀了人，可也是为了给儿子报仇……她，太可怜了……"

鬓三爷爷越说越激动，剧烈咳嗽起来。

每一次咳嗽，都会扯动肚子上的伤口，鲜血汩汩流出。

"鬓三！鬓三！你这是怎么了？怎么了呀？"正在此时，身后忽然传来一声孩子的大哭声，接着跑过来一个孩子。

竟然是山桃和野叉的那个私生子，游光。

小孩子吓坏了，趴在鬓三爷爷身上大哭。

蒋南羽十分愕然，转过头，看见山桃站在后面，旁边跟着藤六。

"你们怎么来了？"蒋南羽走到跟前，低声道。

藤六指了指山桃："我到山下，按照你的吩咐动员了整个镇子的人，野叉的事……山桃知道了。"

"我有重要的事情要跟你说！"山桃盯着蒋南羽。

"你不找我，我也会去找你。"看着这个女子，蒋南羽微微眯起了眼睛，"关于野叉的吧？"

第十六章　双生人

山桃看了一眼半身是血的鬃三爷爷和号啕大哭的游光，脸色苍白，然后转过脸对蒋南羽点了点头，道："是的，野叉干的事，我清楚。"

"等会儿再说吧。"蒋南羽转身看着那对爷孙，压低声音，"他已经没有多少时间了，野叉的事，你就别跟老头说了。"

山桃木然地点点头，摇摇晃晃地来到鬃三爷爷跟前。

"鬃三！他们都说你山隐了，我还生你的气呢！你怎么什么都不跟我说就走了？谁把你伤成这样呀？我去揍他！我揍死他！"游光抹着眼泪，挥舞着手中的玩具。

那是鬃三爷爷山隐之前给他做的"自来也"。

看着游光，鬃三爷爷满脸的慈爱，苍老干枯的手，放在游光的脑袋上，轻轻地抚摸着。

"我哪里是山隐了，我是瞒着你和野叉上山给你打一头野猪呢。你不一直闹着想要一颗最大的野猪牙吗？"鬃三爷爷笑着说。

"嗯！"游光使劲点头，"别的孩子都有，就我没有，他们说山里的勇士都得戴个野猪牙！鬃三，你这伤是野猪拱的吗？"

"是哩。好大的一头野猪……"鬃三爷爷无力地比画了一下，"我一不留神，就被它的大牙豁到了……"

"哇"的一声，游光又哭了起来，他紧紧抱着鬃三爷爷："好鬃三！我再也不要野猪牙了！我不要野猪牙了！我只要你在我身边呀，鬃三！"

鬃三爷爷呵呵直笑，呼吸开始艰难起来："好好好，我答应你，会一直在你身边，好孩子，别哭了。"

言罢，鬃三爷爷大口喘息着，对站在身边的山桃道："山桃呀，我……这回我真的要走了，临走之前……临走之前，我能……我能提个要求吗？"

"你说。"山桃抹着泪。

"让……让游光……喊我一声爷爷吧……"鬓三爷爷昂起脸,哀求道。

游光虽然是野叉和山桃的私生子,但按照山里的规矩,野叉并没有明媒正娶山桃,所以名义上游光还不是野叉的儿子,自然就不能喊他爷爷。

"游光,过来。"山桃哭着拉起游光。

游光听话地站起来。

"跪下。"山桃低声抽泣着。

游光虽然不知道发生了什么,但还是老老实实对着鬓三爷爷双膝跪下。

"磕头,喊他声爷爷。"山桃道。

游光愣了下,他看了看山桃,又看了看鬓三。

"游光,你要仔细看这个人,从你生下来,他就带着你,给你当马骑,陪你捉蜻蜓,晚上哄你睡,他是世界上最疼你的人,他是你的爷爷。快叫爷爷。"山桃搂着游光,满脸是泪。

"爷爷!"游光梆梆梆磕了三个响头,清脆地喊了一声。

"哎!哎!"鬓三爷爷回应了两声,老脸乐开了花,伸手拉过游光,老泪纵横,"有你这句话,我就能开开心心地走啦……游光呀,以后我不在了,你要听你娘的话,将来要有出息……"

"爷爷,你去哪儿呀?"

"我去……我去天上。"鬓三爷爷指了指天空,"我去了,就不回来了……不过呀,我会在上面一直看着你的……你要……你要好好的……山桃呀……"

"哎!"山桃急忙蹲下身。

鬓三爷爷一手拉着游光,一手拉着山桃:"我这辈子……没本事……没挣下家业让野叉风风光光娶你进门……这些年……我知道野叉拼命想挣钱……我……我对不起你们……"

"没有的事。家里有你,是我们的福气。"山桃哭道。

"将来,和野叉好好过日子……游光……就托付给你了……"

"我知道。你放心。"山桃哭得梨花带雨。

"蒋长官……"鬓三爷爷看着蒋南羽,"木下娘……抓到了木下娘……求你们一定要放过她……她苦了一辈子……儿子又……太可怜了……"

看着眼前的这个老头,蒋南羽没说话,只是点了点头。

他早已经潸然泪下。

"这样……这样……这样……就好……就好了……"鬓三爷爷深吸了一口气,头一歪,带着笑容,缓缓闭上了眼睛。

"爷爷!爷爷!"游光俯身大哭。

蒋南羽不想让人看到自己的泪水,转过身去,望着无尽连绵的林莽,内心悲痛无比。

"白皮,先把她们带下山吧。"蒋南羽道。

"我不下山!"山桃站起来,擦干了眼泪,三两步来到蒋南羽跟前,"野叉死了!是独角阿通干的!我要找到他,我要给野叉报仇!"

山里的女人都倔强,性子刚烈,何况还是出了名的山桃。

蒋南羽想说什么,但觉得说什么都白搭。

"好吧。"最终,他点了点头,"你可以上山,但一切都要听我的。"

"没问题。"山桃脱下自己的外衣,盖住鬓三爷爷的脸,拉起游光,跟在了蒋南羽的身后,沿着山路去神祠。

"山桃,你说你有事要告诉我,野叉的事,说吧。"蒋南羽走在前面,头也不抬,低声道。

山道上,洁白的花,谢了又开,开了又谢,仿佛一片不停交替的生死大海。这,或许就是人生呀。

看着那些花,山桃说:"我知道野叉有事瞒着我。"

无人出声,静静往上走。

"这些年,野叉为了赚钱把我明媒正娶,太拼命。一年到头在木场里忙活,好多次差点儿被倒下来的树砸死、被山里的野兽吃掉,脑袋别在裤腰带上,可也没赚到多少钱。他对钱太渴望了。我不知道他什么时候和独脚阿通的关系变得和以往不同,发现的时候,两个人已经很奇怪了。"

"怎么奇怪了?"藤六问。

"两个人经常私底下见面,经常关在屋子里,嘀嘀咕咕。独脚阿通往往是偷偷摸摸地来,不让别人看到。刚开始我还纳闷,野叉和一个傻子有什么好聊的。有一次我去偷听,发现独脚阿通根本不是傻子,说的话井井有条,而且走路的时候,并不像平时那么一瘸一拐的。那些,都是装的。"

"他们在一起,商量什么你听到了?"藤六又问。

山桃摇摇头:"他们声音很低,我偷听没多久就被野叉发现了,他发了很大的火,之前他从来不会对我那样态度的。他告诫我,看到的、听到的,千万别和任何人说。我觉得,他们肯定有什么事情瞒着我。"

山桃迟疑了一会儿,又道:"一开始,我没觉得他们俩会干出什么坏事,直到……直到那一天。"

"林长生入赘举行婚礼的那一天吧?"蒋南羽道。

"嗯。"山桃挑了一下额头上的刘海儿,道,"那天场面很热闹,林长生是我打扮的。我给他化妆,穿上新郎服,快要结束的时候,野叉走了进来,把我赶走了。我很纳闷,妆还没化完呢。"

山桃神情变得哀怨起来:"我并没有走,而是偷偷躲在旁边,过了一会儿,我看见独脚阿通从后门偷偷溜了进去。"

"里头发生了什么?"藤六问。

"我不知道。他们待在里面的时间并不长,然后野叉出来了,神情很慌张,接着石公也来了,两个人嘀嘀咕咕了一会儿,就走了。"

"石公也参与了?!"藤六惊到了。

走在前头的蒋南羽呵呵一笑,好像早就知道了此事,道:"他的角色和一串红、野叉一样,不过是可悲的帮凶而已。"

"不可能吧,他为什么要帮助别人对付金家?"藤六不解。

"那根本不是别人……"蒋南羽想说什么,最终摆了摆手,"林长生的案子,长久以来困惑着我,其实很大程度上就是因为石公的说辞,之前我太信任他。山桃,你继续。"

山桃有些纠结,道:"野叉和石公走了之后没多久,独脚阿通也出来了,推着一个独轮车。"

"独轮车?"藤六睁大眼睛。

"嗯,原本运送杂物的,就放在神庙里。他推得有些吃力,车上肯定有什么东西,但上面盖了很厚的干柴,完全看不清。我挺好奇的,就装作不知情的样子走过去打了声招呼,独脚阿通什么都没说,低头推着车从后门走了。车子从我眼前经过时,我看到车子一侧的一根木柴上,沾着血。"

"林长生在旅馆神庙里就被杀死了。"蒋南羽眯起眼睛,灰色的眸子深邃无比，"半夜上山的那辆马车里，根本就没有人，石公和野叉他们说了谎。"

藤六和白皮为之愕然。

山桃继续："随后就传出来林长生被那位大人带走的消息，我觉得和野叉他们有很大的关系，私底下问过野叉，野叉很愤怒，不肯跟我说，还说所做的一切都是为了我，让我不要对任何人说起。"

山桃眼圈红了："后来，你们上山了，我只能隐瞒着。野叉是我的男人，我不希望他出事。再后来，我看见独脚阿通偷偷来过旅馆几次。"

"都是什么时候？"蒋南羽问道。

"第一次是你们上山后不久，应该是木下三郎死了之后。独脚阿通有天晚上来找野叉，野叉在房间里发了火，好像是因为木下三郎的死野叉很不高兴，和独脚阿通吵了起来，但很快就恢复了平静。第二次，是一串红下山……"

"一串红带着石二槐到旅馆神庙里烧香跪拜的那次吧？"蒋南羽问道。

"是的。不过独脚阿通来得早，一来就进了神庙。后来一串红和石二槐来了，一串红进了神庙，把石二槐留在外面还关上了门。我假装有事过去，被石二槐拦住，他当时气鼓鼓的，我问谁在里面呀，石二槐没好气地说：狗男女。"

藤六张大嘴巴："一串红和独脚阿通还有一腿？！"

"谁知道呢，那个女人，浪得很，蟆蛄山的男人她放过谁了！"山桃鄙夷道。

"长官，一串红为何要和独脚阿通走到一起？"藤六问蒋南羽。

蒋南羽笑："一个青楼出身习惯了荣华富贵、熙熙攘攘的人，在这深山老林里耐不住寂寞，她成为独角阿通的帮凶，我想无非有两个原因：一是独脚阿通威胁她，一串红唯一的软肋就是阿桂，对于独脚阿通来说……"

蒋南羽摊了摊手，又道，"第二嘛，自然是钱了。"

"钱？"

"是呀。独脚阿通用钱摆平野叉，自然也能用钱搞定一串红。"

"可独脚阿通哪来的钱？"藤六不同意。

蒋南羽笑："他是没钱，可金家有钱呀，那么大的家业……"

藤六愣了一下，似乎明白了。

这时，山桃又道："我第三次看到独脚阿通来旅馆，是在游光他爷爷山隐的前一晚。他和野叉在房间里说了一会儿话，时间不长就离开了，随

后野叉也上山了。"

"野叉上山,是为了跟我们报告神祠里亮灯的消息,如果我没猜错,点亮灯的是独脚阿通,他让野叉下山找我们,引我们去神祠,而自己准备下手。"蒋南羽分析道。

藤六低着头,沉思着。

山桃看着蒋南羽:"蒋长官,我知道的就这么多。巡长和藤六下山让镇里人封锁路口捉拿独脚阿通,我就慌了神儿,问了巡长才知道野叉……所以我决定上山来找你,你可得为野叉报仇呀。"

"这个不用你操心,我会处理的。"蒋南羽抬头往上看,神祠快到了。

道路难行,大人们都有心事,走得并不轻松,游光到底是个孩子,已经忘记了悲伤,跳跃前行,一边走一边哼着歌。

是那首古老的山谣——

山间长着九棵树

一棵柏树一棵桐

一棵柳树一棵松

一棵桂树一棵枫

一棵槐树一山红

还有一棵在哪里?

大人种在你背后

树上挂着招魂铃

丁零零

响一声

响一声

阿仔背娘上山去

下得山来莫回头

丁零零

丁零零

…………

游光的声音,清脆而婉转,唱起来很好听。

蒋南羽一边听一边点头,忽然不知怎的,脚步停了下来。

"游光,你再唱一遍!"蒋南羽拉住游光,大声道。

他的反应有些激烈,游光吓了一跳。

"长官,唱,唱什么?"

"就刚刚那首歌谣!"

"山间长着九棵树……"

"不是这个,'还有一棵在哪里?',后面的!"蒋南羽的声音很大。

藤六等人诧异地看着他。

游光想了想,唱了起来——

还有一棵在哪里?

大人种在你背后

树上挂着招魂铃

丁零零

响一声

响一声

…………

"就是这个!"蒋南羽兴奋起来,忍不住呵呵笑了一声。

"长官,怎么了?"藤六赶紧道。

"明白了!我终于明白了!"蒋南羽击掌而赞。

"明白什么了?"

"林长生是怎么从马车里面凭空蒸发的!"蒋南羽大笑道。

藤六懵了。

"现在不是解释的时候,赶紧去神祠!"蒋南羽深吸一口气,拔出了枪。

神祠就在前面。

古老、诡异的石头建筑,立于遮天蔽日的古木之下,阴森无比。

"门开着,里头好像有人!"藤六扯出警棍。

"小心一点儿。"蒋南羽低声道。

藤六点着头,和白皮猫腰摸到门两边,迅速冲了进去。

紧接着,就听到里头传来呐喊声以及搏斗的声响。

"你们别进去!"蒋南羽留下山桃和游光,赶紧进去帮忙。

神祠中混乱一片。

白皮仰面朝天地倒在地上,警棍扔在一边,藤六和一个人在死命搏斗,似乎并不是那人的对手。

那人一身的黑衣,披头散发,脸上长满脓疮,一双眼睛充满血丝,犹如地狱里爬出来的恶鬼。

他不再是傻子,不再是瘸了一条腿的可怜虫,这时候,他是原形毕露的凶手——

独脚阿通!

蒋南羽双手端枪:"独脚阿通,你被捕了!老实投降!"

独脚阿通猛然回头,瞪了蒋南羽一眼,一脚踹开藤六,抬手从腰中掏出了个东西。

"蒋长官,小心!"身边的白皮大喊一声,将蒋南羽扑倒。

砰的一声!枪响!

蒋南羽觉得自己肩头一震,低下头,见殷红的鲜血流出。

独脚阿通的手中,一只短铳冒着硝烟。

"你果然有枪。"蒋南羽冷冷地笑道。

"去死吧!"独脚阿通还要放枪,被藤六一脚踢飞。

"你个混蛋!杀人犯!"藤六冲过去,被独脚阿通麻利地躲开。

他朝蒋南羽狂冲,大手一抬,一道寒光直奔蒋南羽而来。

独脚阿通力气很大,那东西不知是何物,带着尖锐的呜呜声,飞向蒋南羽的脖颈。

"不好!"蒋南羽瞳孔收缩,顾不得许多,一个就地十八滚,躲开了那东西的袭击,"砰"的一声狠狠撞在了梁柱上。

呜!

那东西没有击中蒋南羽,竟然又划出一道弧线,飞回独脚阿通手里。

这时候,蒋南羽才看清:竟然是一把精铁打造的"自来也",刀刃锋利,寒光四射。

"你就是用这个杀死阿枫的吧?"盯着那凶器,蒋南羽冷冷地对独脚阿通道。

"也能杀你!"独脚阿通笑了一声,再次准备投掷,被藤六一把抱住胳膊,两个人翻滚在一起。

白皮从地上爬起来，朝蒋南羽这边走，见蒋南羽肩膀上鲜血直流，担心道："长官，你没事吧？"

"我没事，你去帮藤六。"钻心的疼痛，让蒋南羽冷汗直流。

丁零零……

就在此时，神祠中一声铃响。

清脆、幽怨的铃声。

白皮和蒋南羽齐齐转过头，见藤六已经被独脚阿通撞倒在地，独脚阿通站在无头石俑下，手中摇晃着一只铜铃铛，盯着蒋南羽的上方，呵呵直笑。

白皮转脸看着蒋南羽的头顶，露出震惊之色，大喊道："长官，注意！"

蒋南羽心中带着巨大的疑惑，正想抬头，忽然觉得头顶一阵冷风袭来，随后闻到了无比腥臭的味道……

噗！

啪！

一个黑影落下，重重砸在蒋南羽的身上，压得蒋南羽眼前一黑，差点儿晕过去。

一只巨蟒！

曾经在独脚阿通的木屋中见过的那只巨蟒，大腿粗细的身子，疯狂扭动着。

听到了独脚阿通的铃声，盘踞在梁柱之上的它发动了攻击，但在关键时刻，有一物飞过来，击中了它的七寸，不仅破坏了它的进攻，更让它痛苦不堪。

"娘，好大一条蛇！"游光站在门前，大声道。

是游光。

蒋南羽想不到这小孩竟然用鬃三爷爷给他做的"自来也"救了自己一命。

游光的一击，虽然让蒋南羽捡了一条命，但他现在并不轻松。那只巨蟒在剧痛之下，盘绕身体，把蒋南羽裹得结结实实。

坚韧有力的蛇身，收缩着，力气之大，让蒋南羽觉得自己全身的骨头都快要断裂了。

"我命休矣。"蒋南羽心中暗道。

轰！

噗！

一声枪响！

蒋南羽觉得蟒蛇身子突然一松，腥臭的蛇血喷了自己一脸。

"他娘的！这么大一条蛇！本大巡长还以为是妖怪呢！"

实话实说，在蒋南羽听来，胡淑芬的声音，从来没有如此悦耳过！

不光是他，他的身后，还站着两个人。

一个是之前上山来的那位王队长，胡淑芬的顶头上司；还有一位，竟然是早就下山的林中君。

胡淑芬和王队长两人上前，费力地把蒋南羽从蛇身中拉出来。

"队长，你怎么来了？"蒋南羽低声道。

"哎呀呀，孩子没娘说来话长，有时间再扯淡！"胡淑芬粗暴地打断了蒋南羽的话，用枪指了指对面的独脚阿通："南羽，这狗日的，是凶手？"

蒋南羽点了点头。

"嗨！好了！真是众里寻他千百度，一回头你他娘的两岸猿声啼不住！本大巡长升官发财全靠你了！"胡淑芬怪叫一声，拎着枪朝独脚阿通冲过去，哪料想半道被地上的藤六绊倒，狗啃屎一般扑入独脚阿通怀里，枪不但被收了，转眼之间还成了人质。

"那个，独脚阿通呀，咱们无冤无仇……这个……只要你投降，本大巡长既往不咎……那个……"刚刚还义正词严的胡淑芬，苦瓜一样。

"闭嘴！"独脚阿通持枪抵着胡淑芬的脑袋，狠狠给了胡淑芬一个嘴巴子。

"独脚阿通！休猖狂！你已经是瓮中之鳖，想活命，赶紧放下武器投降！"王队长挺身而立，持枪相对。

"什么独脚阿通，是金青成。"在白皮的搀扶下，蒋南羽龇牙咧嘴地走过来，哼道。

"金青成？"白皮和走过来的藤六不敢相信自己的耳朵。

"嗯。"蒋南羽点了点头，看着独脚阿通道，"金先生，我没说错吧？"

独脚阿通并没有说话，一双眼睛，饿狼一般地死死盯着蒋南羽。

"长官，金青成不是死了吗？尸体现在还在金宅呢！"藤六叫道。

"死的那个,是木下柏,真正的金青成,就在咱们的眼前。"蒋南羽捂着肩膀道。

"不会吧?"藤六、白皮、胡淑芬,几乎同时叫出声来。

然后,所有人的目光都对准了独脚阿通。

"你是怎么发现的?"独脚阿通舔了舔嘴唇,那张满是脓疮的脸,终于颤抖了一下。

这句话,证实了蒋南羽的猜测。

一帮人像看着神灵一般看着蒋南羽。

蒋南羽有点儿不好意思道:"一开始我也没想到,但慢慢地,很多线索聚集到一起,终于有了这个结果。"

房间里一片死寂。

蒋南羽吸了一口气,在地上坐下,抽出一根烟,林中君给点上。

"木下三郎死在工房里面,前后我怀疑过很多人,金青成、一串红等都曾是嫌疑对象,但慢慢地都被排除了,想来想去,作案的只有进入工房运送柴火的那帮木客。只有他们有机会用巧妙的手法作案,至于怎么完成看起来不可思议的案子,我等会儿再说。"

"当时运送柴火的人那么多,你凭什么怀疑我?"独脚阿通,不,应该是金青成,冰冷地道。

蒋南羽笑了:"一开始我还真没怀疑过你,你隐藏得太好了。让我起疑心的,是你房间里放置的那个小东西。"

"长官,你说的是那个双头的石雕小怪物?"藤六道。

蒋南羽点了点头,然后有意无意地看了林中君一眼,道:"当时我也没放在心上,还是和林先生闲聊时提起这东西,林先生当时很吃惊,说这种东西不可能出现在蟪蛄山。我问原因,林先生并没有说,只是说那东西叫石磎,是种招财的供奉,很邪门,虔诚供奉的人,会家境富裕,但使人不宜妻。他那么一说,我也没细问,现在想起来,真的很后悔呀,如果我细问下去,或许早就发现了你的真面目。"

金青成眯起了眼睛,并没有说话。

"长官,那东西,和独脚阿通……不,和金青成的身份,有这么大关系吗?"藤六问。

"有极大的关系！"蒋南羽咳嗽了一声，"你们还记得上山来收货的那个周发彬周大管家吗？"

"记得。"

"是他帮了我大忙。当时他搬出个稀奇古怪的东西来跪拜，说是财神，我不信，细问了下去，才知道各个行当都有属于自己的秘密财神，金木水火土，五种属性，各有五种偏门财神，而且各有名称。比如周发彬，他以琉璃为业，拜的是火精财神，名为小儿财神。五精财神之中，以石磺最为邪门，它是金精财神，拜的人都是炼金、冶铜之人，而且信者虽然富贵，往往克妻无子……"

蒋南羽抬起头，悲哀地看着眼前的金青成："那一刻，我才明白林先生为什么说石磺不可能出现在蝼蛄山中。蝼蛄山人以伐木为业，不可能拜金精财神，如果有人拜，恐怕只有一种可能……"

"金青成！他当初是开金矿的！"藤六大声道。

蒋南羽笑了："所以我心中升起巨大的疑惑，特意写下纸条交给周发彬，让他下山发电报给王队长，请王队长调查清楚独脚阿通的真实身份。之前我了解到，独脚阿通曾经在本省军队中当过兵，而且供职的还是骑兵。本省骑兵就那么几支，打过恶仗的寥寥可数，一查就知道。当兵的都会有档案，我想说不定会有结果……只是我想不到，队长来得这么快。不过，即便是没有王队长的消息，单凭后来石公临死之前泄露出来的信息，我也基本能够断定了。"

蒋南羽沉吟了一下，又道："石公临死前指着院中的桐树，意思是想告诉我杀人的凶手。金青成当初被唤作阿桐，而宅子里的那位'金青成'是不可能杀石公的，所以我就断定独脚阿通的身份了。现在王队长来了，应该能带来关键的证明吧。"

王队长呵呵一笑："你发的电报我收到了，不过不是在省城，而是在赶来的路上。这个得多亏了林先生。"

林中君摆了摆手："不敢当。我被叫回去给长官们掌眼古董，和王队长闲聊时，说到求财拜佛，突然想起了蒋长官说的石磺。蝼蛄山不可能有人会拜这东西，所以顿觉独脚阿通的身份有些蹊跷，就斗胆跟王队长说了，还是王队长亲自过问侦查，最终从军队中调出了资料。"

王队长打开自己身上的包，掏出一个牛皮纸袋，递给了蒋南羽："你说得不错，本省骑兵就两支，只有一支打过一场恶仗几乎全军覆没，那场仗活下来的人很少，而且全部立功受赏拍了照片存档，这么一查，嗨，还真的捞出了条大鱼。"

蒋南羽打开牛皮纸袋，从里面抽出了一张人员受赏照片。

上面的照片，虽然过了很多年，但五官清清楚楚。

"直到那时，你还没有改名字，金青成。"王队长看着对面的那个满脸脓疮的人，呵呵一笑，"你在医院住了两个月，后来战况急转直下，医院被敌军围困，伤员全部被杀，所以档案上也写着'已亡'。想不到，你竟然没有死。"

"我当然没有死！"金青成打断了王队长的话，声音充满了恨意，"我在茅房下面的屎尿里躲了整整两天两夜才逃出来！找不到部队，也无人搭救，全身是伤，沦为乞丐，后来又染上恶疮，腥臭难闻，又患重病，差点儿死掉！"

他声音有些嘶哑："我那时以为自己活不了了，就想哪怕是死，也得死在蟋蚰山，那里至少应该还有我的亲人。我重病在身，饥寒交迫，终于有一天，我看到了蟋蚰镇。"

"然后你在蟋蚰镇晕倒，被救了回来。"蒋南羽道。

"是的！"金青成咬了咬牙，"当我醒来之后，才发现了一个天大的笑话！哈哈哈哈！天大的笑话！"

"你发现，'金青成'竟然还活得好好的，而且，那人不是你。"蒋南羽淡淡道。

"当然不是我！是木下柏那个混蛋！"金青成大声道。

这时候，一直不吭声的胡淑芬终于忍不住了："诸位，我有些听糊涂了，金青成没死成了独脚阿通，原本已经死了的木下柏，成了金青成，到底他娘的怎么一回事呀？"

"我也很想知道呢。"看着金青成，蒋南羽掐灭了烟头。

"悔不该呀！"金青成仰天长叹。

众人看着眼前的这个人，充满好奇。

金青成的神情变得颓然："三十年前，我来蟋蚰山并不是为了什么狗屁的神秘宝藏，而是为了金矿。为此我押上了全部的身家，本想能够一本

万利,哪知道血本无归。"

胡淑芬听了很失望,他的宝藏梦破灭了。

"要在蟋蛄山立足,必须要取得木下柏的认可和支持,他的身份和影响力独一无二。我承认,我们俩脾气对路,相处得很好,甚至结拜为了兄弟。"提起木下柏,金青成态度复杂。

"后来你们为什么闹掰了?"蒋南羽问道。

"开始我说只要挖出金矿,蟋蛄山人就能过上好日子,再也不用把生养自己的父母背上山送死了。所谓的山都大人收人,所谓的山隐,其实我早就清楚了,不过是个用妖怪编织出来的谎言。木下柏很支持我,但当他发现我在蟋蛄山到处开矿放炮的时候,当他发现祖宗的禁地都要被破坏的时候,我们俩起了争执。"

"木下柏毕竟还是个秉承了祖宗千年传承的人,尽管他知道没有妖怪,但蟋蛄山的人对祖宗、对山林的敬畏之心,那份守护之心,还是在的。"蒋南羽道。

"荒谬呀!什么祖宗传承,什么山林敬畏!不就是穷乡僻壤,不就是一片深山老林吗!"金青成破口大骂。

蒋南羽直摇头:"金先生,有些事情你或许永远都理解不了。比如我,我不信这世界上有什么妖怪,但我信天地众生,在你眼里,这里的确就是深山老林,山就是山,树就是树,可在蟋蛄山人心中,山石草木都是有灵性的,都是和祖宗血脉相连的,你炸他们的山,在他们的信仰上放炮,就是触犯了他们。"

"可我想不到木下柏也会这么想!"金青成怒道。

"木下柏……虽然见过世面,但骨子里,他依然是个蟋蛄山人,这一点,你高估了他。"蒋南羽道。

金青成叹了一口气:"是呀,我的确高估了他,而且太信任他,信任到以为他不会对我下手。"

众人闻言沉默。

"那一天,我们一起往深山里走,是木下柏来找我的。"金青成垂下了脑袋。

他说的那一天,蒋南羽等人都清楚指的是哪一天。

"木下柏说他发现了个地方,可能有金脉。我很高兴,因为再找不出金脉淘出金子,债主们上门来我就只有上吊了。"金青成苦笑,"但我没有想到,木下柏是想要弄死我。"

房间里,只能听到外面的风声。

"他把我带进了大山深处,到了一片山岩之下,指着一个凹洞说金脉就在里面。我高兴地进去,然后他在后面点上了放置好的炸药……轰的一声,我就什么都不知道了。"

"他或许想和你同归于尽吧,杀了你,保护这座山,他自己死了,也算是赎罪。"蒋南羽接过话来。

金青成对他的话充耳不闻:"我醒来之后,全身剧痛,老天保佑,有根朽木护住了我,我只是受了些轻伤……我从土石中爬出来,看着眼前一片狼藉……以为木下柏也死了,毕竟他离我不远。"

金青成痛苦地咬了咬嘴唇:"我的发财梦没了,没法回家去,回去债主们找上门,我只有死路一条。"

"所以你逃走了,只身一人离开了蝼蛄山。"蒋南羽道。

"嗯。离开之前我去了一趟后山的矿房,里头放着我最后的一笔积蓄,钱不多,但足够我用两年的了,但那笔钱也不翼而飞了,我以为有人偷走了,只能忍着怒气离开了。"

蒋南羽站起来,看着这个可悲的男人,不忍心道:"偷走那笔钱的人是木下柏。"

"木下柏?!"金青成猛地昂起头,露出不敢置信的神情。

蒋南羽踱着步子:"你被埋在山石下的时候,木下柏被救了,或许因为他的脸被爆炸崩得面目全非,所有人把他误认成了你。"

"是我自己干的蠢事!"金青成越发痛苦起来,"那天我们俩上山,他穿着一件单衣服,天气有点儿冷,我把自己的格子西装脱下来,让他穿在了身上!"

众人恍然大悟。

"木下柏被抬回了金家,救醒之后发现自己被人认成了你,那个时候,我猜想他肯定很慌张。他可以骗过任何人,但骗不过和你朝夕相处的妻子花娘子,只要脱下衣服,他就原形毕露。"蒋南羽摊了摊手,"而那场阴差阳错的大火,给了他脱身的机会,他趁机逃走。人呀,往往就是这样:自杀的时候或许是鼓足了勇气，但自杀未遂之后，经历过死亡的那一刻，就知道好死不如赖活着，木下柏也是这样，他决定逃走，离开这里，临走之前，取走了你的那笔钱。"

"应该是这样，只有我和他知道存钱的地方！"金青成道。

"他在外晃荡了十年，历经磨难，终于发家致富，但是这十年对他来说不好过，愧疚、思念故土、等等，让他最终以金青成的身份回到了这里。我想，他也认为你死了，一直这么认为。"蒋南羽看了看金青成，又道，"他回来，是来还债的，还对蟛蚰山的债，对自己亲生儿子木下三郎和结发妻子的债，还对你的债。他想让蟛蚰山人的日子过得好点儿，千方百计想把铁路修进来，辛辛苦苦操持着金家的家业，竭尽全力想帮助木下三郎，但是……"

说到这里，蒋南羽自己都苦笑起来："所有人都把他看成金青成，所有人都固执地认为当年的那场事故中，是金青成杀掉了木下柏，自己偷走了宝藏，在外躲避过了风头之后无耻地衣锦还乡。想一想，金青成，木下柏真的……很难。"

"他难个屁！他是我的仇人！是凶手！"金青成勃然大怒。

"不错，他杀了花娘子。这是他的不对，但终究是……有些逼不得已吧。"这句话，蒋南羽自己说的时候，都觉得有点儿过分。

"逼不得已？！什么狗屁理由，凶手，就是凶手！"金青成咆哮道。

藤六这时候实在忍不住了："长官，花娘子是金青成……不，是木下柏杀的？！"

蒋南羽点了点头。

"不是说花娘子失踪了吗？！怎么又变成木下柏杀的了？为什么？怎么杀的？"藤六问了一连串的问题。

蒋南羽看着金青成："这些，你都知道吧？"

金青成无力地点了点头，眼圈通红。

"你说，还是我说？"蒋南羽轻声道。

金青成张了张嘴，最后还是把话咽了下去，瞪了瞪蒋南羽："你不是巡警、神探嘛，你说！"

蒋南羽转脸看着一屋子人的目光，苦笑一声："好吧，到了揭晓谜底的时候了。"

第十七章 修罗场

"人活着,终究痛苦的事情多,快乐的事情少。所谓人生苦短,想必就是如此。"蒋南羽的脸沉在阴影之中。

然后,他望向对面的金青成。

金青成满是脓疮的脸,看不出什么表情。

"这一系列的案件,死的人太多了,而且死法一个比一个诡异,错综复杂,解开来,的确要花费不少时间。"蒋南羽惭愧地摇了摇头,又道,"不过,我们还是从一件年代久远看起来和本案毫无关系的凶案说起吧。"

所有人都屏声静气。

"所有悲剧的开始,是金青成和木下柏出事之后的各自隐匿,而第一个牺牲者是花娘子。"蒋南羽缓缓坐在地上,语气沉重:"二十年前,木下柏以金青成的身份荣归故里,尽管他抱着还债的心情上山,但我想那时他最大的担心就是自己的真实身份被揭穿。"

藤六等人都点了点头。

"整个金家,对他的身份威胁最大的有两个人,一个是石公,一个是花娘子。"

"言之有理。"藤六道,"石公跟随金青成多年,十分熟悉,而花娘子和金青成夫妻一场,即便木下柏骗得了石公,恐怕也难过花娘子这一关。"

"这我就不明白了,既然木下柏知道难以骗得过花娘子和石公,他为何还要回来?"白皮问道。

"时间。"蒋南羽声音平淡,"十年的时间,太长了,就是同一个人,十年的磨砺和经历也足以改变一个人的味道、脾气、习惯甚至是秉性。"

众人闻之愕然。

是呀,世界上,没有比时间这东西更恐怖更摧枯拉朽的了。

"木下柏最大的信心就是时间。即便石公和花娘子看出了他身上不对

劲的地方，木下柏只需要用十年在外的借口就可以掩饰，何况石公和花娘子根本就想不到眼前的金青成会是另外一个人。"

众人心服口服。

"于是，木下柏堂堂正正地回到了金家，以金青成的身份，顺利地过了一年，还与花娘子生下了一对孪生女儿阿枫和阿柳。"蒋南羽叹息道。

这席话，让对面的金青成愤怒异常。

"但是，纸里包不住火，谎言总有识破的那一天。"蒋南羽冷冷一笑，"我不知道是什么原因，反正花娘子最后识破了木下柏，这给她带来了杀身之祸。对于木下柏来说，他没有任何退路，一旦身份被识破，一切都完了，所以……即便是他心有不忍，也不得不去做。"

"花娘子到底是怎么死的？"藤六问道。

"诸位还记得阿松怀里抱着的那个琉璃娃娃吗？"蒋南羽问道。

众人都愣了一下。

"娃娃怎么了？"这回连被金青成挟持的胡淑芬都忍不住了。

蒋南羽从随手携带的包里，掏出了一枚碎片，那枚琉璃娃娃的碎片，对着光线晃了晃："诸位看到了什么？"

"天青色！"藤六道。

蒋南羽点头："是的，天青色，琉璃中被誉为神品的天青色。这种颜色极为稀少，很难见到。"

"这个和花娘子的死有什么关系吗？"白皮纳闷地问。

"因为这里头，融入了花娘子的骨血。"看着那迷人的颜色，蒋南羽苦涩不已，"这么炫目美丽的颜色，正是因为里头蕴藏着人的性命和灵魂，才能够出现于世间吧。"

众人面面相觑。

"二十年前，花娘子突然失踪，其实并非如此，而是在识破了木下柏的身份之后，被木下柏引诱入工房，将她活生生地摁入了炙热的琉璃锅中，活生生的人，与那琉璃液融为一体，随后被不知情的工匠做成了一个个被誉为神品的琉璃娃娃。"

神祠里发出一声声惊惧之音。

"这个场景被人看到了。"蒋南羽伸出两根指头，"就是幼小的阿松。

她大受刺激，疯了。阿松自疯了之后，始终抱着琉璃娃娃，寸步不离，对于一个疯子来说，那根本就不是一个玩具，而是融入其中的自己的母亲，而金婆对自己女儿的死一直有所怀疑，我想她应该怀疑到了自己眼前的女婿头上，在花娘子的'头七'，金婆被阿松的怪异表现所震动，我想她私底下可能问了阿松，搞清楚了事实，你们都记得吧，金婆曾经跟我们说过，她说：'死了，都死了，火，噗，噗'，那是她对花娘子惨死时的描述，是从阿松那里听来的。但对不知情况的我们来说，她的陈述和控诉，无疑是疯疯癫癫的废话罢了。"

"蒋长官，你这么说，有证据吗？"藤六虽然觉得蒋南羽说得很有道理，但难以信服。

"有。"蒋南羽看了白皮一眼，"我曾经问过石公关于花娘子的事，石公并没有说破，花娘子的事，想必他是知道的。他编了一个笨拙的谎话，说花娘子并没有失踪，而是在山里遇到了野兽，死了，还有坟。"

"不错，蒋长官和我去了那个坟，花娘子的坟。"白皮对这件事情印象深刻。

"我和白皮去了那座坟，而且……挖开了它。"蒋南羽脸上露出了抱歉的神色，道，"里头只有几块骨头，倒是符合石公说的被野兽吃了，尸骨残缺的情况，但是……那几块骨头却直接推翻了石公的说辞。"

"为何？"藤六道。

"男人和女人的骨头，是不一样的。"蒋南羽垂下头，"那几块骨头，不属于女人，而是属于一个健壮的男人。我想，应该是随意从山林中找到的几块骨头吧。"

众人目瞪口呆。

"即便是如此，也只证明花娘子的死亡蹊跷，并不能证明花娘子是被推入琉璃锅中烧死的。"藤六大声道。

"是的。所以我接下来要说到两个人的死。是他们的死，让我得到了确切的证据。"

"等等，"白皮打断了蒋南羽的话，"就算木下柏那样杀了花娘子，可你刚才也说了，这事情石公也知道，众所周知，石公和花娘子关系非同一般，如果发现花娘子被木下柏杀了，定然要闹将起来，可实际上，从头至尾石公和木下柏之间的关系都很融洽呀。"

"问得好。"蒋南羽昂起头，"以石公的聪慧，花娘子死后不久他应该就发现了真相，但他最终屈服了。"

"为什么？"白皮追问。

"因为石二槐。"蒋南羽站起来，"他是石公和花娘子的私生子，也是石公唯一的儿子，金家完全处于木下柏的掌控之中……"

"木下柏以此为要挟？"白皮愣道。

"应该是这样。"蒋南羽深吸了一口气，又道，"除此之外，我想木下柏还将自己的所有秘密和心迹都告诉了石公，推心置腹，他杀花娘子的确是有他的苦衷，不得已的苦衷，虽然这苦衷看起来那么血腥。双管齐下，石公不得不妥协，也正因为如此，他接下来的时间，活在深深的自责和痛苦中。木下柏后来为金家为蝼蛄山人做的事情，石公很佩服，但他始终难以忘记花娘子的死，无法忘记眼前的金青成、眼前的主人是个冒牌货的事实。这个矛盾，让他痛苦了二十年。"

众人无话可说。

蒋南羽沉默良久，道："还是继续说花娘子的死吧。不，应该说木下三郎的。"

众人纷纷抬起头。

"木下三郎的死很蹊跷。工房完全就是个密室，但木下三郎就那么死了，不仅失去了脑袋，连凶手和那颗头颅都好像凭空蒸发了。"蒋南羽笑笑道，"可只要有一点儿理智的人都清楚，世间不存在穿墙术之类的东西，更不存在什么妖怪，实际上，凶手作案时根本不在现场，而那颗头颅也以一种巧妙的方式完成了看起来凭空蒸发的假象。"

说到这里，蒋南羽突然提高了音调："琉璃锅！"

"琉璃锅？！"众人倒吸了一口凉气。

"木下三郎死之前，进过工房的只有化身'金青成'的木下柏和木场搬运柴火的那帮木客，凶手只有可能是其中之一。"蒋南羽踱着步，"木下柏是不会杀死自己的亲生儿子的，实际上，他之所以去找木下三郎，很有可能是将自己的真实身份告诉木下三郎，想得到木下三郎的信任，帮助自己的儿子洗清嫌疑，但是木下三郎根本不接受这个事实……怎么说呢，即便他相信眼前的这个人是自己的父亲,也接受不了他这么多年抛妻弃子的行为,所以,阿枫和阿柳在工房外听到两个人争吵,听到木下三郎吼着:'你杀了我吧!',是因为木下三郎当时十分愤怒,几乎是将自己的父亲赶了出去。"

"然后呢?"白皮听得呆了。

"显而易见呀,凶手既然不是化身金青成的木下柏,那只有另一伙对象了。"

"那帮木客!"藤六道。

蒋南羽看了金青成一眼,道:"还是说说木下三郎是怎么死的吧。其实很简单,凶手对工房的设备极为熟悉,当他搬运木柴的时候,将一枚又宽又薄的玻璃片放在了锅炉冷却装置的那个鸭嘴状的喷口上。锅炉温度过高时,炙热的蒸汽就会通过喷嘴喷出来,以减轻其中的巨大压力,而那股力量是极为恐怖的,这和蒸汽机一个道理——炙热的蒸汽通过细小的喷嘴挤压而出,被放置在喷口上的玻璃片……不,那简直就是一把锋利的玻璃刀,那东西被挡住,你们认为结果会怎样?"

"咻!横飞而出!"白皮用力比画了一下。

"是的,带着恐怖的力量,玻璃刀毫不费劲地斩断了木下三郎的脖颈,而随后,那颗脑袋落下,掉入了下方的琉璃大锅中,融为一体,消失了。"

众人听着这个解释,惊呼一片。

"有……有证据吗?"藤六觉得自己的脑子有点儿转不动了。

"当然有。"蒋南羽背着手,道,"第一个证据,是我在喷嘴对面的墙壁上,发现了一道浅浅的痕迹,那是玻璃刀斩断木下三郎脖子后,射到墙上留下的。而那件凶器随后掉入了下方的一堆琉璃碎片中,很难发现。第二个证据,就是那锅琉璃液了,当时你们很多人都在场,石公将那锅琉璃液倒在模具之中,制造出来的器皿同样是极其难见的天青色,琉璃液中融入人的血肉之后,呈现出来的特殊颜色。"

藤六吐着舌头,想说什么,最终还是放弃了。

蒋南羽的说辞,毫无漏洞。

"不过……似乎有个问题。"白皮挠了挠头,道,"即便是这样,有个地方说不通——鸭嘴状喷嘴上放置的琉璃刀,角度是固定的,也就是

说，木下三郎只有在那么一个特定的角度站着，才有可能被斩去脑袋，是不是？！"

"是。"

白皮兴奋道："工房很大，木下三郎的活动是难以预计的，那么蒋长官，凶手是怎么判定喷嘴发动时，木下三郎恰好就站在那个角度呢？"

白皮的这个问题，让藤六等人几乎击掌而赞。

这的确是蒋南羽的解释中，最大的一个漏洞，几乎无法被击破的漏洞。

所有人都看着蒋南羽，多少带着一丝挑战的心理。

蒋南羽的表情却很平静。

"诸位，还记得我在锅炉缝隙中捡起的那块手帕吗？"蒋南羽似乎早有准备。

"手帕？阿枫送给木下三郎的那个定情信物？"白皮想起来了。

"那根本不是木下三郎的。"蒋南羽点头道，"我们一开始都这么想，所以忽略了。如果我猜得没错，那块手帕是阿枫常带在身边的寄情之物，在上面抒发着对恋人的深深的爱，木下三郎一定也认识。"

众人没接话，等着蒋南羽继续。

"凶手得到了这块手帕，将它包裹在玻璃刀之上，放置在喷嘴前方。喷气喷出时，会发出尖锐的响声，这会引起木下三郎的注意，当他看到那方手帕时，你们认为他会怎么做？"

"当然会走过去……天呀！"白皮终于明白了。

蒋南羽做了个玻璃刀横飞出去的手势，道："从始至终，我最大的困扰是木下三郎的头颅哪里去了，这个答案一直到我看到一串红死在琉璃锅里，头和半个身子都被融化了，综合分析，才有了大胆的推断。"

言罢，蒋南羽又从包裹里掏出了个瓶子："这是我从融化一串红半边身体的那锅琉璃液中挑取一点儿制作成的，你们看看就明白了。"

迎着光线，众人看得清清楚楚——那个瓶子，真真切切地呈现出天青色！

曾经那么炫目的颜色，那么美丽的颜色，在得知真相之后，在众人眼里，变得那么诡异而恐怖。

"而这些，当我在案发之后的很长时间内仔细思索，当我怀疑独脚阿通的身份之后，当我得知独脚阿通当时就在那帮木客里之后，才最终明了……"蒋南羽说完，看着对面的金青成，沉声道，"我说的，没错吧？"

一道道灼灼的目光，落在了那张满是脓疮的脸上。

"你……的确……很聪明！"金青成舔了舔嘴唇，笑了，"这个设计，花费了我很长时间，说实话，我并没有必成的把握，如你们所说，玻璃刀的角度很小，即便是我放了手帕做吸引，木下三郎也不一定就中招，但是……哈哈哈，老天眷顾，让那小子惨死，让他脑袋融入琉璃液中！我为花娘子报仇了！我让木下柏那个混蛋失去了他最挚爱的、唯一的儿子！哈哈哈，痛快！"

蒋南羽悲哀地看着金青成，摇了摇头。

"那接下来，其他人的死呢？"白皮问道。

是呀，木下三郎的死固然蹊跷，但其他人的死，同样不可思议。

"第二个死的人，是阿枫。"说到阿枫，蒋南羽的话中流露出巨大的惋惜，"她的死，我最后才想清楚，准确地说，在一个小时之前，我还不明白。"

蒋南羽的目光有意无意地在神祠中游走了一下，继续道："大家都知道，阿枫死在她自己的房间中，死的时候房门从里头反锁，房间完全是个密室，没有任何的通道，唯一和外界相通的，就是窗户，而那个窗户，也只有拳头大的一道缝隙，一个大活人是不可能穿过的，阿枫的脑袋更不可能穿过去，但凶手就是那么杀了人，而且阿枫的脑袋也不翼而飞。"

"嗯！"藤六等人纷纷点头。

现场的确是这样。

"其实，也很简单。"蒋南羽信心满满地道，"凶手作案时，并没有在房间里，而是在房间外。"

"房间外？"藤六皱起眉头。

"在窗户外。"蒋南羽微微一笑，"他的那把凶器，你们刚才也看到了。"

蒋南羽指了指地上。

金青成的那把精铁打造的锋利的"自来也"。

"我想你为了练习这功夫,花了不少时间吧?"蒋南羽问金青成。

"不长,整整五年,收发自如,一击毙命!"金青成的双目中,露出暴戾之光。

等于承认了。

"寒光飞出,斩断头颅后,又准确地原路返回,这'自来也'的功夫,你的确算得上蝼蛄山第一了。"蒋南羽无比悲愤,讽刺道。

"那脑袋呢?就算是这般杀了人,脑袋还是在房间里的!"白皮大声道。

蒋南羽挠了挠头:"是呀,这是最关键的问题。但凶手不是一个人,他有帮手。"

"帮手是谁?"藤六禁不住问道。

蒋南羽指了指地上的那条大蟒。金青成驯养的大蟒。

"当时睡在阿枫房间隔壁的阿柳,说隐约中听到了铃声。她听得一点儿没错。杀死阿枫后,凶手摇动铃铛,训练有素的蟒蛇顺着那窗户的缝隙爬了进去,对于它来说,轻而易举。当它进屋之后,张开大嘴,吞下了阿枫的脑袋。"

想想那个画面,众人不寒而栗。

"就是在蟒蛇肚子里,那颗脑袋也出不去,窗户缝隙就那么大!"白皮不服气道。

"是了。"蒋南羽笑笑,"你们看过蛇偷吃鸡蛋吗?"

"啊?"白皮一愣。

蒋南羽比画了一下:"我看过。蛇吞下鸡蛋后,肚子上会有一个个肿块,然后它会找到一个外物,比如一棵树,爬上去,狠狠地挤压,鸡蛋碎了,肿块消失……"

"你是说……"白皮呆了。

蒋南羽点头:"那是普通的蛇,而我们看到的,则是一个稍微一用力就能将人全身骨头轻松击碎的巨蟒!它只需要盘旋身体,使劲碾压,阿枫的脑袋瞬间就能变成一摊碎骨碎肉,然后,它只需要懒洋洋爬回主人身边即可。"

房间里,死寂一片!

"是这样吗？"藤六看着金青成，双目喷火。

金青成无语。

"我来验证！"白皮掏出刀子，走到蟒蛇身边，艰难地划开蟒蛇的肚子，扑哧一下，里头乱七八糟的东西喷涌而出，淌了一地，众人纷纷捂住嘴巴。

白皮不顾腥臭之气，双手探入蟒蛇肚子中摸索，掏出来的东西令人作呕。

蟒蛇的消化能力极强，肚子里面根本没有成形的东西。

但是很快，白皮摸出来的一样物件，让所有人都对蒋南羽投以崇拜的目光。

那是一只耳环，纯金打造的耳环，上面镶嵌着一颗小小的绿松石。在场的不少人都见过，正是阿枫的。

"神了！"王队长不由自主道。

但蒋南羽并没有任何得意之色，反而露出无比的愤怒。

"阿枫的死，直接导致了阿松的死。"蒋南羽沉声道。

他死死盯着金青成，双拳紧握。

直到这时，大家才想起来，阿松，可是金青成的亲生女儿呀！

"我……我不得不杀她。"金青成痛苦地闭上了眼睛。

"长官，到底怎么一回事儿？为何说阿枫的死，导致了阿松的死？"藤六问道。

"阿枫死后，我们召集金家人讯问情况，你们还记得阿松当时的反应吗？"蒋南羽问道。

藤六想了想："阿松经过阿枫的房门后，突然大喊着什么她看见了妖怪之类的，鬼哭狼嚎的，然后倒在地上口吐白沫，身体扭曲……"

蒋南羽重重点头："是的，那晚，阿枫死的时候，阿松就在她的门外，只不过她看到的不是什么妖怪，而是盘旋着的、映照在门窗上的巨蟒的影子！疯疯傻傻的她吓坏了，认定自己看见了妖怪，赶紧跑回自己的屋子，而凶手发现了她。阿松很清楚地以她的方式向我们描述情景，可惜我们都忽略了——她倒在地上身体扭曲，并不是她精神病发作，而是在模拟那条巨蟒！"

"这!"众人的脑袋,几乎同时轰然炸响!

"金青成,阿松怎么死的,你难道还让我说吗?!"蒋南羽大吼着,几乎要冲过去狠揍金青成一顿。

"我不得不杀她!她如果把看到的说出去,我说不定就暴露了!"金青成同样大吼,"我没得选择!"

"所以,你就杀了她?!杀了自己的亲生女儿?!"

"是的!她是我的亲生女儿,可也是一个傻子!一个没用的废物!不能因为这个废物,我十年的苦心就这么泡汤!"金青成双目赤红,犹如一头失去了理智的困兽,"再说,杀她的不是我!"

"是的,动手的的确不是你,是被你逼迫的一串红!"蒋南羽对金青成发出了极为鄙视的冷哼声,"你约一串红在旅馆的神祠见面,向她提出了杀死阿松的要求,并且制定了计划,对不对?"

"不错。"金青成坦然承认。

"那天晚上,里外穿着两件一模一样睡衣的一串红做好了准备,你在阿松的窗户上弄出了蟒蛇的影子,阿松见了,在屋里大叫着妖怪来了,造成有妖怪在屋里的假象。听到惊呼声后,一串红即刻出场,来到门前,做出里头房门反锁的样子,故意让远远赶来的巡长看到,然后装模作样地撞开,其实那时候房门根本就没有反锁。"

蒋南羽语速极快:"一串红进屋后杀死了阿松,砍掉了她的脑袋,然后脱掉睡衣,将溅上鲜血的睡衣穿在里面,将里头干净的睡衣穿在外面,把阿松的头扔出窗户,扔给你,接着将窗户反锁,再将房门做出被撞后门闩破损的样子,一系列动作一气呵成,然后等待巡长进来。是不?"

"妈的,好一个贼喊捉贼!骗得本大巡长好苦!"被金青成挟持的胡淑芬气破肚皮。

"一串红那臭娘们儿不愧是窑子里出来的人,到底见过世面,心狠手辣,做得不错,不过她之后面对你们的讯问也有些紧张,好在你们蠢,当时没有仔细查看,如果你们中间有一个人撩开她的睡衣,我们就完了。"金青成冷笑道。

"你他娘的还是个人吗?!"白皮愤怒得全身乱颤,如果不是顾虑胡淑芬的安危,估计早扑过去拼命了。

蒋南羽抬了抬手，示意白皮冷静，然后盯着金青成道："但这件事情你们完成之后，引起了两个人的怀疑。"

众人再次沉默。

"第一个，是化身金青成的木下柏。木下三郎死了，阿枫死了，阿松也死了，他已经清晰感受到有人在针对他，针对他的家庭下手。木下柏是个极其聪明的人，整个蝼蛄山根本不会有和他如此深仇大恨的人，他或许猜到了什么，但不肯定，最为关键的是，他似乎看出第一时间出现在阿松死亡现场的一串红十分可疑。"

"没错！一串红告诉我，阿松死后，木下柏把她叫到房间，逼问她，一串红当然矢口否认，两人大吵了一架。"金青成道。

蒋南羽点头："是的，当时和木下柏吵完架出来的一串红被我撞见了，她的反应很快，说是想带阿桂离开被拒，所以吵架。"

"那娘们儿很害怕，生怕杀人的事情暴露，就又约了我。"金青成淡淡地道。

蒋南羽接过话："那天晚上，她挎着装满纸钱的篮子出门，说是要去烧纸祭奠，应该是去约你的吧？"

"她是约了，但是这个臭娘们儿坏了我的好事！"金青成愤怒，"那晚我打算支走你们悄悄潜入金家，弄死木下柏的！"

"是的。你已经在山顶的神祠点亮了灯，装神弄鬼，然后让野叉来金宅报信，说看见神祠的灯亮了，引我们到山上去。"蒋南羽道。

"那晚我完全可以成功！都怪一串红这个臭娘们儿！"金青成后悔无比。

"你做得滴水不漏，玩儿了那么一手，成功调走了我们。你准备悄悄潜入金宅，穿着那件山都的赤色羽衣，装神弄鬼地杀死木下柏，报你的大仇，可这么好的计划却被一串红打乱了，不，应该说是石二槐。"

"那个混账东西！"金青成怒道。

"长官，这是……"白皮等人听得糊涂了。

"石二槐就是我刚才说的另外一个起了疑心的人。不过，和木下柏不一样，他怀疑一串红不是因为凶案，而是因为私情。"蒋南羽解释道。

"私情？"

"对。"蒋南羽表情十分复杂，苦笑道，"年纪轻轻的石二槐，深深迷恋着青楼出身最会对付男人的一串红，当一串红下山在神庙里与金青成私自见面的时候，我想石二槐就发现了一串红和'独脚阿通'关系不正常，但他不知道实际情况，以为一串红和他鬼混。所以，山桃看到站在神庙外面的石二槐十分愤怒，甚至骂里面是一对狗男女，就是证明。"

"噢。"众人明白了。

蒋南羽看着金青成，道："那天晚上，一串红以烧纸钱为由，在林子里等你，你见了她。"

"我得先稳定她的情绪，怕她顶不住。"金青成无奈道。

蒋南羽冷笑一声："你们二人见面，嘀嘀咕咕，被出来'捉奸'的石二槐逮个正着。实际上，当一串红说出门烧纸时，石二槐就起了疑心，他跟出去，被前来表白送定情信物金手环的阿柳碰上了，可怜的阿柳，根本就不知道石二槐那时半点儿心思都不在她身上，而是满腔怒火呢。"

金青成沉默。

"石二槐发现了你们，发现了穿着山都羽衣的你，然后你杀了他。"蒋南羽道。

"那是一个蠢货，我之前根本不想杀他！"金青成大声道。

"你的计划被打乱了。"蒋南羽昂起头。

"是的，被打乱了，但我随即又想出了一个新计划。"金青成呵呵一笑，"尽管本来我想杀的是木下柏，但这个游戏如果再复杂点儿，再好玩点儿，死得人再多一点儿，更精彩。"

"你是个疯子！"蒋南羽瞪了金青成一眼。

"疯了！"其他人都这么说。

"你和一串红制订了一个计划。你脱下了山都的羽衣，放入一串红的篮子中，一串红就那么拎着它大模大样地进了金宅，上了三楼。然后你穿上了石二槐的衣服，镇定无比地走入金家院子。所有人都以为那个人就是石二槐！"蒋南羽道。

金青成得意地笑了。

"你在后院碰到了阿柳，迅速摆脱她，进了二楼东边的琉璃阁，并且有意让人看到。然后，你在琉璃阁中留下了一条或者几条你训练的小蛇，紧接着悄悄溜入三楼。在那里,你从一串红手中接过羽衣,穿上,进入三楼东边的那个密室,做好了准备。一串红则站在三楼门口,给你通风报信,只要有人出现在二楼,你就可以演戏啦。"

"哈哈,是的,完全正确,不过我没料到是这个蠢蛋,他简直是理想目标,帮了我的大忙!"金青成敲了敲胳膊夹着的胡淑芬的脑袋。

胡淑芬灰头土脸。

"当巡长出现在二楼的时候,一串红给你发出指示。你发动铃声,二楼琉璃阁里的小蛇盘动身体,打翻了桌子上的瓶子,发出响声,巡长听到后赶紧奔过去,当他弯腰的时候,你在三楼楼上启动了精心设计的那个类似于潜望镜的装置,让巡长在二楼顺着门孔往里看时,看到的却是三楼你的表演!"

"然也!怎么样,有趣吧!"金青成哈哈大笑,"这是我精心为木下柏准备的,便宜石二槐那小子了。"

"你他娘的到底是怎么想到弄出那么两个屋子的,而且还安装了那个什么潜望镜一般的鬼装置?"藤六骂道。

金青成冷笑:"这完全是一个……一个无心之作。当年我来到蝼蛄山建起这个宅子的时候,大部分的时间住在三楼的那个密室里,当然了,那时候还不是密室,二楼的琉璃阁里,放着我的很多好东西。尽管上了很多锁,我还是担心有人会偷它。我这个人,很介意自己的财产被别人偷走,何况当时院子里住着不少伙计,于是……"

金青成咧嘴一笑:"我就在外面请人搞了个图纸,制造了那么个玩意儿,有了它,我随时随地都能从三楼看到二楼房间里的情景,而且不用下楼。当我再次回到蝼蛄山将石公拉拢过来后,无意中得知那个装置还没坏,简直欣喜若狂,只要稍加布置,我就能完成一个绝妙的杀人计划,而且神不知鬼不觉。"

"借着妖怪的幌子,装神弄鬼杀人,这样的心思,就是在那个时候产生的吧?"蒋南羽问道。

"这难道不有趣吗?木下柏一辈子跪拜那位大人,让他死在那位大人手里,多好玩儿呀!"

"疯子!"藤六忍不住骂道。

"我的确是个疯子！"金青成丝毫不恼怒，道，"为了完成这个精妙绝伦的杀人游戏，我让石公悄悄地布置出了楼上楼下两个一模一样的房间，这足足花费了六年的时间！"

"六年的时间，去干这么一件事，你……"白皮已经不知道用什么语言去形容金青成了。

"你难道没有想过你的这个杀人游戏完成之后，石公反应如何吗？"蒋南羽道。

"石公？他不过是我的一个棋子而已，工具，奴仆。"

"你不怕他因为亲生儿子的死，去告发你？"

"告发我？"金青成大笑，"他已经是我的帮凶了，已经参与了一桩杀人案，他向你们告发我，岂不是连他自己都暴露了？"

金青成说这句话的时候，冲蒋南羽眨了眨眼睛，他似乎知道自己所说的那桩石公参与的杀人案，蒋南羽也应该清楚了。

蒋南羽果然长叹一声，把藤六等人搞得莫名其妙。

"一个失去爱子的人，不会顾虑那么多的……"蒋南羽摇头道。

"不可能。"金青成很自信，"我太了解他了！别说他的儿子，就是他的性命，他的一切，都是我给的！他对待我，一向就是臣子对待皇帝一般，我让他死，他都会死。"

"愚忠！"蒋南羽骂道。

"随你怎么说。"金青成笑了，"还有，他的那个儿子，石二槐，你们似乎都忘了是他和花娘子的私生子，花娘子是我的妻子，他一个奴仆干了这等事，在我的面前，能抬得起头来吗？他亏欠我！一辈子都亏欠我，明白吗？！"

面对金青成的发问，蒋南羽第一次无话可说。

的确如此。石公那个人……唉。

唯有一声长叹。

"完成了这个表演之后，我就待在三楼的密室里，舒舒服服地躺着睡觉，一直等到你们都休息了才下来，大摇大摆地离开金宅。"金青成得意扬扬地道。

"可恨呀！"藤六捶胸顿足，"那天晚上我们上了三楼，还发现了密室的大门，如果我们走近它就能发现铁锁被动了手脚，如果我们打开那扇门，就能抓到你！"

"可你们没有，那么好的机会你们错过了。"金青成哈哈大笑，充满了辛辣的嘲讽。

"石二槐的尸体，是你让野叉背上神祠的吧？就在那天晚上。"蒋南羽打断了金青成的话。

"是，既然是山都现身杀人，石二槐的尸体如果出现在神祠，当然就更妙了。我让他等你们下山后，把尸体背到神祠去，交代得好好的……"说到这里，金青成终于收敛了他的得意，"可那个蠢货，办砸了。"

"野叉把石二槐尸体上的金手环据为己有，他不知道那手环是阿柳送给石二槐的定情信物，所以暴露了。"藤六道。

"你这么说还早了点儿。"蒋南羽摇头，"野叉第二天早晨，声称送鬃三爷爷去山隐，看到了尸体，我们进神祠把石二槐的尸体带回来检验，发现死亡时间完全吻合，没有疑点。但我们看到了阿柳私底下和野叉争吵……"

"是的。"藤六回忆了一下，点了点头。

"接着是阿桂前来报信，说阿柳和野叉在神祠里争吵。我们跟了过去，发现阿柳被杀死在神祠中，野叉慌慌张张地跑出来，被抓个正着……"

"是这样。"藤六再一次点头。

"阿柳是我杀的。"金青成打了个哈欠，"野叉告诉我阿柳发现了他戴的金手环是她送给石二槐的，很慌张，觉得阿柳会去告发，他就要完蛋了。我出的主意，让他稳住阿柳，以告知杀死石二槐的真正凶手为诱饵，约阿柳到神祠，那个傻姑娘还真听话。"

金青成耸了耸肩："野叉和她先到，我后到的，轻而易举就杀了她。不过我没想到阿桂那姑娘跟在后面，好在她立刻下山找你们了，并没有发现我。"

杀一个人，对金青成来说，看起来根本就是件微不足道的事。至少他的语气和表情就是如此。

"蒋长官，有一个问题，我始终想不通，得请教你。"这时候，金青成突然露出谦虚的神态来。

"我是怎样发现野叉干了坏事的？"蒋南羽道。

"正是！"金青成一副探讨的口吻，"没错，野叉身上有阿柳送给石二槐的金手环，而且阿柳死的时候，野叉就在现场，但是野叉有充分的借口呀：关于金手环，野叉说是送他爹山隐发现石二槐尸体时贪心从尸体上摘下来的；至于阿柳的死，他说不是自己杀的，看见是山都杀人了，你们也完全没有证据。"

蒋南羽笑，大笑。

"怎么了？"金青成愣道。

"这两个借口，是你教给野叉的。如果野叉被怀疑，他就这么说，对不对？"

"对！"金青成点点头，"当时我想我杀了阿柳，金手环的事就没人知道了，阿柳的死，野叉尽管在场，只要推脱给山都杀人，你们也没办法。这两个借口是为了预防。"

"你没有想到阿柳死的时候，我们正好堵上来，更没有想到，当野叉被当作嫌疑犯抓进金宅审问时，阿桂竟然知道金手环的事。"蒋南羽道。

"这不重要，即便如此，我教给野叉的那两个借口，你们也应该找不到破绽。"金青成挠了挠头，"你是怎么发现野叉的疑点的？"

蒋南羽指了指自己的手腕："瘀青，野叉手腕上的瘀青。"

"此话怎讲？"

蒋南羽冷笑道："所谓天网恢恢疏而不漏，干坏事，哪怕是再小心，总会露出马脚。那天晚上，野叉来告诉我们神祠的灯亮了，引我们上山，对不对？"

"对。"

"我们上了山，进神祠的时候，推门，门上的铁链垂下，迎面砸过来，差点儿击中了我，幸亏我动作快躲了过去。离开时，我们并没有修理好那个铁链……"

金青成静静地听着。

"我们离开之后不久，野叉应该就背着石二槐的尸体到了，他同样推开了门……"蒋南羽做了一个推门的动作，"铁链再次砸过来，野叉根本不知道，所以他急忙举手挡着，手臂砸个正着，留下了瘀青……"

"我知道啦！"一直不说话的胡淑芬大叫起来。

"闭嘴！"金青成一巴掌扇了过去，胡淑芬乖乖闭上了嘴。

蒋南羽继续道："野叉手臂上的瘀青，清清楚楚，就是铁链的砸痕，却是中断的，两边都有，唯独中间有一道细细的地方没有，说明什么？"

"金手环！"藤六也明白了。

"是的。野叉当时手腕上带着金手环，从石二槐尸体上拔下来的金手环，当铁链落下来他举手去抵挡时候，铁链在他的手臂上留下瘀青，因为金手环护着，手环下面的皮肤才幸免于难。"蒋南羽笑道，"石二槐死的那晚，野叉后来又去了金宅一次，说是担心我们的安危，来看看我们回来没有。我想，他那是去看你是否安全吧。"

"嗯。"金青成道，"他从一串红那里得知我没被发现，就放心地走了。"

蒋南羽点点头："那个时候，巡长看到了他手腕上有瘀青。当第二天审问野叉时，他的那块瘀青让我想起来神祠的事，这证明——石二槐死的那天晚上，野叉又去了一次神祠，而且是在我们去之后，背着石二槐的尸体，带着石二槐的手环，所以……"

"所以，野叉说他在第二天早晨送他爹山隐时发现石二槐的尸体并摘下手环的证词……就不对了。"金青成长叹一口气，"蒋长官，你果然……心细如发！"

"野叉的暴露，是案件的关键突破口，正是从那时起，我掌握了主动。"蒋南羽正色道。

"所以我杀了他。"金青成舔了舔嘴唇。

"野叉死的晚上，也就是昨晚，金宅的凶杀案达到了顶点，短短一晚上五条人命！"蒋南羽激动起来。

"死的人很多，但并不都是我杀的。"金青成呵呵一笑，回味无比道，"很有趣呢。"

"其实现在想起来，事情很明了。"蒋南羽瞥了金青成一眼，"我们离开野叉的房间，去找巡长，巡长发现阿桂房间里有人，他下楼和我们一道进阿桂房间时，阿桂已经被杀死了，凶手是木下三郎的娘，我们赶到时，她还没来得及离开，只不过藤六和白皮将她误认为是金婆而错过了。与此同时，你趁我们离开时，杀了野叉！"

"是的。"金青成承认。

"我们在房间里谈论案情的时候,二楼的木下柏打昏了合欢,将其绑在椅子上,找到了一串红,到那时,他应该猜到了凶手是你,而且发现了一串红是帮凶。他将一串红带到工房,杀了她,将她推入琉璃锅中,然后返回二楼房间。"蒋南羽思维清晰得很,语速极快。

"我看着木下柏带走了一串红,本来是想跟出去的,但木下柏那家伙极其警觉,一旦发现我,招呼一声,我很有可能暴露,就只能先忍下来。不过,他杀了一串红,倒省了我一番功夫。"金青成舔着嘴唇笑道。

蒋南羽没搭理他,继续道:"接着前来收货的周发彬带人来,留下白皮在前院看守金宅,我、巡长、藤六前往工房调查周发彬的底细,结果发现一串红惨死,接着我们回到了金宅……"

"那个时候我依然在野叉的房间里,躲在衣柜中。"金青成插话道。

蒋南羽继续:"等我们回到后院,木下三郎娘的帮手,就是鬃三爷爷,在外面利用假人引我们出去,帮助同样困住的木下三郎娘逃脱。"

"你们一帮蠢蛋果然中计了,你们出去之后,我就溜进了院子,进了石公的房间,杀了那家伙。我原以为他死了,一串红死了,野叉死了,我就不会暴露了,但我想不到木下柏的那个该死的老婆子还活着,她不但活着,而且还上了二楼杀了木下柏。哈哈,也好,又省了我一番功夫。"

"然后呢?"蒋南羽目光如刀,盯着金青成,"你怎么杀了鬃三爷爷?"

"有烟吗?"金青成问道。

"我有,我有。"胡淑芬从兜里掏出来,给金青成点上。

金青成吸了一口,很惬意地道:"我杀了石公之后,准备上楼顺手宰了木下柏,结果一出石公的房门,就看见那个疯婆子从木下柏的房间里出来,拎着血淋淋的刀,穿过院子径直走了。我上了楼,发现木下柏死了,赶紧出去追那疯婆子。"

金青成嘿嘿一笑:"我那时还不知道她的身份,觉得她有可能看到了我,所以必须杀人灭口。我追了她很久,终于抓住,看到了她的脸,嘿嘿,那时我痛快极了,木下柏这个人报应呀,不但儿子死了,自己都死在老婆手里!"

"在你要杀木下三郎娘的时候,鬓三爷爷赶到,他救了她,却被你刺中,然后你追着她一路来到这里。"蒋南羽说完了整个故事的最后一环。

"是的。"金青成笑道,"我要杀掉木下柏的最后一个亲人,可恨你们狗皮膏药一般跟了上来。"

"金青成,你杀的人够多的了,还是投降吧。"蒋南羽正色道,"木下三郎娘,不过是个可怜的疯婆子。"

"不!我要让木下家一个不留!"金青成怒目圆睁,"一切都是木下柏造成的,所以他要付出最惨痛的代价!"

"木下柏固然做错了事,但和他比起来,你……简直是个恶魔!"蒋南羽举起了枪。

"呵呵呵呵。"金青成看了看周围,"你们以为能抓住我吗?"

"你觉得呢?"蒋南羽冷声道。

"难。"金青成笑着,手中枪抵着胡淑芬的脑袋,缓缓移向那尊山都雕像。

"小心他耍鬼把戏!"藤六逼了过去。

与此同时,枪响了。

蒋南羽开的枪。他趁金青成移动的空当,那一枪准确地击中了金青成的肩膀。

金青成身体一震,仰面朝天地摔倒,手中的枪横空飞了出去。

"死了!"藤六大步流星地奔过去。

"晚了!"金青成面色狰狞,一只手伸入神像底座中的一个凹槽,拧动了一下,神像发出轰隆隆的一声响,移动了一下,两三秒钟之后,神像之前的石板豁然开启,露出一个巨大的洞口。

"一起下地狱吧。"在大笑声中,金青成和胡淑芬同时掉了下去。

咣当。石板随后关闭,严丝合缝。

"妈的!"藤六骂道。

"所谓的山隐,所谓的山都大人接走那些送上山来的老人,就是如此吧。"蒋南羽苦笑。

"长官,胡巡长一起掉下去了,赶紧去救他。"白皮寻找刚才金青成开启的机关所在。

"还有木下三郎娘,她应该也在下面。"蒋南羽道。

白皮找到神像底下的凹槽,拧了一下,再次开启密洞,蒋南羽、藤六和白皮三人同时跳了进去。

里头一片漆黑,依稀有石头垒砌的台阶,湿滑无比,三个人叽里咕噜地滚下去,差点儿摔死。

好不容易爬起来,眼前伸手不见五指。

"好臭呀。"白皮低声道。

是的,地道里头的空气充满着一种恶臭、腐烂的气息。头顶石壁上有水滴不停地落下,地上又湿又滑。

"长官,你身上带火柴了吧?我去找找看有没有点火的东西。"白皮摸索着,窸窸窣窣的声音传来,接着,这家伙喜道,"噫,这里有很多木柴!哈哈!"

嗤,蒋南羽划了一根火柴,照亮了周围的空间。

在这光亮之下,三个人看了看周围,然后同时倒吸了一口凉气。

最吃惊的,应该是白皮了,他抓在手中的东西,根本不是什么木柴,而是一根白花花的骨头,人的大腿骨。

在这周围,全是骷髅!

一堆堆,一簇簇,横七竖八,铺满了通道!

皮肉早已腐烂,白森森的骨头中老鼠钻来钻去,从残存的衣物和死者花白的头发来判断,这些……

"这些,都是被送上来山隐的老人呀!"藤六颤声道。

是的,全是那些可怜的老人,辛劳了一辈子,过了七十岁便被自己的亲生儿女背上山的老人。

一代代的蝼蛄人,活在山都大人引领山隐之人进入安息之境的传说之中,活在一个天大的谎言里!

无数的尸骨堆积着,向通道的那一端延伸,一眼看不到头。

这些尸骨,或者可怜蜷缩着,或者伸展双臂、张大嘴巴,或者双手死死掐着自己的脖子……这些可怜的老人,被送到这里来之后,在黑暗中,在无数的尸骨周围,度过自己最后的时光,他们孤独,他们恐惧,他们不甘,但最后,都死了!

蒋南羽很难想象他们死的时候，到底是什么样的心情，可以肯定的是，当死神来临时，他们一定很愤怒！

这里不是山都大人赐予的安息之所，而是地狱，是修罗场！里头装着无数愤怒的灵魂！可怜的灵魂！

这到底，是怎样恐怖、可恨的一个世界呀！蒋南羽的心中，在呐喊！

就在此时，通道那端的黑暗中，传来一阵笑声。

"咯咯咯咯！"

嘶哑的毫无感情的笑声，令人毛骨悚然。

接着是金青成的怒吼声、胡淑芬的鬼哭狼嚎声，还有厮打之声。

"是金青成！他找到了木下娘！"白皮惊道。

三个人顾不得许多，踩着层层累积的白骨，向通道那端奔过去。

很快，火柴再次擦亮，眼前的一切，让三个人目瞪口呆。

胡淑芬躺在地上，瑟瑟发抖。他对面不远处，金青成仰面朝天地躺在地上，一根锐利的人骨插入他的脖子，殷红的鲜血咕嘟咕嘟冒出来，他全身抽搐着，双目圆睁，露出绝望之色。

在金青成的身体上，趴着一个人。

那已经很难说是一个人了。

披头散发，穿着一身破烂衣衫，怪笑着，喝着金青成的鲜血，张开干瘪的嘴撕咬金青成脖子上的皮肉，鬼怪一般！

"咯咯咯咯。"

听到动静，那人直起身，缓缓转过脸。

那是蒋南羽见过的最为恐怖的脸！

满是皱纹、苍老不堪的一张脸，干瘪的嘴里咀嚼着皮肉，鲜血顺着嘴角滴下来，一双赤红色的眸子望过来，没有悲伤，没有怜悯，有的只是愤怒！

那是木下三郎的娘。

但不知为何，那一刻，蒋南羽觉得，自己恍惚中看到了传说中的那位大人。

山都大人！

…………

尾 声

大风呼啸，吹动林莽，天地一片空荡。

"话说……这可真是一桩我见过的最为离奇的连环凶案呢。"王队长淡淡地说。

山下，蟋蛄镇的旅馆大厅中，一帮男人穿着浴袍刚刚从温泉中出来，一个个头发湿漉漉地坐在蒲团上，皆都露出疲惫的神色。

"总算是有了个结果。"藤六苦笑着。

"还是蒋长官睿智。"白皮崇敬地给蒋南羽倒了杯茶。

"睿智个屁！你们傻了，还有个人的死因，他没搞清楚！"胡淑芬挪了挪身子，羡慕嫉妒恨地白了坐在对面的蒋南羽一眼。

"巡长说的是林长生的死吧？"

"当然！"

是呀，所有的凶案都水落石出，唯独林长生的死，蒋南羽自始至终都没有解释。

"这个需要解释吗？"蒋南羽笑道。

"当然了！"胡淑芬眯起眼睛。

众人齐齐点头。

"你们难道自己想不到？"蒋南羽摊了摊手。

"只能想到一点点，但想不通。"藤六插话。

蒋南羽把茶喝完，转过头，看着院中那棵枝叶繁茂的大树。

房间里一片死寂。所有人都在等着他。

"林长生在盛装打扮的时候，就被独脚阿通也就是金青成杀死在神祠中了，当黑暗中那辆马车驶出旅馆时，他根本就不在里面。"

"是的，马车里面是空的，但……"藤六坐直了身子。

胡淑芬示意藤六闭嘴。

蒋南羽笑道："上山的迎亲队伍中，野叉是车手，石公是领头，剩下的一帮人，和林中君一样，都被那场闹剧玩弄了。"

众人都看着一直不说话的林中君。

"马车行到山路中，先是听到了铃声，然后野叉来到车边打开了车厢上的小窗户，很小的窗户，准确地说，就是个瞭望孔。林先生往里面看了一眼，看到了……"

"看到了长生的后脑袋。"林中君道。

"是的，你当时就那么认为，认为那个人是林长生。呵呵。"蒋南羽再次笑了，"你看到了一个脑袋，还有脖子后面漏出来的衣领，华丽鲜艳的盛装的衣领，你只看到那么多。"

"嗯。"

"你以为那就是林长生，其实……"蒋南羽叹了口气，"其实，林先生，你看到的是你自己。"

"我自己？！"林中君倒吸了一口凉气。

"你想过没有，为什么石公并没有把你安排在别处，而恰恰是临近那个小窗户的后方位置？"

"这个……"

蒋南羽再次笑了："那是个绝佳的位置呀！"

"什么意思？"林中君问道。

"潜望镜！"蒋南羽站起身，"连接金宅二楼和三楼的那个装置，你们都见过，和潜望镜有着相同原理的玩意儿，马车里面同样有一个。"

"马车里面……"藤六恍然大悟。

"它的主体藏在马车内部，一端连接着那个窗口，另外一端，则伸出了马车车厢外，隐藏在布置于马车外面的花花绿绿的装饰物中，位置嘛，就在马车车厢的后头拐角上方，正对着下方林先生的脑袋……"

"所以……"藤六兴奋地打断蒋南羽的话，"所以当野叉装模作样地打开马车的窗户时，林先生凑过去往里看，他看到的是自己的后脑勺！"

蒋南羽连连点头："是呀，我们对自己的身体无比熟悉，但唯独自己的后脑，极少见过，自然也就陌生。林先生根本就认不出那是自己的后脑勺，何况他当时身上还穿着一件和林长生一模一样的盛装！"

林中君惊愕地张大了嘴巴，大声道："既然里面有那么一个装置，为何到了金宅打开车厢时我没有看到呢？"

"这个很简单。"蒋南羽比画了一下，"那个装置是可以伸缩折叠的，当石公或者野叉打开车门钻进去的时候，他很轻松就能够将装置折叠，塞入马车上方的狭窄暗阁里，何况，车里还布置着那么多的丝绸条缎，足够隐藏这些装置了。"

林中君听完，脸色发白，扑通一声坐在地上，良久说不出话来。

"镜像，一个巧妙的镜像把戏，就造成了妖怪现身的假象。"蒋南羽摇了摇头，"事后那辆马车立刻被野叉带到了木场，因为如果放在金家，很容易就会被收拾的人发现那个装置。回到木场后，他先是说那辆马车是不祥之物，丢在山沟里，然后偷偷一把火将其烧了，但那个装置里面有玻璃镜子，即便是马车被烧毁了，也会留下碎片。我在检查灰烬时，就发现了，后来弄明白金宅二楼、三楼的那个装置之后，自然而然就想到了这里面的鬼把戏，至于林先生的后脑勺，则是受游光唱的那首古老歌谣的传说的启发。"

"什么歌谣？"王队长问道。

蒋南羽清唱起来，那是歌谣的最后一段——

……

还有一棵在哪里？

大人种在你背后

树上挂着招魂铃

丁零零

响一声

响一声

……

众人听了，彻底明白了，连连点头，忍不住发出赞叹之声。

随着最后一个谜团被揭开，这桩复杂的连环杀人案终于圆满。

四天后。

曲折幽深的山道上，缓缓走着四个人。

"好了，就到这里吧。"蒋南羽转过身，从藤六身上接过自己的行囊。

"再送送吧，长官。"白皮昂着头，带着巨大的不舍。

"送君千里，终有一别，再说，本大巡长早就迫不及待要离开这个鬼地方了！"胡淑芬坐在一块石头上，叽叽歪歪。

"抽根烟再走吧。"藤六笑道。

四个人，并排坐着，抽烟。

这里是山口，远远地能够看到底下掩映于林木中的蟋蟀镇。

日光很好，一片云都没有，高空呈现出一种迷人的天蓝色。

"长官，有件事，我得问问你。"白皮看了蒋南羽一眼。

"什么事？"

"昨天神祠的那一把火是谁放的？"

"那把火呀，好像烧得很大呢，转眼就将神祠烧成一片废墟。"藤六接着白皮的话，目光在蒋南羽的脸上游弋，"蟋蟀山的人是不会干这事儿的，我听蓬头说他带人上山救火时，好像看到了放火的人。"

"哦，谁呀？"蒋南羽脸上没有任何表情。

藤六笑了："蓬头没怎么提，只是说那个人动作很快，猫一样'唰'的一声就没了，不过头发好像是栗色的，很稀罕的颜色。"

蒋南羽摘掉警帽，在阳光的照射下，那头栗色卷发很是显眼。

"管他谁放的火呢。"蒋南羽抽了一口烟，"那样的一个地方，烧了就烧了呗。"

"也是。"藤六点了点头。

"金宅……"蒋南羽沉吟了一下。

"哦，这个长官放心，金婆被放出来了，和木下三郎的娘待在一起，合欢照顾着。也奇怪了，这两个疯疯癫癫的老婆子，待在一起竟然很融洽，嘻嘻哈哈，一天到晚嘀嘀咕咕，也不知道说的什么。"

"那就好。"蒋南羽也笑了。

"鬈三爷爷和野叉的尸体过两天就会被崖葬，应该是同一个石窟，山桃说等葬礼完了，她就找人把旅馆重新修缮一番，那个女人心劲很大呢，说要好好抚养游光。"藤六拿着树枝逗地上的蚂蚁玩儿。

"想不到流传了千年的传说，真相竟然是那个样子。"白皮唏嘘不已，"我想，知道真相后，蟋蟀山再也不会有人把自己的亲生父母背上山了吧，即便是饿死、穷死，只要有一点点良心的，都不会把父母送到那个地方。"

"终究是一件好事。"蒋南羽昂起头，闭上眼睛，深深呼吸着山林中的清新空气。

"日子虽然还是穷，但起码能一家人快快乐乐地生活在一起。挺好。"藤六望着蝼蛄镇，"这么看，我们蝼蛄镇景色还挺不错的呢。"

群山青翠，松涛阵阵，山坳中的蝼蛄镇的确很美。

"我跟王队长说了，等回去之后，向省里头打个报告，把最后的这截铁路铺了，已经建了百分之九十，不差这一哆嗦。"蒋南羽摁灭烟头。

"真的?!"白皮兴奋地跳起来。

藤六显然很悲观："能行吗？"

横躺在石头上的胡淑芬踢了藤六一脚："这事儿呀，要是别人去办，肯定不行，但是你们眼前的这位蒋长官，神通广大，省里那帮搞建设的人，谁敢不卖他亲爹一个面子？"

"那太好了！铁路一通，蝼蛄镇的日子就好过了，蝼蛄山的人就能够好好活着了。"藤六笑道。

"是呀，这世间，没什么比好好活着更重要的了。"蒋南羽站起身，背起行囊，"巡长，我们上路吧。"

"哎呀呀，妈的，好不容易休息一会儿！"胡淑芬骂骂咧咧地跳起来，瞭了远处的镇子一眼，垂头丧气地跟在蒋南羽身后。

两个人的身影，很快隐没在林莽里，只能听到断断续续的几句话。

"南羽呀，本大巡长刚才忘了一件重要的事，妈的！"

"何事？"

"忘了跟山桃告别了呀，那娘们儿挺不错的，本大巡长还想来个热情的拥抱呢。"

"你是想揩油吧？"

"胡扯！大名鼎鼎、风流倜傥、智勇双全、玉树临风、视金钱如粪土的本大巡长，会干那种缺德事吗?!"

"我看不一定。"

"死去！对了，这次又立了功，本大巡长能不能跟你商量个事儿？"

"回去我写报告，会说一切都是巡长英明神武，智勇双全，指挥有方才能顺利破案。"

"哎呀呀,你小子真是……不过,事实,的确如此嘛!"

…………

看着那张眉飞色舞的脸,蒋南羽忍不住笑出声来。

那是进入蝼蛄山之后最欢乐的笑。

不过这笑声,很快便戛然而止。

"怎么了?"见蒋南羽神情有异,胡淑芬赶紧走过来。

"巡长,你看。"蒋南羽指了指对面的山梁。

高高的山梁上,一棵参天古树的遒劲树根上,坐着一个黑影。

看不出男女,亦认不出是何人。

黑影就坐在那里,岿然不动,望着这边。

然后,歌声传过来。

那首古老的歌谣——

山间长着九棵树

一棵柏树一棵桐

一棵柳树一棵松

一棵桂树一棵枫

一棵槐树一山红

还有一棵在哪里?

大人种在你背后

树上挂着招魂铃

丁零零

响一声

响一声

阿仔背娘上山去

下得山来莫回头

丁零零

丁零零

…………

"妈的,差点儿把我吓尿了,应该是木下三郎娘!"胡淑芬长出了一口气。

"走吧。"蒋南羽看了那黑影一眼,转过身去,低头赶路。

行走了几步之后,听到铃响。

二人身形同时停滞,待回过头,古木下那黑影已倏忽不见。

只有铃音,清脆缥缈的铃音,回荡在天地间,回荡在林莽中,越来越低,最终消失。

一片寂静。

然后,蝉叫了起来。

再过两天,就是八月了,蝉还在叫。